徳間文庫

審判

深谷忠記

徳間書店

目次

＊

一九八八年（昭和六十三年）十一月十八日、N地方裁判所第三〇一号法廷において、柏木喬《かしわぎたかし》に対する「わいせつ誘拐・殺人・死体遺棄被告事件」、通称、N大生女児誘拐殺人事件についての判決公判が開かれた。

一九八八年といえば、埼玉・東京連続幼女誘拐殺人事件の起きた時期に符合している。犯行方法と犯人の異常性が世の中を震撼《しんかん》させた、いわゆるM・T事件だ。といっても、埼玉・東京事件の犯人が殺害した少女に添い寝したり、遺体を切断して食べたりした事実が判明したのは、翌一九八九年（平成元年）の七月、二十六歳の青年M・Tが逮捕された後である。一九八八年十一月の時点では、事件は四件中二件が起きた段階であり、今田勇子《いまだゆうこ》名の犯行声明文が新聞社と被害者宅に送られる前でもあり、事件の真相はまだ闇の中だった。

N大生女児誘拐殺人事件はその二年前、一九八六年の二月、東京に隣接したR県で起きた。

R県中央部に位置する香西《かさい》市で小学二年生の少女・古畑麗《ふるはたれい》（八歳）が行方不明になり、翌日、同市の郊外にある香西風土記が丘公園で全裸死体となって発見されたのである。

それから一週間余りしてR県の県庁所在地N市に住む大学生・柏木喬（当時二十三歳）が容疑者として逮捕され、さらに三週間後、起訴された。以来、一九八八年七月の結審まで十四回の公判が開かれ、被告・弁護側は無罪を主張したが、検察側は、犯行が極めて悪質であること、被告人の犯行を裏づける明確な証拠があるにもかかわらず反省や謝罪の態度がまったく見られないことなどを理由に、〝情状酌量の余地なし〟として無期懲役を求刑した。

午前十時少し前、三人の判事たちが法壇《ほうだん》に姿を見せ、席に着いた。裁判長は三好泰彦《みよしやすひこ》という五十代半ばの長身瘦軀《そうく》の男だった。

三好裁判長は、定刻の十時になるのを待って開廷を宣し、「被告人は前へ出なさい」と言った。

弁護人席の前に座っていた柏木喬が立ち上がり、刑務官の一人が手錠を外すのを待って、裁判長の正面に設けられた証言台へ進み出た。

身長は百七十五、六センチ。逮捕された直後は肥満気味だったのに、いまはほどよく瘦《や》せて中肉といった体形だ。真新しい薄茶のジャケットに紺のズボンと、こざっぱりした身なりをしていたが、顔は青く引きつり、長い髪には白いものが交じっていた。

六十近くある傍聴席を埋めた人々は、息を詰めて、裁判長の顔を、口元を見まもった。

「では、判決を言い渡します」

三好裁判長が柏木に告げると、手元の判決文に目を落とし、

「主文。被告人を懲役十五年に処する。未決勾留《こうりゅう》日数中……」

と、読み上げ始めた。

が、それは、傍聴席から上がった「ヒィー!」という悲鳴とも奇声ともつかない声に遮《さえぎ》られ、すぐに中断した。

声の主は、骸骨に皮を被《かぶ》せたような顔をした、目が異様に大きな女だった。顔だけ見れば五十過ぎに見紛《みまが》うが、体つきはまだ二十代か三十代だろう。

「たった、たった十五年なんて……!」

女は、止めようとした左右の席の男女の手を振り切って立ち上がると、

「死刑にしてください! 麗を殺した犯人を死刑にしてください!」

と、叫んだ。

裁判長が、黙るようにと注意した。

しかし、女の耳にはそんな言葉など届かないかのようだ。大きなガラス玉のような目から涙をぼろぼろ流しながら言葉を継いだ。

「麗は……娘は、殺されたんです。もう二度と、二度と帰ってこないんです。それなのに……それなのに……」

女は被害者の母親、古畑聖子《せいこ》だった。

「傍聴人は座りなさい。これ以上騒いだら、退廷させますよ」

三好裁判長が語気を少し荒くした。

古畑聖子の夫だろうか、隣席の男が立ち上がった。裁判長にぺこぺこ頭を下げながら、聖子の肩と腕をつかんで椅子に掛けさせようとした。

しかし、聖子は肩を引き、身体をよじってその手を外すと、決然とした顔を正面に向けて言った。

「もし法律が死刑にできないのなら、私がします。麗を殺した犯人を私が死刑にします！」

第1部

主は言われる。復讐《ふくしゅう》はわたしのすることである、わたしが報復する、と。

〈『新約聖書』ローマ人への手紙〉

出獄

1

二〇〇四年（平成十六年）一月二十五日・日曜日の午後――。

村上宣之《むらかみのぶゆき》は、祝賀会場の入口に立って、元上司や元同僚に挨拶《あいさつ》していた。

N市の城跡公園に隣接して建っているNグリーンパークホテル。その最上階九階の「孔雀の間」で、あと三十分もすると、久留島正道《くるしままさみち》の受勲を祝う会が開かれるのである。

昨年の秋、かつて香西警察署の署長だった久留島正道が勲章を授与された。瑞宝双光章だ。勲章・褒章《ほうしょう》制度が変わったばかりなので馴染《なじ》みの薄い名前だが、以前の勲五等瑞宝章に相当するらしい。久留島は、昨秋から新設された危険業務従事者叙勲――警察、防衛、消防など「著しく危険性の高い業務に精励した者のうち、国家または公共に対する功労のある五十五歳以上の者」を対象にした叙勲――の受章者に選ばれたのだった。

村上ら久留島の恩顧《こうむ》を蒙った者たちはさっそく連絡を取り合って、祝賀会を計画した。受勲が決まったすぐ後、十月半ば過ぎだった。ところが、その後、久留島の妻が体調を崩したため、予定を二度変更し、結局、年が明けた今日になってしまったのである。

村上は、参会者の誰彼と適当に言葉を交わしながらも、絶えず受付のほうに目を向けていた。こちらから近寄って行って真っ先に挨拶しなければならないお偉方も顔を見せるはずだったからだ。

こうして、注意して見ていたにもかかわらず、記帳を済ませたその男が真《ま》っ直《す》ぐ近づいてきても、村上は誰かわからなかった。

「失礼ですが、村上さんでしょうか?」

男にそう尋ねられ、村上は初めて、もしかしたらと旧知の特定の人間を思い浮かべた。その男なら、村上のほうから挨拶に行かなければならない相手ではなかったが……。

「そうですが」

村上が答えると、男の口元に懐かしそうな笑みがひろがった。そして、

「堤《つつみ》です、堤達夫《たつお》です。昔、香西署でお世話になった……」

と、村上の思い浮かべた名を口にした。

堤達夫は、初め村上たちが考えた参会者の中には入っていなかった。あまり大袈裟《おおげさ》にせず、親しい者だけのこぢんまりした会にしてほしい、というのが久留島の希望だったから

だ。ところが、村上たち五人が呼びかけ人になって案内状を出すと、話を伝え聞いた者たちが、「久留島さんの祝賀会ならぜひ出席したい、出席させてくれ」と言ってきた。久留島の人柄であろうか。そうした中に堤達夫もいたのである。

だから、村上も、今日堤が来るということは知っていた。それでいて、相手が目の前に立って言葉をかけてくるまでわからなかったのである。

「やはり、そうでしたか。気づかずに失礼しました」

元部下とはいえ、二十年近くも昔の話なので、村上は丁寧語をつかった。

男は、まだ四十代の半ば前後のはずである。それなのに、額が大きく後退し、かつては人一倍艶々《つやつや》としていた顔が別人のようにくすんでいた。だが、こうしてよく見ると、よく動く二重瞼《ふたえまぶた》の大きな目——その時々によって利発そうにも小狡《こずる》げにも映った——は昔のままだった。

「ご無沙汰いたしております」

堤があらたまった顔つきで頭を下げた。

「無沙汰はお互いさまですよ」

「課長…… いえ、村上さんもすでにリタイアされて……?」

「五年前に退官しました。そのあと二年ほど警備会社の顧問をしていたのですが、いまは完全に無職です」

堤が郷里の山形へ帰るからとR県警を辞めたとき、村上は香西署の刑事防犯課長だった。十八年前、一九八六年（昭和六十一年）三月のことである。なぜそれほど正確に覚えているかというと、堤が退職を願い出たのは、村上の長い警察官生活の中でもっとも強く印象に残っている事件の一つであるN大生女児誘拐殺人事件の捜査の真っ最中だったからだ。

因《ちな》みに、当時R県警では、香西署のような中規模以下の警察署は刑事課、防犯課（現在の生活安全課）と分かれておらず、刑事防犯課と一つになっていた。

「悠々自適というわけですか」

堤の口元に笑みが戻った。

「物騒な世の中ですから、地域や学校の防犯講習会などに引っ張り出され、結構忙しくしています。それより、堤さんはいま、何をしているんですか？」

彼が警察を辞めたときの（表向きの）理由は、酒田へ帰って家業の酒屋を手伝うため、というものだった。

「スーパーを営《や》っています」

と、堤が答えた。

「ほう……」

「十二年前、親父が死んでから思い切って酒屋をスーパーにしたんです。それがうまくいって、二店、三店と増やし、いまでは酒田市内と近郊、合わせて六店舗になりました」

「そりゃ、すごい。じゃ、あのとき警察を辞めたのは正解だったわけですね」

「ああいうかたちで退職できたのは、村上さんと青井《あおい》さん、それに久留島署長のおかげです」

十八年前の二月の初め――N大生女児誘拐殺人事件が起きる直前――、香西警察署刑事防犯課の少年係員だった堤はケチな不正を働いた。恐喝した少年を見逃してやり、五千数百円を拾得物の名目で差し出させ、横領したのだ。しばらくして、別の件で逮捕された少年の口からそれが明らかになると、堤は、五千数百円は少年のほうから拾ったと言って届け出てきたもので、拾得物として処理するのをうっかり忘れただけだ、と弁明したが……。

いずれにしても、わずか五千円ばかりの金で若い堤の経歴に傷が付くのは可哀想だった。また、表沙汰になったら、堤の上司である村上たち――青井は少年係長だった――の監督責任も問われる。そこで村上と青井は、逮捕した少年を（暗に穏便な処置を条件に）口止めしたうえで久留島の裁定を仰ぎ、堤に〝厳重注意〟を与えることで済ませた。

堤の件はこれで一件落着したはずであった。ところが、それから一月《ひとつき》ほどした三月初め、堤は突然久留島に退職願を提出した。

村上たちが後《あと》から堤に聞いた説明によると、その理由は次のようなものだった。

自分は、東京の大学を出てR県警に奉職した直後から、「早く酒田へ帰って商売を継いでくれ」と両親にうるさく言われつづけ、ずっと迷っていた。田舎へ帰って酒屋の親父になるのもいいかと思う一方で、せっかく警察官になれたのにと踏ん切りがつかずにいた。そんなときミスを犯してしまい、警察官をつづけていく自信がなくなった。懲戒処分は免れたものの、もし少年の口から話が漏れて表沙汰になれば、自分を庇《かば》ってくれた村上たちに大きな迷惑をかける。そう考え、これは一つのよい機会かもしれないと思い、思い切って退職する気になった――。

「私はべつにたいしたことをしていないが」

「いえ、そんなことありません。内々の注意で済ますように署長を説得してくれたのは村上さんだと青井係長から聞きました」

「そうだったかな……」

村上は久留島に進言はしたが、説得などしていない。する必要がなかった。当然ながら、署員の不祥事は久留島にとっても減点になる。だからだろう、彼は、少年を口止めした件が絶対に表沙汰にならないようにと念を押したうえで、「わかった、そうしよう」とすぐに〝諾〟の判断を下した。

「もちろん、村上さんたちの考えを容《い》れてくださった久留島署長にも私は感謝しています」

堤が如才なく言葉を継いだ。「それで、署長が勲章を受けられたと知り、お祝いの会に出席させていただけたらと思ったわけです。そうすれば村上さんにもお目にかかれますし」

「久留島署長の受勲については、どこで知ったんですか?」

「新聞です。暮れ近くになってからでしたが、銀行の人間と会っているとき秋の叙勲の話になり、そうだ、久留島署長もそろそろかなと思い、家へ帰ってネットで『中央日報』のR県版を調べてみたんです。そうしたら、まさにどんぴしゃり、署長のお名前があったんです」

「で、矢代《やしろ》君に……?」

「ええ。もう祝賀会は終わってしまっただろうなと思いながら、念のために電話して聞くと、初めの予定が延びて一月二十五日に開かれると教えられたんです」

矢代浩一《こういち》は、現在もR県警本部の鑑識課に勤務している堤の元同僚だった。

村上が、堤とばかり話してはいられないと腕時計を見たとき、幹事の一人がそろそろ主役に来場を願う時間だと知らせてきた。

村上は久留島家との連絡係だった。

「それじゃ、すまないが、また後で……」

彼は堤に挨拶し、控え室へ久留島正道と彼の家族を呼びに行った。

久留島正道は、妻、長男夫婦、次男夫婦、アメリカへデザインの勉強に行っているという独身の長女、それに四人の孫たちに囲まれて椅子に掛けていた。紋付の羽織・袴《はかま》姿である。胸には授与された勲章を付けていた。

「間もなく始まりますので、会場のほうへ入っていただけますか」

村上が声をかけると、久留島が多少緊張した面持《おもも》ちで「うむ」とうなずいた。ゆったりとした和服のせいか、元々小柄な身体がいつもより一回り小さく感じられる。年齢は村上より九つ上の七十四歳。といっても、口元がきりりと引き締まった眉《まゆ》の濃い顔、剣道で鍛えた背筋のピンと伸びた身体——上半身裸になっての木刀の素振りはいまも毎朝欠かさないらしい——は、しなびた老人の印象からはほど遠い。

久留島はR県南部の農村出身だった。農業と炭焼きを生業《なりわい》にしている家の三男坊として生まれ、戦後間もなく苦学して旧制中学を出た後、巡査を拝命した。山間《やまあい》の駐在所勤務からスタートし、持ち前の勤勉さと向上心から三十二歳で巡査部長試験に合格。その後は警部補、警部と順調に昇進し、五十代初めに警視になって、香西署を含む三つの署の署長を務めた後、県警本部総務課長に就き、県下最大の警察署であるN中央署の署長を最後に退官した。階級は、叩き上げの警察官が昇れる最高位とも言える警視正だった。

村上が初めて久留島と関わりを持ったのは三十代の半ばである。久留島が杉森《すぎもり》署の警備課長、村上が同課の主任だったときだ。そのときは一年ちょっとの付き合いだったが、十年ほどして再び同じ警察署勤務になった。村上が刑事防犯課長を務めていた香西署に久留島が署長として赴任してきたのである。二年後、別の署と県警本部へそれぞれ移り、その後は二度と同じ職場で働くことはなかった。とはいえ、村上が長男の結婚式の仲人を頼んだりして、個人的な交際はずっとつづいた。

　久留島は小さな身体に似合わず、肝がすわった人物である。しかも、ここぞというときの決断力もあった。堤達夫の「横領事件」を内々の注意で済ませたいと村上と青井が申し出たときもそうだった。村上たちの話を聞いて、素早く決断した。もしマスコミに知られたら、「不祥事を隠蔽《いんぺい》した」「警察は身内に甘い」という批判の一斉砲火を浴びるのがわかっていながら、一度決めた後は部下に心の揺らぎを見せることはなかった。村上も退職前に二つの署で署長を務めたが、何か事あるごとに久留島ならどうするだろうかと自問し、彼を指揮官の鑑《かがみ》にしてきた。

　村上は久留島家の家族を会場へ案内し、壇上の席へ導いた。

　それから十四、五分して、《久留島正道先生　瑞宝双光章の受章をお祝いする会》は開会した。

　司会は、村上と同様に久留島の薫陶を受けた荒井《あらい》という浜浦《はまうら》署元署長である。

　初めに村上が久留島の経歴を簡単に紹介し、つづいて県警の現刑事部長の音頭で乾杯した。

　その後、参会者の祝辞に移り、地元選出の国会議員につづいて県議会副議長が祝いの言葉を述べ始めたとき、ホールの扉が開き、真っ白い髪の痩せた男が入ってきた。

その顔を見て、村上は顔から血の気《け》が引くのを感じた。

柏木喬だった。

柏木はいつもの黒いコート姿ではなく、背広にネクタイといった服装である。

だから、村上以外の参会者はみな、出席を予定していた者が遅れて着いたと思っただけだっただろう。

村上は席を立ち、急いで柏木に近づいた。応接していたホテルの従業員に「あとは私が……」と小声で言い、「とにかく出よう」と柏木を促した。

騒がれたら事だと思っていたが、柏木はあっさりと村上の言葉に従った。

「どういうことなんだ？」

誰もいない深閑としたロビーで、村上は声を抑えて詰問《きつもん》した。

「昔、世話になった人が勲章をもらったというので、お祝いに来ただけですよ」

柏木がうそぶいた。

「ふざけるな！」

「ふざけちゃいませんよ。私が久留島さんのお祝いに来たら、村上さんにとって都合の悪い事情でもあるんですか？」

「そんなもの、あるわけがない」

「だったら、私が来たっていいでしょう。村上さん以外には私を追い出そうなんていう人はいないんだから」

要するに、柏木の今日の行動も村上に対するものらしい。昨年の秋ごろから時々村上の家の近くに立って彼を監視しているのと同じように。

村上は、N市から香西市を経て東へ三十キロほど行った光南市に住んでいる。ここ二十年ほどの間に人口が倍増した、東京やN市のベッドタウンだ。村上の住まいがある光南台は十四、五年前に丘陵を切り崩して造成された新興住宅地だが、現在では三百戸余りの家が建ち並び、一千人以上の人が暮らしている。村上は九年前、最終分譲のときに土地を買って家を建て、それまで住んでいた官舎を出て移り住んだ。初めは長男と長女も同居していたが、その後結婚して家を出たので、現在は妻・昌江《まさえ》との二人暮らしだった。

村上が、自宅から五十メートルほど離れた十字路の角に立っている黒いコート姿の男に気づいたのは、昨年の十一月中旬だ。男はそれより前にも同じような行動を取っていたのかもしれないが、村上が意識にとめたのは、その日、外出先から帰ってきたときが最初だった。男の様子が何となく誰かを見張っているように感じられたのである。といっても、そのときはちょっと不審に感じただけで、妻に話すと「元刑事の習性ね」と笑われ、自分でもそうかな……と思って終わった。しかし、半月余り後《のち》、今度は出かけようとして門を出たとき、再び同じ場所に立っている男の姿が目にとまった。二度目となれば、団地の防犯責任者としては見過ごすわけにゆかない。村上は男に近寄って行き、「どこかのお宅で

も お探しですか？」と声をかけた。

すると、男はじっと村上の顔を見返し、

――いや、散歩の途中で少し休んでいただけです。

と、答えた。

身長は百七十二センチある村上より三、四センチ高いものの、コートの内側はすかすかの感じだった。がっしりした村上に比べると、肩幅など半分ぐらいしかないようだ。女の子のおかっぱのようにした長めの髪が真っ白なので、六十過ぎかと思っていたら、近くで見ると村上よりずっと若い。頰《ほお》のそげた青白い顔をしているが、もしかしたら五十歳に届いていないかもしれない。

――いつも同じ場所で休んでいるようですが。

村上が目にしたのは二度目でも、この分ではさらに何回かあるようだ。

――いけませんか？

男の細い目に挑戦的な光が宿った。

――いけなくはありませんが……お名前を教えていただけませんか？

――道端で休んでいるだけで、どうして名前を言わなければならないんですか？

――ここは団地の中なので……。

――団地の中ではあっても、私有地じゃないでしょう。公道でしょう。公道に立って休んでいるだけでいちいち名前を名乗らなければならない法律でもできたんですか？

この野郎！　と思ったが、村上は怒りを呑み込み、

――法律はありません。だから、お願いしているんです。

と、あくまでも下手に出た。

――でしたら、断わります。

男がきっぱりと拒否した。

――あなたの目的は何ですか？　何のためにいつも同じ場所に立っているんですか？

――目的なんかありませんよ。ちょっとひと休みしているだけだと言っているじゃないですか。

――わかりました。それじゃ、いつも同じ場所に立って休んでいる見かけない人がいるということを団地の住民に知らせておきます。

――どうぞ、ご自由に。

――もし、あんたが少しでもおかしな行動に出たら一一〇番するように、と。

――そして、私を逮捕させ……。

と、男が挑むような視線を村上の目に当てて彼の言葉につづけた。

――偽の証拠をでっち上げて、また刑務所に送りますか？

男の言葉に、村上はハッと息を呑んだ。

あらためて男の顔を見やった。

男も射るような視線を村上に向けている。

柏木喬だ、と村上は思った。

村上が最後に柏木の姿を見たのは一九八八年（昭和六十三年）の十一月、N地方裁判所で彼に有罪判決が下されたときだから、十五年前になる。古畑麗を誘拐して殺害した容疑で村上たちが柏木を逮捕したのは、さらにその二年九カ月前の一九八六年二月。柏木は国産高級乗用車・セシリオを乗り回す、顔も身体も肉づきのよい大学生だった。それが、痩せて、老人のような白髪頭《しらが》になっていたのでわからなかったが、こうしてあらためて見ると、一重瞼の細い目、薄い唇、鼻梁《びりょう》の中ほどが瘤《こぶ》のように少しふくらんでいる鼻……と当時の彼を彷彿《ほうふつ》させた。

——柏木喬……柏木喬だね？

村上は確認した。

——さあ、どうでしょう。

男が唇に薄ら笑いをにじませた。

間違いない。そして男が柏木なら、彼はまだ四十か四十一のはずであった。

——ということは、あんたがここに立っているのは俺が目当てか？　どういう目的かは知らないが、俺を監視しているのか？

——私は誰も監視などしていない。さっきから何度も言っている。散歩の途中で疲れたからひと休みしているだけだ、と。

——すぐ向こうに小さな公園がある。休むなら、そこのベンチで休んだらどうだ？

——どこで休もうと私の勝手だ。あんたの指図は受けない。

柏木は険しい表情をして村上の言葉を突っぱねると、「さて、疲れが取れたので、そろそろ行きますかね」とつぶやきながら村上に背を向け、歩き出した。

その後、村上は、年末に一度と年が明けてから一度、同じ場所に立っている柏木を目にし、その都度彼と話した。

だが、彼は、散歩の途中で休んでいて何が悪い、と繰り返すだけだった。

柏木は初めから久留島の祝賀会に出るつもりなどなかったようだ。村上が想像したように、彼の前に姿を見せるのが目的だったらしい。村上を慌《あわ》てさせて、目的を達したのだろう、

「私に用があるなら、いずれゆっくり話し合おう。あんたの希望どおりに、いつでも時間を作るから、今日のところは帰ってくれないか」

村上がそう言って頭を下げると、会場へ戻るとは言わなかった。

「あんたに用なんかないが……」

うそぶきながらも、思ったよりあっさりと引き上げて行った。

2

古畑聖子は玄関から居間を通って台所へ直行した。その間に、総菜の入ったビニール袋とバッグはダイニングテーブルの上に置いてきた。流しの水道でさっと手を洗い、冷蔵庫の扉を開けて発泡酒の五百ミリリットル缶を取り出した。その場に立ったまま、まずは半分ほど一気に飲んだ。

その後の行動もいつもと同じだった。

二缶目の発泡酒を飲み終えると、熱めのシャワーを浴びて着替えをした。洗濯をしたり、ちょっとした片付けものをしたり、テレビを見たりしながら、今度は日本酒を飲みつづけた。ときには日本酒が焼酎やワインやウイスキーになったりすることはあっても、このパターンは変わらない。以前は食事を作っていたが、ここ二、三年は買ってきた総菜のパックをテーブルに出しておき、適当につまむだけで、夕飯は食べない。

夫の和重《かずしげ》――といっても聖子が離婚に同意しないので戸籍上そうなっているだけで、別居してかれこれ十年になる――は、聖子を「アル中女」と呼ぶ。穢《けが》らわしい唾棄《だき》すべきもの、であるかのように。が、それは間違っている、自分はアルコール依存症なんかではない、と聖子は思う。なぜなら、週に五日は朝九時から夕方の五時まで酒を一滴も口にしないでいられるのだから（アルコール依存症の患者にはそんな自制は利かないだろう）。勤めから帰ってからの週日の夜と仕事のない休日、ひとりで家にいるとき……睡魔に引きずり込まれるまでの間、アルコールの力を借りて自分の心を麻痺《まひ》させているだけである。心の内に住み着いている〝鬼〟が暴れ出さないように。

一旦〝鬼〟が目を覚まし、暴れ出すと、聖子は責めさいなまれ、眠るどころではなくなる。だから、〝鬼〟が目を覚まさないうちに、自分を丸ごとアルコール漬けにし、ベッドに倒れ込んでしまうのである。

だが、いつもそううまくいくとはかぎらない。睡魔が聖子を誘う前に〝鬼〟が起き出すこともあるし、一度は眠りについても午前二時、三時に聖子の目が覚めてしまい、それから朝まで地獄の責め苦を受けつづけることもある。それがあまりに辛《つら》くて耐えられないときは再びアルコールの力を借りるが、そうなると朝になっても仕事に行けない。

聖子には、和重との共有名義ながら所有している家――現在聖子が住んでいる三ＬＤＫのマンション――があるし、働かなくても十年ぐらいは食いつないでいけるだけの預金もある。言うなれば、死んだ娘・麗のおかげだった。麗殺しの容疑者・柏木喬に一審で有罪の判決が下った後、聖子たち夫婦は彼に対する損害賠償請求の民事訴訟を起こした。その結果、一億一千万円の賠償金――柏木の両親が、経営していた温泉ホテルを手放し、一人息子に代わって支払った——を手にしたのだ。といっても、その金はすでに半分近くに減ってしまっていたし、残りをいまつかってしまったら、年金をあまり当てにできない聖子の老後は非常に心許《こころもと》なくなる。だから、たびたび仮病をつかって欠勤し、クビになったら困る。

聖子の仕事は、N市の南の郊外にある団地の清掃である。公園のように広い敷地に十三階建ての集合住宅が十一棟建っている住宅都市整備公団のマンモス団地だ。ピロティ、廊下、階段、庭の掃除と、ほとんどは外の仕事なので、寒い冬と猛暑の夏は辛い。が、何の資格も技術も持たない、間もなく五十に手が届こうという女に、選《え》り好《ごの》みする自由は許されていなかった。時々、預金を全部つかい果たしたら死ねばいいではないか、と自棄的にならないではない。どうせ、自分の未来には何の楽しみも希望もないのだから……。しかし、自分はきっと臆病な人間なのだろう、と聖子は思う。夜ごと〝鬼〟に脅《おび》えながらも、朝になると何とか起き出し、ここ川添市——川添市はR県だが、川ひとつ渡ると東京だった——のマンションを出て、バスと電車を乗り継ぎ、四十数分かけて県庁所在地の職場まで通っている。

全身がだるくなるのに並行して、頭の芯もぼーっとしてきた。聖子は、眠気が徐々に自分を支配し始めているのを感じる。洗濯や衣類の片付けなど雑用が済んだので、エアコンの暖房は切ってあった。いまは一年のうちでもっとも寒い二月の初旬だが、電気代の節約のためである。代わりに炬燵《こたつ》のスイッチを入れ、綿入れ半纏《ばんてん》を羽織ってそこに足を突っ込んでいた。

炬燵の向こうではテレビがバラエティー番組を映しているが、ほとんど見ていない。日本酒のコップを適当に口へ運びながら、〝鬼〟が起き出さないように警戒し、起き出す前に睡魔が自分を眠りへ引きずり込んでくれるのをひたすら待っていた。

電話が鳴った。

聖子は首を起こし、周りをきょろきょろ見やった。

一瞬、その音が現実の音なのか夢の中の音なのか、判断がつかなかった。うとうとしていたらしい。

が、すぐに、それは夢でもテレビでもなく、部屋の電話が鳴っているのだとわかった。

それにしても誰だろう、と聖子は怪訝《けげん》に思う。彼女には電話をかけてくるような友達も知人もいない。和重が事務的な連絡をしてくることはあっても、年に一、二度だ。昼なら化粧品や墓地の販売、エステティックサロンへの勧誘といった可能性もあるが、そうした電話にしては時間が遅過ぎる。

間違い電話かもしれないと思ったが、聖子は炬燵から立ち上がり、ダイニングテーブルの上の子機を取った。

耳に当て、送話口に向かって「もしもし……」と言いかけるより早く、

「俺だ」

と、怒ったような声が聞こえた。

和重だった。

「何ですか?」

自然に聖子も硬い声を出した。やっと眠りに入れそうになったとき、現実に引き戻されたからだけではない。別の女と暮らし、小学生の子供までいる夫に愛想のよい声など出せるわけがない。

「また飲んだくれているのか?」

「飲んではいるけど、飲んだくれてはいないわ」

聖子は言い返した。

「いい加減にしとけよ」

「あんたに関係ないでしょう」

「おまえがぶっ倒れて死にでもすれば、俺に迷惑が及ぶんだよ。関係ないって言うんなら、離婚届に早く判を押せ」

「あんたが払うものをきちんと払えば、いつだって押すわ」

「半分ずつにしようというのに、何の不足があるんだ?」

「あんたが女を作って家を出たのよ。私を裏切ったのよ。慰謝料を払って当然でしょう」

「それじゃ、俺だって言うが、おまえが麗を殺したようなものじゃないか。おまえさえ遊び歩いていなければ、麗はあんな目に遭うことはなかったんだから」

和重の言葉が、聖子の中に眠っていた〝鬼〟を一気に意識の表へ引きずり出した。

私が麗を殺した――。

そう、私が殺したのだ。遊び歩いていたわけではないが、私が麗を殺したのだ。私が……母親である私が、最愛の娘の命を奪ったのだ。麗、許して。もうお母さんを許して。麗、お願い。二十年近くもさんざん苦しんできたお母さんを、もう許して……。

「違うか？　おまえは、自分が麗を殺したんじゃないと言い切れるか？」

和重が嵩《かさ》にかかって聖子を責め立てた。「俺は、おまえを信じて任せていたのに」

麗が死んだ当時、聖子たちは香西市の県営住宅に住んでいた。が、夫は半年前から兵庫県宝塚市へ単身赴任中だったのだ。

「二、三日前、電話で元気な声を聞いたばかりの娘が行方不明になった、深夜になっても帰らない、赴任先でそう聞かされたときの俺の気持ちが、おまえに想像できるか？　それで翌朝飛んで帰ってきたら、娘はすでに殺されていた――」

私だって……私だって、一人娘を失ったのだ、と聖子は胸の内で反論する。母親の私がどうして娘の死を願うだろうか。当時、私は夫を裏切って不倫をしていた。それさえなかったら、麗は死ぬことはなかった。だからといって、私が麗の死を、私のもっとも大切な宝だった娘の死を、望むわけがない。

「それなのに、おまえは、自分がしたことは棚に上げて……」

「切るわよ」

和重の言葉を無視して、聖子は言った。

麗が死んで、来週の木曜日（二月十二日）でまる十八年になる。この間、私は何度、夫から同じ言葉で非難されただろう、と聖子は思う。誰よりも強く自分を責め、誰よりも苦しんでいるのは私自身なのに。

麗が死んでからの歳月は、私の心の内を亀のようなのろさで流れた。一方、肉体には他人《ひ》《と》の二倍、三倍の速さで襲いかかってきた。そのため、まだ四十八歳なのに、初対面の人には七十過ぎの老婆と間違われることもしばしばなのだ。

「おまえ、また居直って……」

和重の声が怒気を帯びた。

「居直ってなんかいないわ。その話ならもうさんざん聞いたでしょう」

「それが居直りなんだよ」

「じゃ、勝手にそう思っていたら。そんなことを言うために電話してきたんなら、本当に切るわよ」

「ま、待てよ」

「じゃ、何?」

「おまえ、まだパソコンをやっているか?」

和重が突然、話題を変えた。

まだというのは、三、四年前、パソコンができれば就職に有利だと聞いて、市が開いた教室へ通ったときのことを言っているらしい。週一回の講習を三カ月受けた程度では、到底仕事に役立つところまではいかなかったのだが……。

「時々インターネットでホームページを覗《のぞ》くぐらいならね」

と、聖子は答えた。メールの送受信もできるが、やり取りをする相手がいない。

「それなら、話が早い。俺がこれから言うホームページを見てみろ。そこにおまえの名前が出ている」

「ホームページに私の名前?」

聖子はわけがわからずに聞いた。

「柏木喬のホームページだ」

「………!」

聖子は絶句した。

「柏木が、《私は殺していない!》というタイトルのホームページを開設した。開いたのは去年の秋、十月の中ごろらしい。昨日、知り合いに言われて、俺も初めて知った」

一昨年、二〇〇二年の七月、柏木喬が仮釈放されたことは聖子も知っている。和重が検事から連絡を受け、今夜のように電話で知らせてきたのだ。柏木が獄中でもずっと無罪を主張しつづけ、再審請求をしているという話は、それより前に聞いていた。

「そこに、どうして私の名前が載っているの？」

「それは自分で見たほうが早い。じゃ、言うぞ」

聖子は慌ててメモ用紙を用意し、和重が一文字ずつ区切りながら口にした柏木のホームページのアドレスを書き取った。

終わると、今度は聖子がそれを読み上げ、間違いのないことを確かめた。

「一言、注意しておくけど……」と、和重が最後に釘を刺すような言い方をした。「くれぐれも軽はずみな行動は取るなよ。おまえだってそれほどの馬鹿じゃないとは思うが、柏木はおまえを挑発しているんだからな」

柏木が挑発――？

いったいどういうことか、と聖子は思う。

彼女は電話の子機を充電器に戻すと、急いで引き出し式デスクの前に移動し、パソコンのカバーを開けて、電源を入れた。

酔いのため、動くと頭がくらくらしたが、眠気は完全に吹き飛んでいた。

3

二月二十四日——。

村上はいつものように、自分の畑で作ったネギをたっぷり入れた納豆に味噌汁という朝食を摂《と》ると、コーヒーを飲みながらゆっくりと新聞を読んだ。

居間の掛け時計が時報を打つまで待ちきれず、十時五分前に新聞を畳み、腰を上げた。部屋着にしているジャージのスポーツウェアをカーキ色の作業ズボンとジャンパーに着替え、タオルを首に巻いた。玄関へ行って長靴を履《は》き、下駄箱の上に置いてある麦わら帽子を被ると、

「行ってらっしゃい」

妻の昌江の冷やかしの目に見送られて玄関を出た。

村上はこれから自分の菜園へ行くのである。市が農家から借り上げた畑を小さく区切って市民に提供している貸し農園だ。現在は小松菜とネギぐらいしか作っていないが、間もなく春になれば、三坪ばかりの畑に六、七種類の野菜の種を播《ま》く。村上は宮城県の田舎町で生まれ、高校を卒業するまでそこで育ったが、家が雑貨商だったので農業をしたことはない。それなのに、三年前、市の広報を見て農園を借りるや、昌江に呆《あき》れられるぐらい

——自分でも意外だったが——畑いじりにのめり込んでいった。そしていまや、地域と学校の防犯講習会の活動とともに、野菜作りは村上の生き甲斐の重要な柱になっていた。

村上の家は大きくはないが、大都市の分譲地とは違う。敷地が二百二十平方メートル弱とまああの広さなので、南側には幼い孫たちが遊べる程度の芝生の庭があるし、玄関前にもツツジや紫陽花《あじさい》のちょっとした植え込みがあった。

村上は、その植え込みの間の狭い通路を門まで三メートルほど下《くだ》った。

門扉に錠は付いているが、昼は掛け金を落とすだけで施錠しない。光南台ではまだピッキングの被害は起きていなかったが、昨年、村上の提案で大半の家が玄関ドアに補助錠を付けた。だから、門扉の錠までいちいち掛ける必要はないのだ。

朝、新聞を取りに出たときに錠を解いておいたので、村上は掛け金を外し、門扉を押し開けた。

半ば習慣的に道の左手を見やり……息を呑むのと同時に足を止めた。

十字路のブロック塀の角に、柏木喬の黒いコート姿があったのだ。

久留島の祝賀会から明日でちょうど一カ月。この間、村上が柏木を見たのは二月十二日、一度だけである。十八年前に殺人事件が起きた日に現われたことから、柏木の何らかの意思あるいは意図を感じたが、それから二週間近く彼の姿を見なかったので、今日もいないだろうという無意識の思い込みが村上の中に生まれていたらしい。

柏木は塀際に立って、村上のほうをじっと見ているだけで、動こうとしない。

村上も、門を出て歩道に立つと、相手を睨《にら》み返した。

——柏木の目的は何なのか？

昨年の秋以来、村上はずっと考えているが、わからない。久留島の祝賀会にまで現われ、何を企《たくら》んでいるのか……。彼を逮捕して刑務所へ送った村上に対する逆恨みから、嫌がらせをしているのは確実だ、と思う。が、単にストーカーまがいのことをして村上を不安に陥れようとしているのか、それともこれから具体的な行動を起こすつもりで準備をしているのか、どちらとも見当がつかない。もし前者なら、危険はないので、無視すればいいわけだが……。

前回、久留島の祝賀会に現われた理由と合わせて村上は問い質《ただ》そうとした。だが、柏木はいつものように惚《とぼ》けるだけで、心の内を覗かせるような言葉は一切口にしなかった。

睨み合っていても仕方ないので、村上は身体を回し、ガレージのシャッターを上げた。

——今日こそヤツを問い詰め、魂胆を探り出してやる。

そう思いながら、ガレージの中の自転車を歩道へ出した。シャッターを下ろし、ふだん昼は掛けない錠を掛けた。

見やると、ブロック塀の角から柏木の姿が消えていた。

立ち去ったとは思えないが……。

村上はとにかく、菜園とは逆の方角へ自転車を漕ぎ出した。

が、十字路の角まで行っても、柏木の姿はどこにもなかった。ブロック塀に沿って右に曲がり、六、七十メートル先のバス通り——造成地内のメインストリート——まで行ってみた。それでも同じだった。信号の付いた交差点の左手前は児童公園だが、公園には二、三の遊具とベンチがあるだけで、人が身《み》を隠せるようなトイレや樹木はない。

ということは、ほぼ碁盤目状に造られた通りのどこかへ入ってしまったらしい。こちらは自転車なので、その気になれば捜せないことはなかったが、村上はやめた。散歩している人間のあとを尾《つ》けるのかと居直られるだけだろう。

村上は交差点を渡って右へ折れ、いつもより一ブロック回り道しただけで菜園へ向かった。

このあたりは、かつては村外れで、土地の人が言うところの「山」だったところである。山といっても低い丘陵や藪原《やぶはら》のことで、光南台はそれらを崩し、均《なら》して造られた。だから、造成地を出て、左右に「山」が少し残っている道を抜けると、街へ着く手前に「村」がある。畑の中に屋敷森や生垣に囲まれた農家が点在する昔からの集落だ。

村上は、その集落の途中で駅へ向かうバス通りから逸《そ》れ、北に進路を変えた。畑の中を通っている、小型トラックがやっと擦《す》れ違えるだけの幅しかない簡易舗装の道である。

かつては農道だったらしいその道は、JR浜浦線のガード下をくぐり、国道を越して、神香《しんこう》川まで延びている。神香川は、光南市の西に隣接する香西市の春茅《はるがや》沼から流れ出ている小さな川だが、河川敷だけは広く、市営の運動公園――野球場とサッカー場――が造られていた。村上が借りている菜園は、運動公園の手前の土手下にあり、集落からの距離は約一・五キロ。バス通りとの分岐からはずっと緩やかな下りだった。

村上は、ほとんど抵抗のないペダルをゆっくりと漕ぎながら、柏木の意図について考えつづけた。

初めて柏木の監視に気づいてから、すでに三カ月以上が経《た》つ。この間、繰り返し考えているのだが、はっきりしない。柏木の行動が村上に対する悪意と敵意から出たものであるのだけは確実だと思うが、具体的に何を狙っているのかがわからない。

それにしても、逆恨みもいいところだった。人の命を奪ったからには、生涯、罪を悔いて生きなければならないのに、自分の犯罪を暴いた刑事に嫌がらせをするなんて、お門違《かどちが》いもはなはだしい。なんてヤツだ、と思う。村上は、柏木という男に強い怒りを覚えながら、十八年前の事件について思い起こした。

殺人事件としての捜査は、一九八六年二月十三日午前十時過ぎ、香西市の南の郊外にひろがる香西風土記が丘公園の松林で前日の夕方から行方不明になっていた少女の変死体が見つかったことから始まった。

香西風土記が丘公園は、事件の六年前、香西古墳群のある山林を整備して造られた県立の歴史自然公園である。広さはおよそ百十ヘクタール、甲子園球場の約二十八倍。園内には三十基近い円墳、前方後円墳が古《いにしえ》からの形《すがた》をとどめており――ほとんどが盗掘に遭ってはいたが――、松林や池はもとよりヤマユリの群生地なども建設前のままに残されていた。公園のほぼ中央には縄文、弥生、古墳時代の出土品を展示した三階建ての博物館があり、博物館の屋上からは北に四キロほど離れた春茅沼はもとより、空気の澄んだ日には遠く富士山まで望めた。入口は南と東・西に付いていて、正門ともいうべき南口のそばには大きな駐車場が設けられているが、園内の道は、整備専用路を除けば車の往来が自由だった。

少女の死体が見つかった現場は公園の北の端に近い松林の中である。一般の車が通行できる道からわずか七、八十メートルしか離れていない場所だった。とはいえ、そこは、高さが十メートルほどある斜面の下だったので、道からは見えず、園内の草刈りや清掃をするために雇われている地元の主婦が見つけた。

少女は、前日の夕方から行方不明になり、捜索願が出されていた、市内豊町の県営住宅に住む古畑麗（八歳）と判明した。母親の古畑聖子が確認したのである。

麗は、全裸にされて枯れ草の上に仰向《あおむ》けに寝かされ、顔から上半身にかけてはピンクのナイロンジャンパーが、下半身にはベージュの綿ズボンが掛けられていた。聖子によると、いずれも麗が着ていたものだという。また、麗の履いていたズック靴も足のすぐそばに落ちていたが、麗が身に着けていたキティちゃんの絵入りのパンツと肌着のシャツ、胸にパンダの顔が刺繍《ししゅう》された黄色いセーターは、犯人が持ち去ったらしく、林の中のどこを捜しても見つからなかった。

その後、古畑麗の遺体はN大学医学部法医学教室で司法解剖され、死亡推定時刻は前日十二日の午後四時から六時ごろまでの間、死因は手で首を圧迫されたことによる窒息――犯人はハイネックのセーターの上から顎《あご》の下に手を当て、麗の頭を何かに押しつけたらしい――と判明した。遺体には暴力をふるわれた痕跡はなく、性的な悪戯《いたずら》を加えられた跡も認められなかった。また、遺体からも、遺体が横たえられていた周辺からも精液は検出されず、陰毛や体毛も見つからなかった。とはいえ、全裸にされて、パンツと肌着のシャツが奪われていた事実から――下着と一緒にセーターまで持ち去られていた理由ははっきりしなかったが――犯人は何らかのわいせつな行為を目的に麗を誘拐し、殺害した可能性が高い、と見られた。

被害者の古畑麗は香西市立豊小学校の二年生だった。写真で見ると、丸顔の可愛い顔立ちをしていた。友達や近所の人の話によると、誰とでも気軽に話す、人一倍明るく人なつっこい性格だったらしい。卑劣にも、犯人は麗のそうした性格につけ込んだものと思われた。現在は、「見知らぬ人間に声をかけられても近寄ってはいけない。ましてや、知らない人の車になど絶対に乗ってはいけない」というのが親や教師の教えになっている。要するに、人を見たら人さらい、変質者と思え、というわけだ。が、一九八六年の二月といえば、幼い女の子を持つ親たちを強い恐怖と不安に陥れた埼玉・東京連続幼女誘拐殺人事件の最初の殺人が起きる二年半前である。このM・T事件の後、卑劣漢や変質者による少女の誘拐事件、拉致《らち》事件が何件も起きたが、当時はまだ自分の子供や生徒にそんな注意を与える親や教師は少なかった。「人は疑うよりも信じなさい」というのが子供に対する教えの基本だった。それだけ、力の弱い子供に悪さをするような卑劣な犯罪は少なかったわけで、逆から見ると、わずか二十年足らずの間に日本は何とも情けない国――弱者である老人まで平気で食い物にする振り込め詐欺（オレオレ詐欺）なども同じ根の犯罪だろう――になってしまったのだった。

被害者の麗は兄弟がなく、一人っ子だった。死体の見つかった香西風土記が丘公園から二キロほど離れた県営豊町団地に両親と三人で暮らしていた。団地は、南を向いて二棟ずつ横に並んだ四階建て集合住宅が鉄道の枕木状に六列、十二棟建っており、麗たち一家の住まいは三号棟の四〇五号室。父の和重（三十七歳）は東京日本橋の薬品販売会社に勤めるサラリーマンで、事件当時は兵庫県宝塚市の支店へ単身赴任中だった。母の聖子（三十歳）も市内の給食会社で週に四日、午前十時から午後三時まで働いており、麗はいわゆる鍵っ子であった。

行方不明になった二月十二日も、麗は午後二時過ぎに学校から帰ると、自分で玄関の鍵を開けて入り、しばらくはひとりでテレビを見たり、漫画本を読んだりしていたらしい。それから団地の外に住んでいる友達・有沢美紀《ありさわみき》に電話をかけ、家から約五百メートル離れた小学校前の市立公園で会う約束をしたのが四時前後（その日は母親の聖子が駅前の大型スーパーで買い物をしてくるので帰りが少し遅くなると言われていた）。その後、四時十分〜十五分ごろ、同じ棟に住んでいる主婦が、三号棟北側の通路を団地東側の道路のほうへ歩いて行く麗の姿を見たのが最後で、あとは目撃者がいない。

麗が市立公園へ行くためには、団地東側の市道を南へ七、八十メートル進んで丁字路にぶつかったところで東（左）に折れ、約三百メートル行って県道との交差点を渡り、さらに百メートルほど直進しなければならない。その道の左側が豊小学校の正門、右側が市立公園の入口だからだ。

香西市における二月十二日の日没は五時二十分前後。その日は晴れていたし、四時を十分か二十分過ぎた時刻なら西の空にまだ陽が残っていた。路線バスが通っている県道は車の往来がかなりあるので、麗が交差点を渡って歩いて行けば、目撃者の一人や二人いても不思議はない。それなのに誰も見ていないということは、麗は団地東側の市道か、丁字路で東に折れて交差点へ行くまでの間——ここも市道だった——に犯人の車に乗せられた可能性が高い。ただ、その時間、子供の叫び声か悲鳴のような声を聞いた者はいないので、麗は強引に拉致されたのではなく、巧妙に誘われて車に乗せられたのではないか、と推測された。

有沢美紀は、しばらく公園で待ったが麗が現われなかったので、どうしたのかなと思いながら家へ帰った。そして麗の家に電話しても誰も出なかったため、漫画本を読み出し、そのまま忘れてしまった。だから、麗が行方不明になっているらしいと美紀が知ったのは六時半近く、麗の母親の古畑聖子から「麗を知らないか？」という問い合わせの電話がかかってきてからだった。

古畑聖子が帰宅したのは、いつもより一時間から一時間半遅い五時ごろである。家に麗の姿はなかったが、聖子はべつに気にかけなかった。ふだん四時前に帰宅しても、いるときといないときと半々ぐらいだったし、団地内の広場で友達と遊んでいるのだろう、と漠然と思っていたからだ。

五時半を過ぎると多少気になり出したが、それでも心配するというほどではなかった。いまに帰ってくるだろうと思っていたので、帰ったらもう少し早く帰るように注意しなければ、と考えただけだった。

六時になり、窓の外がだいぶ暗くなっても帰らないため、少し心配になり出した。とはいっても、遊びに夢中になって時間を忘れているとしか想像できないので、半分は腹を立てていた。〝変だな、どうしたのだろう〟と強い不安を覚え始めたのは、六時を二十分ほど回ったころである。

もしかしたら家の中で友達と遊んでいて、暗くなったのに気づかないのではないか、聖子はそう思い、麗と一番仲の良い有沢美紀の家に電話した。

すると、美紀が、四時半に麗と市立公園で待ち合わせたが麗は来なかった、しばらく待って家に帰り電話したが、誰も出なかった、と言った。

それを聞き、聖子は顔から血が引くのを感じた。

悪い想像が頭を駆けめぐったが、そんなことはない、どこかで遊んでいるだけなのだ、と必死に自分に言い聞かせた。ともかく、麗が行っている可能性のある友達の家に片っ端から電話をかけた。

だが、麗の同級生も団地の友達も、学校で別れた後、あるいは学校から一緒に帰った後、麗の姿を一度も見ていない、と答えた。

聖子は居ても立ってもいられなくなり、外へ出て、「麗ちゃーん、麗！」と大声で麗の名を呼びながら団地の中を捜し回った。もっと早く有沢美紀に電話してみればよかった、と後悔した。節分を過ぎてだいぶ日が延びたとはいえ、外灯の光が届かない植え込みの陰などはもう真っ暗だった。聖子は恐怖に心臓を鷲《わし》づかみにされながら、懐中電灯で物陰を照らして歩いた。

団地の祭りの晩や友達の誕生会などに招かれたときを除き、麗がこんなに暗くなるまで帰ってこなかったことはない。もしかしたら、何らかの事故か事件にでも巻き込まれたのだろうか。いや、そんなことはない、いまに「遅くなってごめんなさい」とひょっこり可愛い顔を見せるにちがいない、きっと帰ってくるにちがいない、聖子はそう自分に言い聞かせ、思おうとするが、胸の底から湧き上がってくる不安と恐怖はどうしようもなかった。

聖子は最悪の想像に戦《おのの》きながら、強い後悔と自責の念にさいなまれていた。どうして今日買い物になど行ったのだろう、と悔んだ。スーパーの《冬物衣料　半額大バーゲン》は来週いっぱいつづいている。だから、初めは日曜日に麗と一緒に行く約束だった。それなのに、早く行かないと良い物がなくなってしまうという同僚たちの言葉に煽《あお》られ、なかなかウンと言わない麗を渋々承知させて、勤めの帰りに回ったのだった。

麗がもしこのまま帰ってこなかったら、と聖子はさらに思う。夫の和重にどう申し開きをしたらいいのだろう。和重は一人娘の麗を目に入れても痛くないほど可愛がっていた。きっと激怒し、聖子を責めるにちがいない。殴るかもしれない。いや、夫の怒りなど、どうだっていい。そんな問題は二の次、三の次だ。どんなに責められようと、罵《ののし》られようと、殴られようと、たいした問題ではない。それより、もし麗がいなくなったら、自分はこれから生きていけるだろうか。食べて飲んで、働いて、友達とお喋《しゃべ》りをして……というように、これまでと変わらずに生きていけるだろうか……。

聖子の涙まじりの呼び声を聞いて、団地の住民たちが、「何事か?」と次々に集まってきた。そして、最終的には三十人近くが、周辺の道路や空き地、小学校、市立公園と、手分けして麗を捜し回った。しかし、それでも麗は見つからず、聖子は警察に捜索願を出したのだった(古畑和重は、その後聖子から電話で知らせを受け、翌朝一番の飛行機で単身赴任先の宝塚から帰った)。

聖子の届け出を受けると、村上たちは捜査と捜索を開始した。麗が拉致されるか誘拐された可能性を念頭に置いての行動だった。聖子や有沢美紀の話から、家出のセンは薄かったからだ。しかし、豊町団地と団地周辺の聞き込みからは、近所の主婦が目撃した四時十分〜十五分以後、麗と思われる少女を見たという者は見つからず、事件に関係している疑いのある人物や車の目撃情報も得られなかった。また、どこからも古畑家に子供を誘拐したという電話はかかってこなかった。

そうして一夜明けた二月十三日、豊町団地から南東に二キロ――路程は約二・五キロ――離れた香西風土記が丘公園で麗の遺体が発見されたのだった。

この時点で、普通なら県警本部の刑事部捜査一課が中心になった捜査本部か特別捜査本部が設置されるところである。だが、そのときR県下では、〝わずか二カ月の間に三件の殺人事件と一件の強盗事件が発生する〟という県警本部始まって以来の異常事態がつづいていた。捜査一課の三つの強行犯捜査係（殺人班）ばかりでなく、強盗犯捜査係も出払っていた。

そこに、さらにもう一件、誘拐殺人事件が加わったわけだが、手が足りない。

そのため、一応、香西署に県警刑事部長を本部長とする捜査本部が開設されたものの、当面——三つの殺人班のいずれかが担当する本部事件を解決するまで——実質的な捜査は所轄署の刑事防犯課が中心になって担うことになった。

この変則的な捜査態勢は、捜査副本部長の一人として本部長代行も兼ねることになった署長の久留島にとっては、もしかしたら重圧のほうが大きかったかもしれない。

だが、村上は、この話を聞いたとき、

——面白い、所轄署の力を見せてやろうじゃないか。

と、大いにやる気を刺激された。彼とて責任の重大さから強い緊張を覚えなかったわけではない。が、それ以上に、自分たちだけの力で犯人を挙げ、他の本部事件でもたついている県警本部殺人班の連中の鼻を明かしてやりたい、という気持ちのほうが強かった。また、これは自分にとって二度とめぐってこないビッグチャンスかもしれない、とも思った。ここで力を示せれば、今後の昇進につながる可能性が大いにある（実際、村上が署長にまでなれたのはこの事件を解決した功績によるところが小さくなかった）。そういう意味でもやりがいのある仕事と言えた。

当時、香西署には警務課、警備課、警ら課、交通課、刑事防犯課の五つの課があったが、警務課は事務なので、他の三つの課が捜査に関わった。特に刑事防犯課の場合、どうしても手が離せない案件を抱えていた数人を除いて、捜査一係、捜査二係、防犯係、少年係、保安係、鑑識係と六つの係のほぼ全員が捜査本部に組み入れられた。要するに、後方からの援護を含めると、〝香西署全署を挙げて〟に近い捜査態勢が組まれ、久留島・村上を中心にした捜査が開始されたのだった。

村上たちは、犯人が車をつかって古畑麗を拉致するか誘拐したのはほぼ間違いない、と考えた。その場合、拉致された時間は十二日午後四時十分から二十分までの間、拉致された場所は豊町団地三号棟から一号棟にかけての東側市道か、その先の丁字路から県道に至るまでの市道沿い、どちらかだった可能性が高い――。

そうした推測のもとに、村上たちは、その時間帯と場所で麗または犯人と思われる人間を見た者がいないか、犯人が乗っていたと思われる車を見た者がいないか、聞き込みを進めた。さらには、豊町団地から香西風土記が丘公園へかけての道路――県道を南へ二キロほど行って東へ五百メートルほど入るもっとも一般的な経路――沿い、風土記が丘公園内の駐車場、博物館周辺と、麗らしい少女を乗せた車の目撃者捜しに力を注いだ。

しかし、一日経ち、二日経っても、そうした主力の捜査からは芳しい成果が得られなかった。目撃者がまったく見つからないのである。

どういうわけだろう、と村上たちは頭を抱えた。車を利用したと考えたのが誤りだったのだろうか。あるいは、拉致された時間、拉致された場所に関する判断が狂っていたのだろうか。村上たちはそう思い、もう一度検討を加えてみたが、やはりそれらは間違いないように思われた。

では、どうしたらいいのかと思案しているとき、注目すべき事実が判明した。

村上たちは、犯人が事前に下見をしていた可能性を考え、事件の前、ふだん見かけない挙動不審な人間か車を団地周辺で見た者がいないかどうか、についても聞き込み捜査を行なっていた。また、知らない人間から声をかけられた子供はいないかどうか……。

それらの捜査を担当した刑事たちから次のような報告が上がってきたのである。

◎事件の前、半年ほどの間に、シルバーメタリックのセシリオが複数回、豊町団地東側の市道および敷地内の通路に駐《と》まっていた。

◎その車を運転していたのは二十代半ばぐらいの大柄な男だった。

◎同じセシリオと見られる車は、事件の起きた二月十二日の午後三時半ごろにも七号棟北側の空き地に駐められており、若い男が運転席で音楽を聴きながら雑誌を読んでいた。

これらの事実は、肝腎の目撃者が見つからずに弱っていた村上たちを励ました。世の中、悪いことだけでなく、良いこともつづくものらしい。

次いで、若い男の運転するシルバーメタリックのセシリオが、同日午後五時半ごろ、香西風土記が丘公園内の博物館近くを走っていたことが判明した。

それだけではない。

さらに二つの事実がわかった。

一つは、事件の十日ほど前、古畑麗が「優しいお兄さんに車に乗せてもらった」とクラスの友達に自慢げに話していた、という耳寄りな情報を別の刑事たちが聞き込んできたのである。

麗がその級友に話したところによると、前に一度見かけたことのあるお兄さんが団地の横の道に車――色や車種は不明――を駐めて音楽を聴いていたので、近寄って行って「何をしているの?」と話しかけた、するとお兄さんが「友達を待っている」と答え、「乗りたければ十五分ぐらいなら乗せてやるぞ」と言った、そこで麗は助手席に乗り込み、団地の北二キロほどのところにある春茅沼までドライブしてきた――。

もう一件もこれと似ていた。

古畑麗と同じ団地に住み、同じ豊小学校へ通っている五年生の少女の体験だ。

少女は六号棟に住んでいる佐久間那恵《さくまなえ》(十一歳)。那恵は、事件の一カ月ほど前、学校から帰る途中、前から走ってきた白っぽい乗用車に乗った若い男に、市立図書館へはどう行ったらいいのかと声をかけられた。そして、ここまで送ってくるから車に乗って教えてくれないか、と誘われたのだという。那恵が断わったために、男は残念そうな顔をして走り去ったが……。

これらの情報を得た翌日、村上たちは、シルバーメタリックのセシリオに乗っていた男の名をつかんだ。豊町団地七号棟に住んでいる木下拓郎《きのしたたくろう》という大学生が、団地内を聞き歩いていた刑事たちに、友人の柏木喬がセシリオを運転して時々遊びに来ていた、と話したのだ。木下によると、彼と柏木はともにN市にあるN大学法学部の四年生で、木下は四月から県立高校の社会科教師になることが決まっていたが、柏木は司法試験を目指すために留年するのだという。

報告を受けた村上は昂奮《こうふん》した。

二月十二日の午後三時半ごろ、七号棟北側の空き地に駐められたセシリオと見られる車の中で音楽を聴きながら雑誌を読んでいた男、さらには同日午後五時半ごろ、香西風土記が丘公園内をセシリオで走っていた若い男――それがいずれも柏木喬だった可能性が高くなったからだ。

その日、木下拓郎は別の友人と出かけていて夜まで帰らなかった。また、彼の家族も留守だった。そのため、柏木は木下の行き先や帰宅時間がわからず、七号棟北側の空き地にセシリオを駐めてしばらく待っていた。しかし、拓郎本人も彼の家族もなかなか帰らないため、諦めて車を出した。と、十日ほど前に春茅沼まで一緒にドライブをした麗と出会った。そこで、再び彼女を誘ってセシリオに乗せ、香西風土記が丘公園まで行って殺害した——。

そう想像された。そう考えて、少なくともこれまでに判明した事実との矛盾はない。

村上は、翌朝さっそく刑事たちを柏木喬の住んでいるN市のマンションへ遣《や》り、事情を聞かせた。

柏木は、事件の十日ほど前、麗と思われる少女に話しかけられ、彼女を車に乗せて春茅沼まで行った事実は認めた。が、一カ月前であれいつであれ、別の少女（佐久間那恵）に図書館へ行く道を尋ねたことはない、と言った。また、十二日は午後から東京へ本を買いに行っていたので香西市へは行っていない、と事件との関わりを否定した。

その日、東京へ行っていたことを証明する者はいるか、と刑事たちは質した。

柏木は、新宿の紀伊國屋書店で本を買った後、映画を見たが、ずっとひとりだったのでそんな者はいない、ただ、見た映画の筋なら覚えている、と答えた。

刑事たちの報告を受けた村上は、柏木は嘘をついているにちがいない、と思った。といって、アリバイがないというだけではどうすることもできない。

事件の日の午後、豊町団地七号棟北側の空き地にセシリオを駐めていた男を見た団地住民に柏木の写真を見せたが、雑誌を読んでいるのを通りがかりにちらっと見ただけなので顔まではっきりしないという。また、佐久間那恵に同じ写真を見せても、よく覚えていないし、自分に話しかけた男かどうかわからない、という答えだった。

柏木が犯人なら、彼は必ず麗を自分のセシリオに乗せているはずである。村上たちはそう考えて、セシリオ車内のゴミを調べさせてくれ、と頼んだ。柏木は初め、「自分はこれでも法律を勉強している人間である、そうした強引な捜査に協力する義務はないので、どうしても調べたいのなら捜索状を用意しろ」と言って彼らの申し出を拒んだが、最後は渋々了承した。

——車内はすでに掃除されてしまっている可能性が高いかもしれない。

村上たちはそう思いながらも、セシリオの助手席とリアシートの周辺からゴミを集め、それらを科学捜査研究所へ送って調べた。

すると、助手席のシートカバーから麗の毛髪と、麗が事件の日に着ていた黄色いセーターの繊維《せんい》——セーターは犯人に奪われてしまっていたが、麗の自宅から採取されたのと同じ色、形状の羊毛繊維——が見つかった。

村上たちは昂奮し、勇み立った。

だが、それも束の間、母親の聖子によると、事件の十日ほど前も麗は同じセーターを着ていたという。

そのため、

――春茅沼までドライブしたとき、少女は暑いと言ってジャンパーを脱いだから、セーターの繊維や髪の毛はそのとき落ちたにちがいない。

という柏木の主張を崩すことはできなかった。

柏木喬の両親は、福井県のA温泉で大きなホテルを経営していた。彼は両親が四十歳を過ぎてから生まれた一人息子のため、溺愛《できあい》されて育ち、小さいころから欲しいものは何でも手に入る贅沢な暮らしをしてきたらしい。事件当時も、大学入学と同時に買ってもらった二LDKのマンションに住み、国産高級乗用車セシリオを乗り回していた。そうした育ち、環境からくるものだろうか、彼を尋問した刑事たちの印象は、〝人を見下したような態度を取る鼻持ちならない男〟というものだった。両親や友達には、留年したのは司法試験を受けるためだと言っていたが、あまり勉強しているようには見えず、本気で法曹を目指しているのかどうかは疑問らしい。ただ、友人の木下拓郎によると、少し傲慢《ごうまん》で取っつきにくい、いわゆる〝お坊ちゃん〟だが、けっして邪悪な人間ではなく、ましてや小学生の少女を殺せるような男ではない、と言うのだが……。

古畑麗の死体は全裸にされて、パンツと肌着のシャツ、セーターが奪われていたものの、丁寧に扱われた印象があった。また、変質的な幼女性愛者が犯人なら、性器に悪戯を加えたり、腹の上に射精したりする場合が少なくないのに、麗の身体はそうしたことがなく、綺麗だった。その点、村上たちは多少引っ掛からないではなかったが、幼女性愛者のみながみな死体を乱暴に扱ったり、死体に悪戯や損傷を加えるわけではない。それに、幼女嗜《し》好《こう》の傾向がない人間が犯人なら、死体を裸にして下着を奪うこともないだろう。だから、犯人は変質者とまでは言えなくても少なくともロリコンの傾向がある男であるのはほぼ間違いない――。

その点も、柏木を犯人と見て矛盾しない。彼は乱暴な人間ではないらしいし、金があって顔も悪くないのに、恋人も特定のガールフレンドもいないようだったからだ。木下拓郎は、ロリコンとは思えないと言うが、ただ、女性にあまり興味を示さないらしい。それでいて、小学二年生の麗に話しかけられると自分の車に乗せているのである。幼女嗜好、少女嗜好の傾向は大いに考えられた。

といって、そうした事情だけでは、村上たちは柏木に対してどうすることもできない。任意で呼んで追及するためにも、最低限、事件の日に香西市へ来ていた事実をつかむ必要があった。

村上たちがそう考えて、柏木の目撃者捜しにさらに力を注ぐと、事件の日、柏木らしい人物とシルバーメタリックのセシリオを見た、という者が見つかった。

宅配便の配達員である。

目撃した時間は十二日の午後四時から四時半ごろの間、場所は豊町団地七号棟北側だった。配達員によると、柏木の年齢、容姿に符合する男は団地東側の市道のほうから歩いてきて、空き地に駐められていたシルバーメタリックのセシリオに近づき、乗り込んだのだという。その話を聞いた刑事が配達員に柏木の写真を見せると、彼は、自分の見たのはこの男に間違いない、と断言した——。

この証言を得て、村上たちは柏木を任意で香西署へ同行し、まず、香西市へ来ていながら東京で映画を見ていたと嘘をついた点を追及した。

柏木は初め、青い顔をしながらも、自分は嘘なんかついていないと言い張った。

だが、それなら宅配便の配達員をここへ呼んで会わせると村上が脅すと、意外にあっさりと、十二日の午後豊町団地へ来ていた事実を認めた。

柏木が言うには、その日の午後三時ごろ、彼は木下拓郎を訪ねて豊町団地まで行った。だが、拓郎も彼の家族も留守だったので、しばらく七号棟北側の空き地にセシリオを駐め、音楽を聴きながら待っていた。近くへ買い物にでも出たのならじきに帰るだろうと思ったからだという。しかし、一時間ほど待って、団地東側の市道へ出たところにある公衆電話から木下宅に連絡を入れてみても誰も出ない。そこで、仕方なく車に戻り、N市のマンションへ帰った——。

柏木はそう説明してから、その日、自分は麗と思われる少女を見ていないし、ましてや彼女を車に乗せてなどいない、香西風土記が丘公園へ行った覚えもない、と主張した。

では、なぜ東京へ行っていたなどと嘘をついたのか、と村上は追及した。

あらぬ疑いをかけられたら面倒になると思ったからだ、と柏木が答えた。

——嘘をつくな！

と、同席していた刑事が怒鳴った。

——嘘じゃありません。本当です、これは本当です。

と、柏木が村上に訴えるように言った。

柏木宅を訪ねた刑事から聞いていた〝人を見下したような態度を取る鼻持ちならない男〟という印象は嘘のようだった。いま村上の前に座っている肥満気味の男は、大きな身体をすぼめ、脅えたような目をしていた。何の能力もない若造が親の金を自分の力だと錯覚していたが、ここでは親の金など何の役にも立たないことを思い知らされているのかもしれない……。

それはともかく、村上たちが柏木を追及している間にも、刑事たちは柏木と彼のセシリオの目撃者捜しをつづけていた。

これまでも、豊町団地から香西風土記が丘公園へ至る道沿いや風土記が丘公園内でシルバーメタリックのセシリオ、あるいはセシリオらしい車を見た、といった情報は何件か寄せられていた。しかし、いずれも目撃者の話は曖昧《あいまい》で、柏木のセシリオだと特定することはできなかった。また、彼らのほとんどは、乗っていたのは運転席の男だけだったような気がすると言った。中には、助手席の窓に女の子らしい顔が見えたという者もいたが、刑事が突っ込んで質すと、もしかしたら自分の見間違いかもしれない、と途端に自信のない口振りに変わった。

古畑麗は身長が百十七センチしかなかったので、助手席に身体を沈めていれば、近くに寄って窓から覗き込まないかぎり、外からは見えなかったかもしれない。だから、セシリオに乗っていたのは運転席の男だけだったようだという証言は、麗が同乗していたことを必ずしも否定するものではない。とはいえ、男が柏木であるという証拠がないのでは、彼を追いつめるのは難しかった。

柏木の供述を突き崩すための強力な武器が見つかったのは、事件の一週間後、二月十九日だった。

県道から香西風土記が丘公園のほうへ入る角に、開店して間もないコンビニエンスストアがある。そこの店員の加地翔太《かじしょうた》が、事件の日の夕刻、柏木と思われる男を見ていたのだ。加地が言うには、午後五時ごろ、顔、年齢、体つきとも柏木そっくりの男が店に来て、おにぎり三個とサンドイッチ一パック、それにお茶とリンゴジュースのペットボトルをそれぞれ一本ずつ買った。ドアのすぐ外にシルバーメタリックのセシリオを駐めたので印象に残っていたのだという。ただ、助手席に女の子が乗っていたかどうかまではわからない。

この証言により、柏木がセシリオに麗を乗せて香西風土記が丘公園へ向かった可能性がいっそう高くなった。麗が一緒にいたので二人分の食べ物と飲み物を買った、と考えられるからだ。

ただ、シートに身体を沈めているようにと麗に言ってあったとしても、犯行現場の近くで買い物をするなんて、殺人を目論《もくろ》んでいた人間の行動としては軽率すぎる。不用心すぎる。

と考えると、この時点では麗を殺すつもりはなかった可能性が高い。麗の人なつっこい性格を利用して悪戯をしてやろう、という気ぐらいはあったかもしれないが……。とにかく、コンビニに立ち寄って買い物をしたのは、香西風土記が丘公園へ行って二人でそれを食べるつもりだったのだろう。その後の経緯については柏木の供述を聞かないかぎりはっきりしないが、麗の胃の内容物におにぎりもサンドイッチもなかった事実は、麗はそれらを食べる前に殺されたことは間違いない。

村上たちは、加地翔太の目撃証言をさっそく柏木に突きつけた。

しかし、柏木は、店員が人違いしているのだ、自分はそんなコンビニに行った覚えはない、と言い張った。

村上たちは、その日は柏木を自宅に帰した。ただ、逃亡を防ぐため、N市のマンションまで覆面パトカーで送り届け、刑事を張り込ませた。そして翌二十日、逮捕状を取ったうえで再び任意同行し、加地翔太による面通しを行なった。

マジックミラーを透《とお》して柏木を見た加地翔太は、事件の日の夕方店へ来た男に間違いない、と証言。村上たちは逮捕状を執行し、柏木の身柄を拘束した。

その後、村上が、いつまでシラを切りつづけたら気がすむのかといっそう厳しく追及すると、柏木は、

――すみませんでした。

と弱々しく頭を下げ、十二日の午後五時ごろ、コンビニに寄っておにぎりやサンドイッチを買った後、香西風土記が丘公園へ行った事実を認めた。

といって、犯行を認めたわけではなく、おにぎりやサンドイッチは自分がひとりで食べるために買ったのであり、セシリオには麗にかぎらず誰も乗せていなかった、と主張した。香西風土記が丘公園へ行ったのは、時間を潰《つぶ》してまた木下拓郎を訪ねるためであって、麗の事件とは関係ない、というのだった。

――僕は食事もおやつも普通の人の二倍ぐらい食べるんです。それで、そのときも沢山買ったんです。信じてください。

柏木が懇願するような目を向けた。

――さんざん嘘をついておいて、そう簡単に信じられるか。

村上は怒鳴った。

――でも、事実です。今度こそ事実なんです。

——じゃ、それらをいつ、どこで食べて飲んだんだ？

——風土記が丘公園の西の外れにある池のそばです。木立の中に車を斜めに突っ込んで駐め、運転席で食べました。

——そんなところに駐まっていたおまえの車を見た者などいないんだよ。

——そのとき別の車が通ったかどうか、覚えていませんが、通ったかもしれません。もし通っていれば、僕が運転席でひとりで食べているのを見ているかもしれません。調べてください。もう一度よく調べなおしてください。

——おまえがもっと早く話していれば調べられたかもしれないが、もう無理だ。

——ですが……。

——それに、たとえおまえがひとりで食べているのを見た者がいたとしても、そんなのはおまえが麗ちゃんを車に乗せていなかったという証明にはならん。

——なぜですか？

——おまえがむしゃむしゃ食って飲んでいるとき、麗ちゃんはすでにおまえに殺され、助手席のシートの上か下に寝かされていたのかもしれんからだ。

——そんな！

——おまえが何と言って麗ちゃんを車に乗せたのかは知らないが、とにかく豊町団地の近くで四時十五分ごろ麗ちゃんを乗せ、香西風土記が丘公園まで行った。ただ、直行したにしてはコンビニに五時ごろ寄ったというのは時間がかかりすぎるから、どこかを回ってから行った。違うか？

――違います。もちろん違います。その日は僕は麗ちゃんを乗せていません。また、僕が豊町団地の空き地から車を出したのは四時四、五十分ごろだったので、真っ直ぐ行ったら五時近くになったんです。

――柏木、そろそろ本当のことを話せや。麗ちゃんを乗せて風土記が丘公園へ行ったんだろう？

――行っていません……麗ちゃんを乗せては行ってません！

――おまえは行ったんだよ。麗ちゃんを乗せて。そして、薄暗い林の中へ車を乗り入れると、麗ちゃんは急に不安になって帰りたいと泣き出したんじゃないのか？　それでおまえは、誰かに声を聞かれたら危険だと思い、咄嗟《とっさ》に麗ちゃんの口に手を当て、さらには首に手を当ててシートの背もたれに押しつけた。そうだろう？

――違います。まるで見てきたようなことを言うんですね。

柏木が口元をひん曲げ、いかにも呆れたといった顔をした。目に、これまではなかった挑戦するような光が覗いていた。

――違うなら、どうやって殺したんだ？

――殺していません！

――殺し方はともかく、麗ちゃんが助手席でぐったりしていれば、たとえ誰かがそばを通りかかったとしても、おまえがひとりでいるようにしか見えん。

――それじゃ、僕は、自分が殺した女の子の死体を見ながら、おにぎりやサンドイッチをむしゃむしゃ食べたと言うのですか？

――人を殺した後は昂奮のためか無性に腹が減った、これまでにそう言ったヤツが結構いたんだよ。

――僕はそんな殺人鬼じゃない。

――それはいずれわかる。

――もちろんです。

――話を進めよう。車の中でおやつを食べた後、どうした？

村上は質問を具体的な問題に戻した。

――博物館の前にある公衆電話まで行って木下拓郎の家に電話をかけ、誰も出ないので、N市へ帰りました。

柏木が答えた。

――風土記が丘公園へ行ったのは、時間を潰してもう一度木下拓郎を訪ねるつもりだったからじゃないのか？

――そのつもりだったんですが、気が変わったんです。それ以上待っていても、いつ帰るかわかりませんし。

――都合のいい話だな。

――事実です。刑事さんだって気が変わることがあるでしょう。

――気が変わることは誰だってあるが、貴様の場合は違うな。

――どこがどう違うんですか？

――貴様の場合は、後で考えた嘘だということだよ。貴様は、木下拓郎も彼の家族もあの日は九時過ぎまで帰らなかったと後で聞き、知っていた。それで、その嘘をひねり出したんだよ。これまでは風土記が丘公園へなど行っていないとシラを切っていたが、コンビニの店員の証言でそれを押し通すのが難しくなったんでな。

――想像で話を作るんなら、勝手にしてください。僕はもう何も話しません。

――黙秘しようというのか？

――話しても信じないんなら、そうするしかないでしょう。

さっきまでおどおどしていた柏木の顔に、多少余裕の色が浮かんでいた。本当に麗を殺していないからなのか、それとも、決定的な証拠をつかんでいない村上たちの手の内を知ったからなのか。

どちらだろう、と村上はちょっと判断に迷ったが、後者だ、と結論した。やはり、柏木が犯人にちがいない――。

二月十二日の午後、車で豊町団地へ来ていて、麗がいなくなった時間に前後して団地から消えている事実、前に一度麗を自分の車に乗せている事実、十二日の夕方、麗の死体が遺棄されていた香西風土記が丘公園へ行っていた事実、それでいて、初め、その日は東京で映画を見ていたと嘘のアリバイを主張した事実、それが覆《くつがえ》されると、次は豊町団地には行ったが風土記が丘公園へは行っていないと言った事実、さらにそれもコンビニ店員の証言によって虚偽であると見破られると、風土記が丘公園へは行ったが、友人の木下拓郎が帰るまで時間つぶしに行っただけで、麗の殺された事件とは関係ない、と主張しつづけている事実……。

こうした状況と嘘の積み重ねからは、どう考えても〝クロ〟という結論しか出てこなかった。

柏木のマンションの部屋に少女の裸を撮った裏ビデオが二十本近くあった事実も、彼の犯行を裏づける状況証拠の一つになった（裁判が始まると、「そうした趣味を持った者など珍しくないし、もし柏木が犯人なら、犯行の証拠にされるおそれがあるビデオテープを部屋に残しておくわけがない。それが残されていたという事実こそ彼が無実の証拠である」と弁護士は主張したが、柏木には、警察は自分を逮捕できないだろうと高をくくっていた節《ふし》があったのだ）。

こうして、容疑者は柏木喬ひとりに絞られた。

だが、麗の死体が見つかった現場付近から柏木の体液や体毛、毛髪を採取できなかったし、彼のものと特定できる遺留品も見つからなかった。柏木の部屋からも麗のパンツ、肌着のシャツ、セーターは発見できなかった。つまり、柏木が犯人であると決めつける直接の証拠は何もない。

となれば、問題は――証拠の発見に全力を注ぐことは言うまでもないが――どうしたら柏木の口を割らせられるか、だった。

村上たちはそう考え、柏木を逮捕した翌々日、佐久間那恵をつかって柏木の面通しを行なった。那恵の件は、麗の殺された事件と直接の関係はないが、もし那恵を車に誘った男も柏木だったと特定されれば、〝柏木クロ〟の状況証拠になり、彼を攻める有力な武器になりうるからだ。

だが、土曜日の午後、母親に伴われて香西署へやってきた佐久間那恵は、隣室に腰掛けた柏木を見て、「自分に道を聞いた人ではないと思う」「違うような気がするが、はっきりとはわからない」と言った。

村上としては、「道を聞いた男に似ている」といった証言を期待していたのだが、これではどうにもならない。こちらの武器にならないだけではない。逆に相手を居直らせるおそれがあった。

那恵による面通しの件は、柏木に知らせていなかった。だから、村上は、結果についても彼に明かさず、那恵の件はなかったものとして処理した。

柏木の逮捕から一週間が過ぎた。

逮捕による留置期間の最大限七十二時間が切れ、十日間の勾留が認められたので、残りはあと六日ある。その間に検察官が起訴できなければ、さらに十日間の勾留延長が認められるだろうから、焦る必要はない。

村上はそうは思うものの、柏木の犯行を裏づける証拠は依然として見つからなかったし、彼も口を割らない。自分たちだけの力で解決し、県警本部捜査一課の刑事たちの鼻を明かしてやる——そんな意気込みで捜査を開始しただけに、村上は焦燥感に駆られた。このままでは、十六日ぐらいあっと言う間に経ってしまい、柏木を釈放せざるをえなくなるかもしれない。

できれば、勾留を延長する前……あと六日の間に目処《めど》をつけたかった。その間に柏木の自供を引き出したかった。

しかし、そう考えても、柏木は村上たちの状況を見抜いているから、決定的な証拠を目の前に突きつけないかぎり、けっして犯行を認めることはないだろう。

柏木の犯行を裏づける決定的な証拠——。

いったい、どこにそんなものがあるだろうか。すでにさんざん捜したのに、見つからないのである。他にどこを捜したら、そんなものが残っているだろうか……。

その日――二月二十七日――の夜開かれた捜査会議は、刑事たちの発言も少なく、四十分足らずで終わろうとしていた。

そんなとき、

――どうも腑《ふ》に落ちないんですがね。

と、交通課の警邏《けいら》係長である篠宮《しのみや》が言い出した。

――どういうことだね？

と、村上は説明を促した。

――柏木のセシリオを目撃した者の数は何人でしたっけ？

篠宮が立ち上がりながら、逆に聞いた。

――似た車を合わせれば、すでに九人にのぼっている。

村上は答えた。

――古畑麗を拉致した後と思われる時間帯では？

――六人だ。

――ところが、六人が六人とも、助手席に乗っていたと思われる古畑麗の姿は見ていない？

――女の子が乗っていたような気がすると言った者は二人いたが、はっきりと見たと証言した者はいない。

——それはおかしいんじゃないですかね。古畑麗がいくら身長一メートル二十センチに満たない女の子でも、柏木のセシリオを目撃した者がこれだけいながら、誰ひとり彼女の姿を確認していないというのは。

——それは、柏木はシロじゃないかという意味かね？

次長の原田《はらだ》が聞いた。

香西署に副署長職の者はいないので、久留島に継ぐ署内ナンバー2《ツー》である。

——いえ、違います。

と、心持ち声を高めて篠宮が否定した。

——では……？

——これまで我々は、犯人が被害者を助手席に乗せて……つまり被害者は生きて風土記が丘公園まで行った、と考えてきました。柏木が古畑麗を殺したのは香西風土記が丘公園の林の中へ車を乗り入れてからだ、と。ですが、もしかしたらそれは間違いだったんじゃないかと思ったんです。

——つまり、被害者は殺された後で風土記が丘公園へ運ばれたのかもしれない？

村上は確認した。

——そうです。犯人は被害者を車に誘い込むとすぐに首に手を当てて圧迫し、殺してしまったんじゃないですかね。

――その場合、柏木は初めから殺して悪戯をするつもりだった？

――あるいは、騒がれそうになったので咄嗟にそうしたか……。これは、どちらの可能性もあると思いますが。

――なるほど。

――で、死体は助手席の下のマットに転がしておいたわけか……。

署長の久留島がつぶやいた。

――いいえ、違うんです。

と、篠宮が答えた。

――あ、いえ、もしかしたらそうだったのかもしれませんが、違う可能性のほうが高いように思います。マットに転がしておけば、助手席に寝かせておくよりは安全ですが、それでも窓から覗き込まれたら危険です。柏木は途中でコンビニに立ち寄り、車を入口のすぐ近くに駐めているわけですし。

――そうなると、あとはトランクの中しかないが……？

久留島が言った。

――そのとおりです。柏木は古畑麗を殺した後、人も車も通らない場所へ移動し、そこで素早く死体をトランクに移したんじゃないでしょうか。

――なるほど。

――死体をトランクへ移してしまえば、誰にも麗の姿を見られるおそれがないため、コンビニに立ち寄っておにぎりやサンドイッチを買うこともできます。

――その場合、二人分と思われる食料を買った理由は、ヤツの言ったとおり自分ひとりで食べるためだった、というわけだな。

村上は確認した。

――そう考えられます。

――柏木は、助手席に麗が乗っていたはずだと我々が考えているかぎりは安全なので、落ちついているのか……。

――以上は私の考えにすぎないわけで、そうだったという証拠はないのですが。

――車内のシートとマットのゴミを調べたとき、トランクの中のゴミについても調べるべきだったな。

村上は、後悔すると同時に自分の判断の甘さに忸怩《じくじ》たるものを感じた。

――ですが、まさか、乗せてすぐ、人や車の往来のある明るい場所で殺したとは考えませんからね。それに、前回、助手席に乗せてドライブしたと聞いていたので、またそうやって風土記が丘公園へ行ったのだろうと考えるのは自然です。

――ま、そうだが……。

――トランクの中を調べさせなかったのは私の責任だよ。

久留島が村上を庇《かば》った。

確かに、ミスを犯した責任は総指揮官の久留島にもないではない。が、こういう言い方をしてくれる上司は少なかった。

——あの時点では仕方がなかったんじゃないですかね。

原田が言った。

——予想したとおり、助手席のゴミから被害者の毛髪とセーターの繊維が検出されたため、我々はますます柏木が助手席に被害者を乗せて風土記が丘公園まで行ったと考えてしまったわけだし……。

そのとおりだった。

——過ぎてしまったことはもういい。それより、これからどうしたらいいか、だ。

久留島が話を戻した。

——これからでも、柏木のセシリオのトランクを調べてみたらどうでしょうか？

篠宮が提案した。

そうか……と久留島が考えるような顔をしてうなずき、一応調べてみるだけの価値はありますね、と原田が篠宮に同調した。

村上もそう思った。駄目で元々である。調べた結果、もしセシリオのトランクから麗に関係したものが見つかれば、柏木の犯行を裏づける決定的な証拠になる。

――やってみましょう。

と、村上は言った。

――柏木が被害者の死体をトランクに移して香西風土記が丘公園まで運んだとすれば、当然、トランク内は念入りに掃除されてしまった可能性が高い。だが、我々が車室内のゴミを採集して調べた時点では彼は何もしていなかった、と思う。もしトランク内の掃除をしていれば、当然、車室内だって一緒にそうしたはずだからだ。と考えると、もしかしたら、現在も犯行時のままに残されている可能性がゼロではない。

これは理屈と言うより、村上の願望に近かった。

――柏木は、一度調べられたセシリオをもう一度調べられるおそれはない、そう見たということでしょうか？

刑事の一人が村上に質した。

――そうかもしれないし、そうじゃないかもしれない。

――そうじゃない場合というのは……？

――我々の目を恐れて、という場合だ。柏木としては我々の監視の目がどこにあるかわからなかったわけだから、そうした動きをして、もし藪蛇《やぶへび》になったら、と考えていたのかもしれない。

――つまり、柏木は、我々にセシリオの車室内を調べられた後、内心戦々恐々としながらもトランクをそのままにしておいた？

――まだ証拠が手に入ったわけでもないのに、仮定の話をしても始まらない。とにかく調べてみよう。

と、村上は結論した。

柏木のセシリオは、彼を逮捕した段階で証拠物件の一つとして押収し、署内の鍵の掛かる倉庫に保管してあった。

翌二十八日、村上たちは第三者立ち会いのもとにセシリオのトランクのゴミを採集し、科学捜査研究所の鑑定に回した。

内心、村上はあまり期待していなかった。いや、期待はあったが、たぶん駄目だろうと考えていた。前夜の会議では可能性について議論したが、死体を積んだ車のトランクを犯人がそのままにしておくとはやはり思えなかったからだ。

ところが、村上の予想は外れた。

三月三日、ゴミの中から麗の毛髪、麗が事件の日に着ていたセーターの繊維とジャンパーの袖口の繊維――ジャンパーはナイロン製だが袖口だけ毛だった――が検出された、という報告が届いたのである。

村上たちは小躍りして喜び、さっそくその証拠を柏木に突きつけ、追及した。

それでも、柏木はしぶとかった。

自分は後にも先にも麗を車のトランクになど乗せていない、それなのにそこから彼女の毛髪や衣類の繊維が出てくるわけがない、と麗殺しを否認した。鑑定結果に誤りがないというのなら、誰かが後からそれらを自分のセシリオのトランクに入れ、証拠の捏造《ねつぞう》をしたにちがいない、と主張した。

村上たちは、断じて証拠の捏造などしていない。たとえ捏造しようとしたとしてもできなかった、不可能だった。

裁判所、検察庁、警察署には証拠品保管庫、証拠品保管倉庫といった設備が設けられており、差し押さえたり、提出命令によって提出させたり、領置したりして押収した証拠物件の多くはそこに保管されている。

警察署の場合、都道府県によって具体的な保管方法は多少違っているが、管理者の下に保管責任者が置かれている点、証拠品の目録である保存簿とその出し入れを記録した出納《すいとう》簿《ぼ》が整えられている点などは、どこもほぼ共通していた。

当時の香西署では、管理者は署長の久留島、保管責任者は刑事防犯課長の村上だった。が、それらは名前だけで、証拠品保管庫及び保管倉庫の鍵は管理者代行の原田次長と、保管責任者代行の佐々木《ささき》捜査係長がそれぞれ一つずつ所持し、実務のほとんどは佐々木がひとりで行なっていた。

証拠品保管庫に保管されていたのは、さほどかさばらず、露出しても危険のない物のほ

て証拠品保管倉庫に保管されていたのは、保管庫に入らない自動車、オートバイ、自転車等の大型の証拠物件である。

　つまり、柏木から押収したセシリオは、香西署内の証拠品保管倉庫の中に置かれており、倉庫の扉だけでなく、車のドアも施錠されていたのだった。

　しかし、それまで証拠品が盗まれたといった事件が一度も起きていなかったこともあり、管理は必ずしも厳重とは言えなかった。証拠物件保管業務は、〝証拠品に手を加えたりする不心得者は署内にはいない〟という前提のもとに行なわれていた。そのため、むしろルーズと言ったほうが正確で、外部の者には不可能でも、署内の人間なら、一時的に倉庫と車の鍵を盗み出すのはさほど難しいことではなかった。

　だから、村上は、「セシリオのトランクは二重の錠前によって守られているから証拠の捏造は不可能だ」と主張しているわけではない。署内の誰かがこっそりとセシリオのトランクを開けられたとしても、あるいは村上たちが組織的に証拠の捏造を意図したとしても、それは無理だ、と言っているのである。

　なぜなら、麗の毛髪と麗が事件の日に着ていたセーターとジャンパーの繊維を手に入れるのが不可能だからだ。

　以前、柏木のセシリオの車室内から採集されたゴミの残りが科学捜査研究所に保管されている可能性はある。とはいえ、たとえ警察官でも、部外の人間が誰にも気づかれずにそれを盗み出すことはできないし、たとえ盗み出してセシリオのトランクに入れたとしても、そこにはジャンパーの袖口の繊維はなかったはずである。

古畑家へ行って麗の部屋のゴミを掃除機で集めてくれれば、麗が事件に遭ったときに着ていたジャンパーとセーターの繊維と彼女の毛髪が交じっているかもしれない。

だが、麗の両親に気づかれずにそんなことをするのは不可能だった。麗の両親は、娘を殺した人間を激しく憎んではいても、まだ犯人と決まったわけではない者を犯人に仕立て上げようとする「悪事」に手を貸すわけがない。というより、仮に村上たちが——組織的にであれ個人的にであれ——証拠を捏造しようとした場合、露顕したら確実に破滅が待っているとわかっているのに、外部の協力者などつくらない。これはあくまでも仮の話だが、もしやるとしても、内部のごく限られた者だけで密議し、絶対に外部に漏れないような方法を採る。

しかし、そんな方法はどこにもない。

つまり、たとえ誰かが証拠の捏造を意図したとしても、実行は不可能なのだ。

だから、セシリオのトランクから麗の毛髪と麗が事件当日着ていた衣類の繊維が出てきたということは、柏木がそこに意識を失った麗か、麗の死体を積んだとしか考えられないのである。

村上は理を分けてそう説明し、柏木をさらに厳しく追及した。

それでも、柏木は容疑を否認した。自分は事件の日に麗を乗せていない、トランクに麗の死体など積んでいない、誰かが何らかの方法で証拠を捏造したのだ、と言い張った。

——だいたい、僕が犯人なら、トランクを掃除しないで放っておきません。放っておくわけがありません。

——おまえは高をくくっていたんだよ。それで放っておいたら俺たちの捜査の手が入り、以後は掃除ができなくなったんだ。

——そんなのは刑事さんの勝手な解釈です。

村上はもう我慢の限界だった。いい加減に悪あがきはやめろ！　と怒鳴った。

——おまえは、俺の話……誰であっても証拠の捏造など不可能だったという俺の話を聞いていなかったのか？

——聞いてました。でも、方法はあったはずです。なければおかしいんです。僕は、生きた麗ちゃんであれ、死んだ麗ちゃんであれ、麗ちゃんを車のトランクに乗せたことなどないんですから。

——これだけ証拠がそろっているのに、貴様はまだそんなことを……。

——もう一度調べてください！　お願いします。もう一度よく調べてください。そうすれば、犯人がわかり、誰がどんな方法で証拠を捏造したのかもはっきりするはずです。

——俺たちは、もうさんざん調べたんだよ。その結果、犯人はおまえしかいないという結論に達したんだ。麗ちゃんを殺して、少しでもすまないことをしたという気持ちがあったら、本当のことを話したらどうだ。

——僕は犯人じゃありません。僕は麗ちゃんを殺していません。

——貴様ぁ！

村上は拳でどんと机を叩いた。

——いつまでもそんな御託を並べていると、俺たちだってそうそう仏のような顔ばかりはしていられなくなるからな。

——………。

——聞いているのか？

——………。

——おい、貴様、耳が……。

——聞いています。ですが、僕がいくら真実を言っても無視するなら、以後、黙秘します。

——黙秘？　上等じゃないか。それなら、俺たちもこの証拠と一緒に検事に送り、貴様を刑務所にぶち込む手続きを取るだけだ。

そうは言ったものの、村上としては、このままで済ませるわけにはいかなかったし、済ませる気もなかった。

いまや柏木の犯行を裏づける決定的な証拠が手に入ったので、彼が黙秘をつづけても、検事は起訴できるだろうし、有罪判決もおそらく動かないだろう。

しかし、これだけの証拠を手にしながら、犯人の自白が得られなかったとなれば、村上の力量が問われかねない。県警本部の幹部から〝あいつは何をやっていたのだ〟と思われ、せっかく事件を解決しても、評価されるよりも減点されかねない。

いや、そんなことはどうでもいい……正直言って、どうでもよくはないが、二の次である。それよりも何よりも、このままでは刑事としての自分が納得できない。柏木自身の口から「自分が麗ちゃんを殺しました」とはっきりと聞き、同時に、犯行の動機、経緯についての具体的な供述を引き出さないかぎりは――。

セシリオのトランクから麗の毛髪と衣類の繊維が出るまでは、村上の心の片隅に、〈もしこの男が犯人でなかったら……〉という迷いがあった。そのため、いまひとつ厳しく追及しきれずにいた。が、いまや、そうした迷いはまったくない。柏木が犯人である、と百パーセント確信できた。

だから、翌日から、村上たちはこれまでのような手加減はせず、容赦なく柏木を責め立てた。

いたいけな少女を殺し、裸にして棄《す》てておきながら、自分が無実の罪で責められている被害者のような顔をしている男――。

目の前のその男に、村上は心の底から怒りを感じた。

村上たちが厳しく問い詰めても、柏木は容易には口を開かなかった。開いても、短く否認を繰り返した。

だが、十日間の勾留延長が決まった三日後の三月八日――逮捕の日から数えると十六日目――の夕方、柏木は遂に落ちた。黙秘をつづけようと否認しようと起訴されれば同じ結果になると観念したのだろう、

――ずっと嘘をついていてすみませんでした。僕が殺しました。

と、古畑麗を殺したことを認めたのである。少なからぬ容疑者がそうであるように、全面的な自供に至るまでにはそれからさらに数日を要したが……。

彼の供述によると、犯行の動機、経緯は次のようなものだった。


二月十二日の午後、柏木は豊町団地七号棟に住んでいる友人、木下拓郎を訪ねた。電話してから訪ねる場合もあったが、その日はドライブに出たついでにふらりと足を延ばした。留年を決めていた柏木だけでなく、高校教師の職が決まった木下も大学へあまり顔を出さなかったので、柏木はしばらく木下と会っていなかった。といって、どこかに旅行に行くといった話は聞いていなかったので、たとえ留守でも待っていればじきに帰るだろうと思ったのだった。

豊町団地に着いたのは三時ちょっと過ぎである。いつものように、七号棟北側の空き地にセシリオを駐めてから木下拓郎の部屋へ行ったが、家族全員が出かけているらしく、インターホンのチャイムを鳴らしても応答がなかった。柏木は車に戻り、音楽を聴いたり雑誌を読んだりして一時間ほど待ってから、団地東側の道路脇にある公衆電話まで行って木下家に電話してみた。が、応答がなく、拓郎だけでなく、家族の誰も帰っていないらしい。どうしようかと思いながら、電話ボックスを出たとき、道の六、七十メートル先（南）にピンクのジャンパーを着た少女が現われた。三号棟北側の通路から市道へ出てきたのだった。少女は左右を見やってから反対側に渡ると、柏木に背を向けて南へ歩き出した。一瞬だったが、柏木のほうに向けられた顔に見覚えがあった。十日ほど前セシリオに乗せてやった、人なつっこい女の子だ。

柏木は即座に次の行動を決めた。よし、またあの女の子を車に乗せてやろう、そして楽しいお喋りをしよう、と。

柏木は、女性と二人きりで話したり食事をしたりするのが苦手だった。苦痛だと言ってもいいかもしれない。そのため、恋人もガールフレンドもいなかった。中学時代、好きだった同級生に告白したところ、級友たちが大勢いる前で辱《はずかし》められてから、何となく女性を敬遠するようになったのだ。が、女性といっても、女の子は別である。親戚や知り合いの家にいる女の子は可愛かったし、彼が遊んでやるからだろう、子供たちのほうも「お兄ちゃん、お兄ちゃん」と彼を慕った。この前セシリオに乗せてやった少女もおしゃまで可愛くて、彼女とのお喋りがどんなに楽しかったか……。

柏木は空き地に駐めてあったセシリオに戻ると急いで乗り込み、団地東側の市道へ走り出た。

別の号棟のほうへ入ってしまうか、誰かと一緒になっていたら諦めるしかないと思っていたのだが、少女はまだひとりで南へ向かって歩いていた。

柏木が少女の背中を見ながらアクセルを踏むと、少女は先の丁字路で左に折れた。県道との交差点へ通じている道である。

柏木もあとを追って、丁字路で左折。四十メートルほど前方に少女のピンクのジャンパーを認めた。

彼は素早く前後左右を見やり、少女以外に歩いている者がいないのを確かめてから、少女を追い越し、セシリオを歩道に寄せて停めた。

助手席の窓を下ろし、「やあ」と笑いながら声をかけた。

少女は、一瞬驚いたような顔をして足を止めた。が、すぐにこの前会った「お兄さん」だとわかったらしく、表情を崩し、

――こんにちは。

と、頭を下げた。

柏木も「こんにちは」と挨拶を返し、

――どこへ行くの？

と、聞いた。

市立公園で友達と待ち合わせしているのだ、と少女が答えた。

――それなら、送っていくから乗らないか？

――ううん、でも、すぐだから。

――どのへんなの？

――あそこの交差点を渡って少し行った右側。

――そうか。じゃ、近いね。

――うん。

――友達と約束した時間は何時？

――四時半。

――それなら、いま四時十三、四分だから、まだ十五分以上ある。この前みたいにちょっとドライブしないか？

少女が、どうしようかと思案しているような顔をした。

――この前、楽しかったんだろう？

――うん。

——じゃ、四時半までには必ず公園へ送って行くから、ドライブしようよ。

柏木が助手席のドアを押し開け、「乗りなよ」と言うと、少女がウンとうなずき、嬉しそうな顔をして乗り込んできた。

そのとき、柏木は勃起し、少女に対する性的な欲望が突然むらむらと湧いてきた。この前はそんなことがなかったのに、自分でも予想外の反応だった。

柏木は胸苦しくなったが、それを紛らすように、

——この前行った春茅沼まで行ってこようか。

できるだけ軽い調子で言い、セシリオを発進させた。

暖房を入れていたからだろう、少女が暑いと言って、ジャンパーのファスナーを引き下げ、前を開けた。下にはこの前と同じ、胸にパンダの刺繍が入った黄色いセーターを着ていた。

柏木は県道へ出て交差点を左折し、北へ向かった。

このときの彼には、少女をどうこうしようといった考えはまったくなかった。春茅沼まで行って引き返し、約束どおり市立公園へ送って行くつもりだった。

ところが、香西駅前へ向かう県道と分かれたとき、少女が急に帰りたいと言い出したことから何かが狂い始めた。

浜浦線の踏切は二百メートルほど前方に迫っていたし、その踏切を渡って国道を越せば、

春茅沼まで一キロとなかった。

だから、柏木は、もうすぐだから沼の手前まで行って来ようよ、と言った。

――ううん、ここで帰る。

と、少女が首を横に振った。

――急にどうしたんだい？

ちょうど踏切の警報機がカンカンと鳴り出し、遮断機が下りたので、柏木はセシリオの速度を落とし、停止した。

――お家《うち》へ帰りたい。

少女が泣きそうな声を出した。この前、柏木の横で楽しそうにしていたときとは別人のようだった。

――家へ？　友達と約束した市立公園へ行くんじゃなかったの？

――お家に帰る。もうじきお母さんが帰ってくるから、お家に帰る。

どうやら急に寂しくなり――夕方のせいだろうか――母親が恋しくなったらしい。

――友達との約束はいいのかい？

――お家から電話する。

――わかった、じゃ、家へ送って行くよ。でも、せっかくここまで来たんだから、沼まで行ってこないか？

——行きたくない。

——すぐなんだけどな。

——すぐでも、ここで帰る。

少女の頑《かたくな》さに、柏木は腹が立ってきた。同時に、少女をいたぶってやりたいという欲望をむらむらと覚えた。

我知らず、また勃起した。

下りの電車が通過した。

警報機の音がやみ、つづいて遮断機がゆっくりと上がっていく。

その間に柏木は心を決めた。少女を殺し、悪戯をしてやろう、と。

——じゃ、ここは狭いから、踏切を渡ってUターンしてくるね。

柏木は言うより早くセシリオを発進させ、周囲より一段高くなった踏切を渡った。

一気に坂を下り、右に分かれている農道へ入った。

自分のせいじゃない、少女のせいなのだ、と思う。少女が急に帰りたいなどと言い出したから悪いのだ。この前と同じように、自分と楽しくお喋りをしていれば、春芽沼まで行って、四時半までには市立公園へ送り届けたのに。何もしなかったのに。それなのに……それなのに、少女が……。

柏木は畑の中でセシリオを停め、サイドブレーキを引いた。

どこにも人の姿や車の影はない。

柏木が車を回さないからか、少女が訝《いぶか》るような、咎《とが》めるような目を向けた。

柏木は少女のその目から視線を逸らし、

——ごめんよ。

言うや、上体を助手席のほうへ傾けた。指の跡がつかないように、右手をハイネックのセーターの上から少女の細い首に当てた。一気に頭を背もたれに押しつけた。

少女は一瞬「どうして？」と問うような目をしたが、声を上げる間もなく、ぐったりとした。

死んだようだと思い、柏木は少女の首から手を離した。

前後左右を見やり、誰もいないのを確かめた。トランクルームの錠を解いて車から降りると、蓋《ふた》を開けておき、助手席へ回って少女の死体を抱き上げた。少女の身体の柔らかい感触と甘酸っぱいような匂いに、すぐにも裸にして撫《な》で回したい欲望を覚えた。が、我慢し、トランクまで運んで積んだ。明るいし、ここでは危険すぎる。いまは近くに人がいなくても、いつ車が入って来るかわからないし、電車が通れば窓から丸見えだった。それに、少女の殺害を決意したときから、〈死体は暗くなってから風土記が丘公園へ運んで……〉と決めていた。

香西風土記が丘公園は、木下拓郎と二、三度行ったことがあった。だから、園内の地理や、日が沈んだ後はほとんど人がいなくなることを知っていた。

柏木は運転席に戻り、セシリオを回した。恐怖はほとんど感じていなかったが、やたら口の中が渇き、胸がどきどきした。

このまま真っ直ぐ風土記が丘公園へ行ったのでは早すぎるので、春茅沼まで行って、人も車も滅多に通らない土手下の道をしばらく走った。それから来たときの踏切を渡って県道へ戻り、風土記が丘公園へ向かった。万一事故を起こしてトランクの中を調べられたら万事休すなので、「落ち着け、落ち着け」と自分に言い聞かせながら慎重に運転した。

豊町団地のほうへ入る交差点を過ぎ、風土記が丘公園に近づいた。と、なぜか急に強い食欲を覚えた。こんなところで顔を見られたら危険か……とちょっと迷ったが、少女の失踪と自分を結び付けて考える者などいないだろうと思い、コンビニに寄っておにぎり三個とサンドイッチ一パック、それに二種類の飲み物を買った。

風土記が丘公園へ行って園内の道をセシリオで回り、少女の死体を棄てる場所を決めた。北の端に近い林の中である。車を駐めた道から七、八十メートル入ると斜面になっているので、その下なら少女を裸にしてしばらく一緒にいても誰にも見られるおそれはない。死体の遺棄場所を決めてから、西端の池のそばへ行った。そこは昼でも車があまり通らないのを知っていたからだ。

木立の中の草地《くさち》にセシリオの車体を三分の一ほど突っ込んで駐め、買ってきた食べ物と飲み物を平らげた。

木々の下はすでに薄暗かったが、昂《たかぶ》る気持ちを鎮めるために十五分ほど音楽を聴き、六時になってからさっき下見をしておいた林の中の道へ戻った。

その可能性は薄いだろうが、自分がいないとき車が入ってきても、抵抗なく通れるように、つまりこちらの車に意識をとめないように、セシリオを道の端ぎりぎりに寄せて駐めた。エンジンを切り、ライトを消した。そのまま一、二分あたりの様子を窺《うかが》っていてから、前にも後ろにも車のライトが見えないのを確かめ、外に出た。

松の枝の間から覗いている空はまだ青みがかった色を残していたが、木立の下にはすでに夜が訪れていた。

それでも目が慣れてくると、近くのものなら見える。

柏木は車のトランクから少女の死体を両腕で抱き上げ、そのまま林の中へ入って行った。下草は綺麗に刈られているが、地面には凹凸や切り株が少なくない。転ぶかよろけて少女の死体を投げ出さないように、慎重に歩を運んだ。

斜面を下りるときは特に注意した。少女を片腕で抱きなおし、もう一方の手で松の間に生えている雑木の細い幹をつかみ、足を滑らせないように一歩一歩踏みしめながら下《くだ》った。

斜面を下りきり、少女の遺体を枯れ草の上に下ろすと、柏木はフーと大きく息を吐いた。無事に着いてほっとしたからでもあるが、それだけではない。少女の身体を抱いて歩いているうちに下半身が怒張してきて、息苦しくなっていたのだった。

柏木はもう一刻も待ちきれない思いで少女の衣類を脱がせ、全裸にした。次いで、自分もズボンとパンツを下ろし、地面に両膝をついた。左手で少女の性器を撫で回しながら、右手で自分の性器を刺激した。

危うく少女の腹の上に射精しそうになり、右手の動きを止めた。自分の精液を残したら危険だという思いが頭をよぎったのだ。慌ててズボンを引き上げ、その中に射精した。

柏木は、二度射精した。そして、ズボンに付着した精液を外に零《こぼ》さないようにパンツとアンダーシャツの裾に吸い込ませた。手もシャツでよく拭《ぬぐ》い、それからパンツとズボンを元どおりに上げてベルトをした。

少女が身に着けていた衣類のうち、パンツと肌着のシャツは丸めて自分のジャンパーのポケットに突っ込んだ。あとはそのままにするつもりだったのだが、セーターに触れると、少女の柔らかい感触と温《ぬく》もりが残っているように感じられた。思わずそれを頬に押しつけ、首に巻いた。

落としたものがないのを確認し、最後にもう一度少女を見やった。

その瞬間、少女の目が青白い光を発した。錯覚だろうが、そのときは確かに光ったように見えた。少女が怒りと恨みを込めた目で自分を睨んでいるのだろうか、そう思い、柏木はぞっとした。

慌ててジャンパーで少女の顔と胸を覆い、ついでにズボンを取って下半身に掛けてやった。

あとは一度も振り返らずにセシリオを駐めておいた道まで戻り、N市のマンションへ帰った。

持ち帰った少女の下着は自分の性器に押しつけて何度か射精し、セーターは二晩抱いて寝た。

が、万一疑われて家宅捜索された場合を考え、紙袋に入れて大学へ持って行き、裏庭の隅にある焼却炉——たいがい無人だった——に投げ入れた。

柏木は、古畑麗を殺したと認めた後、犯行の動機と経緯について、以上のように詳述した。死体を棄てた現場の状況、死体を寝かせたときの向き、腕や脚の位置、ジャンパーとズボンの掛け方などについては絵や図に描いて説明を加えた。自分は麗に愛情を覚えこそすれ、憎しみはないので、死体はできるだけ丁寧に扱った、と強調した。そして最後に、麗と麗の両親に本当に申し訳のないことをしてしまった、取り返しのつかないことをしてしまった、と泣きながら詫びた。

ところが、公判が始まるや、柏木は、刑事と検事の前で行なった供述を翻《ひるがえ》し、次のように言い出した。

——私は少女、古畑麗を殺していない。二月十二日は彼女の姿を見ていないし、もちろんセシリオにも乗せていない。だから、私のセシリオのトランクに彼女の着ていたセーターとジャンパーの繊維、毛髪が入り込むわけはなく、もしそれが入っていたというのが事実なら、誰かが後から故意に入れたものとしか考えられない。

私はその日、午後四時四十五分ごろ豊町団地七号棟北側の空き地を出て、真っ直ぐ香西風土記が丘公園へ向かった。木下拓郎が帰るまで待つためである。五時ごろ、途中のコンビニに寄って買い物をし、公園に着いてから西端の池のそばに車を駐め、それらを飲み食いした。その後、しばらく音楽を聴いてから博物館前の公衆電話へ行き、木下拓郎の家に電話をかけた。まだ誰も帰っていないようだったので、木下に会うのを諦め、N市のマンションへ帰った。

私の「自白」は、取り調べの刑事たちによる精神的、肉体的な暴力に耐えきれず、その苦痛から逃れるためについてしまった嘘である。いくら事実を述べても信じてもらえず、連日、朝八時から夜九時十時までほとんど休憩なしに、トイレまで制限されて、「おまえだろう」「おまえが殺したのはわかっているんだ」「吐け!」「さあ、吐け!」と机を叩いて脅され、時には首を締められ、身体はふらふらに、意識は朦朧《もうろう》となり、考えることさえできなくなった。その結果、とにかくいまの状況から逃れたい、休みたい、寝たい、この苦痛から抜け出せるならあとはどうなってもいい、といった気持ちになり、やってもいいないことを、刑事の言うがままに認めてしまったのである。だから、私が述べたとされる犯行の動機と経緯は、刑事たちの暗示と誘導と強制によって作り上げられた創作《フィクション》にすぎず、死体遺棄現場と死体の状況を示す絵や図も、刑事たちの誘導のままに描いたものである。その日、私は春茅沼方面へ行ってもいなければ、古畑麗の死体の傍《かたわ》らで自慰行為もしていない——。

とんでもない話である。

否認する殺人容疑者を取り調べるのだから、〝ニコニコと優しい顔をして〟というわけにはいかなかったが、村上たちは暴力は加えていない。証拠を突きつけ、理詰めに追及した。若い刑事がたまに軽く小突くぐらいのことはしたかもしれないが、そんなのは暴力のうちに入らないだろう。取り調べが一、二度夜九時ごろまで延びたことはあったかもしれないが、だいたいは八時までには終えたし、トイレだってほとんど希望どおりに行かせた。こうした取り調べの中で、柏木は逃げ切れないと観念し、自分から古畑麗を殺したと認めたのである。

柏木が麗殺しを認めてからは、村上が直接取り調べに当たることはそれほど多くなかった。部下たちに任せた。だが、取り調べに特に問題があったとは聞いていない。

多くの犯罪者がそうであるように、柏木の場合も、〝落ちた〟からといって、その後すんなりと全面自供というわけにはいかなかった。殺人を認めたのだから、あとは素直に話せばいいのにと思うが、犯罪者の心理はそう簡単ではない。何とかして罪を逃れられないか、逃れられないまでも軽くできないか、と踠《もが》く者が少なくない。いや、そうした犯罪者のほうが多い。柏木の場合もそうだった。古畑麗の殺害を認めながら、具体的な犯行方法の問題になると、のらりくらりと話を逸らし、なかなか核心に触れようとしなかった。あるいは、適当な作り話をし、後で言い逃れできるようにしようとした。ただ、こうした経緯はあっても、部下たちが柏木を強制し、誘導して死体遺棄現場等の絵や図を描かせ、嘘の物語を作り上げたなどということはありえない。そんな無理をすれば必ず綻《ほころ》びが生じ、裁判の過程で明らかにされたはずなのに、そうしたことはなかったのだから。

だいたい、取り調べ段階で自白して、後で否認に転じた被疑者・被告人は、みな似たり寄ったりのことを言う。

――刑事の不当な取り調べに耐えきれず、つい嘘の自白をしてしまった。供述した内容は刑事の暗示と誘導と強制によって作り上げられたフィクションにすぎない。

これは、そうした奴らの常套句《じょうとうく》である。

もし、「俺はやっていない！」と叫ぶ被疑者を警察がハイそうですかと許していたら、街は凶悪な犯罪者で溢《あふ》れ、善良な市民は安心して道を歩くこともできなくなるだろう。

村上は、警察官として良心に恥じるようなことはしていない。一歩……いや、百歩譲って、柏木の取り調べに多少の行き過ぎがあったとしても、それは彼が犯人であることを示す明確な証拠——セシリオのトランクから出てきた麗の毛髪と彼女が着ていた衣類の繊維——があったからである。繰り返すが、村上たちは証拠の捏造なんてしていないし、たとえしようとしたとしても不可能だった。
当然、こうした村上の主張——彼は検察側の証人として出廷し、証言した——は裁判官たちにも認められ、柏木は一審のN地方裁判所で懲役十五年の有罪判決を受けた。そして、東京高裁への控訴、最高裁への上告も棄却され、刑に服したはずなのだが……。

その柏木が、村上の前に現われた。たぶん、逆恨みから、何らかの悪意ある意図を秘めて。

柏木が何を考えていようと、村上自身はそれほど怖くない。間もなく六十五歳の誕生日を迎えるとはいえ、もやしのような優男《やさおとこ》に負けはしない。だが、家には妻がおり、N市には長男と長女がそれぞれの家庭を築いている。長男と長女はともかく、彼らには小学校入学前の女の子が一人ずついた。これまでのところ、柏木らしい人物が彼らの周辺に現われたといった形跡はないものの、孫の身を考えると村上は心配だった。

といって、柏木は村上に対して脅迫的な言辞を吐いたわけではない。村上の家に嫌がらせの電話をかけてきたわけでも、村上本人か彼の妻につきまとったわけでもない。だいたい十日から二週間に一度ぐらいの頻度で家の近くに立っているだけである。それは明らかに監視だが、警察に通報したところで、散歩の途中でひと休みしているだけだ、と言い張っている人間の行動を規制するのは難しいだろう。

村上は、巧《うま》い対処の方法を思いつかないまま、軽トラックがやっと通れるほどの幅しかない浜浦線のガード下をくぐり、三百メートルほど行って国道へ出た。

国道沿いといってもこのあたりは街から外れているため、飛び飛びに配送センターや清涼飲料水の工場などがあるだけだった。大部分は藪に覆われた空き地や休耕田だ。

信号が付いていないので、村上は車が途切れるのを待って、国道を渡った。

田圃《たんぼ》と畑の中の道をさらに五、六百メートル進み、神香川の土手にぶつかる手前で右に折れ、貸し農園につづいている未舗装の道へ入って行った。

4

村上は、自転車の荷台にくくり付けた段ボール箱に収穫した小松菜を入れ、三十分ほどで菜園をあとにした。まだあまり草が出ないし、二日置きぐらいには行っているので、やることがない。それでも、風邪をひいたり雪が降ったりして四、五日畑を見に行かないでいると気になった。

往きに楽をした分、帰りは少し汗をかいて自転車を漕ぎ、村上は「村」を抜けて光南台まで戻った。信号の付いている交差点で団地中央へ向かうバス通りと分かれて直進し、一つ先の十字路で右へ折れた。

百五十メートルほど東へ行った左側が村上の家だった。

喉《のど》が渇いたので、彼は早く手を洗ってお茶でも飲もうと思いながら我が家の門に近づいた。

そのとき、五十メートルほど先のブロック塀の角から黒いコートが覗いた。

コートを着た男は、すぐに前方の十字路に全身を現わした。

柏木だった。

さっき村上がガレージから自転車を出している間にいなくなったので、そのまま帰ったと思っていたのだが……。

村上は怒りで顔が熱くなった。菜園で嫌な思いを頭から追い出し、快い疲労感を覚えながら自転車を漕いできたら、いきなり出発前の気分に逆戻りさせられたのだ。

怒りと同時に、心臓に冷たい刃《やいば》を押し当てられたような恐怖を覚えた。

初めてである。

これまでも妻や孫のことを考え、心配はしていた。とはいえ、いくら何でも家族にまでは手を出さないだろうと漠然と考えていたところがあった。だが、今日の柏木の行動に、何をするかわからない、得体の知れないものを見たような恐ろしさを感じたのである。

息子と娘には、余計な不安を抱かせないため、柏木の話をしていない。一般的な話として、最近、子供たちに近づいたり家の近くをうろついたりしている者はいないか、と尋ねただけである。だが、妻には柏木の「監視」について話し、外出するときは携帯用の防犯ベルを持たせていた。が、そんなものを持っていたところで、いきなり刃物で突きかかってこられたら逃げ切れないだろう。

村上は自宅の前で自転車を降りず、そのまま柏木が立ってる十字路へ向かった。

柏木は、村上の近づくのを待ち受けているかのように、じっと彼に視線を当てて立っていた。

村上は、柏木のすぐ前まで行ってブレーキを掛けた。足をついて自転車を降り、

「あんた、ついさっき、ここで休んでいたばかりじゃないのか！」

荒い声で問い詰めた。

「それがどうかしたんですか？」

柏木が惚けた調子で聞き返した。細い目には揶揄《やゆ》するような薄ら笑いが浮かんでいた。

その顔と言い方に、村上はいっそうカッとなって、

「いつまでも嘗《な》めたまねをしていると、また刑務所へ逆戻りする結果になるぞ」

つい脅すような言葉を口にした。

「いいんですか、そんなことを言って？　刑法第二百二十二条の脅迫罪に問われますよ」

「ふざけるな！　おまえこそ犯罪行為を繰り返しているくせに」

「私はふざけていないし、あんたにおまえなんて言われたくないですね。それから、私のどこが犯罪行為なんですか？　何という法律の何条に、そんなことが書いてあるんですか？」

「おまえが嫌なら、貴様だ。貴い様なら、文句はないだろう。貴様は知らないだろうが、四年前、『ストーカー行為等の規制等に関する法律』というのができたんだよ」

「それぐらい私だって知ってますよ」

柏木が馬鹿にしたように鼻先で笑った。「あんたらのおかげで、勉強する時間だけは有り余るほどあったんでね。懲役十五年というが、あれはインチキもはなはだしい。私があんたらに突然捕まえられたのは一九八六年の二月二十日。それからずっと自由を奪われていたのに、刑期が満了したのは去年二〇〇三年の九月五日……何と十七年半以上経ってからだった。満期の一年二カ月ばかり前に仮出獄したが、それでも私は十六年と四カ月も獄に繋《つな》がれていた。このインチキ、からくりは、あんただって知っているでしょう」

インチキでもからくりでもないが、もちろん村上は知っている。それは、被告人が控訴したり上告したりした場合、（上訴が棄却されたとき）未決勾留中の期間がすべて刑期に算入されるわけではないからだ。つまり、柏木の場合は、上告が棄却されて刑が確定した時点――確か一九九四年の五月何日かだった――から懲役刑が始まったわけで、期間はその日から数えて《十五年マイナス裁判官が算入を認定した未決勾留日数》ということになる。

そのため、収監期間が十五年の刑期よりも長くなったのだった。

また、仮出獄は刑期の三分の二程度の期間、服役したころから許可される場合が多い——刑期の三分の一を越えると権利は生じる——が、それには、悔悟の情が認められること、更生の意欲が認められること、再犯のおそれがないと認められること……などの条件が必要である。だから、再審請求をして無実を主張しつづけ、悔悟の情が見られなかった柏木の場合、容易に許可されなかったのは当然であろう。

「余計な御託はいい」

と、村上は相手の饒舌《じょうぜつ》を撥《は》ねつけた。

「余計な御託！」

柏木の顔がふっと白く強張《こわば》り、目に怒りの色が浮かんだ。

「そうだろうが。いまはストーカー規制法について話しているのに」

「わかった。じゃ、つづけろ」

柏木が怒りの表情はそのままに命令口調で言った。

村上は〝この野郎！〟と思ったが、ぐっと抑え、

「貴様のやっていることは、その法律に規定されたストーカー行為なんだよ」

と、話を進めた。「具体的に言うと、第二条に規定されている『つきまとい等』の行為

の一つ、『つきまとい、待ち伏せし、進路に立ちふさがり、住居、勤務先、学校その他その通常所在する場所の付近において見張りをし、又は住居等に押し掛けること』に相当する」

「そうですかね」

柏木が馬鹿にしたような目をした。

「貴様は、俺の住居の付近で見張りを繰り返しているだろうが」

村上は言葉を押しつけた。

「私は見張りなどしていない。何度も言っているように公道で休んでいるだけだ」

「そんな言い逃れは通らんよ」

「あんたは本当にその法律を読んだのか？」

柏木がいかにも呆れたといった顔をした。もちろんわざとだろう。

「当たり前だ」

「だったら、あんたは自分に都合のいい項目だけを拾い読みしたらしい」

「そんなことはない！」

「じゃ、同条第一項と第二項にある『つきまとい等』の定義は目に入らなかったわけだ」

「…………」

「第一項には、『つきまとい等』についてこう書かれている。『特定の者に対する恋愛感情その他の好意の感情又はそれが満たされなかったことに対する怨恨の感情を充足する目的で、当該特定の者又はその配偶者、直系若しくは同居の親族その他当該特定の者と社会生活において密接な関係を有する者に対し、次の各号のいずれかに掲げる行為をすることをいう』と。各号というのは一号から八号まであり、冒頭の第一号に挙げられているのがあんたの言った行為だ。そしてその第一号から四号までの行為については、すぐ後の第二項に、『身体の安全、住居等の平穏若しくは名誉が害され、又は行動の自由が著しく害される不安を覚えさせるような方法により行われる場合に限る』と記されている。どうですか、私がここで休んでいる行為が少しでもそれらに該当しますか?」

「ああ、する。貴様の『見張り』は俺の生活の平穏を害し、女房に対して、行動の自由が著しく害される不安を覚えさせた。貴様がここに立って見張っているために、女房は怖くて買い物にも出られなかった」

「見張っているというのは、あんたの勝手な解釈だ。私はここに立って休んでいただけで、あんたに対しても奥さんに対しても一切の働きかけをしていない。あんたの家に押し掛けてもいなければ、こちらから話しかけてさえいない。奥さんに近寄ったことだってない。それでもストーカー行為だと言うんなら、昔の部下にでも通報したらいいだろう。私だって、無駄に髪が真っ白になったわけじゃない。昔のように、あんたらのいいようにはされない」

悔しいが、村上の負けだった。たとえ警察に訴えても、柏木の行為を規制し、さらには彼を処罰させるのは無理だろう。どうやら、柏木はストーカー規制法について充分に研究したうえで行動しているらしい。それに抵触しないように細心の注意を払って。

しかし、このまま尻尾《しっぽ》を巻いて引き下がるのは癪《しゃく》だった。

「いいだろう。貴様がその気なら、こっちも合法的に必ず貴様をここから追い出してやる」

村上は柏木の顔に最後の言葉を浴びせ、自転車を回した。

家の前まで行き、自転車を降りて振り返ると、柏木の姿は消えていた。

いまや、柏木が村上をただ見張っているだけとはますます思えなくなった。やはり、彼は〝何か〟を策しているのだ。

自分の犯した罪を棚に上げて、被害者や自分に不利な証言をした者を逆恨みし、出所してから危害を加えた例は結構ある。無期懲役の刑を受けた男が仮出獄した後、関係者を二人も殺した事件さえあった。

柏木も村上を逆恨みし、復讐しようとしているのは間違いない。だが、彼の考えていることがはっきりしないため、具体的にどう対処したらいいのか、わからなかった。外出するときに注意し、妻にはこれまで以上に用心させる以外にない。

村上はガレージのシャッターを開けて自転車を入れ、荷台の段ボール箱から小松菜を取り出した。

H《ホーム》P《ページ》

1

三月二十二日（月曜日）――。

父と兄が勤めに出た後、石森《いしもり》那恵は兄嫁の美也子《みやこ》にことわり、離れの物置へ入った。入口の引き戸を開けたまま、土間の壁に付いたスイッチを押し、天井板の張られていない屋根裏の梁《はり》から下がった裸電球を点《つ》けた。

那恵が地元長崎の高校を卒業して大阪の大学へ入学したのは十一年前である。現在は結婚して京都に住んでいるが、この十一年間、平均して年に三、四回は実家へ帰っている。が、はっきりした記憶はないものの、物置へ入るのは、もしかしたら家を出てから初めてかもしれなかった。

那恵は、母屋《おもや》から持ってきたスリッパを履き、板張りの上にあがった。外の光が届くところだけ、うっすらと埃《ほこり》がたまっているのがわかった。それにしても、こんなに狭かったか……と少し意外だった。収納されている物が増えたせいもあるだろうが、那恵の記憶の中にある物置はもっとずっと広かったのだが……。

那恵は、右手の壁際に積まれた段ボール箱に近寄った。それらの中に母の遺品が入っているらしい。遺品といっても、ここにあるのは、父に言わせると「捨てるには忍びない雑多な物」だ。

那恵は、それらの中に母が結婚以来ずっと付けてきた家計簿もあると知り、ちょっと調べてみようと思ったのだった。

――ただ、香西の団地を引き払うとき、かなりの物は処分してしまったから、それまでのものはどうかな……。

昨日、母の三回忌の法事が終わった後で那恵が聞くと、父はそう答えた。

だから、那恵が見たいと思っている家計簿はないかもしれないが、それならそれで仕方がない。

那恵たち一家が東京に隣接するR県の香西市から父の郷里である長崎へ引っ越したのは、那恵が中学へ入学する直前、一九八七年の三月だった。それまでの家計簿が処分されてしまっていれば、那恵が求めている一九八六年の家計簿はない。

那恵がどうしてそんな古い家計簿を調べようとしているのかというと、もしかしたら、その二月下旬から三月上旬にかけてのページに母がメモを残しているかもしれない、と考えたからである。

昨年の秋、那恵は、京都まで訪ねてきた柏木喬に会った。そのときは、母には日記を付けるといった習慣がなかったと話しただけで、家計簿にまでは思い至らなかった。が、年が明けて母の三回忌の日程が決まった後、よくダイニングテーブルに向かって家計簿を付けていた母の姿を思い出したのである。

といって、柏木は、すでに決定的な事実をつかんだらしく、那恵の新しい情報を必要としていないようだった。それは、

——ほぼ真相がわかりました。これもひとえに石森さんのおかげです。私の考えたことが間違いないとはっきりしたら、詳しいご報告を差し上げます。

というメールをくれたことから明らかだった。

だから、那恵の行動は、あくまでも彼女自身の好奇心から出たものである。それと、急いで京都へ帰っても、夫の祐輔《ゆうすけ》が金曜日までタイへ出張中のため、いない、という事情から……。

ところで、那恵がそれまで一面識もなかった柏木喬に会ったのはどうしてかというと、理由の発端は十八年前に遡《さかのぼ》る。

が、直接のきっかけは、昨年の十月下旬、

が、

《私は殺していない！》

というタイトルの柏木のＨＰ《ホームページ》をたまたま見たことである。

タイトルからわかるように、このホームページは、古畑麗を殺した犯人とされた柏木喬が、

――自分は無実である。

と主張し、冤罪《えんざい》を晴らすために力を貸してほしいと訴えたものであった。

それは七つのパートで構成され、まず、
☆　Ｎ大生女児誘拐殺人事件とは？
☆　逮捕後の経過
☆　私はこうして「自白」させられた
☆　仕組まれた有罪判決
という四つの小題のもとに、事件の概要、警察・検察における取り調べの実態、裁判の経過、なぜ冤罪だと主張するのかという理由が説明されていた。

事件は、埼玉・東京連続幼女誘拐殺人事件の二年前、一九八六年二月十二日、Ｒ県香西市で起きたこと、柏木は同年二月二十日に逮捕され、一九八八年十一月、一審で懲役十五年の有罪判決が下されたこと、控訴、上告ともに棄却され、一九九四年の五月に刑が確定したこと、無罪を主張して再審請求をしたが、これも棄却されたこと、自白は刑事による

強要と誘導の結果であり、内容は虚偽であること、有罪判決は警察が捏造《ねつぞう》した偽の証拠に拠《よ》っていること——最後の二点については特に詳しく述べられていた——などである。

つづく三つ、

☆　真犯人は名乗り出てください

☆　情報をお待ちします

☆　古畑聖子さんへ

という小題のもとに書かれた文章は、前の四つとは趣《おもむき》が違っていた。いずれも、訴え、あるいは呼びかけだった。

このうち、最後の一つは、前の二つとまた違っていた。

那恵は、被害者・古畑麗の母親に対するその呼びかけに首をかしげた。柏木はなぜ、敢《あ》えてこんなものを最後に載せたのだろうか、と。

真犯人に対して、

——すでに公訴の時効が成立しているため、罪に問われることはない。だから、匿名でもいいので名乗り出てほしい。

と訴えているのは、本当に柏木以外に犯人がいるのなら、当然である。

また、事件に関する情報を持っている可能性のある者に対して、

——どんなに些細《ささい》なことでもいいので教えてほしい。

と頼んでいるのも、わかる。

というより、これらの訴え、お願いに対する反応こそ、柏木がホームページを開設した最大の目的ではないか、と思われた。

だが、

——現在でも我が子を殺した相手を死刑にしたいほど恨み、憎んでいるなら、あなたも自分の力で真犯人を捜すべきです。

という古畑聖子に対する呼びかけは、那恵に違和感を覚えさせた。古畑聖子本人がこのホームページを目にすれば、柏木のメッセージが伝わるのかもしれないが、少なくとも那恵にはその呼びかけの意図、目的が不可解だった。

それはともかく、那恵はこの柏木のホームページを見て、衝撃を受けた。

自分も間接的に関わった、同じ団地に住んでいた小学校の後輩が殺された事件の「犯人」が、一貫して無実を主張しつづけていたことを初めて知ったからだ。

一度は犯行を認めた柏木喬が、裁判が始まるとそれを撤回した——という話は聞いていた。とはいえ、「自分はやっていない」とシラを切る犯人など珍しくない。それぐらい小学六年生になった那恵も知っていたし、両親だけでなく、周りの誰もが柏木が犯人だと確信しているようだった。だから、那恵は、そんな話にほとんど注意を払わなかった。そして、翌年の三月、遠い長崎へ引っ越してしまったこともあって、那恵の中で事件の記憶は急速に薄れていき、中学、高校、大学……と日常的にはまったく関係なく暮らしてきた。

だが、もしかしたら、〝事件〟は那恵の気持ちのどこかにずっと引っ掛かっていたのかもしれない。暇潰《ひまつぶ》しにインターネットのホームページを覗いているとき、ふと、「N大生女児誘拐殺人事件」で検索してみようと思ったのだから。

その結果、柏木のホームページ《私は殺していない!》にぶつかったのだった。

彼のホームページは、那恵を小学五年生だったときの冬に引き戻した。

古畑麗の殺された事件の起きる一カ月ほど前だから、一九八六年の一月のことである。学校から帰るとき、那恵はたいがいは同じ団地に住む友達と一緒なのだが、その日はたまたま友達が帰ってしまった後だった。県道の交差点を渡ってひとりで歩いてくると、前から走ってきた白っぽい乗用車が歩道脇に停まり、運転していた男――当時大学生だった従兄《いとこ》と同じぐらいの年格好に見えた――に市立図書館へ行く道を尋ねられた。那恵は助手席に寄り、説明を始めた。と、男がそれを遮り、聞いてもよくわからないので自分の車に乗って教えてくれないか、と言った。ここまで送ってくるから、と。が、那恵は、寄り道をしてはいけないと母親に言われていたので、断わった。

このいきさつを那恵は母親の静香《しずか》に話したので、静香が団地の知り合いにでも話したのだろう、麗の事件が起きると、話を聞き込んだ刑事たちが那恵の自宅――六号棟二〇四号室——を訪ねてきた。刑事たちは那恵から話を聞いた後で若い男の写真を見せ、那恵を車に誘った男に似ていないか、と尋ねた。写真ではよくわからなかったので、那恵はわからない、と答えた。

その後何日かして、柏木喬が容疑者として逮捕され（団地でも小学校でもその話題で持ち切りだった）、那恵は土曜日の午後、母の静香と一緒に香西警察署へ呼ばれた。

那恵たちは応接室でジュースとケーキでもてなされた後、女性警官に別の小さな部屋へ案内された。

部屋には、ネクタイに背広姿の男がいて、那恵の緊張をほぐすかのようにニコニコ顔で迎えた。年齢は那恵の父と同じ四十五、六歳ぐらい。肩幅が広く、がっしりとした体形をしていた。名前や肩書きは、聞いたかもしれないが覚えていない。ただ、女性警官が「××長」と呼んでいた記憶があるから、きっと偉い警察官だったのだろう。

那恵は、その警察官の説明を受け、マジックミラーという相手からは見えないガラス窓を透《とお》して隣室を覗いた。

窓の向こうには、一人の男が椅子に掛けてこちらへ顔を向けていた。容疑者の柏木喬にちがいない。

那恵は一目見て、自分に図書館へ行く道を尋ねた男ではない、と思った。

だが、那恵が「違うような気がする」と答えると、傍らの警察官が、初めのニコニコ顔とは別人のような厳しい表情をして、もっとよく見てほしい、としつこく繰り返した。那恵に「似ている」と言わせたいようだった。

実は、那恵には、「違う」と判断する別の理由もあったのだが、何となく怖くてそのことは言い出せずにいた。結局、「自分に道を聞いた人ではないと思うが、はっきりとはわからない」と言った。曖昧《あいまい》な答え方をしたのは、那恵にも百パーセント違うと言い切る自信はなかったからである。

那恵は柏木のホームページを見た後、どうしたらいいかと考えた。古畑麗が殺された事件の前後に自分が経験した事実を、柏木に知らせてやるべきかどうか……。

柏木が一貫して「自分は冤罪に陥《おとしい》れられた」と言いつづけていることに、那恵は大きな衝撃を受けた。

だからといって、柏木が本当に無実かどうかはわからない。というより、那恵は彼の言葉を信じ切れなかった。

柏木は、ホームページの中で、自分の有罪を決定づけた証拠は警察によって捏造されたものだ、と主張していた。「自白」は刑事の暗示と誘導と強制によって為《な》されたもので、供述の内容は創作《フィクション》にすぎない、と述べていた。

しかし、那恵の中では、警察が証拠の捏造までするだろうか、と疑う気持ちのほうが強かった。また、たとえ刑事に厳しく責められたからといって、無実の人間がやってもいない殺人を認めるだろうか、という疑問も小さくなかった。

その一方で、柏木が再審請求までして無実を訴えつづけ、刑期が満了したいまなお〝冤罪〟を叫びつづけているという事実が気になった。

那恵はどうすべきか迷った末、夫の祐輔に相談した。

すると、夫が、

――とにかく、きみの知っていることを知らせてやったらどうだい？

と、言った。

――メールだけなら、こちらの本名や住所はわからないんだから、危険はない。もし相手がおかしな人間だと感じたら、アドレスを変え、あとは関わりを持たないようにすればいいじゃないか。

那恵は夫の助言を容《い》れ、自分が経験した事実など柏木にとっては何の役にも立たないかもしれないが、とにかく知らせるだけ知らせてやろう、と決めた。そして、ホームページを読んで感じた疑問も率直に記し、柏木にメールした。

柏木からの返信はその日のうちに届いた。彼の驚き、昂奮、それに那恵に対する感謝の気持ちが行間から湧き上がってくるようなメールだった。

那恵のメールを読み、今更ながら「腑《ふ》に落ちる」思いがした、と柏木は書いてきた。

というのは、まだ逮捕されずに任意で刑事に事情を聞かれていたとき、——事件の一カ月ほど前、あんたは古畑麗ではない別の少女にも図書館へ行く道を尋ねているはずだ。そうだな？

と、追及されたことがあったのだという。そして彼が否定すると、それきりになった。

だから、柏木は、その件は麗の殺人と直接の関係はないと警察が判断したのだろうと考えていた。

だが、そうではなかったらしい。警察はその件も柏木の仕業《しわざ》と考え、もし那恵の口から「似ている」という証言が引き出せればそれをつかって彼を追及するために、面通しを行なった。

ところが、那恵は、「別人である」と断定こそしなかったものの、「違うような気がする」と否定的な証言をした。そこで警察は、〞都合の悪い事実には触れずに隠す〟という手段に出た——そういうことだったらしい。

そうした説明の後、メールには、那恵に会ってほしい、会ってもっと詳しく話を聞かせてほしい、と書かれていた。そうすれば、真相を追及する参考になることがわかるかもしれないから、というのだった。

それを読み、那恵は急に嫌な気持ちがした。同時に彼女の中に警戒心が頭をもたげた。

自分は知っていることをすべてメールに書いた、だから、会って話しても同じである、それにいまは香西市から遠く離れた場所に住んでいるので、会うつもりはない、と返事を送った。
するると、柏木は、那恵が半信半疑だとわかったのだろうか、「ホームページの説明を補足させていただきます」と二信目のメールを寄越し、那恵が初めに書き送った疑問に答えてきた。
そのうち、証拠の捏造については、
〈警察がどうやってそれをしたのかはわかりませんが、私は天地神明に誓って古畑麗ちゃんを殺していないし、死体を車のトランクに積んでもいません。ですから、そこから麗ちゃんの毛髪と衣類の繊維が出てきたのが事実なら、誰かが故意に入れたとしか考えられないのです〉
と記され、次に、なぜ嘘の「自白」をしてしまったかについては、
〈私がいくら麗ちゃんを殺していない、事件とは無関係だ、と繰り返し訴えても、私が犯人だと思い込んでいる刑事たちは鼻先で嗤《わら》い、取り合ってくれなかったからです。そして、二言目には「嘘をつくな！」「おまえは、あんな可愛い子を殺したんだぞ」「この人殺しの変態野郎！」といった悪罵《あくば》を浴びせられ、私は肉体的にも精神的にもへとへとになり、正常な精神の糸が切れる寸前まで追い詰められてしまったのです。その結果、とにかくこの苦しみから抜け出したい、先のことは後で考えればいい、いまは刑事の言いなりになり、

裁判が始まったらまた本当のことを言おう、そうすれば裁判官はきっとわかってくれるにちがいない、私が無実だと判断してくれるにちがいない、そう思ってしまったのです。もし、これでも私を疑い、「やってもいないことを……」とお思いでしたら、浜田寿美男氏の著書『自白の研究』（三一書房）か『自白の心理学』（岩波新書）を、または小田中聴樹氏の著書『冤罪はこうして作られる』（講談社現代新書）を読んでくださるようお願いします。そうすれば、人間の心がいかに脆《もろ》くて弱いものか、人がいかに易々《やすやす》とやってもいない殺人を認めてしまうものか、きっと納得していただけると思います〉

と、書かれていた。

また、供述内容が創作だという点に関しては、さらに具体的に次のように説明されていた。

〈事件のあった二月十二日の麗ちゃんの行動に関して、また死体の状況等について、警察がつかんでいたのは、

① 午後四時十分〜十五分ごろ、麗ちゃんは豊町団地三号棟北側の通路を団地東側の市道のほうへ歩いて行った。

② 四時半に市立公園で友達と待ち合わせていたので、市立公園へ向かっていたと思われる。

③ 友達は約束の時間前に市立公園へ行って待っていたが、麗ちゃんは現われなかった。

④豊町団地三号棟前から市立公園まではゆっくり歩いても十分程度なので、麗ちゃんは四時十分から二十分までの間に途中で犯人の車に乗せられた可能性が高い。
⑤死亡推定時刻は四時〜六時なので、四時十分から六時ごろまでの間に殺されたと考えられる。
⑥死体は全裸にされて香西風土記が丘公園の林の中に捨てられていたが、乱暴に扱われた形跡はなく、むしろ丁寧に扱われたと見られる。
⑦死体には、顔から上半身にかけてジャンパーが、下半身にズボンが掛けられていた。
⑧麗ちゃんが身に着けていた下着とセーターは犯人に奪われたらしく、どこからも見つからなかった。
——以上です。
一方、私に関して警察がつかんでいた事実は、
①午後三時半ごろ、豊町団地七号棟北側の空き地にセシリオを駐めて音楽を聴いていた。
②四時から四時半ごろ、電話ボックスのある団地東側の市道のほうから七号棟前へ歩いてきて、空き地に駐められていた車に乗り込んだ。
③五時ごろ、県道から風土記が丘公園のほうへ入る角にあるコンビニへ行き、ジュースやサンドイッチを買った。

④　五時から六時ごろにかけて、風土記が丘公園内で私のものと思われるセシリオが目撃された。

――以上です。

刑事たちは、これらの事実を基にして、できるかぎり矛盾しないように「私の犯行の経緯」を組み立てたのです。

例えば、私が七号棟北側の空き地からセシリオを出したのは四時五十分近くですが、これでは麗ちゃんを車に乗せた時間に合いません。そこで、四時十五分ごろ電話ボックスを出たところで麗ちゃんの姿を見つけ、急いで七号棟北側へ戻ってセシリオに乗り、麗ちゃんの後を追った、そして追いつき声をかけた、ということになったわけです。しかし、麗ちゃんを車に乗せ、風土記が丘公園へ直行したのでは、早すぎて、五時ごろコンビニに寄った事実と矛盾します。そこで、私は、麗ちゃんを前に一緒にドライブした春茅沼へ誘い、途中で欲情を覚えて殺害した、それから麗ちゃんの死体に悪戯をするために風土記が丘公園へ向かった、そして暗くなるまでの間に腹ごしらえをしようとコンビニに立ち寄り、食べ物と飲み物を買った、そういう筋書にしたのです。

しかし、ここで考えてみてください。すでに麗ちゃんを殺した人間が、これから死体を棄てようというとき、その現場のすぐ近くにあるコンビニに立ち寄るかどうか。刑事たちは、死体はトランクに積んであるので見られるおそれがない、だから安全だと思ったのだろう、と言いますが、よほど間抜けか大胆な犯人でないかぎり——たとえ私が犯人だったとしても、私はそれほど間抜けでも大胆でもありません——そんなふうに思うわけがありません。刑事たちだって、当然それぐらいのことは考えたはずですが、私を犯人に仕立て上げるためには、そうした矛盾には目をつぶらざるをえなかったのです。この一事を見ても、裁判官は私の供述が刑事の誘導による作文だと見抜いてくれるにちがいないと期待していたのですが、彼らの目は節穴でした。「殺人を犯したために正常な判断力を喪失していたと見れば、そうした行動を取ったとしても、あながち不自然とは言えない」といった、いかにもわかったような持って回った言い方をして、検察側の主張を採用したのです。

もう一つ、例を挙げると、私の「供述」では、麗ちゃんの死体を棄てるとき、私は麗ちゃんを裸にして、その傍らで二度も自慰行為をしたことになっています。ですが、現場からはそうした痕跡がまったく発見されませんでした。私は精液を残したら危険だと思い、ズボンの中に射精し、パンツとアンダーシャツの裾に吸い込ませた、ということになっているのですが、たとえそうしたとしても、私の陰毛か私が身に着けていた衣類の繊維がまったく発見されなかったというのは非常におかしなことです。刑事は細心の注意を払ってそれらを落とさないようにしたのだろうと言いますが、欲情している人間にそれほどの注意力が働くわけがありません。それに、犯人がそれほど慎重な人間だったら、どうしてその直前にコンビニに寄って店員に顔を覚えられるといった愚を冒したのでしょうか。私の弁護人は、そうした矛盾を鋭く衝《つ》いたのですが、やはり裁判官は採り上げてくれませんでした。

当時、私にはおとなの女性を苦手とする一面がありました。特に好きな女性の前に出るとうまく話せなくなってしまうため、女性を敬遠していたのです。その点、少女が相手だと楽しく話せるため、親戚の子供などを可愛がっていました。しかし、そうした子を性的な欲望の対象として見たことは一度もありません。ましてや、そうした欲望から麗ちゃんを殺したなんて、ありえません。

ところが、麗ちゃんが全裸にされて棄てられていた事実、麗ちゃんのパンツなどがなくなっていた事実から、警察は、幼女性愛者である私が麗ちゃんに性的な悪戯をして下着を奪うために殺した、そう断定したのです。そして、麗ちゃんの死体に損傷などが加えられていなかった事実については、〝といって、犯人である私に麗ちゃんに対する憎しみはないので死体を丁寧に扱った〟と勝手な解釈を施《ほどこ》し、私の「供述」をそれに合わせて作っていったのです。私が刑事の追及に「犯行」を認めたといっても、犯人ではないのですから、犯人がどうしたか知りません。そのため、具体的な点について適当なことを言うと、刑事は、そうじゃないだろう、よく思い出してみろ、本当はこうだったんじゃないのか、そんなふうに言います。そこで私が「はい、そうでした」と答えると、刑事の考えた筋書が私の進んで話したこととして供述書に記録されていったのです。私が麗ちゃんの死体の傍らで二度も自慰行為をしたという話も、ズボンの中に射精してパンツとアンダーシャツの裾に吸い込ませたという話も、こうして作られたものでした。また、供述書では、「初め麗ちゃんの下着だけ持ち去るつもりだったのに、セーターに触れると麗ちゃんの柔らかい感触と温もりが残っているように感じ、思わず頬に押しつけ、首に巻いた」ということになっているのですが、これも刑事の誘導で辻褄《つじつま》合わせをした結果です。ジャンパーとズボンを残して、下着と一緒にセーターを持ち去った理由――誰が犯人であっても、僕にはそれがいまでもよくわからないのですが――そのもっともらしい理由をつけるため、そういうことにされたのです。

裁判のとき、私の弁護人である宮沢智明《みやざわともあき》弁護士は、私の自白には〝秘密の曝露《ばくろ》〟がない、と主張しました。秘密の曝露とは、周囲の誰も知らず、犯人だけが知っていることで、それが後で事実だと証明された事柄のことです。宮沢弁護士は、私の自白にはそれがないので信用できない、つまり、刑事の誘導によって為された疑いがあるので私の自白調書を証拠として採用すべきではない、と言ったわけです。

それに対して検察側は、そんなことはない、死体を遺棄した現場や死体の様子を描いた絵や図という立派な秘密の曝露があるではないか、と反論しました。なぜなら、私は、「客観的な事実に合致する絵や図を描いて自分の行動を刑事に説明した」ということになっていたからです。

ですが、それらの絵や図を描いたときも、犯行方法等を創作したときと同じでした。刑事に何度も何度も描きなおしさせられたのです。私は現場の状況など知りませんから、新聞の記事や刑事の話から適当に想像して描きました。すると、刑事が、麗ちゃんの左脚はそんなふうになっていたわけじゃないだろう、右手の位置が違うだろう、ジャンパーの掛け方はそれでいいのか、顔まで掛かっていたんじゃないのか、よく思い出してみろ、そんなふうに言ったのです。それで私は、刑事の顔色を見ながら、刑事がうなずくまで描きなおしたのです。なぜ私が刑事の言いなりになり、刑事の意を迎えるようにしたかというと、そうしないかぎりは解放されなかったからです。そして、すでに「犯行」を認めた後だったので、今更刑事に逆らってもどうにもならない、すべては裁判が始まってからだ、それまでの辛抱だ、と考えていたからです〉

那恵は、柏木が読んでほしいと挙げた本のうち『自白の心理学』を読んでみた。

それにより、人が「自分に不利な嘘をつくに至る心のメカニズム」がよくわかり、柏木は本当に無実かもしれないと思うようになった。

といっても、百パーセントそう考えたわけではなく、彼女の中にはまだ二、三割は柏木を疑う気持ちが残っていた。

柏木はあのように書いてきたが、裁判官がそんなにいい加減な判断を下すものだろうか、裁判官というのはもっと公正で優秀なのではないだろうか、という思いがやはりあったからだ。

那恵が、柏木のメールと本を読んだ感想を送るべきかどうか迷っていると、彼のほうから三信目のメールが届いた。

そこには、しつこくて迷惑に思われるかもしれないが、自分にとっては一生の重大事なので、やはり会って話を聞かせてほしい、と書かれていた。あなたのメールは、ホームページを開設して初めて届いた具体的な情報である、だから、結果として役に立たなかったとしても、このまま諦める気にはなれない、もし自分を警戒しているのなら、住所と氏名を明かさなくてもいい、あなたの指定した場所へ指定した時刻に出向くので、どうか三十分間だけ時間を割いてほしい、自分はあなたに対して、あなたの持っている情報を教えてもらいたいと思っている以外には何らの意図も含んでいない、それでも「殺人犯」と会うのが不安なら、叫べば交番に声が届く路上でも、誰かと一緒でも、かまわない、だから、どうかどうか会ってほしい――。

那恵は夫の祐輔に話し、どうしたらいいかと再び相談した。

すると、夫が、

――この柏木という人は本当に無実なんじゃないか。

という感想を述べ、自分も同席するから会ってやったらどうか、と言った。

その言葉で、那恵は心を決めた。

夫が一緒なら安心だったし、このまま柏木の願いを撥ねつけてしまっていいのだろうかという迷いがあったからだ。

那恵は、自分は知っていることはすべてメールに書いたので会って話しても同じだ、と前に柏木に書き送った。

だが、それは事実ではない。

実は、那恵にはもう一つ気にかかっていることがあった。もう一つといっても、面通しの経験と密接に関係しているのだが……。

その件は、半ばは那恵自身の問題だった。また、すでに決着がついていたので、柏木に知らせる気はなかった。だから、メールに書かなかったのだった。

しかし、那恵の中に、これでいいのかというこだわりが残った。何となくすっきりしない気持ちがつづいていた。

考えてみると、二十年近く経っても、「N大生女児誘拐殺人事件」が自分の心のどこかに引っ掛かっていたのは、面通しの経験よりもその件があったからではないか、という気もした。

――今週の土曜日に京都まで来てくれるなら会ってもよい。

那恵は、柏木に対する返事を書きながら、話の成り行きによっては〝その件〟も話そう、と思った。

那恵が柏木に会ったのは、昨年の十一月八日である。

午後二時、那恵が夫の祐輔とともに京都駅前の喫茶店へ行くと、柏木は目印の雑誌をテーブルに置いて待っていた。

まだ四十を一つ二つ過ぎたばかりのはずなのに、五十代にも六十代にも見える、痩せた白髪の男だった。

那恵は京都の住所までは教えなかったが、石森那恵という本名を名乗り、佐久間という旧姓も伝えた。

柏木が、那恵がメールをくれたことと会ってくれたことに対して感謝の言葉を述べた。内に強い意志を秘めているような印象はあったが、目が澄んでいたし、態度は物静かだった。那恵の中で、この人は本当に殺人犯なんかではないのかもしれない……いや、ないらしい、という思いがそれまでよりいっそう強まった。

話が本題に入ると、柏木は、事件の一カ月ほど前、那恵に図書館へ行く道を尋ねた男について直接那恵の話を聞きたかったのだ、と言った。自分以外に犯人がいると考えている（らしい）彼としては、その男のことがもっとも気になっていたようだ。

京都まで出向いてきた柏木の目的を知り、那恵の考えは決まった。彼の参考になるかどうかはわからなかったが、〝あの一件〟を話そう、と。

――では、メールに書いた内容と重なっているところが多いのですが、母と一緒に香西署へ行ったときのことからお話しします。

那恵が言うと、

――お願いします。

と、柏木が真っ白い頭を下げた。

――日にちははっきりしませんが、柏木さんが逮捕されて間もない土曜日でした。

――それなら、私の逮捕されたのが一九八六年の二月二十日ですから、二月二十二日の土曜日ですね。

――二十二日が土曜日なら、そうだと思います。翌週ではずっと後になりますから。

――ええ。私に対する取り調べの経過から考えても三月一日ではないと思います。

――その日、私は学校から帰って昼食を済ますと、母と一緒にバスで香西警察署へ行きました。

那恵は話し出した。

階段を上って受付で母の静香が那恵の氏名を告げると、すぐに中年の女性警官が迎えにきて、那恵たちは応接室へ通された。

応接室では、ジュースとケーキが出され、女性警官が好きな教科や友達のことなどを那恵に聞いてきた。いま考えると、面通しを行なう前に那恵の緊張を解こうと気をつかったらしい。

が、那恵はほとんど上の空だった。大好きなショートケーキに手も付けなかったし、女性警官の問いかけにも適当な返事をしていた。

といって、それは単に緊張していたからというわけではない。那恵は確かに緊張はしていたが、そのとき〝心ここにあらず〟という状態だった主な理由は別にあった。

警察署に着いて、女性警官に案内されて応接室まで歩いて行くとき、〝自分に道を尋ねた男によく似た男〟と擦《す》れ違ったのだ。

男のほうは那恵に注意をとめた様子が見られなかった。だから、人違いかもしれない。きっと人違いだろう。あのときの男が警察署の廊下を歩いているわけがないし……。

那恵はそう思った。思おうとした。が、胸がどきどきして、他のことは考えられなくなった。いま擦れ違った男がもし自分に声をかけた男だったら……と思うと、怖かった。男は、自分を見張るために警察へ先回りしていたのかもしれない。自分が刑事に余計な話をしないように。もしそうなら、当然自分に気づいていて、知らないふりをしたのだろう。

那恵は母の静香に話そうとした。そっと囁《ささや》いて教えようとした。だが、女性警官に不審がられ、母が彼女に話してしまったら、と考えると、怖くてできなかった。もし自分が告げ口をしたと男に知られたら何をされるかわからない、そう思ったからだ。

母と一緒に別の小さな部屋へ案内され、覗き窓から椅子に掛けた柏木の姿を見せられたときも、那恵はまだ脅えていた。半ば上の空の状態だった。ただ、わずか十分か十五分前に〝似た男〟を見ていたので、柏木を一目見て、自分に図書館へ行く道を聞いた人ではないと思った。だから、面通しに立ち会った父親と同年輩の私服の警察官に、「違うと思う」と言った。警察官は那恵に「似ている」と言わせたいらしく、もっとよく見てほしいと繰り返した。那恵は、廊下で擦れ違った〝似た男〟のことを話そうかと迷ったが、結局、怖くて言い出せず、「自分に道を聞いた人ではないと思うが、はっきりとはわからない」と多少曖昧に答えた。

その日、那恵の恐怖は家へ帰ってからもつづいた。香西署の玄関を出た直後はほっとして少し弱まったのだが、団地に帰り着くころにはまた強まり、それは時間とともに昂進した。警察署の廊下で擦れ違った男が家まで押し掛けてくるのではないか、もしあの男が麗を殺した犯人だったら自分のことも殺そうとするのではないか、そう思うと、恐ろしさに思わず叫び出しそうになった。

こんな状態では夕飯どころではない。母の静香が作ってくれた好物のハンバーグさえ一口も食べられなかった。

静香は初め、娘のいつもと違った様子を見ても、警察署へ行ってくたびれたか、犯人と思われる男を見せられたショックが尾を引いているのだろう、ぐらいにしか思っていなかったようだ。が、那恵がハンバーグに箸《はし》もつけなかったのには驚き、お腹《なか》でも痛いのか、熱でもあるのか、と急に心配し出した。那恵がお腹なんか痛くないと答え、静香が那恵の額に手を当てて熱がないのがわかると、では、どうしたのだ、どうして全然食べないのだ、と少し責めるように聞いた。食べたくないだけだ、と那恵は答えた。おかしい、いつもの那恵じゃない、と静香が言った。もしかしたら、今日警察へ行ったとき、お母さんの気づかないところで何かあったの？　心配事や気になっていることがあったら、何でもいいからお母さんに話しなさい――。

そんなことは何もないと那恵は答えたが、静香は納得しなかった。今夜のおまえの様子はどう見たって普通じゃない、やっぱり警察署で何かあったのね、何があったの？　としつこく聞いてきた。

那恵の中で、不安と恐怖はすでに臨界状態に近づいていた。「秘密」を自分ひとりの胸にしまい込んだまま夜を迎えるのには耐えられそうになかった。静香に問われるまま、自分に道を尋ねた男に似た男と警察署の廊下で擦れ違った事実から始めて、自分が想像し、恐れていることを打ち明けた。

静香は驚いたようだが、慌てなかった。冷静だった。那恵に道を尋ねた男が先回りして警察署へ行っていたなどということはありえない、と否定した。那恵の予定を知りようがないし、たとえ知ったとしても、もしその男が麗を殺した犯人なら、自分から捕まりに行くようなそんな行動を取るわけがない、というのだった。

——だから、那恵が今日警察署の廊下で擦れ違った男の人は、関係ない人よ。那恵は家を出る前から緊張して、ずっとそのことばかり考えていたから、年格好が似た男の人を見ただけで、自分に道を聞いた人じゃないかと思っちゃったのよ。お母さんはそう思うわ。どう考えたって、麗ちゃんを殺した犯人かもしれない人間が警察署の中を平気で歩き回っているなんておかしいもの。

静香はそう言ってから、さらに言葉を継いだ。

——それでも気になるなら、お母さんが明日にでも警察に電話して那恵から聞いた話をし、調べてもらうわ。それならいいでしょう？　だから、那恵はもう心配しないで、御飯を食べなさい。

那恵は、母の静香の説明に百パーセント納得したわけではなかった。だが、母に打ち明け、母に心配ないと言われたことで、自分ひとりであれこれ想像していたときの恐怖はだいぶ薄らいでいた。それに、警察に電話して調べてもらえば、自分に道を尋ねた男——もしかしたら古畑麗を殺した犯人かもしれない男——が、今日警察署の中をうろついていたかどうかもわかるだろう、と思った。つまりは、自分が人違いしたのかどうか、が。

香西署が調べた結果は、それから四、五日後に届いた。

那恵は、静香が香西署の誰に電話し、誰から報告を受けたのかは知らない。香西署でどのような調査が行なわれたのかも知らない。が、その報告は、那恵が人違いしたとしか考えられないというものだった。静香に報告の電話をかけてきた警察官は、さらにこうも言ったらしい。

――古畑麗ちゃんを殺した犯人は那恵さんに見てもらった男に九分九厘間違いないので、那恵さんは何の心配も要《い》りません。犯人が那恵さんを付け狙ったりする恐れはまったくありません。

それから何日かして、柏木喬の犯行を裏づける決定的な証拠が見つかり、さらに数日して彼が犯行を認めた、と那恵は聞いた。

そのため、那恵の恐怖は完全に消え、警察署での出来事の記憶もいつしか薄れていった。

柏木は、一言の質問も挟まず、怖いような目をして那恵の話を聞いていた。日光の当たらない場所で暮らしているらしい生白い顔は青ざめ、彼が極度の緊張状態にあることを示していた。

那恵にも、その理由はわかった。もし柏木が犯人でないのなら、那恵に道を尋ねた男が犯人だった可能性が生まれるからだろう。つまり、柏木にとって、那恵の話は真犯人に結びつくかもしれない情報だったのだ。

那恵の話が終わると、柏木は待っていたように、那恵の母親にぜひ会わせてほしい、と言った。那恵の母親が香西署の何という刑事に電話をかけ、どのような報告を受けたのか、具体的に知りたいのだという。

那恵は困惑して、夫の祐輔と顔を見合わせた。

と、柏木はそれを別の意味に取ったらしい。もし会うのが難しかったら、いまの件を那恵から聞いてほしい、と言葉を継いだ。

――それも無理なんです。

と、那恵は言った。

――尋ねていただくのも無理……？

――ええ、母は去年の三月に亡くなりましたから。

――そ、そうですか！　どうも失礼しました。自分の考えにばかり気を取られていて……。

――いいえ。私もいま、柏木さんにお話ししていて、母に聞いてみたかったと思っていたんです。

――お母さんは、ご主人……石森さんのお父さんに話されていないでしょうか？

――私に付き添って警察署へ行った話ぐらいはしたと思いますが、そこまで細かい話はしていないと思います。当時、父はとても忙しく、帰りがいつも深夜近くでしたから。それから一年ほどして父の会社は倒産し、私たちは父の実家がある長崎へ引っ越したんです。

——日記はいかがでしょう、お母さんの日記のようなものは遺《のこ》っていませんか?

——母には日記を付ける習慣はありませんでした。

——そうですか……。

柏木が、ちょっとがっかりしたような声を出した。

——せっかく京都まで来ていただいたのに、お役に立てなくてすみません。

那恵は頭を下げた。

——とんでもない!

と、柏木が顔の前で強く手を振った。

——凄《すご》い情報をいただき、私の胸はさっきから感謝と昂奮に打ち震えているんです。これはけっして大袈裟な表現じゃありません。

——ですが、私の話だけでは、私に道を尋ねた男の人を捜す手掛かりにはならないのではないでしょうか?

——なります。

と、柏木がきっぱりと言った。

——……?

——石森さんのお話を伺い、私には警察の描いた筋書が見えてきたんです。彼らは私を犯人にでっち上げるため、証拠の捏造だけでなく、もう一つ、実に卑劣な行為をしていたんです。香西署の廊下で石森さんと擦れ違った男、それは石森さんに道を聞いた男に間違いありません。

——でも、警察の調査では、人違いだった、と……。

——石森さんのお母さんに電話してきた刑事が嘘をついたんです。もちろん調査などしていないはずです。

——どういうことか、よくわかりませんが……？

夫の祐輔が初めて口を挟んだ。

——すみません。まだ私の想像ですので、調べてはっきりしてきたら、いずれご報告します。

柏木が祐輔に答えた。

——そうですか。

ところで、と柏木が那恵に目を戻し、

——香西署へ行ったときでも、お母さんの口からでもいいですが、ムラカミという刑事の名を聞いたことはありませんか？

と、聞いた。

——ムラカミ？　もしかしたら聞いたかもしれませんが、覚えておりません。

と、那恵は答えた。

──私の面通しが行なわれたとき、石森さんに立ち会った刑事……私服の警察官です。石森さんの話された年齢や体形から考えても、女性警官に「××長」と呼ばれていたということからも、まず間違いないと思います。町や村の村に、上下《うえした》の上と書くんですが、村上は当時、香西署の刑事防犯課長で、私の取り調べを中心になって進めていたんです。

那恵は自分に応接した刑事の顔を思い出そうとしたが、頬骨の出た角張った形をしていた印象しかなく、目鼻立ちは浮かんでこなかった。

──つまり、石森さんのお母さんが電話して石森さんのお話を伝えたのも、調査結果の報告と称する電話をお母さんにかけてきたのも、その村上だったと思われます。お母さんの口から確かめられないのは残念ですが、おそらく間違いないはずです。

柏木はそれから五分ほどして、那恵と祐輔に何度も礼を述べ、一足先に喫茶店を出て行った。

那恵は、その後ろ姿を目で追いながら、長い間の負債を返したような気分になっていた。

柏木の面通しをさせられたとき、那恵は、彼が自分に道を尋ねた男ではないとわかっていながら、「違う」と断定しなかった。村上という刑事防犯課長だったらしい男の意思を感じ、「違うと思うが、はっきりとはわからない」と、つい曖昧な言い方をしてしまった。百パーセント違うと言い切るだけの自信がなかった、というのは自分に対する言い訳にすぎない。そのため、はっきりと意識することはなかったものの、心の底に柏木に対する負い目のようなものがずっと潜んでいたらしい。それが、二十年近くも経って柏木本人に事実を話したことにより、ようやく消えたのだった。

母の遺品が入った段ボール箱は中型のものが五個だった。数が少ないのは、遺品の大部分はまだ父の部屋（元夫婦の部屋）のタンスや押し入れの中に置かれたままになっているからだろう。

那恵はそう思いながら、上段の二個を床に下ろし、箱の上面にマジックインキで記された文字を見た。

下段になっていた一個に「家計簿その他」の表記があった。

那恵は、床を滑らせてその箱だけ明るいほうへ移した。

ガムテープを剝《は》がし、蓋を開けた。

中には、母の想い出が詰まっていた。家計簿の他に、母がよく見ていたテレビの料理番組のテキストなどもあるようだ。

那恵は、懐かしさとも悲しみともつかない思いに胸を締めつけられた。

上になっているのは母が亡くなる直前の新しい年の家計簿だったので、那恵は箱から全部出してみた。

底のほうから出てきたのは、婦人雑誌の付録と思われる、表紙が色褪《いろあ》せた家計簿や料理の本だ。母が結婚して間もない一九七二年や七三年のものもあった。

つまり、香西市の団地を引き払うとき、母は古い家計簿を処分せず、長崎まで運んだようだ。

那恵はひとまず安堵《あんど》し、家計簿とその他の冊子を分けた。

それから、あらためて家計簿の何冊かを手に取ってみた。

と、みな似たり寄ったりの表紙の絵や写真に見覚えがあるような気がした。夜、ダイニングテーブルにそれらを広げ、伝票やレシートを見ながらボールペンを動かしていた母の姿を彷彿《ほうふつ》とさせ、涙で視界がぼやけた。

そのとき、外に足音がして、

「那恵さん、あった?」

と、入口に兄嫁が立った。

「ううん、これから捜すんだけど、七〇年代の分があるから、あると思う」

那恵は振り向き、泣いていたのを兄嫁に気づかれないように明るい声で答えた。

「そう、よかったわね」

「うん」

「これから、私、買い物に行ってくるけど、一時間ほどお留守番、お願いして、いいかしら?」

「いいけど、玄関だけ鍵を掛けて行ってもらったほうが安心かな」

「そうね。じゃ、玄関だけ掛けて行くわ」

「行ってらっしゃい」

兄嫁が去ると、那恵はいよいよ一九八六年の家計簿を捜すため、一冊一冊手に取って見ていった。

ところが、当然あるだろうと思っていたのに、なぜか、肝腎の一九八六年とその前年八五年の家計簿だけが見当たらなかった。

一九八四年以前のも一九八七年以後のもあるのに、どうして二年分の家計簿だけが抜けているのか、わからない。

料理の本などの山も調べたが、そこにもなかった。

――もしかしたら別の箱に紛れこんでしまったのだろうか。

那恵はそう思い、他の四つの箱もガムテープを剝がし、中を調べてみた。

しかし、家計簿はどの箱にも入っていなかった。

一九八五年と八六年というのは、長崎へ引っ越す直前の二年間である。ということは、それらの家計簿だけがないということは、やはり引っ越しと何らかの関係があるのだろうか。

そう考えても、一九八四年以前のものがあるのに……と思うと、理由がわからない。

一九八六年以前の家計簿が全部なかったのなら、那恵は諦めただろう。引っ越しのときに処分されてしまったにちがいない、と判断して。

だが、二年分、二冊だけ抜けていたとなると、事情が違う。もしかしたらどこかにあるかもしれないという望みとともに、すっきりしない思いが残った。それに、見つからないとなると、余計見てみたくなった。

一九八六年の家計簿があったからといって、母がその二月か三月のページ——日にちごとに設けられたメモ欄——に那恵に関わる事情を詳しく書いているとは思えない。そこに記されているのは、他の年の家計簿の記述から推《お》して精々三、四十字程度の覚え書きだと思われる。それでも、香西署の誰に電話したのかということぐらいは書かれている可能性がある。

去年の十一月、京都駅前の喫茶店で会った柏木は、那恵による面通しに立ち会った警察官は彼の取り調べを中心になって進めていた村上という刑事防犯課長にちがいない、だから母の静香が電話した相手も村上のはずだし、村上が母に嘘の報告をしたのだろう、と言った。

あれから四カ月半……。この間に柏木がどのような行動を取ったのかはわからない。

が、彼は先月、

——ほぼ真相がわかりました……。

と、那恵にメールしてきた。

「真相がわかった」というからには、村上が母に嘘の報告をした背後の事情を突き止めたということだろう。それなら、十八年前に母が記したメモなど、今更柏木には必要ないかもしれない。

那恵はそう考えた。だから、今夜、一九八五年と八六年の家計簿だけない事情を一応父に尋ねてみて、それでわからなかったら——たぶん父も知らないだろう——諦めよう、と思った。

2

三月二十七日の午後、村上は久しぶりに東京へ向かう電車の中にいた。池袋で二時に人と会う約束があったからだ。

柏木とストーカー規制法について言い合ったのは二月二十四日。吐く息が白かったのを覚えているが、いまは桜が七分咲きの状態だった。

この一カ月余りの間に、柏木は(村上が気づいただけでも)二度光南台に現われた。が、相変わらずブロック塀の角に立って村上家のほうを見ているだけで、それ以上の行動は取らなかった。だから、近寄って行って文句をつけたところでどうにもならないため、村上は二度とも無視した。

柏木の行動と関係あるのかどうかは不明だが、三月八日（月曜日）の朝、堤達夫が突然村上家を訪ねてきた。近くまで用事があって来たので寄らせてもらったと言い、菓子折りを置いて、玄関で帰った。山形県の酒田市でスーパーを経営している男が、R県の光南市か光南市周辺に用事があって来ても、おかしくはない。そうしたことだってあるだろう。とはいえ、柏木が村上の前に現われるのと符節を合わせたように、柏木の事件が起きた十八年前にR県を去って郷里へ帰った男が二度も顔を見せたことに、村上は引っ掛かった。彼がそれとなく探りを入れてみても、堤からは柏木との関わりを示すような言葉は聞けなかったが……。

堤の訪問の後二、三日して、村上は、探偵社をつかって柏木について調べてみる決断をした。それまでも彼は何度かそう考えないではなかったが、自分は元刑事なのだ、ヤツの企みぐらい自分の力で探り出してやる、と思っていた。年金で暮らしている身なので、できるかぎり余計な出費は抑えなければならない、という事情もあった。だが、相手の狙いは一向に見えてこない。そのため、これ以上ぐずぐずしていて、もし妻か孫の身に何かあってからでは取り返しがつかなくなる、と思ったのだ。

探偵をつかって調べたからといって、柏木の企みは簡単にはわからないだろう。が、それがいかなるものであれ、闘うには敵を知る必要がある。出獄した後、彼がどこでどういう暮らしをしているのかぐらい知らないでは闘えない。

村上はそう考え、かつての部下が東京池袋でやっている探偵社に電話をかけた。そしていま、調査結果の報告を受けるために東京へ向かっているのだった。

池袋には一時四十分に着いた。

待ち合わせた喫茶店は、東口から歩いて五分ほどの明治通り沿いにすぐに見つかった。

元部下はすでに来ていた。

名は大迫渉《おおさこわたる》。人妻と付き合っていたのを、相手の亭主に県警本部長宛の手紙で訴えられ、R県警を辞めたのは七、八年前である。そのとき四十代半ばだったから、いまは五十二、三か。警察官時代より少し痩せて、どことなく荒《すさ》んだ雰囲気があったが、鼻筋の通った整った顔は相変わらずだった。

大迫は、村上がコーヒーを注文するのを待って一枚の紙を差し出し、

「まず、これを見てください」

と、余計な挨拶は抜きにすぐに本題に入った。互いの近況は、村上が電話したときに話していたからだろう。

大迫がくれた紙には、上告が棄却され、懲役十五年の刑が確定した以後の柏木の簡単な年譜が記されていた。

★一九九四年五月　栃木県K刑務所に下獄
★一九九五年秋～九六年冬　父と母が相次いで病死
★一九九六年一月　N地裁に再審請求
★一九九九年四月　再審請求棄却　東京高裁に即時抗告
★二〇〇〇年六月　即時抗告棄却　最高裁に特別抗告
★二〇〇二年七月十一日　仮出獄
★二〇〇三年九月五日　刑期満了
★二〇〇三年十月二日　特別抗告棄却

村上も、柏木が再審請求をしているという話は聞いていた。だが、その年譜を見て、最高裁への特別抗告が去年の十月に棄却されたという事実を初めて知った。

柏木が村上の住む光南台へ初めて現われた日は、わからない。が、それは、特別抗告が棄却された後、間もなくではなかったか、と村上は思った。そしてそこから想像されるのは、再審への道が閉ざされ（第二次再審請求を行なう道は残されているが）、柏木の中に何らかの変化が生じたのではないか、ということである。

「それでは、柏木が仮出獄した時点から順を追ってお話しします」

と、大迫が説明に入った。

それによると――

柏木は一昨年の夏に仮出獄した後、郷里の福井へ帰った。実家の家屋敷が残っていたからである。柏木には兄弟姉妹はいないが、父方の叔母二人と母方の伯母と叔父がいた。だが、彼が逮捕された後、母方の叔父ひとりを除いて、彼の両親――死ぬまで息子の無実を信じ、主張しつづけた――との付き合いを絶っていた。叔父とて、柏木の両親が死んだ後は服役中の彼に一度も面会に行かなかった。が、柏木の弁護士に説得され、身許引受人になったらしい。

柏木は、保護観察中だった約一年二カ月間は郷里の家に住んでいた。が、昨年の九月五日、刑期満了を迎えるのと同時に家屋敷を処分し、東京へ出て来た。地方とはいっても屋敷は広大で、それを売った金と両親が残してくれた預金があったらしく、文京区小石川に二LDKのマンションを買い、現在これといった仕事をしないで独りで暮らしている。

柏木の両親は大きな温泉ホテルを経営していたので、かつてはさらに多くの財産があった。が、柏木が一審で有罪判決を受けた後、被害者の両親、古畑和重と聖子が損害賠償を求める民事訴訟を起こした。その結果、柏木は敗訴し、彼の両親は息子の無実を信じながらも、殺された子供の親の気持ちを汲《く》んで控訴せず（柏木の親戚から聞いた話）、判決を受け容れた。そしてホテルを処分し、息子に代わって、賠償金の全額一億一千万円を古畑夫妻に即金で支払った。

柏木が現在、どれだけの資産を所有しているのかはわからない。が、数千万円かけて、《自分は無実である》という主張と《事件はすでに公訴の時効が成立しているので真犯人は名乗り出てほしい》という犯人への呼びかけを新聞に出そうとしたらしいから、少なくとも十数年は働かずに暮らせるだけの財を所有しているのは間違いない——。

「数千万円かけて……？」

村上は驚いてつぶやいた。

「全国紙、何紙かに全面広告を打とうとしたようです。そうすると、それぐらいかかるんだそうです」

「柏木がそんな大金をつかって新聞広告を出そうとしたということは、どうしてわかったのかね？」

「『柏木喬さんを守る会』というのがあるのはご存じですか？」

大迫が聞き返した。

「以前あったのは知っている。だが、まだ存続していたとは知らなかった」

「まあ、現在は活動休止の状態で、実質はないも同然のようですがね」

「確か、一審の判決の後、宮沢という柏木の弁護士が中心になって作った会で、冤罪だ、冤罪だと騒いでいた」

「実は、以前、その会で熱心に活動していた広末《ひろすえ》勇《いさむ》という元高校教師に近づき、聞いたんです」

「…………？」

「去年の九月、刑期が満了した直後だそうですから、再審請求の特別抗告が棄却される少し前ですね。柏木が、金は何千万かかってもかまわないのでこんな広告は出せないだろうか、と会の集まりの席で言ったんだそうです」

「しかし、広告は出さなかったわけだ？」

「新聞社に問い合わせると、交通事故の目撃者捜しといった広告ならともかく、裁判で有罪の確定した人間が無罪を主張するといったたぐいのものはまずい、必要なら社内の審査委員会に諮《はか》ってみるが、おそらく駄目だろう、と言われたらしいんです」

「柏木はそれがわかっていて、言ったんじゃないのかね」

「えっ、どういうことでしょう？」

「何千万かかってもいいなんて、ポーズじゃないか、ということだよ。柏木は絶対に古畑麗を殺した犯人なんだ。だから、どんな広告を出そうと、真犯人など名乗り出るわけがない。それは柏木自身が一番よく知っている。それなのに、そんなことを言ったとすれば、〝冤罪を晴らすためなら自分はどんな犠牲も惜しまない〟というポーズを会の連中に見せたとしか考えようがない」

「会員たちの心に自分に対する疑念が生まれないように、というわけですか？」

「うん」

「そうか、なるほど」

「考えてみれば、柏木も可哀想なヤツだよ。宮沢に入れ知恵されて、〝自白は刑事の強要によるものだ、自分は無実だ〟などと言い出したら、『守る会』などというものまで作られ、降りるに降りられなくなっちゃったんだよ。それで、再審請求までやり、さらには新聞広告云々《うんぬん》なんていうことも言い出した。ま、そうとしか考えられないね」

「宮沢という弁護士はいわゆる人権派と呼ばれているようですが」

「被害者の人権はそっちのけで、被疑者・被告人の人権ばかり主張する札付きだよ。もっとも、被疑者・被告人の人権にしたところで、本当に当人のことを考えてやっているのかどうかは疑問だがね」

「売名と自分の点数稼ぎのためにやっている？」

「俺はそう思うね。柏木の場合だって、ヤツのためになんか全然なっていない。一審で素直に罪を認め、控訴しないで刑に服していれば、早ければ八、九年、遅くとも十年ぐらいで仮釈になっていたはずなんだ。つまり、一審判決が一九八八年だから、九七、八年ごろには娑婆《しゃば》に出て自由な空気を吸っていられたんだよ。ところが、宮沢に踊らされて、自分は無実だ、冤罪だなどと主張したため、途中で引っ込みがつかなくなり、四年も五年も多く食らい込む結果になった」

だから、自分に対する逆恨みもいっそう強くなり、何らかの悪さを企んでいるのだろう、と村上は思った。

「そのせいかどうかはわかりませんが」

と、大迫が飲んでいたコーヒーを皿《ソーサー》に戻して言った。「去年の秋、再審への道が閉ざされてから、柏木は宮沢弁護士とも守る会とも距離を取り始めたようです」

「ほう」

村上は興味を引かれ、目顔で大迫に説明を促した。

「宮沢弁護士が第二次再審請求をしようと勧めたのに対し、柏木は断わったんだそうです。口では考えておくと言ったらしいものの、言外の意味は再審請求など何度しても無駄だということのようです。また、広末たちに対しても、しばらくひとりで考えてみたいと言い、守る会の集会や署名活動などに顔を出さなくなったんだそうです」

「その、ひとりで考えた結果が、俺の監視か？」

「たぶん、そうだと思います」

宮沢に踊らされていたのに気づいたのなら、俺を逆恨みなどせず、前を見て新しい人生を始めればいいものを……と村上は腹立たしかった。

「で、広末という男は、柏木がいま何をしているか、知っているのか？」

「知りませんでした。柏木は再審請求、探偵をつかった調査、新聞広告……と、自分の無実を晴らす道が完全に閉ざされ、絶望しているのではないか、そんなふうに言っていました」

「探偵をつかった調査？」

「一昨年の七月に仮出獄した後、柏木は、弁護士の調査とは別に探偵を雇い、独自に真犯人捜しをしたんだそうです」

「見せかけではなく？」

「柏木の真意はわかりません。ただ、仮釈になって郷里へ帰った後、東京の探偵社をつかって一年ほど調査させたようです」

「一年も……！」

「ええ」

村上はちょっと衝撃を受けた。守る会の会員たちに見せるためのポーズ、デモンストレーションにしては、一年というのは長すぎるからだ。

といって、いくら捜そうにも、自分の他に犯人などいるはずがないのは柏木自身が一番よく知っていることである。

どういうわけだろう、と村上は思う。いったい何のために柏木はそんな無駄なことをしたのだろうか。柏木以外に犯人が……。

――いや、そんな可能性はゼロだ、ありえない！

村上は、頭をもたげそうになった考えを慌てて否定した。

絶対に、それはありえない。

村上たちは、柏木が主張している「証拠の捏造」など断じてしていない。香西署の内部の人間なら、署内の証拠品保管倉庫に置かれていた柏木のセシリオに何らかの工作を施すのは必ずしも不可能ではなかった。だが、被害者・古畑麗の毛髪と、麗が着ていたセーターとジャンパーの繊維を、どこからどうやって手に入れるのか？　麗の父親か母親の協力がないかぎり、それらを手に入れるのは不可能だった。柏木が犯人と確定していない段階で、麗の両親が警察の偽の証拠作りに協力するわけはないが、たとえ一パーセントの可能性があったとしても、誰がその一パーセントに賭けるだろうか。発覚すれば確実に破滅するのである。良心の問題をひとまず措《お》いても、それだけの危険を冒すメリットは誰にも存在しなかった。

だから、証拠の捏造などありえないし、柏木以外に犯人は存在しないのである。

「当然だが、探偵に調査させたところで、何も出てこなかったわけだ？」

「そのようです」

「で、いまは、俺を監視するぐらいしかできないでいる？」

「そうだと思いますが、ただ、出所後、柏木はパソコンの勉強をし、去年の秋、新聞広告が無理だとわかった後、ホームページを開設したようです」

「ホームページ?」

「インターネットのホームページです。新聞広告の代わりだと思いますが」

「ということは、そこに、真犯人を捜している、と?」

「そうです。《私は殺していない!》というタイトルです。後でアドレスを書いた紙を差し上げますから、覗いてみてください」

覗いてみてくれと軽く言われても、メールのやり取りがやっとできるようになったばかりの村上には、アドレスを入力するだけでも大変なのだが……。

「ところで、柏木は働かないで、毎日何をしているのかね?」

「何をしているのかはわかりません。ですが、ほとんどマンションの部屋に閉じ籠《こ》もっているようです。私は二週間ほど断続的に見張っていただけですが、その間、彼が外出したのは、光南市の村上さんの団地へ行った日を除くと、近くのスーパーとコンビニへ一度ずつ買い物に行ったときだけでした。また、彼を訪ねてきた者もいませんでした」

一日中どこにも出かけず、部屋に閉じ籠もっている――。柏木はいったい何を考え、何をしているのだろうか。不気味といえば不気味だった。

「俺の家の監視に光南台へ来たのは、十日前……?」

「そうです、今月三月の十七日です」

大迫が答えてから、「それに関連して、実は、ちょっと気になることがあったんですが」

と言葉を継いだ。

「気になること？」

「柏木のあとを尾けた女がいたんです」

大迫が、村上の思ってもみなかったことを言い出した。

「あんたの同業者かね？」

「いや、あれは明らかに素人《しろうと》ですね。尾行がなっちゃいませんでしたから。それに、柏木がマンションの玄関から出てくる前、私に見られているのも気づかず、道を行ったり来たりしていましたし。ただ、そのときは、変な女だなとは思っても、まさか柏木を監視しているとは想像しなかったわけです」

「で、女は、マンションを出てきた柏木のあとを尾け、東京小石川から光南市のうちの団地まで来た？」

「光南駅までです。柏木がトイレに入ったのに気づかず、先に改札口を出てタクシー乗り場のあたりできょろきょろやっているとき、柏木のほうは待っていたバスに乗って光南台へ向かってしまったんです」

「柏木は、女が自分を尾けてきたのに気づいて撒《ま》いたんだろうか？」

「そんなふうには見えませんでしたね。トイレに入ったのは偶然だと思います」

「柏木の乗ったバスが出て行ってしまった後、女は？」

「十分ほど駅前に立っていましたが、諦めて帰りました。私は、村上さんの話を聞いて柏木の行き先がわかっていたので、女が切符を買って改札口を入るまで見ていたんです」

女が駅前に立っていたときカメラ付きの携帯電話で撮ったものだと言って、大迫が紙袋から写真を取り出した。

「近寄って正面からレンズを向けるわけにはいかないので、あまりいい写りではないのですが」

村上は大迫から受け取った写真を見た。

写真は五枚あり、どの写真にも、ベージュのスーツを着たほっそりした女が駅舎の階段をバックに立っていた。髪は赤みがかっているから、染めているようだ。年齢は六十代前半ぐらいだろうか。女はどこか戸惑っているような、困惑しているような表情をしていたが、顔の細かな作りまではわからない。

「写真でははっきりしませんが、顔色の悪い痩せた女です。柏木のマンションの下で初めて見たときは婆さんかと思ったんですが、よく見ると意外に若く、五十ぐらいかもしれません。もし必要なら、今度女を見かけたときにあとを尾け、身許を突き止めますが」

「そうだな……」

村上は返事を考えながら、もしかしたら……と思い始めていた。大迫が、意外に若く五十ぐらいかもしれないと言ったからだ。

十八年前の事件のとき、三十歳前後だった女——。

写真の女が、もし村上の考えている人間だとしたら、彼女は現在、五十少し前のはずである。

そう思って、あらためて見なおすと、写真の女は目が大きく、村上の記憶にある女に似ている気がしないでもなかった。柏木に懲役十五年の判決が下った十六年前の十一月、

——被告人を死刑にしてくれ、もしできないなら自分の手で死刑にする！

と、N地裁の法廷で泣き叫んでいた古畑聖子である。

考えてみると、柏木に一人娘を殺された古畑聖子を除いて、彼の行動を見張って尾行までしようという女がいるとは想像できなかった。

だが、そう思う一方で、村上はまさかという気もした。なにしろ、事件からすでに十八年も経っているのだ。娘の死の記憶がまだ生々しく古畑聖子の心と身体に残っていたころなら、激情に駆られて「自らの手で被告人を死刑にする！」と叫んだとしても不思議はない。が、そうした気持ちがその後十五年間以上も持続したとは思えなかった。

古畑聖子の中で、柏木に対する憎しみは消えることがないだろう。おそらく生涯。とはいえ、それは歳月の流れとともに、かたちを変えてきたはずである。同じ憎しみでも、角が削られ、心の中に収まりがよくなっていたはずである。もしそうでなければ、生きつづけるのが困難だったはずだから。

いや、それは人それぞれの性格と生きる姿勢によって違うかもしれない、と村上はまた思う。事件の後、その人間がどういう生活を送ってきたのか、それなりに恵まれていたのか、そうでなかったのか、などによっても違うだろう。と考えると、古畑聖子はこうだ、と決めつけるのは早計かもしれない。

それに、古畑聖子の中に、たとえN地裁の法廷で叫んだときの気持ちは残っていなかったとしても、娘を殺した男が刑務所を出てどのような生活をしているか見てみたい、と思ったかもしれない。そうして住まいを突き止め、マンションの前をうろついているとき、柏木が出てきた――。とすれば、彼のあとを尾けたとしてもそれほど突飛な行動とは言えないだろう。

「それじゃ、あと一週間だけ柏木を張って、女が現われたら、身許を突き止めてくれ。もしその間に姿を見せなかったら、仕方がない、打ち切りということにしよう」

村上は言った。

女が古畑聖子とわかったところで、柏木の狙いを知るという彼の目的にとってそれほど役に立つとは思えない。だから、半ばは好奇心だった。

その晩、村上は、いつもより早めに夕食を済ませると、少し苦労して、大迫に教えられた柏木のホームページ《私は殺していない!》を開いてみた。

しかし、それを読んでも、村上の監視をつづけている柏木が〝何を考え、何を狙っているのか〟を探る手掛かりはつかめなかった。

ホームページには、N大生女児誘拐殺人事件についての概説の後、まず柏木の主張が載っていた。自分は無実であり、自白は刑事の過酷な取り調べと誘導によるものである、自白調書は自分と刑事合作のフィクションにすぎない、自分の車・セシリオのトランクから被害者の髪の毛などが出てきたという「証拠」は警察によって捏造されたものである……というように。

それらにつづいて、「真犯人」に対する訴えと情報提供を求める呼びかけがあった。公訴の時効が成立しているので、真犯人は勇気をもって名乗り出て、真実を語ってほしい、また、真相解明の手掛かりになりそうな事実を知っている人は教えてほしい――。

その部分を引いてみると、そこには次のように書かれていた。

〈真犯人は名乗り出てください〉

繰り返しになりますが、私は無実の罪で十六年と四カ月間、自由を奪われてきました。逮捕されたときは二十三歳の学生だったのに、いまや四十歳を過ぎた中年です。私が当時八歳の少女だった古畑麗ちゃんに悪戯をし、殺害したのなら、それは当然でしょう。いや、麗ちゃんは二度と帰ってきませんから、それでも償いきれません。ですが、私は麗ちゃんを殺していないのです。殺された麗ちゃんとそのご家族の方にはかけるべき言葉も思いつきませんが、ただ、私は事件とは無関係なのです。私も、無実の罪を着せられて人生を大きく狂わされてしまった被害者なのです。失ったのがお金や物ならまだ取り返せる可能性がありますが、流れ去った時間だけは誰にも取り戻すことができません。どんなに地団駄を踏み、泣き叫ぼうとも。

正直言って、私は長い間、恨み、憎みつづけました。私を無実の罪に陥れた刑事たちと検事たちを、さらにはその虚偽を見抜けずに私に有罪の判決を下した裁判官たちを。

しかし、私は、彼らを恨み、憎んでもどうにもならないことを絶望の果てに知りました。恨み、怒り、憎しみといった感情は、それを抱いている当人の心を焼き、苦しめるだけで、何の益もないからです。といって、そうした感情が私の中から消えたわけではありませんが——そう簡単に消えるぐらいなら苦しまないでしょう——この九月五日に刑期満了を迎え、完全に自由の身になったのを機に、私は考えを変えたのです。そうした益のないことに時間を取られるよりは、真実を明らかにし、自分の無実を証明することに全力を注ごう、と。流れ去った時間は取り戻せなくても、それなら不可能ではありません。なぜなら、麗ちゃんを殺した真犯人か、私の車のトランクに麗ちゃんの髪の毛などを入れて偽の証拠を作った人間なら、真実を知っているからです。あるいは、事件に直接の関係はなくても、私の無実を証明する何らかの手掛かりを持っている方だっていないとはかぎりません。

そこで、お願いします。

麗ちゃんを殺した犯人は、どうぞ名乗り出てください。事件はすでに公訴の時効が成立しています。名乗り出ても、逮捕されたり裁判に掛けられたりすることはありませんし、氏名が公表されることもありません。もし名乗り出てくれたら、私は感謝しこそすれ、恨みに思うことはありません。

また、偽の証拠を作って私を陥れた方にお願いします。もし良心があったら、事実の経過だけでも明らかにしてください。

〈情報をお待ちします〉

次に、事件の真相あるいは真犯人に関係していそうな情報をお持ちの方にお願いします。どんな些細に思われることでも結構です、教えてください。どうか、どうかよろしくお願いいたします。

これら、柏木のホームページに記された主張と訴えから読み取れる彼の目的は、

――自分は無実なので、真実を明らかにしたい。

ということであろう。

しかし、それは彼の本当の目的ではありえない。なぜなら、記述は虚偽であり、彼は無実ではないのだから。

柏木のホームページを見て、彼のもっともらしい言説に騙《だま》される者もいるだろう。彼に同情し、刑事や検事や裁判官はなんてひどいんだ、と義憤を感じる者もいるにちがいない。だが、彼が単にそうした共感者を求めてこのホームページを作り、公開したとは思えない。といって、弁護士や守る会の会員たちの手前、自分は無実だというポーズを取って見せた、という可能性も薄いように思えた。

では、柏木はこのホームページを公開することによって、何を意図しているのだろうか?

自分が企んでいることを知られないようにするための隠れ蓑《みの》ではないか——。

村上は、そんな気がしないでもない。

柏木はホームページに、恨みや怒りや憎しみには何の益もないなどときれいごとを書いているが、実際の気持ちは違うはずだ。彼の心の内では、激しい逆恨みの感情が渦巻いているのは間違いない。だからこそ、光南市までやってきて、村上を監視しているのだろう。

しかし、そう考えても、隠れ蓑の中に隠されている肝腎の中身、企みの内容ははっきりしない。

——逆恨みからの報復ではないか。

そう想像はできるが、具体的に何をしようとしているのかは見当がつかなかった。

柏木のホームページには、最後にもう一つ、〈古畑聖子さんへ〉という見出しの一文があった。柏木がどのような目的からそれを載せたのかはわからないが……。

月が替わり、村上家から歩いて六、七分のところにある小学校の桜もほとんど散ったころ、村上は大迫の電話を受けた。

継続調査の結果について報告してきたのである。

大迫によると、柏木は相変わらず半ば引き籠もりの生活をつづけており、先月柏木を尾行して光南駅まで行った女はその後彼のマンションの近くに現われなかったという。

村上は、女の正体についてはわからないまま大迫への依頼を打ち切った。

3

電車は川添駅のホームを出て間もなく、R県と東京都の境を流れるS川を渡り始めた。

古畑聖子は、窓の向こうにぼんやりとした視線を向けながら、鉄橋を渡る電車の響きに身を任せていた。

時計の針が五時を回ると同時に清掃員の詰め所を出てきたので、六時まで二十分近くあった。終業の少し前に仕事から上がって顔や手を洗い、帰り支度をしていると、文句を言う住民もいるが、拘束時間が五時までなのだから当然だろう。

この時刻——ふだんなら聖子が川添駅で降りて、バスで自宅へ向かっている時刻——暮れから正月にかけては真っ暗だった。が、一月の末から二月、三月とどんどん日が延びてきて、四月中旬の現在は川の上に少しくたびれたような夕陽がまだ残っていた。

三月は冬に逆戻りしたような日があるし、ゴールデンウィークを過ぎると日射しが非常に強くなる。だから、いまの仕事に就いてから、聖子はこの季節、桜の花が終わって一カ月くらいの間が一番好きだった。十月から十一月初めにかけても嫌いではないが、ただ、秋は落ち葉の清掃が一苦労なのだ。

電車が東京へ入ってから二十二、三分乗り、さらに地下鉄を二本乗り継いで、聖子は小石川まで行った。

目的の場所は「竹早グリーンハイツ」。十三階建ての分譲マンションである。

地下鉄の駅から六、七分歩いてマンションの下に着いたのは、六時半近くだった。太陽は街の陰に沈んだものの、高層階の西側の壁はまだオレンジ色の光を反射して明るく光っていた。

マンションの建っている一角は、春日通りから二百メートルほど引っ込んだ住宅地のため、マンションの敷地を囲むフェンスに沿った道はひっそりとしていた。人の姿はないし、車もあまり通らない。

それでも、聖子は怪しまれないように注意した。敷石の私道が玄関まで通じている門の前を、足を止めずに通り過ぎた。自分はどうしてこんなところに来ているのだろう、と自問しながら。

もちろん、目的はわかっている。このマンションの九階、九〇五号室に住んでいる柏木喬の様子を見に来たのだ。しかし、何のために自分がそんなことをしなければならないのか、しているのか――は、はっきりしなかった。

二月初めの寒いころだったから、いまから二カ月半近く前になる。聖子は、夫の和重に電話で知らされ、柏木のホームページ《私は殺していない!》を見た。

そのホームページに、聖子は激しい衝撃を受けた。

といって、柏木がそこに自分は無実だと書き、真犯人は名乗り出てほしいと呼びかけていたからではない。そうした内容は、和重からホームページのタイトルを聞かされた時点で聖子には予想できた。なぜなら、刑の確定後も柏木が無実・無罪を主張し、再審請求をした事実を聞いていたから。

聖子の衝撃は、和重が電話の最後に忠告めかして言った、

――くれぐれも軽はずみな行動は取るなよ。おまえだってそれほどの馬鹿じゃないとは思うが、柏木はおまえを挑発しているんだからな。

という言に関係していた。

柏木はホームページの最後に〈古畑聖子さんへ〉というゴシックの小見出しを付け、

《自らの手で私を死刑にしたいと叫んだ古畑聖子さん、あなたは間違っています。もし、あなたが現在でも我が子を殺した相手を死刑にしたいほど恨み、憎んでいるなら、あなたも自分の力で真犯人を捜すべきです》

と、聖子個人に呼びかけていたのだ。

和重は「おまえを挑発……」と言ったが、柏木がそうした呼びかけを載せた真意ははっきりしない。何か企みが隠されているのか、それとも、ただ単に聖子に対する憎悪が彼にそれを書かせたのか。

後者なら、別に問題はない。

が、前者ならどうなるのか？

その一文を読んで、聖子は、

──前者ではないか。

と、直感した。

そのため、頭がくらくらし、意識が遠のくような発作に襲われた。

衝撃を受けたからといって、聖子はすぐに何かしたわけではない。だいたい、企みの中身がわからないのに、何をしたらいいだろう。何ができるだろう。やたらな動きをすれば、和重の言うように、相手の〝挑発〟に乗る結果にならないともかぎらない。

四日、五日と経つうちに、聖子は柏木の真意がいっそう気になり出した。不安が募った。

和重も誰も知らない、聖子だけの事情があったからだ。

結局、聖子は放っておくことができなくなり、柏木がどこに住んで何をしているのかだけでも知っておく必要があると考え、探偵社に調査を依頼した。その結果、東京小石川のマンションに住んでいること、同居人はいないこと、親の遺産で暮らしているらしく無職だということ、などがわかった。

いまから二カ月前、二月中旬のことである。

住まいがわかれば、相手に気づかれないようにそっと様子を窺ってみたいと思うのは自然の成り行きだった。聖子は、勤め帰りに一度と仕事のない土曜日の昼に一度、ここ竹早グリーンハイツまで来てみた。玄関のドアはオートロックになっていて中へ入れないので、三、四十分、前を行ったり来たりした。

しかし、探偵の撮った写真の男——十数年の間に柏木は別人のように変わっていた——は、現われなかった。

聖子は少しばかりおかしくなった。杞憂《きゆう》ではないか、と思い始めた。

柏木がホームページを開設し、そこに〈古畑聖子さんへ〉という呼びかけを載せたのは、去年の十月ごろらしい。それから四カ月経つのに、彼からの直接の働きかけは何もない。ということは、彼が何か企んでいると考えたのは自分の思い過ごしではないか。

そう考えながらも、聖子はやはり心のどこかで不安を感じていたのだが、月が替わって三月も十日を過ぎるころになると、ほとんど気にしないで暮らせるようになった。

ところが、そんなとき、あの男から十八年ぶりに電話がかかってきた。

日にちもはっきりと覚えている。

三月十六日だ。

聖子が仕事から帰り、いつものように雑用を片付けた後、炬燵《こたつ》に足を突っ込んで本格的に酒を飲み始めたときだった。

聖子は、和重がまた何か文句でもつけてきたのかと思い、舌打ちして腰を上げた。食卓の前まで行って子機を取り、

――もしもし……。

と、不機嫌な思いを語調に表わした。

すると、和重ではない男の声が、古畑さんのお宅でしょうか、と聞いた。

聖子は、なんだ、何かのセールスか勧誘だったか……と思い、すぐにも電話を切るつもりで、

――そうですが。

と、硬い声で答えた。

――聖子さんですか？

――……？

――聖子さんですね？　私です。

聖子が否定しなかったので、男は聖子だと判断したのだろう、いかにも懐かしげな調子で言葉を継ぎ、自分の姓と名を告げた。

聖子は驚きで声をなくした。

と、男が、

――養子にいったので、実はいまは大山《おおやま》という違う苗字《みょうじ》ですが……。

と、つづけ、「忘れられちゃったのかな」と甘えたような声で言った。

その声と言い方は、聖子の脳裏に十八年前の男の顔を彷彿させた。

――い、いえ、覚えています。

聖子はかすれそうになる声でやっと応じた。男がなぜいまごろ突然電話してきたのか、と怪しむと同時に警戒しながら。

――ああ、それならよかった。

男が、どこかわざとらしく、ほっとしたような声を出した。

――てっきり、忘れられちゃったのかと思いましたよ。

できることなら忘れたいが、忘れられるわけがない。

――ご迷惑でしたか？

聖子が黙っていると、男が聞いた。

――いいえ。あんまり突然だったので、びっくりしただけです。

聖子は嘘をついた。びっくりしたのも事実だが。

――それならいいんですが……。

――あの、どんなご用でしょうか？

――用と言うほどのものはないんです。偶然、柏木喬のホームページを見たら、あなたの名前があったので、ちょっと懐かしくなり、どうしておられるかなと思って。

言葉どおりには信じられない。

――ああ、お嬢さんを殺した犯人の柏木が開いたホームページ、ご存じですか？

男の意図について聖子があれこれ想像していると、男が言葉を継いだ。

知っている、と聖子は答えた。

――ご覧になったわけですね？

――ええ。

――で、いかがですか？　私はあなたのことを想像し、なんてひどいホームページなんだと腹が立ちましたが。

――もちろん、私もひどいと思いました。でも、関わり合うだけ損ですから、無視することにしました。

――柏木というヤツには悔悟の情とか、あなたやご主人にすまないといった気持ちがまるでないんですね。ヤツの身体には人間の血が流れているんですかね。

聖子は、相手の言葉の真意について考えていた。

——それとも、柏木は本当に無実なんでしょうか?

——そ、そんなこと、絶対にないと思います！　あるはずがありません。

聖子は思わず声を高めて否定した。

——ええ、もちろん私もそう思いますが、ただ、あまりにも執念深い感じなので、つい、ひょっとしたら……なんて。すみません。

——いいえ。

——私だって、お嬢さんを殺した犯人を擁護する気持ちは露ほどもないのですが……。

男はいったい何を言いたいのか。何を目的に電話してきたのか。電話帳に載せていないここの電話番号をどうやって知ったのか。

——私の電話を、どこで調べられたんですか?

聖子は確かめた。

電話の向こうで、男が一瞬返事をためらったように感じられたが、誤魔化すのは難しいからだろう、

——探偵をやっている友達がいるので、頼んだんです。

と、答えた。

――さっき言ったように、ちょっと懐かしくなって……。

男は電話した理由をもう一度繰り返したが、嘘にちがいない。昔、ほんの二カ月ばかり関わりのあった女の名前を見て〝ちょっと懐かしくなった〟からといって、探偵――友達がやっているというのも怪しい――をつかってまで電話番号を調べ、かけてくるわけがない。

しかし、そう考えると、男が電話してきた理由、目的がいっそうわからなくなった。

――それで、いかがですか、その後お元気ですか？

男が取って付けたように尋ねた。

――ええ、何とか……。

聖子は答え、そちらはどうかと尋ね返した。

――こっちは中小企業なので、毎日資金繰りに四苦八苦しています。最初に言ったように私は妻の家に養子に入り、妻の父親の跡を継いで工務店をやっているんです。

――東京で？

――ええ。川添市とは川ひとつ隔てた目と鼻の先ですよ。

聖子と関係があったころの男は、住まいも職場もR県にあった。が、その後、東京へ行き、就職した。男が最後の電話をかけてきたとき、新しい勤め先と住所を言ったが、聖子は覚えていない。もう二度と男に会うつもりはなかったし……。

——というわけで、近いですから、一度お会いしたいですね。

男が言葉を継いだ。

聖子の中で警戒心が高まった。

——私と会うのは嫌ですか？

——嫌とか嫌じゃないとかではなく、お会いしないほうがいいと思います。

——なぜですか？

——なぜって、私には主人がいますし、あなたにも奥さんが……。

——あなたにはご主人はいないでしょう。

男が笑いながら遮った。

——戸籍上はともかく、一緒に暮らしているご主人はいないはずです。

聖子は息を呑んだ。

——実は、それも友人に調べてもらったんです。

男がつづけた。

——どういうわけですか？　あなたは、何のために私の個人的な事情を調べたんですか？

聖子は詰問した。男の遣《や》り口に恐怖を覚え始めていた。

——だから、それをお会いして話そうとしたんです。

――懐かしくなって、というのは嘘だったんですね。

――嘘じゃありません。そうした気持ちもありましたから。ただ、電話した一番の理由は、あなたにどうしても話さなければならないことがあったからです。

――どういうお話ですか？　いま話してください。

――複雑すぎて、電話じゃとても話せませんね。

――でしたら、聞きたくありません。電話を切らせていただきます。

――いいんですか、聞かなくて？

男が脅すように言った。

――もちろんです。

――それなら、どうぞご自由に。

男が言い、「ただし」と声を高めた。

――ただし、そのときは、私があなたに話そうとしたことを柏木喬に話しますよ。なにしろ、柏木はホームページで情報提供を呼びかけているんですから。事件の真相解明に役立ちそうな手掛かりを持っている人は、ぜひ知らせてくれ、と。

事件の真相解明の手掛かり……。

いったい男は何を柏木に話そうというのか。

――いいんですね？

――あなたの目的は何ですか？　お金ですか？　私を脅して、私からお金を取ろうとしているんですか？

――あなたを脅す？　ということは、あなたには私に脅されるようなことがあるわけだ？

――ありません。そんなもの、あるわけがありません。娘を殺された私に、そんなものが……。

聖子は慌てて打ち消した。

――だったら、私に会ったって、脅される心配はないでしょう。どうです、私と会って話を聞くだけ聞いてみませんか？

――それじゃ、一週間待ってください。

聖子は、とにかく考える時間を確保するために言った。

――一週間したら、私のほうからご返事します。ご自宅でも携帯電話でも結構ですから、電話番号を教えてください。

――待つのはかまいませんが、電話は必要ありません。一週間後のいまごろ、また私のほうから電話します。

――ですが、何かの連絡に……。

――私の話を聞いてもらい、必要になったらケータイの番号を教えますよ。

男は、「それじゃ一週間後に……」と言って、電話を切った。

男の目的はいまや明らかだった。金にちがいない。男は柏木のホームページを見て、聖子との関係を思い出し、もしかしたら金になるかもしれないと考えた。そして、意味ありげなことを仄《ほの》めかし、聖子の反応を見ようとしたのだろう。

それなら、と聖子は思った。男が何を言ってきても断固として撥ねつける——。そうすれば、男はどうすることもできず、諦めるにちがいない。もちろん、柏木に連絡を取ることもないだろう。

聖子はそう結論すると、少し安堵《あんど》した。

電話の子機を充電器に戻し、炬燵《こたつ》に戻って再び酒を飲み始めた。

しかし、酔いは訪れず、睡魔もなかなか眠りへ引き込んでくれなかった。

やはり、男の電話が気にかかった。

男の要求を自分が拒否したとき、と聖子は思う。果たして、男は何の行動も取らないだろうか。柏木にメールを送り、自分に関して知っていることを売りつけようとしないだろうか。

もし、男がそうしたら……。

胸の奥におさまっていた不安が、また表にふくらんできた。

その晩、聖子には眠りらしい眠りは訪れなかった。いつもの〝鬼〟こそあまり暴れなかったものの、昂進する不安のために布団に入っても眠れず、朝方ほんの数時間うとうとしただけだった。

翌三月十七日の朝七時過ぎ、聖子は重い頭と身体をやっと布団から引き剝《は》がすと、「急用ができたので今日一日休ませてほしい」と職場のチーフに電話をかけた。熱いシャワーを浴び、むかむかする胃に、無理してパンとコーヒーを流し入れてから——およそ半月ぶりに——ここ竹早グリーンハイツへ来た。柏木のマンションを見張ったからといってどうなるものでもないのはわかっていたが、身体が空く夜まで待っていることができなかったのだ。

来た甲斐はあったと言うべきだろう。

その日、聖子は、東京高裁で柏木に控訴棄却の判決が言い渡された一九九〇年三月以来、十四年ぶりに彼を見たのだから。

探偵の撮った写真を見ていなかったら、柏木だとわからなかったにちがいない。

午前十時近くだった。聖子は、幼い男の子を連れた女性がオートロックのドアから出てきたときに玄関へ入り、ロビーの壁に並んだメールボックスを覗いていた。

と、ひょろりとした白髪の男がエレベーターから降りてきて、振り向いた聖子と目が合った。

聖子は、心臓が跳ね上がらんばかりに驚いた。慌てて首を回し、知人の部屋でも調べているように装った。

その、もやしのように生白い顔をした「初老の男」が柏木だった。

彼のほうは、聖子を見ても不審を感じなかったようだ。自分がホームページで呼びかけた相手がこんなところに来ていようとは想像できないし、この十数年で聖子も別人のように変わっていたからだろう。

彼が玄関を出て行っても、聖子の心臓はまだ早鐘のように鳴りつづけていたが、

――そうだ、あとを尾けなければ！

と思い、玄関を飛び出した。

道路まで走り出て、柏木の後ろ姿が見えたところでハッとして足を止め、

――こんな動きをしていたら、簡単に感づかれるじゃないか。

己れの間抜けぶりに顔をしかめた。

それからの聖子は、柏木に気づかれないように用心して彼のあとを尾けた。

柏木がN駅で浜浦線の電車に乗り換えたときは、香西へ行くのではないかと思い、足が竦《すく》んだ。尾行を打ち切りたい誘惑に駆られた。麗が死んで半年ほどして川添市の賃貸マンションへ引っ越してから――その後柏木からの賠償金を得て現在のマンションを購入した――聖子は一度も香西市を訪れていない。そうでなくても、夜ごと〝鬼〟が暴れるのに、とても恐ろしくて香西へは行けなかった。

——柏木が香西駅で降りたとしても、自分が降りるかどうかはそのとき決めよう。

聖子はそう考え、恐怖を胸の底に押し込めて浜浦行きの電車に乗った。

聖子の予想に反し、柏木は香西駅で降りず、二駅先の光南まで行った。

しかし、駅を降りたところで聖子は柏木を見失ってしまい、彼が光南市のどこへ行ったのかはわからなかった。

それから今日四月十四日までの間に、聖子は四回、ここ柏木の住んでいる竹早グリーンハイツへ来た。そう勤めを休むわけにはいかないので、いずれも今日と同じように仕事帰りに足を延ばしたのだ。

だが、柏木の姿は一度も見ていない。

この間、あの男からは二度電話がかかってきた。三月十六日から一週間置いた三月二十三日と、それからしばらくして……四月に入って二、三日したころだ。

三月二十三日の電話で、聖子ははっきりと拒絶の返事をした。あなたに会うつもりはない、と。

では、あんたに話そうとしたことを柏木に教えてもいいのか、と男は初めのときと同じ脅し文句を口にした。

聖子は、どうぞ好きにしてください、と答えた。男の考えていることが気にならないではなかったが、やはり会わないほうがいい、と判断したのである。

——後悔しても遅いからな。

男は捨て台詞《ぜりふ》を残して電話を切った。

が、十日ほどしてまた電話をかけてきて、聖子が前回と同じように拒否すると、

——あと一週間だけ待ってやる。これで終わりだ。その間に返事がないときは、今度こそ本当に後悔させてやるからな。

そう言って、自分の携帯電話の番号を教えた。

それから半月ほど経つが、もちろん聖子は男に電話していない。

それでも、聖子に対する柏木からの働きかけはなかった。

ということは、男はまだ柏木に接触していないのだろうか……。

聖子が二度三度と竹早グリーンハイツの前を行ったり来たりしている間に、完全に日が沈み、あたりが薄暗くなった。

住人らしい老人が出てきたのをとらえ、聖子は玄関へ入り、エレベーターで九階まで昇ってみた。が、柏木の部屋からは物音ひとつせず、室内に人がいるかどうかもわからなかった。

ロビーに降り、メールボックスを覗いてから外へ出た。

再び、マンションの玄関に注意を向けて歩きながら、

――自分は何のためにこんなことをしているのだろう？

と、自問した。柏木を恐れ、彼の様子を探ろうとしているわけだが、こんなことをして何になるのか？　たとえ柏木が出てきて、またあとを尾けたとしても、それでいったい何がわかるのか？

その前に、自分はどうしてこれほど柏木を恐れているのだろう？

それはやはり、柏木のホームページにあった〈古畑聖子さんへ〉という呼びかけのせいだった。呼びかけの裏に柏木の企みが隠されているという証拠はないが、隠されているのは確実に思えた。

《自らの手で私を死刑にしたいと叫んだ古畑聖子さん、あなたは間違っています。もし、あなたが現在でも我が子を殺した相手を死刑にしたいほど恨み、憎んでいるなら、あなたも自分の力で真犯人を捜すべきです》

脳裏に刻み込まれてしまった柏木の言葉が浮かんできた。

――彼はいったい何を狙い、何を目論《もくろ》んでいるのか？

聖子は、これまで幾度となくした自問を繰り返した。

と、自問に対する答えではないが、柏木の呼びかけの意味、彼が名指しで聖子に呼びかけた意図、はわかったように思った。

柏木は、あの呼びかけで、

《俺は麗を殺した犯人ではない。だから、あんたが本当に犯人を自分の手で死刑にしたいと思っているなら、その犯人を捜し出して死刑にしてみろ。法廷で叫んだ言葉が本気なら、自分の手で犯人を見つけ出し、殺してみろ》

そう言っているのではないか。和重が言った挑発とは少し内容が違うが、柏木はあれをホームページに載せることによって、聖子を〝挑発〟したのではないか。

動機は聖子に対する憎悪だろう。他にはありえない。

ただ、そう考えても、いまひとつはっきりしなかった。あの呼びかけによって聖子を挑発したからといって、具体的に柏木が何を狙っているのか――。

聖子が恐れているのは、その柏木の企みがわからないからだが、聖子の恐怖にはあの男の存在も関係していた。

聖子は男の要求、脅しを撥ねつけた。男の脅しに屈した場合と、男が握っている情報――男が何をどこまで知っているのか定かではないが――を柏木に売りつけた場合を天秤《てんびん》に掛け、前者のほうがより危険だと判断したのだ。

だが、聖子はいま、柏木が男の持っている情報を手に入れた場合を危惧《きぐ》しているのだった。それは柏木の企みに新たな、しかも重大な要素を付け加える可能性があった。

そうならないようにするには、自分はどうしたらいいのか？　男に教えられた携帯電話に連絡を取り、男がまだ柏木に接触していないとわかったら、男と会うべきなのか？

いや、やはりそれはまずい、と聖子は思った。男の罠《わな》にはまるおそれがある。

——では、どうしたらいいのか？

と、堂々巡りの自問を繰り返していた聖子の脳裏に、

——柏木を刺そう！

という考えが電光のように閃《ひらめ》いた。

《自分はいまでも柏木が麗を殺した犯人だと確信している。だから、犯人である柏木を刺し、殺そうとした》

これは、柏木の呼びかけ、挑発に対する回答になりうる。

そう考えると、この行動こそが自分を守る最良の方策のように思えてきた。

柏木を刺し殺そうとしたといっても、本気で殺す気はない。柏木に対してこちらの「意思」を示せればいいのだから、彼に怪しまれない程度の（できるだけ軽い）怪我を負わせるだけである。

その結果、当然、自分は逮捕されるだろうが、「娘を殺した犯人を刺した」行為は情状酌量に値する。だから、うまくいけば執行猶予が付くかもしれないし、たとえ執行猶予が付かなくても、懲役一年以内の刑で済むのではないだろうか。

しばらく刑務所で暮らすことになってもかまわない。自分の「犯行動機」は大方の同情を呼ぶはずだから、前科は出所後の生活の障害にはならないだろう。

聖子は考えながら、三十分ほど竹早グリーンハイツの前を行ったり来たりして、引き上げた。

帰りの電車の中でも、家へ帰り着いてからも、自分の中に生まれた〝柏木を刺す〟という方策について考えつづけた。

そして、明け方、

――安全を手に入れるためには、こちらも無傷というわけにはいかない。相応の犠牲を払わなければならない。

という結論に達した。

その晩、聖子は一滴もアルコールを口にしなかった。

殺人

1

朝食の後、ゆっくりと朝刊を読みながらコーヒーを飲むのは、退職後の村上にとって楽しみの一つだった。

だが、ゴールデンウィークが終わった最初の月曜日、五月十日は新聞の休刊日だったので、それが叶《かな》わなかった。

彼は、妻の昌江が見ているテレビのモーニングショーにちらちら目をやりながらコーヒーを飲み、十時近くになったのを見て、腰を上げた。市内の老人ホームへシーツ替えのボランティアに行く昌江を送るため、ガレージから車を出しておこうと思ったのだ。

玄関を出て、植え込みの間を下った。

門までわずか三、四メートルの空間とはいえ、ついこの前までは満開のツツジが目を楽しませてくれたし、もうしばらくすれば紫陽花《あじさい》が咲く。

いつもは朝起きるとすぐに新聞を取りに行くのだが、今朝は外へ出なかったので、門扉の錠は掛かったままだった。

村上は手にしていた鍵でそれを解いてから、扉を手前に引き開け、歩道へ出た。門扉を開ける前に道の左右を見やったときには誰もいなかったのに、左の十字路に男が立っていた。

柏木である。

ブロック塀の陰から村上家を窺っていて、村上の姿が見えたので、出てきたらしい。左手の様子が変だった。少しまくったシャツの袖から出た部分が真っ白なのだ。どうやら、包帯をしているようだ。

それにしても、また現われたのか……と村上は少し憂鬱《ゆううつ》な気分に襲われた。大迫の二度目の調査報告を受けて一カ月余り……この間、柏木は一度、それも四月十四日に姿を見せただけだったからだ。つまり、三週間以上、彼は現われなかったことになる。昨年の十一月、柏木が村上の前に姿を見せるようになってから、これほど間を置いたことはなかった。村上が気づかなかっただけかとも思ったが、昌江も見ていないというから、たぶん彼は来なかったのだろう。だから、村上は、あんなホームページを開いたヤツがそう簡単に諦めるわけはないと思う一方で、もしかしたら……と期待し始めていたのだった。

村上が睨《にら》みつけると、柏木のほうもじっと彼を見ていた。互いに動かず、三、四分そうしていた。村上は、よほど近寄って行って怒鳴りつけてやろうかと思ったが、かえって相手の思うつぼにはまる気がしたので、背を向けてガレージから車を出した。そのまま運転席で十分ほど待ち、

「あなたが急《せ》かすから……」

と文句を言いながら出てきた昌江を老人ホームまで送った。

それを見て、柏木は、村上たちが買い物にでも出かけたと思ったのだろうか、二十分ほどして村上だけ戻ってきたときには消えていた。村上は車をガレージに入れてから十字路まで行ってみたが、柏木の姿はどこにもなかった。

だが、柏木は帰ったわけではなかったらしい。午後一時過ぎ、村上が二階の窓から十字路のほうを窺うと、ブロック塀の角に立っている彼の姿が見えた。

村上は、午後三時に団地内にある光南台小学校へ行かなければならない。ＰＴＡの父母と教師を対象にした防犯講習会で三十分ほど話すことになっていたからだ。そのため、夕方昌江を迎えに行けないことが少し気掛かりだった。

もし村上が出かける時間になっても柏木が立っていたら、昌江にタクシーで帰るように電話しようと思っていると、二時を過ぎてしばらくしたころ彼の姿が消え、村上が家を出る直前になっても現われなかった。

ブロック塀の陰に隠れている可能性があるので、小学校へ行くとき、村上はそちらの十字路を回ってみた。

それでも柏木の姿はどこにもなかったので、今度こそ帰ったらしい、と村上は少し安堵した。

その日、村上が小学校の講習会から家に帰ったのは五時近くである。

いつもなら四時半ごろには帰る昌江がまだ帰っていなかった。

ふっと、かすかな胸騒ぎを感じたが、この明るいときに何事もないだろう、そう自分に言い聞かせ、玄関の鍵を開けて入った。

居間へ行くと、電話の留守録を知らせる赤い光が点滅していた。

録音されていたメッセージは一件。

遅くなるという妻からの連絡だろうか。

村上がそう思って再生ボタンを押すと、スピーカーから流れ出したのは男の声だった。

久留島の受勲を祝う会で一緒に幹事を務めた三宅新吾《みやけしんご》の、「帰ったら電話をくれ」というメッセージである。

着信時刻が四時三十七分になっていたから、かかってからそれほど時間が経っていない。

村上は何となくほっとして、香西署の元交通課長の自宅に電話した。

呼び出しベルが鳴り出すとすぐに三宅本人が出て、村上が名乗るより早く、

「堤のこと、知っているか?」

と、聞いた。

「堤のこと……?」

「この前、久留島署長のお祝い会に来ていた堤達夫だよ」

「それはわかる」

「そのぶんじゃ知らないな」

「何も知らん。堤がどうしたんだ?」

村上は何となく嫌な予感を覚えながら聞いた。堤に関しては、昨夜、腹立たしいことがあったばかりだった。約束をすっぽかされたのだ。

「昨夜《ゆうべ》殺された」

「殺された!」

村上は、現役の警察官に戻ったような強い緊張感を覚えた。かつて刑事時代、大きな事件の発生を知らされたときのような……。が、それはほんの一瞬で、よくわからない戸惑いと警戒感が胸に萌《きざ》した。

「場所はどこだ?」

「どこだと思う?」

やはり、酒田や酒田近辺ではないらしい。

「わからん」

村上の中には一つの予想があったが、そう答えた。

「R県内……香西だよ」

三宅が、村上がもしかしたら……と考えていた地名を言った。

「香西市……！」

昨夜、村上は、香西市内のファミリーレストランで堤と八時に会うはずだった。だが、村上がN市の長男と長女の家に菜園で穫れた野菜を届けた帰り、国道沿いにあるレストランに寄って四十分ほど待っていたにもかかわらず、堤は現われなかったのである。

「今朝、春茅沼の土手下で死体が見つかった。道路脇の草むらに顔を突っ込むようにして死んでいたらしい。殺された現場もそこに間違いないようだ」

「殺しの方法は？」

「車で撥《は》ねたらしい」

「車で撥ねた？　だったら、殺人じゃなく、轢《ひ》き逃げじゃないのか？」

「違う。撥ねた車が死体のすぐ近くに駐められていた。堤本人が前日N市で借りたレンタカーだ。そんな轢き逃げはないだろう」

「確かにないな」

村上は応じながら、頭をフル回転させた。そして、当面、昨夜の自分の行動は誰にも話さないでおこう、と決めた。

「それから、車で撥ねられた後、鈍器で頭を殴られた疑いもあるようだ」

「万一生きているうちに見つかったら危険なので、犯人はとどめを刺したか」

「たぶん」

「それにしても、自分が借りた車で轢き殺されるとはな……。犯人も別の車で現場へ行ったんだろうか」

「別の車で行ったのか、歩いて行ったのかはわからん。国道のバス停からなら北へ一キロ足らずだし、香西駅からだってその二倍ちょっとの距離だから、歩いたってたいした時間はかからない」

「そうか、そうだな」

「それから、堤と、別の場所……例えば駅の近くで待ち合わせ、堤のレンタカーに同乗して現場まで行った可能性だってある」

「なるほど」

「犯人がどうやって現場へ行ったにしても、どうしたらそんな殺し方ができたのかがわからん。ただ、犯人と被害者が顔見知りだったことは間違いないと思うが」

「うん」

村上はうなずき、「ところで、堤は昨夜、何時ごろ殺されたんだろう？」と気になっていた点を質《ただ》した。

「まだそこまではは っきりしないんじゃないか。少なくとも夕刊には出ていない」

「犯人に関する手掛かりは？」

「それも、まだないようだ」

「それにしても、酒田でスーパーを経営している堤は、何をしに香西へなんか来たんだろう？」

村上は、二日前に届いた東京中央郵便局消印の堤の手紙を思い浮かべながら、聞いた。

その手紙には、現在わけあって東京へ来ている、ついては、急な話でまことに申し訳ないが、明日九日（日曜日）にN市まで行くので、夜八時に香西市のファミリーレストラン「ジョイフル」で会いたい、と書かれていた。外に漏れたら危険な、非常に重大な用件なので、奥さんにも話さずに来てほしい、もし都合が悪くて来られなくても、自分はジョイフルへ行って待っている――。

手紙には、連絡先が書いてないだけでなく、現在使用している携帯電話の番号は妻にも知らせていない、とことわってあった。つまり、村上からの問い合わせは不可能で、彼がジョイフルへ行かないかぎり用件を話す気はない、ということらしい。

その一方的な手紙を見て、村上は腹が立った。何を言ってやがるんだ、と口の中で罵《ののし》った。また、これは何らかの罠ではないかと警戒する気持ちも湧いた。十八年ぶりに自分の前に現われた堤の行動は柏木と関係しているのではないか――そう疑っていたので、手紙の裏には柏木の意思が働いている可能性もある、と思ったのだ。もしこの想像が当たっていた場合、のこのことファミリーレストランへ出かけて行けば、柏木の罠にはまるおそれが多分にあった。

村上の思い過ごしかもしれないが、いずれにしても、彼は初め、ファミリーレストランへなど行くつもりはなかった。が、次第にどんな用件だろうと気になり出した。堤の動きが柏木と関係しているのではないかと疑うと、尚更だった。

やがて村上は、〝行ってみようか〟というほうに考えが傾いた。九日は、連休に来られなかった長男と長女の家に野菜を届けに行く予定だったので、時間を調整すれば帰りに寄れる。国道沿いならN市からの帰り道だし、わざわざ出かける必要もない。それに、日曜の夜八時のファミリーレストランなら、客も少なくないはずだし、自分の身に直接危険が及ぶおそれはないと見ていいだろう。

村上はそう結論し――余計な心配をかけないよう妻には堤の手紙の件も寄り道の件も話さずにおいた――昨夜八時六、七分前にジョイフルへ行ったのだった。

「香西へ来た目的はわからん」

と、三宅が答えた。「だが、スーパーをやっているなんていう話は嘘だ」

「嘘？」

村上は思わず三宅の言葉を繰り返した。堤の行動を多少怪しんではいても、酒田でスーパーをやっているという話が嘘だとは想像していなかったからだ。

「知らなかったのか？」

三宅が意外そうな声を出した。

「知らん」

「ま、やっていたのは嘘じゃないが、倒産したらしい。新聞によると、去年の春だそうだ。あんたなら詳しい事情を聞いているかもしれないと思い、電話したんだが……」

「何も聞いていない。堤は俺に景気の良さそうな話をしただけで、倒産のとの字も口にしなかった。だから、俺は、いまのいままでスーパーをやっているという話を疑っていなかった」

「そうか……」

それじゃ、あとは新聞を見てくれ——と言って三宅が電話を切った。

しかし、夕刊を見ても、死体が今朝九時ごろ釣りに来た人によって発見されて携帯電話で警察に通報されたことや、現場の略図——ジョイフルから道なりに行くと一・五キロ、直線距離だと一キロ足らずの場所だった——などが載っていただけで、三宅に聞いた内容をほとんど出なかった。

堤達夫が殺された件に、村上は何の関係もない。

が、昨夜のことがあるので、気掛かりだった。

堤は村上と会うために香西市まで来て、ジョイフルへ現われる前に殺されてしまったのだろうか。それとも、「堤の手紙」そのものが罠で、あれは堤の名を騙《かた》った別人――堤を殺した犯人――が村上に送りつけたものだったのだろうか。

もし前者なら、犯人は、堤に村上と会われては困る人間――堤が握っていた情報を村上に話すと窮地に陥ったはずの人間――である可能性が高い。一方、後者なら、犯人は村上を現場近くへ呼び寄せてアリバイを奪い、彼に堤殺しの罪を被せようとしたのだと思われる。

「堤の手紙」は、宛名も本文もワープロで書かれていた。だから、その文字は、いまのところ何の手掛かりにもならない。が、東京へ来ていたという堤がパソコンだけでなくプリンターまで持ち歩いていたというのは（いま思うと）不自然だった。そう考えると、手紙は堤以外の人間が書いた可能性、つまり後者だった可能性が高い。

村上は非常に嫌な予感がした。成り行きによってはかなり厄介な事態になりそうだったからだ。

もしかしたら、これが柏木の企みだったのだろうか。

しかし、そう考えても、堤がどうして殺されたのかがまるでわからなかった。村上を陥れるためとはいえ、柏木だって無差別に人殺しはしないだろう。

ということは、堤の殺された事件は柏木とは関係がないのだろうか。村上が勝手に結び付けて考えているだけなのだろうか。

そうかもしれない。そうかもしれないが、村上はいくつかの符合が引っ掛かった。

十八年前の一九八六年三月、村上たちが柏木を逮捕して取り調べを進めている最中に、堤はR県警の警察官を辞め、郷里の酒田へ帰った（村上の記憶によれば、堤が久留島に退職願を提出した日と、柏木が麗殺しを自供した日は、一週間と隔たっていなかったように思う）。この冬、堤は、柏木が村上宅の近くに現われたのにわずかに遅れ、十八年ぶりに村上の前に姿を見せた。そして昨夜、柏木が十八年前に古畑麗を誘拐して殺害した地、香西市で殺された――。

村上はまた、堤の経営していたスーパーが昨年の春倒産したという話も気になった。それは、堤が金に困っていた事実を示しているように思われたからだ。人間、困窮すれば、普通ではやらないこともやる。

村上は、何はともあれ洗面所へ行き、手を洗ってうがいをした。落ちついてもう一度よく考えようと思った。

居間へ戻ると、玄関のほうから人の話し声が聞こえた。どうやら、昌江が仲間の車に乗せてもらって帰ったらしい。

村上は妻の件はひとまず安堵《あんど》した。

昌江が寄ってひと休みして行けと勧めているようだったので、村上は玄関に顔を出し、彼女の友達――彼も知っている主婦が二人いた――に礼を言った。亭主の顔を見れば、妻の友達は遠慮して帰るだろう、という計算もあった。

案の定、妻の友人たちは、また今度寄らせてもらうからと言って帰って行った。

昌江が村上の魂胆を見抜き、

「黒田《くろだ》さんたち、遠回りして送ってくださったのに……」

と、恨めしそうな顔をした。

「俺は帰れと言ったわけじゃない」

「口では言わなくても、顔にそう書いてあったわ」

「そりゃ、夕方なんだから仕方がない。これから上がられたんじゃ、いつメシになるかわからん」

「まだ日が高く出ているわ。だいたい、あなたはいつだってそうなのよ」

「そんなことはない」

「そんなこと、あるわよ。あなた、これまで、私の友達が見えたとき、良い顔をしたことがあったかしら？　私の友達なんて、ほんとにたまにしか来ないっていうのに……」

村上が言い返すための言葉を探していると、居間でインターホンのチャイムが鳴った。

「あら、黒田さん、何か言い忘れたことでもあったのかしら？」

昌江が言って、先に居間へ行った。

村上はほっとし、あとにつづいた。妻が話し終わったら、自分の部屋へ行き、夕飯までもう一度よく考えてみるつもりだった。

インターホンの相手は昌江の友人ではなかったようだ。彼女が、ちょっとお待ちくださいと言ってから、

「香西署の方ですって」

村上に送受器を差し出した。

普通の主婦なら、突然警察官の訪問を受ければ、何も後ろ暗いことがなくても不安を覚え、緊張したにちがいない。が、元警察署長の妻は――堤の殺された事件を知らないこともあってだろうが――平然としていた。

むしろ、村上のほうがどきりとし、顔色が変わったのではないか、と思った。

香西署の刑事は、堤の元上司である村上に話を聞きに来たのだろう。が、村上としては昨夜の一件があったからだ。

「村上だが……」

村上がちょっと気持ちを落ちつかせてから応接すると、相手は香西署の根本《ねもと》と名乗り、堤達夫が殺された事件をご存じですか、と聞いた。当然ながら、署長まで務めた元警視に

対して丁寧な言葉遣《づか》いをした。

村上は、三宅の電話には触れずに、たったいま夕刊を見て驚いていたところだ、と答えた。

根本と名乗った刑事が、参考までに話を聞かせていただきたいのですが……と言った。

村上は了承した。

考えてみれば、刑事の来訪は歓迎すべきことだった。刑事の話を聞けば、新聞に書かれていない情報が手に入り、気にかかっている〝事件と柏木との関連〟についても何かわかるかもしれない。

村上はインターホンの送受器をフックに戻して、昌江のほうを向いた。昨夜、堤が殺されたのだと話すと、妻の顔が初めて白くひきつった。

訪ねてきた刑事は、四十年配の髭《ひげ》の濃い中肉中背の男と、二十代後半と思われるずんぐりむっくりした男だった。年上のほうが巡査部長の根本敏夫《としお》、若いほうが巡査の原島正己《はらしままさみ》という名刺を出した。村上はどちらにも面識がなかった。

村上は二人を応接間に通し、昌江に茶を運ばせた。

根本が、堤との関わり、最近いつ、どこで会ったか、といった点を尋ねた。

村上は、かつての堤との関係を説明し、今年の一月二十五日、久留島の祝賀会で十八年ぶりに会い、その後三月八日に堤が近くまで来たついでだと言ってここに立ち寄った、という話をした。ただ、「堤の手紙」を受け取った事情については触れなかった。

根本が、三月八日の後どこかで会っていないだろうかと聞きなおし、村上が会っていないと答えると、よく思い出していただきたいのですが、と言った。

いくら思い出したって、会っていないものは会っていない、そんなことを忘れるほど自分はまだ耄碌《もうろく》していない、と村上は少し語気を荒くした。

「それでは、昨夜八時から十時ごろまで、どこで何をされていたか、教えていただけませんか」

根本が落ち着き払った様子で質問を継いだ。

村上は一瞬面食らい、

――何！

と、思った。こいつらは、単に俺と堤との関わりを聞きに来たのではなかったのか……。

腹立ちと同時に恐怖を覚えた。

「いかがでしょう、参考までに教えていただけませんか」

言葉遣いは相変わらず丁寧だったものの、村上に当てられた根本の視線は鋭かった。

村上は思わず目を逸《そ》らしそうになったが、こんな若造に負けてたまるかと思い、睨み返した。

それにしても昨夜八時から十時といえば、村上がジョイフルにいた時間と、ジョイフルを出て家へ帰り着くまでの時間がすっぽりと入っていた。

「それが堤の死亡推定時刻なのか？」

村上は答える代わりに聞いた。

「そうです」

と、根本が答えた。

「その時刻の俺の所在を聞いたということは、俺は容疑者というわけか」

「いいえ、参考までにお尋ねしているだけです」

「どうして俺が容疑者にされたのか、理由を聞かせてくれ」

「容疑者になどしておりません」

「そうか、じゃ、答える必要はないな」

「答えられませんか？」

「答えられないんじゃなく、答えたくないんだよ」

「となると、多少困ったことになりかねませんが」

「困ったこととは何だ？」

「村上さんが一番よくご存じでしょう」

「俺は何も知らんし、困ったことなどない！」

村上は言いながら、頭の中で懸命に思考の歯車を回転させた。

が、わからない。警察がなぜ自分に疑いを抱いたのか。昨夜、堤が殺されたころ、自分は現場に近いファミリーレストランにいた。とはいえ、警察がそのことをこんなに早くつかんだとも思えない。

「どうしても答えていただけませんか？」

「あんたらが何も説明しないのに、俺だけ答える義務はない」

「そうですか。では、仕方ありませんね」

「あんたらこそ、俺を疑う理由についてどうしても説明する気がないわけだな？」

「いずれまた伺います」

と、根本が村上の言葉を無視して言った。

「あんたらの態度が変わらなければ、何度来たって結果は同じだよ」

「そんなことはありません。そのときは、村上さんが嘘をつけないように準備してきます」

「嘘！　俺がいつ嘘をついた？」

村上は声を荒らげた。

「三月八日以後、堤達夫と一度も会っていない、と言われたことです」

「嘘じゃない。それは事実だ」

「でしたら、昨夜どこにいたかを話してください」

「それとこれとは関係ないだろう」

「あるんです」

「貴様ぁ！」

「元警視殿でも、そんな言い方をしていいんですか？　後で悔やむ結果になるかもしれませんよ」

根本の唇の端がかすかに引きつった。

「何だ、貴様、俺を脅すのか」

「脅してなんかいません。ただ、事実をお話しいただけないと、それがわかった場合、厄介なことになるかもしれないと申し上げているだけです」

「それが脅しだと言うんだよ」

「この程度を脅しだと言うんでしたら、村上さんは現役時代さんざん脅迫を重ねてきたんじゃありませんか」

なんて生意気なヤツだ。村上は怒りで顔が熱くなった。これまで、目下の人間にこんな言い方をされたことはない。

「貴様ら、もう帰れ！」

彼は怒鳴った。「帰って、署長によく聞いてみろ。俺にそんな態度を取っていいのかどうか」

原島はちょっと困惑したような表情をしたが、根本はまったく動じない。どこ吹く風といった顔をしていた。

その態度が村上の怒りに油を注いだ。

「おい、貴様」

と、根本の顔に真っ直ぐ人差し指を突きつけて言った。「聞こえないのか？」

「聞こえてますよ」

「だったら、さっさと帰れ」

村上は根本と原島より先に立ち上がり、二人を追い立て、追い出した。

根本が殊更《ことさら》にゆっくりとした動作で玄関へ向かった。

昌江が奥から出てきたが、

「おまえは来なくていい」

と、廊下の途中で立ち止まらせた。

靴を履いた根本が身体を回し、怒りの籠もった目を村上に向けて言った。

「今日はこれで失礼しますが、今度伺うときは村上さんにも署まで同行していただくことになると思いますので、よろしく」

唇には、挑戦するような不敵な笑みがにじんでいた。

2

翌日の朝刊に載った事件の続報によると、堤は殺される前日、八日に酒田（庄内空港）から飛行機で上京したらしい。羽田に着いたのは午後三時で、それから真っ直ぐN市へ来たのか、途中でどこかに寄ってから（あるいは誰かに会ってから）N市へ来たのかはわからないが、その晩はN駅前のビジネスホテルに泊まった。そして、翌九日、事件の日の午前十時に、駅前のレンタカー会社へ行き、十二時間の契約で小型のワンボックスカー・ルナーを借りた。

堤の以上の行動により、彼には七日に東京で手紙を出せなかったと判明した。ということは、八日に村上に届いた「堤の手紙」は、堤以外の誰か、たぶん彼を殺した犯人が書いたもので、村上のアリバイを奪う目的だったと考えて間違いない――。

つまり、村上にとっての謎の一つが解明されたのだった。

しかし、あの手紙そのものが罠だったとわかってみると、村上は、これはよほど慎重に行動しないと危険だと気持ちを引き締めた。犯人の仕掛けた罠があの手紙だけだとは思えなかったからだ。

村上は、根本たちに必要以上に高飛車な態度を取ってしまったことを後悔した。不安も覚えた。根本の不敵な態度と、次は村上の任意同行を求めると予告した言葉――。あれは、彼らが村上を疑う何らかの事実をつかんでいたからだった可能性が高い。

とすると、もしかしたら、自分はそれと知らずに、すでに犯人の仕掛けた罠にはまってしまっているのだろうか……。

が、たとえそうだったとしても、村上には対処のしようがなかった。根本たちに「堤の手紙」で呼び出されたことを正直に話したとしても、彼らが村上に対する疑いを解いたとも思えない。手紙が堤の書いたものでないとわかれば、村上の工作だと疑われるおそれが多分にあった。つまり、堤を殺すためにはどうしても香西市へ行かなければならない村上が、堤の名を騙って自分宛に手紙を出し、ファミリーレストランへ呼び出されたように見せかけた――事件の晩、香西市で誰かに見られた場合に備え、どうしてそんなところへ行っていたのかという言い訳を用意した――というわけである。

では、「堤の手紙」とジョイフルへ行った件は隠し、N市の長男と長女の家へ野菜を届けに行った事実だけ明かしたら、どうだっただろう。根本に九日の夜の所在を聞かれたとき、村上はよほどそうしようかと思った。が、その場合、帰宅時刻をどうするかという問題があった。長女の家を出て真っ直ぐ帰った場合の時刻である八時半ごろと答えれば、口裏合わせをしていない昌江に尋ねられたら――当然根本は村上が妻と話さないうちに確認しただろう――いっぺんで嘘とばれる。一方、実際の帰宅時刻である九時半ごろと正直に言った場合、堤が殺されたころ香西市の現場近くを通っていたことになり、疑いはいっそう強まるだろう。というわけで、怪しまれるのは覚悟の上で、九日夜の所在に関しては「答えたくない」で通したのだった。

根本たちの来訪から三日が過ぎたが、彼らが再び訪ねてくることはなかった。

だが、村上の不安は消えなかったし、緊張も解けなかった。

根本たちが何も言ってこないということは容疑が解けたのかもしれない。

それなら問題はないが、そうあっさりと容疑が解けたとも思えない。容疑の裏づけを取るために密《ひそ》かに動いている可能性のほうが高いだろう。

いずれにしても、そもそも自分がなぜ疑われたのかがわからないままでは落ちつかない。堤の死体が発見されて間もないときに警察が自分に目をつけた理由――彼らは「堤の手紙」の件は知らないから、ジョイフルでの目撃情報ではないはずだ――をはっきりさせておかないかぎり、すっきりしなかったし、安心できなかった。

村上は、R県警OBの〝顔〟で聞き出せないかと考えたが、香西署の現在の署長と刑事課長は顔だけは知っているものの、同じ署に勤務したことはない。また、捜査を担当している県警本部の刑事たちの中にも村上に情報を流してくれそうな者は入っていなかった。

どうしたら捜査の状況がわかるだろうかと考えていた村上の頭に、久留島正道の顔が浮かんだ。警視正まで昇って県警本部の幹部を務めた久留島なら、面倒をみた部下が自分などよりはるかに多いので何とかなるかもしれない。

さっそく電話して事情を話すと、それなら署長の渡《わたり》君を知っているので聞いてやろう、と久留島が快諾してくれた。

――結果は電話で知らせてやってもいいが、久しぶりに来ないかね。

村上はそれではお邪魔しますと答え、翌十四日の金曜日、電車でN市まで行き、バスで久留島宅を訪ねた。

久留島の家は、村上が住んでいるような新興の団地ではなく、N市の昔からの住宅地にあった。高級と言うほどではないが、街並みは落ちついていて、大きな家も少なくない。久留島は退官する数年前に広い庭の付いた古家を買い、しばらくして二世帯住宅に建て替えた。その大きな家に現在は夫婦二人で暮らしているが、商社マンの長男が一、二年のうちに福岡から東京勤務になる予定だとかで、そうなったら長男の家族と一緒に住むらしい。

お昼を一緒に……と言われていたので、村上が午後零時半近くに訪ねると、特上らしい寿司が取られ、庭に面した広い和室にビールが用意されていた。

久留島は、妻には村上の用件を話していなかったらしい。彼女は、村上が久しぶりにご機嫌伺いに顔を見せたと思ったのだろう、祝賀会では本当に世話になったと礼の言葉を繰り返し、歓待した。ただ、彼女も堤達夫が殺された事件だけは知っていて、テレビのニュースに堤の名前が出たときにはびっくりした、と表情を曇らせた。

「祝賀会の後、四、五日したころだったかしら、一度ここに電話があったの」

村上は初耳だったので、堤が何を言ってきたのだろうと少し興味をそそられ、久留島に問う目を向けた。

久留島が、ウンと答えてから、

「べつに用事があったわけじゃなさそうだったがね」

と、言った。「先日は署長の元気なお顔を拝見できてとても嬉しかった、また村上課長をはじめとする旧知の方々にも会えて、とても懐かしかった、そんなことを何度も繰り返していただけで……」

「そうですか」

「あ、そうそう、きみのところにも電話したが留守だったと言っていた」

それが事実なら、録音されたメッセージはなかったから、彼は留守番電話の応対の声を聞いて、切ってしまったのだろう。

「そのとき、堤君は酒田から電話してきたんですか？」

「さあ、どうだろう。ボクは当然、そうだと思っていたが……」

「その後はいかがでしょう？　彼は何か言ってきませんでしたか？」

「また電話してもいいかと言うので、ボクは閑《ひま》だからいつでも大歓迎だと答えたのに、それきりかかってこない。きみのところにはどうかね？」

「電話はありませんが、昨日お話ししたように、三月八日に近くまで用事で来たからと言って突然訪ねて来ました」

久留島には隠し立てする必要がないので、堤名の手紙で呼び出され、事件の晩に香西市のファミリーレストランへ行った事情も話してあった。

「どこへ、何の用事で来たのかはわからないわけか？」

「ええ」

「きみの家の近くといっても、光南市とはかぎらないし……」

「もしかしたら、今度香西市へ来た件と関係があったのかもしれません」

「そうだな……」

妻が新しいビールを取りに立ち上がろうとしたのを見て、久留島がついでにフグの一夜干しを炙《あぶ》ってくるようにと言いつけた。そして彼女が席を外すのを待って、

「昨日あれから渡君をつかまえ、電話で聞いてみた」

と、少し声をひそめた。「村上君のところへ刑事が行ったそうだが、彼はどうして疑われているんだろう？　村上君も堤君もボクの元部下だから、気になってね、ここで聞いたことは村上君には話さないから、理由を教えてくれないか——そう言ったんだ」

署長に嘘をつかせてしまって申し訳ございません、と村上は頭を下げた。

「ハハハ……その程度の嘘はかまわんだろう。きみは絶対に犯人じゃないんだから」

「それは誓って申し上げられます」

「きみに届いた堤名の手紙については触れなかった。いずれは明かすにしても、話がややこしくなるんでね」

「すみません」

「実は、渡君は、ボクが川添署の次長だったとき、交通課の係長だったんだ。かれこれ、二十五、六年前になるかな……」

一月の祝賀会のときの出席者名簿には入っていなかったから、それほど懇意にしていたわけではなかったのだろう。

「で、肝腎の話だが、渡君たちがきみを疑ったのは、堤君の奥さんがきみの名前を出したから、らしい」

久留島が本題に入った。

「堤君の奥さんが、私の名を？」

村上は驚いて聞き返した。

「堤君はきみに会うためにRへ行ったんじゃないか——そう奥さんが言ったんだそうだ。今年に入ってから二、三度、堤君は『きみに会う』と奥さんに話してR県のどこかへ来たらしい。今回は、はっきりときみの名前を言ったわけじゃないらしいんだが」

「署長のお祝い会の後、私は一度しか堤君に会っていません。先ほど言った三月八日です。

それも、堤君は何の連絡もなしに突然訪れ、玄関で帰ってしまったんです」

村上は面食らっていた。堤がどうして自分に会いに……などと妻に言っていたのか、見当もつかない。

ただ、その話を聞き、〈三月八日以後も村上は堤と会っているはずだ〉そう根本刑事が疑っていた理由はわかった。

「わかっているよ。べつにボクはきみを疑っているわけじゃない」

久留島が苦笑した。

「すみません、思わず頭に血が昇ってしまって……。それで、奥さんは、堤君がどういう目的で私に会いに行ったらしい、と言っているんでしょうか？」

「金策じゃないかと言っているようだ」

「金策？」

「堤君の口から、はっきりそう聞いたわけじゃないそうだがね。ただ、ここ一年余り……スーパーが倒産する少し前から、堤君の頭には金をどう工面するかしかなかったらしい。奥さんにほとんど相談せず、ひとりであっちこっち死に物狂いで駆けずり回っていたらしい。だから奥さんは、Rへ行ったのも当然金策のためだと思ったようだ」

「その場合、私が堤君を殺した動機はどうなるんでしょう？」

「きみと堤君の間に金銭に絡《から》んだトラブルがあったのではないか、と渡君たちは見ているようだ」

「そんなもの、あるわけがありません」

「だが、渡君たちは、きみと堤君の詳しい関係を知らないからね」

「詳しいも何も、二昔近くも前、短い間、上司と部下だったというだけですよ」

「そりゃ、ボクは知っているが……」

「ところで、渡署長たちは、堤君が警察を辞めた本当の事情を知っているんでしょうか?」

「本当の事情?」

久留島の目が村上の言い方を咎《とが》めるように鋭く光った。「郷里の酒田へ帰って家業を継ぐために自分から退職した――。この他に事情があるのかね?」

「いえ、ございません」

村上は慌てて答えた。「先日、根本刑事に聞かれたときも、そう話しましたし」

「うん」

と、久留島が応じた。当然だ、余計なことを言うな、という顔だった。

十八年前、香西署の少年係員だった堤は、ケチな横領事件を起こした。それは、村上と少年係長の青井が久留島に相談し、表沙汰にしないで済ませた。だから、堤の横領事件と退職の間に直接の関係はない。とはいえ、その件がなかったら、堤は依願退職して郷里へ帰らなかったはずである。そのため、村上は「堤君が警察を辞めた本当の事情」と言ったのだが、久留島は、自分たちが握りつぶした件にいまさら触れるな、と暗に村上に釘を刺したのだった。久留島に釘を刺されなくても、村上だってその件を外に漏らす気はなかったが……。

「動機の問題はともかく、根本刑事たちが私を容疑者扱いした理由はよくわかりました」

と、村上は言った。

うむ、と久留島がうなずいた。

「その後、彼らが何も言ってこないのは、私を追いつめるための証拠をつかもうとしているというわけでしょうか？」

「そのへんの事情は渡君も言葉をにごして明かさないので、はっきりしない」

「では、彼らが、九日の晩私が外出していた事実をつかんだかどうかも？」

「それは、まだつかんでいないような感じだったが……」

先日、根本たちが帰った後、村上は妻の昌江に、もし自分がいない間に刑事が来たら、「九日の晩はずっと家にいた」と答えるように、と言っておいた。昌江は不安げな訝《いぶか》しげな顔をしたが、余計な面倒に巻き込まれたくないからだと説明し、質問を封じた。

「堤名の手紙の件も含め、九日の晩のことを話すべきでしょうか？」

「うーん……。いずれは話す必要があると思うが、タイミングが難しいね。もしかしたら、初めに洗いざらい話してしまったほうが面倒がなかったのかもしれないが、今更そんなことを言っても始まらんし」

「わかりました。もう一度よく考えて、どうするか決めます」

ちょうど話が一区切りついたとき、久留島の妻が冷えたビールとフグの一夜干しを運んできたので、村上たちは事件の話を打ち切った。

それからしばらくして、久留島がまた妻に席を外させたので、再び事件の件に戻ったが、ほとんど新しい話は出なかった。

久留島のおかげで、根本たちがなぜ自分を疑ったのかという村上の疑問は解けた。しかし、代わりに別の疑問が生まれてしまった。今年に入ってから何度かR県へ金策に来ていたらしい堤が、なぜ村上に会いに行くと妻に嘘をついていたのか、という疑問だ。

いや、これは、堤がRあるいは東京へ来たときに実際に会っていた人物、そして今回も彼と会って彼を殺害した人物が、堤にそう言うように仕向けたのだろう。

では、その人物とは誰か？

村上には一人の男の顔しか思い浮かばない。

が、その男と堤の関わりがいつ、どこで、どのようにして生じたのか、がわからなかった。また、その男が堤をどうして殺したのか、動機も不可解だった。堤を都合よく操れたのは、金の力だとは思うが……。

村上は、バス停まで歩くのが大儀だったのでタクシーを呼んでもらって久留島家を辞した。タクシーでN駅まで行き、駅前の喫茶店で四十分ほど酔いを醒まし、それから電車に乗って帰った。

光南駅前で光南台行きのバスに乗り、いつも乗り降りしている終点の二つ手前の停留所でバスを降りたのは五時二十分。

自宅前に着いて門扉を開ける前、何気なく右へ目をやると、ブロック塀の角に柏木が立っていた。反対側の十字路からそちらを見ながら歩いてきたときには誰もいなかったのだから、たったいま塀の陰から出てきたらしい。堤が殺された翌日に姿を見せたばかりなので、わずか中三日を置いただけだった。

村上は動きを止め、柏木を見つめた。

柏木もじっと村上を見ている。

左手の包帯はまだ取れないようだ。

ヤツが堤を金で操っていたのだろうか。また、九日の晩、俺を香西市のファミリーレストランへ呼び出しておき、春茅沼の土手下で堤を殺したのだろうか。それで今日は、俺がどうなったか、様子を見に来たのだろうか。

村上は、柏木に近づいて行って問い詰めたかった。胸元をつかみ、首を締めつけてでも、吐かせたかった。が、柏木と堤の接点さえ明らかになっていないのである。たとえそうしたところで、口元に薄ら笑いを浮かべ、シラを切るのは目に見えていた。

根本たちに「堤の手紙」の件や自分の考えていることを話し、調べさせるか。真相を突き止める手立てはそれしかないか……。

しかし、と村上は思う。柏木は村上のそうした行動を予測して罠を仕掛けているのかもしれないのだ。

そう考えると、うかつな行動を採れば、自らの墓穴を掘るおそれがあった。

——では、どうしたらいいのか?

村上はさらに自問した。

わかっているのはただ一つ——。柏木と対決するには、最低限、彼と堤の接点、関わりを突き止める必要がある、ということだけだった。

いま、ここで判断する必要はない。根本たちに話すべきかどうかという点も含めて、落ちついてよく考えよう。

村上はそう結論し、ゆっくりと身体を回して門扉の掛け金を外した。

3

堤達夫が殺された二週間後の日曜日、村上は堤の郷里、酒田へ行った。

久留島を訪ねて帰ってきたとき柏木を見たのが十四日の金曜日だから、九日が経っていた。

この間に村上は……さんざん考え、迷ったが、自分は無実なのだし捜査に協力するのは警察官OBの義務ではないか、と結論し、香西警察署へ出向いた。「堤の手紙」を持参し、県警本部から出張ってきていた捜査主任官の大崎《おおさき》警部と根本刑事に会い、九日の晩の自分の行動を明かした。同時に、柏木の不審な行動と彼に関する自分の推理——動機ははっきりしないが彼が堤を殺した犯人ではないかという考え——を説明した。

大崎警部は、話してくださったことを感謝しますと口では言ったものの、尋問・追及は厳しく、それは重要容疑者に対するものだった。

ところが、その三日後、根本刑事と原島刑事が村上家を訪れたときは、彼らの疑いが薄れたように感じられた。九日の夜の村上自身の行動に関する追及はまったくなく、代わりに十八年前の堤について、特に彼がR県警を辞めた前後の事情について、根掘り葉掘り聞かれた。

根本たちが明かさないので、村上が香西署へ出向いて話をした後、彼らがどのような捜査をし、何をつかんだのかはわからない。久留島が渡署長に尋ねても同じだった。渡はなぜか初めのときのようには話さず、煮え切らない返答しかしないらしく、村上に関して、さらには柏木について、大崎や根本がどのように考えているのか、はっきりしなかった。

ただ、正確な捜査状況は不明ながら、それがはかばかしい進展を見せているようには村上には思えなかった。彼に対する根本の質問から想像すると、彼らは、〈十八年前、堤と柏木の間に何らかの関わりがあり、堤の退職の事情に柏木が絡んでいるのではないか〉と疑っている節があった。とはいえ、それを裏づける証拠を手に入れたようには見えなかった。

村上は、自分に対する容疑が薄らいだらしいことにはほっとしたものの、大崎たちが柏木を追い詰められずに終わってしまったらと思うと焦りに似た気持ちを覚えた。今後柏木が自分に対して何をするかわからない、という不安と恐怖もあった。

同時に村上は、堤と柏木の関わり——証拠はないがあったと見てたぶん間違いないだろう——を、ぜひ知りたかった。もし二人の関係が十八年前に始まっていたのなら、尚更である。それを突き止めたうえで柏木と対決し、彼の企みを打ち砕いてやりたかった。

そう考えて、村上は、昨日の午後仙台で開かれた高校の同窓会に出席し、今日、酒田まで足を延ばしたのである（というのは自分自身と妻に対する言い訳で、酒田へ行こうと思ったために、欠席の返事を出しておいた同窓会に急遽《きゅうきょ》出席することにしたのだった）。

鶴岡経由の長距離バスが終点の酒田に着いたのは十時四十分。三時間前に仙台を出発したときは雨もよいの天気だったのに、日本海に面した酒田に着いてみると、五月晴れだった。

観光ではないので、村上はバスターミナルからすぐにタクシーで堤の家へ向かった。行ってみると、それは上下三室ずつの小さな賃貸アパートの一室だった。住所の表記から集合住宅であるのは隠せないからだろうか、久留島の祝賀会で会ったとき、堤は実家とは別にマンションを買って住んでいると言っていたのだが……。

バスターミナルやJR酒田駅がある場所も街の中心から外れており、道路などは閑散という形容が当てはまる。とはいえ、駅前には大手のスーパーがあるし、市街地の一部にはちがいない。だが、アパートが建っていたのは街から出外れた郊外で、「堤」の表札が掛けられた一〇三号室の南側は四、五メートル先が田圃の畦《あぜ》だった。

昨日の朝、村上は、用事があって酒田へ行くので線香を上げさせてほしい、と堤の妻に電話しておいた。そのため、玄関での挨拶が済むとすぐに、仏壇の置かれた四畳半の和室に通された。

村上は用意してきた香典を置き、線香を上げて合掌した。

身体を回すと、茶菓の載った盆の横にかしこまっていた堤の妻が畳に両手をつき、「ありがとうございました」と頭を下げた。

歳《とし》は四十前後だろうか。染みの目立つ青黒い顔は、苦労と不幸の連続に精神的にも肉体的にも疲労困憊《こんぱい》しているように見えた。が、よく見ると目鼻立ちが整っているので、スーパーの経営が順調だったときは「美人の奥さん」で通っていたのかもしれない。

堤から中学生と小学生の男の子がいると聞いていたが、学校が休みのはずなのに、物音ひとつしない。広い家ではないので、いれば気配がするはずだから、出かけているのだろう。

村上は、堤の経営していたスーパーが大手のスーパーに対抗しきれずに倒産した経緯や、彼が最後に街の金融業者から金を借りたために厳しい取り立てに遭っていた事情などはひととおり知っていた。新聞の続報でも多少触れられていたが、主には久留島から得た情報だった。香西署の渡署長は、捜査の内情については口が重くなっても、そうした事情は久留島に話したらしい。

堤の妻が、茶を勧め、

「このたびは、村上さんには本当にご迷惑をかけてしまいまして……」

と、あらためて詫びた。

昨日、電話したとき、警察に事情を聞かれたが、自分が堤と会ったのは一月二十五日と三月八日の二回だけで、今回彼がRへ来たことは知らなかった、と話しておいたからだろう。

「刑事たちも納得したようなので、それはいいのですが、堤さんは私のことを奥さんにどのように話していたのでしょうか?」

村上は気になっていた点を尋ねた。

「昔、R県で警察官をしていたとき、とてもお世話になった方だと……」

　堤は村上の部下ではあったが、特に面倒をみたり目を掛けてやった記憶はない。

「堤さんは、今年になって何度ぐらいRへ行かれたんでしょう？」

「一月の終わりに久留島署長さんのお祝い会に行ったのを入れて五回か六回だと思います。あ、ただ、これは上京した回数で、そのとき東京からRまで行っていたのかどうかははっきりしません」

「堤さんは、以前からちょくちょく上京されていたんですか？」

「いいえ。去年、スーパーが倒産した後、川崎の知人を頼って二回ほど上京しましたが、それまでは年に一回行くか行かないかでした」

「それなのに、今年は半年もしないうちに五、六回ですか……。それは、先々週、亡くなられたときを入れての回数ですか？」

「そうです」

　ということは、一月二十五日から五月八日までの約三カ月半の間に、堤は三回から四回、東京、R方面へ来ていたらしい。

「そのうちの何回かは、私に会いに行くと奥さんに話されたとか？」

「はい」

「具体的にはどのように言われたんでしょうか？」

「主人はその前から金策に飛び歩いていたんですが、初め、村上さんにお願いに行ってくると……」

「それはいつですか?」

「正確な日にちは覚えていませんが、二月中ごろではなかったかと思います」

二月中ごろなら、それは、近くまで来たからと言って村上宅を訪れた三月八日の前の上京時だろうか。

「三月と四月中にあと二回か三回、東京方面へ行っているはずですが、そのときはどのように……?」

「いつも村上さんのお名前を出したわけではないのですが、少なくとも一回は、村上さんがいろいろ手を貸してくださっているので何とかなりそうだ……そんなふうに申しました」

「何とかなる、というのはお金のことですね?」

「はい」

「そう言ったのがいつの上京時かはわかりませんか?」

「殺される前のときだったと思います」

「何月何日ごろでしょう?」

「四月の下旬……ゴールデンウィークが始まる少し前でした」

つまり、堤は、四月下旬に金の算段をつけ、連休後いよいよそれを手にするためにRへ来た、そういうことだろうか。しかし、それは犯人の奸計《かんけい》であって、堤は殺された——。

「あ、いま、思い出したのですが、主人は四月初めにも上京していました。ですから、三月と四月だけで三回です」

「なるほど。ですが、私が手を貸してくれているので金の工面がつきそうだ、そう言ったのは四月下旬に上京したときだったわけですね？」

「はい」

「ところが、昨日電話でお話ししたとおり、久留島署長の祝賀会の後、私が堤さんにお会いしたのは、三月八日に突然訪ねてこられたとき一度だけなんです。そのときもお金の相談など受けていません。だいたい、スーパーの経営は至極順調にいっているという話でしたし、倒産していたなんて堤さんが亡くなるまで知らなかったんです」

「そうですか……」

堤の妻が困惑したような顔をした。夫の言動をどう考えたらいいのか、村上にどう答えたらいいのか、わからないからだろう。

一方、村上のほうは堤の妻の話を聞いて〝筋書〟が見えてきた。堤は上京するたびに東京かRで犯人と会っていたにちがいない、と思った。

その前に犯人がどうやって堤に接触したのか、は不明である。また、どういう口実を設けて「村上に会いに行く」といった嘘を堤につかせたのかもわからない。ただ、犯人が堤を都合よく操るためにつかった〝餌〟が金だったことは間違いないだろう。

「ところで、堤さんは今月八日、最後に上京されたときは、私に会いに行くとは言わなかったんですか？」

村上は話を進めた。

「はい、申しませんでした」

と、堤の妻が答えた。

「では、何と言われて……？」

「土曜日にちょっと東京へ行って来る、月曜日には帰るつもりだが、延びるようだったら電話する、と……」

「それはいつですか？」

「連休最後の日だった記憶がありますから、五日、こどもの日でした」

「奥さんは、上京の目的を尋ねなかったんですか？」

「何となくいつもより緊張しているような感じだったので、ただ『わかりました』と答えただけで、尋ねませんでした」

「堤さんは、どうして、いつもより緊張していたんでしょうね？」

「さあ……」

と、堤の妻が首をかしげた。「ただ、そのときは、村上さんにお願いしているというお金の話がうまくいっていないのかな、それでもう一度お願いしに行くのかな……そんなふうに思ったのですが。でも、聞いたりすると怒鳴られるので、黙っておりました」

「堤さんは、奥さんをよく怒鳴ったんですか？」

「以前はそんなことなかったんですが、スーパーが潰れてからは、いつもいらいらしているようで、虫の居所が悪いとよく怒鳴られました。また、お金については、私が聞いても『おまえは心配しなくていい！』と言うだけで、具体的な説明をしてくれないため、いつの間にか尋ねなくなっていたんです。気が向くと、主人のほうから適当に話してくれるときがありましたし、何をしているのかはだいたいわかりましたから」

「倒産してから、金策に奔走《ほんそう》していたわけですね？」

「金策に飛び歩いていたのは潰れる一年ぐらい前からでした。もちろん、倒産してからも、お金を貸してくれる望みが少しでもありそうな方を訪ね歩いていましたが……。あとは、毎日のように押し掛けてくる借金取りから逃げ回っていたんです。倒産する直前、闇金融業者の金に手を出してしまったものですから」

要するに、堤は喉《のど》から手が出るほど金がほしかったらしい。それは、堤を自分の思いどおりに操ろうとした人間にとっては非常に都合がよかった、という事情を示していた。

村上は、久留島の祝賀会で堤と十八年ぶりに会った日のことを思い浮かべた。あのとき堤は、スーパーの経営は順調だと自慢げに話した。しかし、実際は倒産し、借金取りから逃げ回りながら金策に四苦八苦していたのだった。

そのような苦境にいた堤が、なぜ自分から問い合わせまでして久留島の祝賀会に来たのだろうか。仕事が順風満帆なときならいざ知らず、沈没してアップアップしているとき、他人の祝いの席に行きたいと思う人間はあまりいない。だいたい、時間的にも金銭的にもその余裕がないだろう。

ということは、あのときの堤は、久留島を祝うために酒田から来たわけではなかった――。

そう考えて間違いなさそうだ。

では、堤は高い交通費をかけて何のために来たのか？

相応の礼を条件に、誰かにそうするように指示された可能性が高い。

誰が、何のために、堤にそんな指示をしたのか？

〈誰が？〉の答えは柏木だ、と村上は思った。そして〈何のために？〉は、村上の前に姿を現わさせるためだったにちがいない。

柏木がなぜ堤をつかってそんなことをしたのか、具体的な事情はわからない。柏木と堤の接点、関わりも依然不明のままである。が、十八年前の一時期、ともに村上の近くにいた二人がほぼ時を同じくして村上の前に現われた事実、用もないのに堤が突然村上家を訪れた事実、彼が妻に対して村上に会いにRへ行くかのように装っていた事実などから、堤の行動の裏に、村上に対する企みを隠した柏木がいたのは間違いないと思われる。

そう考えると、久留島の祝賀会に柏木が現われた理由もいっそうすっきりと説明がつく。あのときの柏木は、堤が自分の指示どおりに動いたかどうかを確かめると同時に村上の反応を見に来たのではなかったか――。

それにしても……と村上は思う。柏木と堤が、いつ、どこで、どのようにして関わりを持ったのか、が不可解だった。

一九八六年の二月から三月にかけて、二人はともに香西警察署という場にいた。一方は逮捕された殺人事件の容疑者、一方は少年係の刑事として。しかし、それだけである。当時、校内暴力事件が頻発していたために堤は古畑麗の殺された事件の捜査には関わっていなかったし、村上の知るかぎり、堤と柏木の間にいかなる関係もあった形跡はない。

とはいえ、この冬の久留島祝賀会の前に、二人の間に関わりが生まれていたとすれば、その因《もと》は十八年前にあったとしか考えられない。

村上は、考えていてもわからないので、

「奥さんは、柏木喬という男を知りませんか？」

と、聞いてみた。

「存じません」

と、堤の妻が答えた。

「堤さんからその名前だけでも聞いたことは？」

「ありません。ただ、一週間ほど前、刑事さんからその名前をお聞きしました」

「Rから刑事が訪ねてきたわけですね？」

「いいえ。香西へ行ったときにお会いした大崎警部さんが電話してこられ、村上さんと同じように尋ねられたので、同じようにお答えしました」

大崎たちが電話で済ませたということに村上はちょっと引っ掛かったが、いまは関係がないので質問を進めた。

「堤さんは、久留島署長の受勲をどうして知ったんでしょう？　その点については何か聞いていませんか？」

堤の妻が考えるような表情をして首をかしげた。

「私には、新聞のR県版を調べて知ったと言ったんですが……」

「えっ、そうなんですか？」

堤の妻が村上のほうへ目を上げて、逆に聞いた。

「いいえ、私はどうも違うのではないかと思っているんです。はっきり言うと、柏木喬という男から聞いたのではないかと考えていたんです」

「主人から聞いたわけではありませんが」

と、堤の妻が言った。「私は、シラバヤシさんという方から教えられたのかと思っておりました」

「シラバヤシ？　それは堤さんとどういう関係の方ですか？」

「昔の友達だと主人は言っていました」

「男ですね？」

「はい」

「シラバヤシの漢字は？」

「白い林と書くようです」

白林――。

村上はその文字を頭に浮かべて、胸のざわめきを覚えた。分解すると〈白、木、木〉となり、それらを組み合わせると〈柏木〉になるからだ。

「奥さんは、どうしてその人から聞いたと思われたんですか？」

「白林さんから電話がかかってきた後で、主人が急に、昔お世話になった久留島署長が勲章をもらったのでお祝いに行ってくると言い出したからです」

久留島の祝賀会の案内状を出した相手に白林という姓の人間はいない。

村上は、逸《はや》る心を抑えた。結論を出す前に質問を継いだ。

「白林という人からの電話を受け、堤さんがそう言い出したのはいつでしょう？」

「去年の暮れごろだったと思いますが、日にちまでは覚えていません」

去年の暮れなら、堤が元同僚の矢代浩一に電話で祝賀会の予定を問い合わせた時期とも符合していた。

「奥さんはその人に会ったことは？」

「ありません。一度、主人に電話を取り次いだことはありますが」

「堤さんは、昔の友達だという白林さんとずっと付き合っていたんですか？」

「いいえ。去年の十一月末ごろだったと思いますが、突然東京から見えたようです」

「東京から、ですか？」

「はい。いま酒田へ来ているので会えないかという電話があり、主人は駅前のホテルまで行って会ったようです。電話がかかってきたとき、私は家にいなかったので、後で主人から聞いた話ですが」

「その白林という人は、もしかしたら警察関係の人間ですかね？」

久留島の受勲について知っていたらしいということなので、村上は念のために聞いてみた。

「違うみたいです。私が警察の方って尋ねると、学生のころちょっと付き合いがあった男だと言ってましたから」

「学生のころというのは大学時代ということですね」

堤は東京の私立大学を卒業していた。

「そうだと思います」

「同じ大学のようでしたか?」

「さあ……。聞いていないので、わかりません」

学生のころに付き合いがあったなどというのはたぶん出鱈目《でたらめ》だろう。

「今月の八日、堤さんはその白林という人に会いに上京した、という可能性はありませんか?」

「ないと思いますけど……」

「どうして、そのように思われるんでしょう?」

「主人はそれまで、白林さんにお会いするために東京へ行くといった話は一度もしていなかったからです」

「なるほど」

と、村上はうなずいて見せたものの、頭では反対のことを考えていた。

堤は、会いもしない村上の名を妻に告げて、何度か上京していたのである。そのとき、堤が東京かRで「白林」と会っていたとしても不思議はない。

「堤さんが殺されて、奥さんが香西署へ行かれたとき、刑事に白林という人の話はされましたか?」

「いいえ、しておりません。主人の殺された事件とは関係ないと思いましたから」

「一週間ほど前、大崎警部から電話があったときも？」

「はい。そうしたことは何も聞かれませんでしたし……」

「白林という人の住所か電話番号はわかりますか？」

無駄だと思ったが、村上は聞いた。

案の定、「わかりません」という答えが返ってきた。

「ケータイには登録されていたはずですが、亡くなった主人のポケットにもバッグにも電話機はなかったんです」

堤が所持していた携帯電話は犯人に奪われたらしいが、通話先は電話機がなくても調べればわかる。当然、大崎たちは調べているはずである。が、たとえ通話先が判明しても、「白林」が他人名義のプリペイド式携帯電話をつかっていた場合、彼の正体にたどり着くのは難しいだろう。

「あの、白林さんは、柏木さんという方と何か関係があるのでしょうか？」

堤の妻が怪しむような目を村上に向けた。

「同じ人間ではないかと考えています」

と、村上は答えた。

「同じ人間？」

「柏木が本名で白林というのは偽名ではないか、ということです」

「でも、主人は、学生のころの知り合いだと……」

「堤さんは奥さんに嘘をついたわけです」

「主人は、どうして私に嘘などついたんでしょう？」

「相手にそうするように頼まれたからだと思います」

「では、もしかしたら、主人はその柏木という人に殺された――？」

堤の妻の目に脅えの色が浮かんだ。

「さあ、そこまでは何とも……」

村上は言葉をにごした。その可能性が高いと考えていたが、わからない点も多かったからだ。

柏木が村上を逆恨みし、報復を企んでいたのは確実だろう。としても、柏木はなぜ堤を利用し、殺したのか、という肝腎の動機が謎だった。

――待てよ。

村上の頭に一つの疑問が浮かんだ。

白林が柏木の偽名だった場合、柏木はなぜ容易に自分の本当の姓を連想させるような偽名をつかったのか、という点である。

堤の妻が電話に出たとき、彼は「白林」と名乗ったらしいから、堤が妻に話すとき勝手に考えた偽名ではない。また、柏木と白林の文字の構成が偶然一致した、ということもありえないだろう。

ということは、白林という偽名をつかったのは柏木ではなかったのだろうか。彼に罪を被せようとした別人が意図的に〝柏木〟の文字を分解して再構成した白林という偽名をつかったのだろうか。

その可能性もゼロではない。

だが、村上に対する柏木の行動と堤の行動の符合を考えたとき、柏木以外に堤を操った人間がいたとは思えない。と考えると、堤の妻に白林を名乗った男は、やはり柏木だったのだ。

では、柏木はなぜ、容易に自分の姓を連想させる偽名をつかったのだろうか？

村上は初めの疑問にかえった。

考えられる答えは、

①　当初、柏木の念頭には堤を殺害する意図がなかった。

②　堤を殺した犯人を柏木だとする村上の考えが間違っている。

このどちらかしかないように思われるのだが……。

どちらとも決められないまま、村上は堤の妻に礼を言い、アパートを辞した。

村上が光南市へ帰って一週間が過ぎた。

この間、彼は検討を重ねたが、堤を殺した犯人はやはり柏木しかありえない、と結論した。つまり、柏木が白林という偽名をつかったのは、初めは堤を殺す気がなかったからであろう、と。

しかし、柏木逮捕のニュースはもとより、有力容疑者が浮かんだという報さえ届かなかった。

警察の捜査はいったいどうなっているのだろう、と村上は思った。大崎たちはまだ、堤と柏木の関わりをつかめないでいるのだろうか。村上は気になり、久留島に尋ねてみた。が、渡署長の口が堅くて、久留島にもわからない、という。

酒田から帰った後、根本刑事たちは一度も訪ねてこなかった。村上に対する疑いは完全に解けたのかもしれない。それは歓迎すべきことだったが……。

村上は酒田へ行き、柏木（白林）と堤が会っていた事実を突き止めた。とはいえ、二人の関係は依然として謎だった。

――去年の十一月末、「白林」が酒田を訪ねて堤を電話で呼び出し、会った。

という堤の妻の話が事実なら、二人はそれ以前に――たぶん十八年前に――知り合っていた可能性が高い。しかし、具体的にいつ、どこで、どうして知り合ったのか、はまったくわからなかった。

月が替わり、衣替えの季節になった。

このところ晴れの日がつづいていたが、間もなく鬱陶《うっとう》しい梅雨《つゆ》に入るのだろう。

柏木は、先月十四日以来、一度も村上の前に姿を見せなかった。

が、村上は、ゴールデンウィーク明けのときのような、もしかしたらこのまま現われないのではないかといった幻想は抱かなかった。この前、そうした期待が胸に芽生え始めたとき、柏木は堤を殺していたのである。

と考えると、いま鳴りをひそめているのも、柏木が密かに企みを行動に移しているときなのかもしれなかった。

村上は、警戒を怠らずに思考を重ねた。柏木と堤の関係、さらには堤殺しの真相を解明し、柏木を追い詰めるにはどうしたらいいか、と考えつづけた。

柏木と対決するか、または、もう一度香西署に出向いて、酒田でつかんできた事実を話し、大崎や根本の捜査に委《ゆだ》ねるか――。

いまのところ、村上の頭にあるのはこのどちらかだが、いずれも難があった。

柏木と会って、これまでつかんだ事実と自分の推理をぶつけて追及したところで、彼が本当のことを明かすかどうか、疑問である。明かさない可能性のほうが高いだろう。かといって、大崎たちの捜査に委ねても、彼らが真相を突き止められるかどうか、怪しかった。

彼らが柏木の犯行の証拠をつかめず、柏木が否認し通した場合——十中八九柏木はそうするだろう——真相は永遠に闇の奥に隠れてしまう可能性が高い。

しかし、これらに代わる巧い方法も浮かばないのだ。

——どうすべきか？

と、村上が焦りを感じ、前者の方法に傾き始めたとき、なんと当の柏木から電話がかかってきた。

落ちついた場所で腹を割って話し合いたい、というのである。

村上は、全身が引き絞られるような緊張を覚えた。

もちろん、言葉どおりに受け取るわけにはいかない。罠ではないか……きっと罠だ、と思った。また何か策略をめぐらし、罠を仕掛けているにちがいない。

しかし、ここで返事をためらっていたら、電話が切られてしまう。そうなったら、後で村上のほうから会いたいと申し入れても、拒否されるだろう。つまり、柏木と対決する機会は二度と訪れず、真相を解明する道は遥《はる》かかなたへ遠のいてしまう。

村上はそう考えると、決断した。胸に激しいざわめきを覚えながらも、柏木の申し出を了承した。

私刑

1

六月十九日（土曜日）——。

じめじめとした雨もよいの夕方、村上は柏木に会うために電車で東京へ向かった。柏木の名を出せば妻の昌江は心配をするにちがいない、そう思ったので、彼女には、この前仙台で会った高校時代の友人が上京するので一緒に食事をする、と前から嘘をついていた。

柏木から最初の電話がかかってきた後、村上は携帯電話を購入・契約した。そして、柏木から二度目の電話がかかり、会う日時を知らせてきたとき——柏木は事前に調べられるのを警戒してか、場所は東京としか言わなかった——以後の連絡は携帯電話にするように、と伝えた。最初の電話も二度目の電話のときもたまたま村上が出たものの、次もそうなるとはかぎらなかったし、柏木に会うとき携帯電話を持っていたほうが安心できるように思えたからだ。

今日の午後になってから柏木が知らせてきた場所は、彼の自宅でもホテルでもなく、東京田端のマンションの一室だった。彼の知人が住んでいる部屋だという。知人については、「その人にも一緒に話を聞いてもらいたいから」と言っただけで、名前も男か女かということも明かさなかった。村上は警戒し、身許のわからない人間の部屋へ行くのは嫌だと言った。すると柏木は、「あんたに危害を加えるような人間ではない、どうしても来るのが嫌なら来なくても結構」と突き放した。結局そうなったように、村上が行かないではいられないと読んでのことであろう。

柏木の言った「知人」について、村上は一人の人物を思い浮かべていた。ひょっとしたらそれは古畑聖子ではないか、と思ったのだ。少し突飛な想像だが、柏木が自分の言い分を聞かせたい相手という条件から考えると、その筆頭は古畑聖子だろうからだ。古畑聖子がどうして柏木と行動を共にしているのか、という疑問はある。が、もし柏木のマンションを見張り、彼の行動を監視していた女が彼女だったとすれば、どこかで二人が顔を合わせ、柏木が彼女を村上との話し合いに立ち会わせようとしたとしても不思議はない。

しかし、村上の想像が誤りだったことは、山手線の田端駅から歩いて五分ほどのところに建つ「田端タイガーズマンションョン」に着いて判明した。

田端タイガーズマンション七〇六号室。それが柏木に指定された話し合いの場所だが、誰でも自由に入れる一階ロビーの郵便受けにも、七階の部屋のドアにも「古畑」の文字はなく、代わりに「吉本《よしもと》」の名札——姓だけで名はなかった——が付いていたからだ。

村上には、吉本なる姓の人間に心当たりがない。

村上はインターホンのボタンに手を伸ばした。

ふっと恐怖が胸に萌《きざ》し、彼は押すのをためらった。

見も知らない人間の部屋へ入り、自分に対して敵対的な感情を抱いている相手、柏木に会う——。どんな罠が待ち受けているか、予測がつかない。

だが、虎穴に入らなければ虎児を得ることはできない。いまや警察官ではない村上が、柏木と堤の関わり、さらには堤を殺した犯人を知ったからといって、虎児を得たことになるかどうかはわからないが……。とにかく、村上は、柏木が何を考えて何をしたのかを知りたかった。さらには、村上に対して何をしようとしているのか、を。

村上は腕時計を見た。約束の七時までまだ十二、三分あるのを確かめ、一旦、吉本宅の前を離れ、八階へ上がった。

廊下の隅でジャケットのポケットから携帯電話を取り出し、大迫渉の携帯電話にかけた。何やらのメロディーが流れるのを聞きながら、留守番電話サービスにメッセージを入れておくしかないかもしれないと思っていると、大迫が出た。

村上は、東京田端のマンションで柏木とマンションの住人らしい吉本某《ぼう》と会うことになった事情を簡単に説明した。そして、八時半を過ぎてもこちらから電話がいかなかった場合はそちらからかけてもらいたい、と頼んだ。そのとき、もし電話が通じなかったら、警察に通報してほしい――。

大迫は、依頼の件は諒解《りょうかい》したがひとりでは危険ではないかと言い、いま仕事で南千住へ来ているので三十分もしたら駆けつけられるから、自分も同行させてくれないか、と申し出た。

村上は礼を言って、断わった。彼が別の人間を伴った場合、柏木が村上を吉本某の部屋へ入れるとは思えなかったからだ。部屋へ入れないだけでなく、怒って、以後村上と話し合うのを拒否する可能性が高い。それでは元も子もなくしてしまう。

村上は柏木に、マンション名と部屋番号を妻と知人に教えてきた、と告げるつもりだった。だから今夜、柏木がその部屋で自分に危害を加えるおそれはないだろう、と大迫に伝えた。それでも大迫はまだ不安を口にしたが――村上とて不安がないわけではない――時間だからと電話を切った。

階段を降りて七〇六号室の前へ戻り、今度は躊躇《ちゅうちょ》せずにチャイムを鳴らした。

柏木と吉本某、どちらが出るかと思っていたら、柏木らしい声がインターホンで応答し、玄関のドアも彼が開けた。怪我は治ったらしく、左手から包帯が消えていた。

柏木は硬い表情のままスリッパを置き、上がるように言った。

村上は彼の後から十畳ほどの広さの居間へ入って行き、言われるままに、リビングセットのソファに掛けた。

外は蒸し暑かったが、室内はエアコンが効いて、ひんやりとしていた。

ガラスのローテーブルを挟んで柏木が前に腰を下ろし、

「じゃ、始めましょう」

と、村上の顔に視線をとめた。喜怒哀楽の感情を失ってしまったかのような冷たい目だった。

「吉本さんという方は？」

村上は気になって聞いた。

「私の後ろの部屋にいます」

と、柏木が視線を動かさずに答えた。

村上は思わず柏木の背後の襖《ふすま》を見やった。

「そこで私たちの話を聞いています」

柏木がつづけた。

言われてみると、襖と柱の間には一・五センチほどの隙間《すきま》が見られた。

「どうして顔を見せないんだ？　隠れて他人の話を聞くなんて、失礼じゃないか」

「いずれ出てきますよ。あんたが何をしたか、はっきりしたら」

「いったいどういう人なんだ？　もう教えたっていいだろう。あんたの事件と何か関係がある人なのか？」

「〝私が無実の罪で裁かれた事件〟という意味なら、関係がある」

柏木が言い換えた。

村上の記憶のファイルに、吉本という姓の事件関係者はいない。その後、柏木が突き止めた人物だろうか。

「もういいだろう？」

「いや、それじゃ、何もわからない」

「いずれわかると言っているじゃないか」

「しかし……」

村上が言いかけたのを、

「このまま何も話さずに帰るか、本題に入るか、あんたが選択してくれ」

柏木が怒気を含んだ声で断ち切った。

仕方がない。村上は「わかった」と応じてから、安全のための保険を掛けた。

「ただ、一つだけ初めに言っておくが、あんたが私におかしなまねをして、妻が私と連絡を取れなくなったら、警察がここへ踏み込むことになっているからな」

「私が、あんたに？」

柏木がさも驚いたというように心持ち声を高め、目に皮肉な薄笑いを浮かべた。「それは逆だろう。あんたこそ私に変なまねをしたら、隣室の吉本さんがすぐに一一〇番するからな」

「俺は何もしない。だいたい、俺にはあんたをどうこうする理由がない」

「大甘の警察は見逃しても、私にはわかっているんだよ」

「な、何がわかっているんだ？」

「あんたが堤達夫を殺した、ということに決まっているだろう」

村上は面食らった。よりによって何を言うのか、と驚いた。

が、その言葉によって、事件の晩、自分を香西市のファミリーレストランへ呼び出したのはやはりこいつだったのだ、と確信した。

村上が反撃の言葉を探していると、

「やっぱりね」

と、柏木が大きくうなずいた。自分の言ったことが図星だったためにショックで声をなくしたのか、とでも言いたげだった。

「何がやっぱりだ！　俺が堤を殺すわけがないだろう。昔の部下だとはいっても、それ以上の関わりは何もないのに」

「私が知らないと思って、あんたはシラを切り通そうというわけか」

「シラを切るも何もない！　事実だ。それより、貴様こそ何だ？　白林などという偽名をつかって、酒田まで行って堤に会っているだろう」

「ほう、よく調べたね。やはり、気になったか」

柏木が、「白林」と名乗ったのが自分だったことをあっさりと認めた。

「当たり前だろう、貴様のせいで警察に疑われたんだから」

「私のせい？」

「貴様が堤を東京へ呼び出して会うとき、堤に、俺に会うと女房に言わせていたのはわかっているんだよ」

「私は知らないね」

柏木がうそぶいた。が、堤を東京へ呼び出さなかったとは言わなかった。

「さらには、堤が殺された晩、堤の名を騙った手紙で俺を香西市のファミリーレストランへ呼び出し、俺のアリバイを奪っただろうが」

「私が、あんたのアリバイを奪った？」

柏木が——もちろん演技だろうが——怪訝《けげん》な顔をした。「初耳だね。ま、堤が死んでしまったいまとなっては、何とでも言えるわけだが」

「貴様こそ、堤を殺しておいて……」

「私が堤達夫を殺した？」

柏木が、いかにも驚いたといった声を出した。

「惚《とぼ》けたって無駄だよ。なぜだ？　なぜ堤を殺した？」

「あんたは、自分の罪を私に着せようというのか」

「繰り返すが、俺が堤を殺すわけがない。俺には殺す動機がない」

「悪あがきはやめないか。動機なら口封じとはっきりしている」

「ふざけるな！　自分が殺しておいて」

「それこそ、私が殺すわけはない。堤達夫は私にとって貴重な証人だったのに」

「証人？」

「あんたこそ、惚けるのがうまい」

「惚けてなんかいない！　堤が貴様の何の証人だ？」

「十八年前、古畑麗ちゃんを殺した犯人は私ではない、ということを証明する証人に決まっているだろう」

堤達夫は、柏木が古畑麗を殺した犯人ではないことを知っていた――？

そんなことはありえない。古畑麗を殺した犯人は柏木に間違いないのだから。

それにしても、柏木は何を言おうとしているのか。村上は想像がつかなかった。

「堤は、貴様の事件について何を知っていたというんだ？」

柏木の意図を探るために聞いてみた。

「私の事件じゃない。あんたが私を犯人にでっち上げた事件だ」

柏木が言い換えた。

「俺はそんなことはしていない。貴様はいつまでそんなことを言いつづけたら気がすむんだ」

「あんたが認めるか、私の心臓が止まるまでだよ」

語調は穏やかだったが、柏木の細い目に怒りの炎が宿るのが感じられた。

それを見て、村上は少し怖くなった。こいつは狂っているのではないか、と思った。もし狂っていなかったとしたら、弁護士や守る会の会員たちに「おまえは無実だ、冤罪《えんざい》だ」「悪いのは警察と検察であり、彼らの主張を無批判的に採用した裁判官だ」と言われつづけ、そして自分でもそう繰り返しているうちに、本当にそう信じ込んでしまったのではないか。しばらく前、ある雑誌が特集していた〝脳〟に関する記事を読んだことがある。そこには、「人間の記憶は一般に考えられているほど確固としたものではなく、時が経つにつれて虚実の境が曖昧《あいまい》になり、自分が後で考えたことをいつの間にか事実と思い込んでしまう場合が少なくない」と書かれていた。たいがいはその人間にとって都合がいいように思い込むのだという。柏木の場合もその例ではないか……。

「あんたは卑劣で邪悪なだけでなく、よくよく想像力の欠如した人間のようだな」

柏木がつづけた。「私の心の内などまったくわからないらしい。自分の保身と出世のために無実の人間を強引に殺人犯に仕立て上げ、その人間の一生を台無しにしておきながら、まるで罪の意識を感じていない——。自分は年金で恵まれた老後を悠々と送りながら、自分が十六年間以上も獄中生活を強《し》いた人間に対して、いつまでそんなことを……無実を、主張しつづけたら気がすむのか、と居直る。私は、あんたが少しは良心の呵責《かしゃく》を覚えているかと想像していたが、あんたの中にはそんなものはこれっぽっちもなかったらしい」

勝手なことを言われ、村上ははらわたが煮えくりかえった。「何だと、この人殺し野郎！」と怒鳴りつけてやりたかった。が、それをぐっと抑え、

「もし本気でそう言っているんなら、貴様こそ頭がどうかしてしまったんじゃないのか」

と、できるだけ冷静に言い返した。「ナチスの宣伝相ゲッベルスは、嘘も百回言うと真実になると言ったそうだが、貴様は『無実だ、無実だ』と百回唱えているうちにそう信じ込んでしまったんじゃないのか」

「わかった。あんたは、あくまでも居直るわけだな」

柏木の白い顔がいっそう白くなった。

「居直ってなんかいない。俺は……」

「もういい！」

と、柏木が語気荒く遮った。「あんたがそのつもりなら、かまわない。そこから生じる結果に関して、責任はすべてあんたにとってもらうだけだ」

「俺を脅すつもりか？」

「脅してなんかいない」

「だったら、どういう結果が生じるというんだ？」

「それは私にもわからない。ただ、いかなる結果になっても、だ」

「ま、いいだろう。じゃ、話を進めよう。それでさっきの質問だが、十八年前の事件について、堤は何を知っていたというんだ？」

柏木の言い方が気にならないではなかったが、村上は話を戻した。

「あくまでもしらばくれるつもりなら、付き合ってやろう」

柏木が応じた。「さっき言ったとおり、私が古畑麗ちゃんを殺した犯人ではないということだ」

「仮に……あくまでも仮の話だが、それが事実だったとして、堤はどうしてそんなことを知っていたんだ？」

「フン、仮に、か……」

柏木が、唇に馬鹿にしたような笑みを浮かべた。「堤達夫が犯人だからに決まっているだろうが」

「堤が犯人！」

柏木の口から飛び出した思いもよらない言葉に、村上は一瞬腰を浮かした。

が、すぐに馬鹿馬鹿しくなり、こいつはやはり狂っているようだ、と結論した。それなら、それなりに対処しなければならない。

「堤が古畑麗を殺した犯人だなんて、いったいどこをどう押したら出てくるんだ？」

目の前の男の顔を凝視して尋ねた。

「あんたがすべて画策したことだろう」

柏木の目の中にまた炎が宿った。それは燃えさかる赤い炎ではなく、いつまでも消えることなく燃えつづける冷たい青い炎のようだった。

「俺が画策……！」

「忘れたとは言わせない」

「忘れるも何も、俺が何をした？　俺は何もしていない」

「口というのは便利なものだな。言うだけなら、何とでも言える。黒を、赤とだって白とだって言える。しかし、あんたでなかったら、十八年前いったい誰が堤の殺人を見逃し、私を犯人に仕立て上げたんだ？　そしていままた、時効が成立して堤が真実を話しそうになるや、誰が彼の口を封じたんだ？」

「堤が真実を話しそうになった？」

「当然聞いているはずだ」

「知らん。そんなことは知らん」

「知らないわけはないが、ま、それなら教えてやろう。堤達夫は、私の説得に折れて、十八年前の事件の真相を話そうとしていたんだよ。真犯人だと名乗り出ても、いまや罪に問われないし氏名を公表されることもない――私がそう話すと、納得してね。いや、堤はすでに、核心をぼかした言い方ながら自分が犯人だと認めていた。だから、あとは明確な言葉で核心部分を証言させ、テープに録音するだけだった。堤がそれに応じるのは時間の問題だった。そう私は思っていた。しかし、堤という狡猾《こうかつ》な人間に対する私の読みは甘かった。堤は欲を出した。あるいは計算した。そして、それまで私にしていた話の内容を後退させ、核心部分の証言をずるずると引き延ばし始めた。その結果はあんたが一番よく知っているはずだ。堤はあんたに騙され、口を封じられてしまった――」

「俺は……」

「聞けよ！」

柏木が怒りの籠もった声で村上の発言を制し、言葉を継いだ。「正直に言おう。堤に指示して久留島の祝賀会に顔を出させたのも、あんたの家を訪ねさせたのも、私だ。そうすれば、あんたがきっと何らかの行動を起こすにちがいない、と読んだのだ。といっても、あんたのリアクションは私の計画の絶対的な要件じゃない。あんたは何もしないかもしれないし、それならそれでかまわないと考えていた。ただ、私はあんたの反応を見てみたかった。悪辣《あくらつ》で卑劣きわまりないあんたの過去を知っている人間が突然目の前に現われたら、狼狽《ろうばい》したあんたがどうするかを、ね。ただし、私の計画では、あんたのリアクションが起きるのは、堤が古畑麗ちゃん殺しを具体的に証言した後のはずだった。後でなければならなかった。そうじゃないと、十八年かかってやっと手に入れた……手に入れかけた、私の無実を証明する手段がなくなってしまうからだ。ところが、私の知らないところで堤が別の企みを進めていたために、重大な誤算が生じてしまった——」

柏木がちょっと言葉を切り、すぐにつづけた。

「スーパーが倒産して借金の返済に困っていた堤に、私は、十八年前の真相を話してくれたら相応の礼をすると約束した。すると、堤は私の申し出を受け容れ、いま話したように、核心をぼかした言い方ながら、自分が犯人だと認めた。しかし、明確な証言はせず、しばらく考える時間がほしい、と言った。それは当然なので、私は了承した。ところが、堤は、時効になっているとはいえ、殺人の罪を告白するには抵抗があったのだろう、それをしないで金を手に入れる方法を考えた。私があんたの家を訪ねさせたりしたのがよくなかったのかもしれない。つまり、あんたを脅迫する方法だ。といって、あんたとの交渉が決裂すれば、堤は私から金を手に入れなければならないので、核心の証言を引き延ばし、時間稼ぎをし始めた。そして私が、どうもおかしい、もしかしたら……と気づいたときはすでに遅かった。あんたに貴重な証人の口を封じられた後だった」

「出鱈目《でたらめ》もいい加減にしろ！」

と、村上は我慢しきれずに怒鳴った。「俺は堤に脅されてなんかいないし、もちろん殺してもいない」

しかし、柏木はじろりと村上を睨《にら》んだだけで、声の調子を変えずにつづけた。

「堤は、あからさまな脅迫的言辞は吐かなかったかもしれない。が、そんなものを口にしなくても、あんたには彼の意図はわかりすぎるほどわかったはずだ。堤が十八年前の真実を私に語り、あんたが私を殺人犯にでっち上げた経緯が公になったら、あんたの安穏で平和な生活は瓦解《がかい》する。それを回避する方法は一つ――。金を渡すと騙して堤を酒田から呼び寄せ、彼の口を封じる以外にはなかった」

「もう御託はいいか？　十八年前、俺が古畑麗を殺した真犯人の堤を逃がし、代わりに貴様を犯人に仕立て上げたって？　それをネタに堤に脅され、彼の口を封じた？　そんな与太話を、よく俺にできるな。貴様こそ、逆恨みしていた俺に堤殺しの罪を被せようと、偽手紙でファミリーレストランへ呼び出し、堤を殺したくせに」

「私が堤を殺すはずがないことは、説明したとおりだ。貴重な証人を殺すわけがない」

「堤が貴様の無実を証明する証人だなどというのは、貴様の話にすぎない」

言ってから、村上は〈そうか！〉と思った。柏木がなぜ堤を殺したのか、その動機がいまわかったのだ。

村上がそう言うと、

「ほう、そりゃ、面白い」

柏木が、怒りを秘めたような皮肉な笑みを目ににじませた。「ぜひ、聞かせてもらいたいものだな」

「言われなくても聞かせてやるよ」

「前置きはいい。早く話せ」

「貴様がそもそもどうして堤に目をつけたのかはわからない。だが、家業のスーパーが倒産して闇金《やみきん》の借金取りに追われていた堤なら金さえ出せばたいていのことなら聞く、そう貴様は考えた」

村上は襖の隙間に目をやり、吉本某によく聞こえるように心持ち声を高めた。「そこで酒田まで行って堤に会い、古畑麗殺しの犯人だと名乗り出てくれ、もし名乗り出てくれたら借金をすべて返せるだけの礼をする、と持ち掛けた。もちろん堤は犯人じゃないから、嘘の証言を頼んだわけだ。堤はびっくりしただろうが、喉《のど》から手が出るほど金がほしかった彼は、事件がすでに時効になっていて罪を問われないと聞き、承諾した。ところが、あんたが言ったように、堤は欲を出し、〝証言〟を渋ればもっと礼金を釣り上げられる、と計算した。そして、適当なところで手を打っておけばよかったものを、いつまでもずるずると〝証言〟を引き延ばし、挙げ句は、自分が要求するだけの金額を出さないと嘘の証言を頼まれたとばらす、と脅し始めた。堤には、せっかくの大金をふいにする気はなかったはずだが、あんたは堤を利用しようとしたことは誤りだったと気づいた。こんなヤツに嘘の証言をさせたら、死ぬまで脅迫者として食らいついてくるにちがいない、と危険を感じた。そこで貴様は、堤に偽証させるという計画を諦め、もう一度よく話し合おうとでも言って彼を上京させ、殺した——というわけだ。堤をN市のホテルに泊まらせて春茅沼へ呼び出したのは、俺を香西市のファミリーレストランに呼び出してアリバイを奪い、俺に罪を被せる計画だったからだ」

「なるほど。いま考えた話にしては、なかなかよくできているよ」

柏木が目に薄ら笑いを浮かべて言った。「だが、残念ながら、前提条件が間違っている」

「前提条件とは何だ？」

「あんたが一番よく知っているだろう。〝堤が麗ちゃん殺しの真犯人ではない〟としたことに決まっている」

柏木が目から笑みを消した。「何度も言うが、堤が古畑麗ちゃんを殺した犯人だということははっきりしているんだよ」

「なぜ、そんなことが言える？　証拠もないのに」

「証拠なら、ある」

「フン、あるわけがないだろう。古畑麗を殺したのは貴様なのに」

「麗ちゃんを殺したのは堤達夫だ。そしてあんたが、私を犯人に仕立て上げるため、偽の証拠を捏造《ねつぞう》した――」

「もう、いい！」

村上は怒鳴った。「そんな与太話は聞き飽きた。堤が犯人だと言い張るんなら、何の価値もない犬の糞のような言葉を並べてないで、証拠を見せろ」

柏木の表情が険しく引きつった。村上が犬の糞……と言ったからのようだ。

「わかった。ただ、それを示す前に一つだけ聞きたい」

「何だ？」

「あんたが、私のホームページを見ているかどうか……真犯人は名乗り出てほしいと訴えた《私は殺していない！》というホームページを見ているかどうか、だ」

柏木が言った。

2

見たと答えるのは癪《しゃく》なので、村上は黙っていた。すると、柏木が、

「もし見ていなかったらその内容から説明しなければならないので、答えてくれ」

と、返答を催促した。

「見たよ」

村上は答えた。

「だったら、そのホームページで、事件の真相解明に結びつきそうな情報を持っている人に対して私が協力を呼びかけているのは知っているな？」

「ああ」

「私が堤達夫という香西署の元警官に目をつけたきっかけは、それを見た一人の女性からのメールだった。十八年前、古畑麗ちゃんと同じ団地に住み、同じ小学校へ通っていた佐久間那恵さん……麗ちゃんより三学年上の当時十一歳だった女の子をあんたは覚えているはずだ」

「佐久間那恵……？」

村上は覚えていたが惚けた。柏木は何を言い出すつもりなのか、とかすかな不安を覚えながら。

「あんたは忘れるわけがない」

と、柏木が語気を強めた。「現在は結婚して別の姓になっているが……」

「俺は何百という事件の捜査に関わってきたんだ。事件の関係者の名前までいちいち覚えちゃいない。ただ、あんたに言われて、その女の子のことは思い出した」

「関わった事件が何百あろうと何千あろうと、あんたにとって麗ちゃん事件は特別のはずだし、佐久間那恵さん……わかりやすく旧姓で呼ぶが、彼女も特別な人間のはずだ」

「麗ちゃん事件は稀《まれ》にみる凶悪事件だし、あんたが俺を監視し始めたので特別だが、佐久間という子はべつに特別の存在じゃない」

「ま、いいだろう。じゃ、佐久間那恵さんに関してあんたが思い出したというのはどういうことだ？」

「その子は、事件の一カ月ほど前、若い男に市立図書館へ行く道を教えてくれないかと言われ、車に乗せられそうになったが、断わった」

「あんたが思い出したのはそれだけか？」

「そうだ」

「そんなはずはないだろう。私を逮捕した後、佐久間さんをつかって私の面通しを行ない、私が彼女を車に誘った男かどうか聞いたはずだ」

佐久間那恵による面通しについては柏木本人には明かしていないし、マスコミにも公表していない。それを彼が知っているということは、佐久間那恵から聞いたのだろうか。

「ああ、そういえば、そんなことがあったかもしれない」

「そんなことがあったかもしれない？　惚けるわけか」

「べつに惚けちゃいない。事件の本筋に関係なかったので、はっきりした記憶がないだけだ」

村上は惚け通すことにした。柏木が佐久間那恵から話を聞いたとしても、詳しい事情は知らないにちがいない。当時十一歳だった少女が十八年も前の出来事をそう正確に記憶しているとは思えない。

「惚けるなら、惚ければいい」

柏木が冷たく言った。「だが、忘れていたとしても、いま思い出したはずだ」

「まあな」

村上は曖昧に認めた。

「では、私の面通しを行なった結果、佐久間那恵さんは、彼女を車に誘った男と私は同じ人間だと言ったのか？」

「確か、よくわからない、と言ったんじゃなかったかな」

「そうじゃないだろう。彼女は、『違うように思うが、はっきりとはわからない』あるいは『違うような気がするが、はっきりとはわからない』と言ったはずだ」

そのとおりだった。

あのとき、佐久間那恵は母親に伴われて警察署へ来た。青い顔をして、ひどく緊張している様子だというので、応接室で女性警官と少し雑談させてから村上のいる取調室へ連れてこさせ、柏木の面通しを行なった。佐久間那恵は、母親がそばについていたにもかかわらず、不安げだった。村上がマジックミラーを指し、これは特別のガラスなので相手には見えないから安心するようにと言っても、脅えたような様子は変わらなかった。そして、隣室の椅子に掛けた柏木を見て、「違うような気がするが、はっきりとはわからない」と言ったのである。

しかし、柏木にそんな事情を明かす必要はない。

「そうだったかな。もう覚えていないね」

と、村上は誤魔化した。

「都合の悪いことは忘れた、覚えていない、か……」

「人間、すべてのことを正確に覚えているわけじゃないだろう」

「当たり前だ。私はあんたにすべてのことを聞いているわけじゃない」

「………」

「私はただ、佐久間那恵さんの証言について聞いている」

「貴様、何を言いたいんだ？」

「あんたが佐久間さんの証言を覚えていないはずはない、ということだ」

「因縁をつける気か。俺が佐久間那恵の証言をねじ曲げて、おまえが有罪であることの証拠につかったとでも言うつもりか？」

「捏造が難しいので、有罪を言うための証拠にはつかわなかったが、あんたは逆の作為をした」

柏木が怒りの籠もった目で村上をねめつけた。「佐久間さんの証言は、私が無実であることの有力な状況証拠だったはずだ。なぜなら、私以外の若い男が、麗ちゃんの住んでいた団地の近くに現われ、自分の車に乗らないかと少女に声をかけていたわけだからな。それなのに、あんたらはその証言を握りつぶし、彼女をつかって私の面通しをしたことさえ公表しなかった」

「握りつぶしたわけじゃない。たとえ佐久間那恵を誘った男があんたじゃなかったとしても、あんたの事件とは関係ないと判断しただけだ」

「そうした行為を日本語では握りつぶしたと言うんだよ。そんな意味も知らずに……」

「うるさい、黙れ！」

と、村上は我慢できなくなって遮った。「勝手なことばかり言っているが、貴様の言っている佐久間那恵の証言は、彼女から聞いた話じゃないのか？」

「そうだ。メールで何度かやり取りをした後、佐久間さんに会って、聞いた」

「やはり、な」

「どういう意味だ？」

「そんなのはいい加減な話だ、という意味だよ。当時十歳かそこらだった子供が、警察で自分がどう証言したかなんて正確に覚えているわけがないだろう。本人が覚えていると言ったとしても、そんな話は眉唾《まゆつば》だ」

「私の面通しをさせられただけなら、そのとおりかもしれない」

「何だ、他に何がある？」

「また、忘れたふりをするわけだ」

「面通しに佐久間那恵の母親も同席したということか」

「それも一つ」

「じゃ、母親にも聞いたのか？」

「いや、残念ながら、佐久間さんのお母さんは二年前に亡くなったそうで、聞けなかった。もし生きていたら、あんたを告発する有力な証言を聞けたはずなんだが」

「もったいぶらずに言え」

「面通しの後で、佐久間さんのお母さんからあんたに電話がかかってきたはずだ」

柏木が意外なことを言った。

「佐久間那恵の母親から電話？　そんなものはかかってきていない」

「あんたには認められないか」

「本当だ。後にも先にも俺は佐久間那恵の母親から電話を受けた覚えはない」

これは事実である。

「いくらシラを切っても、堤達夫が今回取った行動と死が証明している」

「持って回った言い方をしないで、はっきり言え。俺が佐久間那恵の母親からどんな電話をもらったと言うんだ？　それが堤とどういう関係があるというんだ？」

「十八年前、佐久間那恵さんは、香西署に着いて女性警官の案内で応接室へ行こうとしていたとき、自分を車に誘った男と廊下で擦《す》れ違っていた——」

「な、何だって！」

「また惚けるのか？」

「惚けてなんかいない。初耳だ……いま、初めて聞いた。もしかしたら、それが堤だというのか？」

「なかなか堂に入った演技だな」

演技なんかではない。村上は本当に驚いていた。信じられない思いだった。

「それが堤なんだな？」

「まあ、しばらく、あんたのお惚けに付き合ってやろう。そう、それが堤達夫だった」

「で、佐久間那恵はどうした？」

「堤は私服だったので、佐久間さんは、名前はもとより警察官だともわからなかった。だが、擦れ違った瞬間、似ていると思い、怖くて震え出した、と言っている。相手のほうは佐久間さんを見ても、自分が車に誘った少女だとは気づかなかったようだが」

堤は女児誘拐殺人事件の捜査本部に入っていなかった。だから、少女と母親らしい女性が女性警官と一緒に署の廊下を歩いていても、柏木の面通しに呼ばれたとは想像しなかったにちがいない。

「佐久間那恵は、その話を母親にしたのか？」

「そのときはしなかった。子供心にも、もし自分が人違いしていたら相手に大きな迷惑をかけると思い、誰にも何も話せないまま、脅えながら、マジックミラーを透《とお》して私を見たそうだ」

それが事実なら、あのとき、佐久間那恵が応接室や取調室で青い顔をしておどおどしていたのは、より納得できる。

「それで？」

「佐久間さんは、家へ帰ってからお母さんに話した。といっても、自分から進んで話したわけではなく、娘の様子がおかしいことに気づいた母親にどうしたのかと聞かれ、初めて事情を打ち明けた」

柏木の言った、佐久間那恵の母親からの電話云々の意味が、村上にもようやく想像がついた。

と、彼の脳裏に、襖の向こうにいる吉本某は佐久間那恵ではないかという考えが浮かんだ。結婚して姓が変わったと言うし、事件に関係がある人間という条件からも、その可能性があった。

「話を聞いたお母さんは、びっくりした」

柏木が説明を継いだ。「そして佐久間さんに、おまえの人違いかもしれないのだからそんなことは誰にも言うなと固く口止めをし、警察にはお母さんから電話して事情を調べてもらうから、と言った」

「そういうわけか」

村上は応じた。「だが、俺は佐久間那恵の母親からそんな電話を受けていない。娘にはそう言ったものの、母親は電話などしなかったんじゃないのか」

「佐久間さんも、その可能性はあるかもしれないと言っていた。あんたら警察が私を犯人に仕立て上げたため、佐久間さんも私以外に犯人がいるとは疑わず、四、五日して警察から届いたという電話の返事をお母さんに聞いて以後、二度とその男の話はしなかったそうだから」

「それ見ろ。警察からの返事というのがどういう内容かは知らんが、それを含めて全部、母親の作り話だよ」

「という結論にはならないが……とにかく返事の内容は、〈香西署の廊下で佐久間さんが擦れ違った男は事件と関係なく、麗ちゃんを殺した犯人は佐久間さんがマジックミラーを透して見た男に間違いない、だから、怖がらなくてもいい〉というものだったらしい」

「そんな話なら、母親に簡単に作れるな」

「あんたにとっても簡単だったはずだ」

「ど、どういう意味だ?」

「あんたが佐久間さんのお母さんにそうした作り話の報告をした、という意味に決まっているだろう」

「何度言ったらわかるんだ！　俺は佐久間那恵の母親から電話を受けていない。それなのに、報告なんかするわけがないだろう」

「ところが、佐久間さんから話を聞いた後で私の突き止めた事実が、あんたが佐久間さんのお母さんに嘘をついていた事実を証明していたんだよ」

「貴様の突き止めた事実？　何を突き止めたというんだ？」

「もちろん堤の存在だ。私は、佐久間さんの記憶力に賭けた。佐久間さんが香西署の廊下で擦れ違った男は、一カ月前彼女を車に誘った男に間違いなかったのではないか、と考えた。もしそのとおりなら、男は麗ちゃんを殺した犯人だった可能性が高いだけじゃない、警察関係者だった可能性も高い。その想像のもとに、私は探偵社をつかって、十八年前、私が逮捕された当時の香西署内の人事……特にその動きについて調べた。すると、堤達夫という少年係の若い刑事が突然郷里へ帰ると言って警察官を辞めた、という事実が判明した――」

「フン、堤は実家の事情から、たまたまそのとき辞めて酒田へ帰っただけだ。貴様の事件とは何の関係もない」

「実家の事情なんていうのは嘘だ。堤は酒田へ帰っちゃいない」

「なに？」

「あんたが知らないわけはないだろう。あんたが画策し、堤を逃がしたのに」

「知らん、俺は何も知らん。堤は酒田へ帰らなかったのか？」

「また得意のお惚けか。堤はそのときは東京へ出て民間会社に就職し、酒田へ帰ったのは翌年だ」

「初耳だ。俺は、いまのいままでR県警を辞めてすぐに帰ったものとばかり思っていた」

これは事実だった。

「いまさら、そんな些末《さまつ》な点で嘘をついても、無駄だよ。なにしろ、初めに言ったように、堤は自分が古畑麗ちゃんを殺した犯人だとほぼ認めていたんだから」

「それこそ、貴様の画策したことじゃないか。堤は闇金の取り立てに追い詰められ、藁《わら》にも縋《すが》りたい状況だった。そこへ、貴様が予想もしなかった話を持って現われた。貴様は、堤が犯人じゃないことを百も承知なわけだから、さっきも言ったように、相応の礼を条件に『真犯人だと名乗り出て嘘の証言をしてくれ』と堤に持ち掛けた。堤は面食らっただろう。だが、話に乗ってもたいした傷を負わないと安易に考えた。何がなんでも金を作らなければという状況が、そう判断させたのかもしれない。いずれにせよ、堤は貴様の申し出を了承した――」

「私はそれほど馬鹿じゃない。犯人でもない人間に嘘の証言を頼んでも、すぐに矛盾が出てきてばれるだろう、という判断ぐらいはつく。十八年も冤罪に耐えてきたのに、いまさらそんな愚は冒さない」

柏木が一度言葉を切ってから、それにと語調を強めた。「それに、堤が真犯人である決定的な事実がある」

「決定的な事実？　何だそれは？」

そんなものがあるわけはないと思いながらも、村上はかすかに動揺を覚えた。

「堤が犯人なら、私を犯人に仕立て上げるために捏造された証拠の謎も解ける、という事実だ。警察関係者以外の人間が犯人では、あの謎は解けない」

「貴様は、まだそんな寝言みたいなことを言っているのか」

「あんたこそ、まだ黒を白と強引に言い張る気でいるわけだ」

「ふざけるな！」

「ふざけてなんかいない。こんな重大な問題でふざけられるか」

柏木の顔に怒りの色が浮かんだ。

村上だってもちろんふざけてなどいない。

「往生際の悪い人間には最後まで言わないとわからないようだから、あんたのしたことを順序立てて説明してやる」

柏木がつづけた。

「ほう、面白い。聞こうじゃないか」

村上は応じた。どうせ戯言《たわごと》だろうが、柏木がどんなことを言うか多少興味があった。

「まず、あんたは佐久間那恵さんの母親から、娘がこれこれこういうことを言っているから念のために調べてくれないか、という電話を受けた」

柏木が話し出した。「あんたは自分の顔色が変わるのがわかった。小学五年生の子供の言うことなど間違いだろうとは思うものの、もしその記憶が正しかったら、つまり、佐久間さんが香西署の廊下で擦れ違った男が一カ月前佐久間さんを車に誘い込もうとした男だったら、大事《おおごと》になるからだ。たとえそれが同一人物だったとしても、男が麗ちゃんを殺害した犯人とまでは言えないが、その可能性はけっして低くない。とにかく、あんたは調べてみなければと思い、佐久間さん母子に応対した女性警官に、二人を応接室へ案内するとき廊下で誰かに出会わなかったか、とそれとなく質《ただ》した。女性警官は、少なくとも署外の人間には会わなかった、と答えたんじゃないかと思う。そうなれば、候補者は絞られる。その日出勤していた私服の警官で、小柄ではない二十代の男、と。体形と年齢は、前に佐久間さんが、自分に声をかけた男は大学生の従兄《いとこ》と同じぐらいの年格好に見えた、と言っていたからだ」

「見てきたような話をするじゃないか」

「見てはいないが、当たらずといえども遠からずのはずだ」

「話にならんが、とにかく最後まで聞いてやるからつづけろ」

「あとは、あんたが候補者を堤一人に絞り込むのにさほど時間はかからなかった。といっても、この段階では、堤が麗ちゃんを殺した犯人かどうか、あんたはまだ半信半疑だったんじゃないかと思う。そして、もし私ではなく、堤が犯人だったらどうなるか、と考えた。関係のない無実の市民を逮捕し、すでに犯人であると確定したかのようにマスコミに流しておいて、実は真犯人は警察官でした、しかも中心になって取り調べを進めていた刑事防犯課長の部下でした、ということになったら、どうなるか……。警察に対する批判、非難の声が湧き起こり、あんたはその矢面《やおもて》に立たされる。それだけじゃない。県警の上層部からも責任を追及され、たとえ免職、停職といった処分は免れたとしても、左遷は免れない。当然、出世も望めなくなる。あんたはそこで、たとえ私が無実だったとしても、こいつを犯人に仕立てる以外にない、と結論した。つまり、私の一生なんかどうなったってかまいやしない、自分の現在と未来を、自分の家族を守ろう、と考えた」

「そんなこと、俺は考えていない！」

村上は思わず声を荒らげた。

「最後まで聞けよ」

柏木も怒りを露《あら》わにした声を出した。「あんたは自分で聞くと言ったんだろう」

「わかった」

「あんたはそう結論し、心を決めると、次は堤が果たして犯人かどうかを確かめる方法に考えを進めた。そして、もし堤が犯人なら、彼の車のトランクに古畑麗ちゃんの髪の毛などが落ちているかもしれない、と思った。なぜなら、堤の犯行は大胆というか、不用意というか、警察官の自分が疑われようとは夢にも思っていない節があり、トランク内を掃除していない可能性があったからだ。そしてあんたは、あんたから見ればまさに一石二鳥の妙案……だが、まともな人間の頭にはけっして浮かばない、邪悪この上ない方法を思いついた。そう、あんたは、堤の車のトランクから携帯用掃除機でゴミを集めてきて、証拠品として保管されていた私の車・セシリオのトランクにそれを撒《ま》き散らしたのだ。そして、セシリオのトランク内のゴミの鑑定を主張したのだ」

柏木が怒りと憎悪の視線を村上の顔にとめた。

村上はそんなことはしていない。していないが、確かにその方法なら、堤が犯人だった場合、「柏木の犯行の証拠」を作れたことになる。

「俺は絶対にそんなまねはしていない。天地神明に誓って言える」

村上は強い語調で言った。

「じゃ、なぜ、私のセシリオのトランクから麗ちゃんの髪の毛が、セーターとジャンパーの繊維が、出てきたんだ？」

「貴様が犯人だからに決まっているだろう」

そう、決まっている。こいつ……柏木こそ、死者である堤に罪を被せるためにはどうしたらいいかと考え、矛盾しない方法を練り上げたのだ。

「ここまで言っても、無実の私を殺人犯人にしないでは気がすまないわけか」

「貴様こそ、自分が殺した堤に罪を被せようとしているくせに……」

「もういい！　あくまでもシラを切るなら、どっちの主張が正しいか、第三者に判断してもらおう」

「第三者？」

「隣室にいる吉本さんだよ。吉本さん、出てきてくれないか」

柏木が首を回して言うと、襖が静かに開き、顔色の悪い痩《や》せた女が姿を現わした。

3

女は、大迫が光南駅前で撮った写真に写っていた女——村上が古畑聖子ではないかと思った女——だった。

あれは古畑聖子ではなかったのか、と村上が思うより早く、

「あんたも昔何度も会っているだろう、古畑麗ちゃんのお母さんだよ」

と、柏木が言った。

ということは、村上がこのマンションへ来て「吉本」という名札を見るまでは、もしかしたら……と想像していた人物である。

「先月離婚して旧姓の吉本に戻り、それまで住んでいた川添市のマンションからここへ引っ越してこられた」

柏木が、表札が「吉本」になっている理由を説明した。

先月、離婚――。

柏木の今夜の行動と何か関係があるのだろうか。それとも、その時間的な符合は単なる偶然だろうか。

村上は少し気になった。

吉本聖子が進み出て、柏木の左肩の後ろに立った。なぜか、左腕に布製の手提げ袋を掛けている。服装は半袖の黒いサマーセーターに、オレンジ色のロングスカート。顔は紙のように白く、血の色が感じられない。緊張しているだけでなく、目――相変わらずガラス玉のような大きな目だ――に落ちつきがなく、脅えているように見えた。

村上にはわからない。柏木に懲役十五年の判決が下された十六年前、〝死刑にならないなら自分の手で死刑にしてやる〟と泣き叫んだ女・古畑聖子が、いま、なぜ柏木と並んでいるのか、が。

ただ、一つの想像はある。

出所した柏木を監視していた古畑聖子は、何らかのかたちで彼と接触した。そのとき聖子は、「麗を殺した犯人は自分ではない、堤達夫という香西署の元警官だ」と柏木に言われた。彼女は半信半疑だっただろう。いや、とても信じられなかったにちがいない。と、それから間もなく、堤達夫が殺された。麗が殺された地、R県香西市で――。聖子は、十八年前の事件と関係しているのではないか、と思った。しかし、堤が誰に、なぜ殺されたのかは見当もつかない。そこへ柏木から連絡が入り、「堤を殺したのは香西署の元刑事防犯課長、村上宣之だ。村上と対決するから、もし信じられないなら同席しないか」と持ちかけられた。聖子はためらい、尻込みした。そんな場に同席するのは怖いからだ。が、聖子が断わると、「それなら自分と村上のやり取りを隣室で聞いていて、どちらの言い分が正しいかを判断してくれ」と柏木が言った。その結果が、今夜の部屋の提供ではなかったか――。

「吉本さん、もう少し前へ出てください」

柏木が上体をちょっと後ろへねじって聖子を促した。

聖子が三、四十センチ前へ出て、柏木が掛けているソファの横に並んだ。何が入っているのか、底が重そうに沈んだ手提げ袋はそのままだった。

彼女は顔を上げて前に向けているものの、村上と目を合わせようとはしない。隣室から姿を見せたときより肩のあたりが一段と硬く強張っているように感じられた。

「私と村上元警部、それぞれの主張を聞いてくれましたか？」

柏木が聖子のほうへ目を上げて尋ねた。

「はい」

と、聖子が小さな声で答えた。

「で、いかがですか？　どちらが正しいと思ったか、吉本さんの率直な意見を聞かせてください」

聖子は答えない。

というより、答えられないようだ。

緊張のあまり卒倒してしまうのではないか、と村上は危ぶんだ。

「吉本さん、お願いします。あなたの判断を聞かせてください」

柏木が促した。

「私の……」

と言いながら、聖子が手提げ袋の提げ紐《ひも》を左手から外した。中に右手を入れ、何やら黒いものを取り出した。

同時に、空《から》になったらしい手提げ袋を足下に落とす。

聖子の右手に残った、ずしりとした感じの金属製の黒い物体……。

――拳銃か？

村上がハッと息を呑むより早く、聖子が右手に左手を添えてその物体――やはり拳銃のようだ――を胸の前にかまえた。

銃口を村上の顔に向け、

「私の判断はこれです」

と、言った。

「な、何のまねだ？」

村上は思わずソファの上で腰を引き、怒鳴った。

が、すぐに、聖子が本物の拳銃を持っているわけがないと思いなおし、

「どんなつもりか知らないが、冗談はやめたほうがいい」

と、語調をやわらげた。

しかし、聖子は何も答えない。ぶるぶると震えつづけている銃口を村上に向けたまま、彼の視線から逃れるように心持ち目を伏せていた。

柏木はと見ると、彼は観察するような視線を村上に向け、冷然と座っていた。驚いている様子はないから、こうなるのを予測していたか、あるいは――どうしてそんなことができたのかはわからないが――彼が聖子にこうした行動を取らせたのかもしれない。

「とにかく、その玩具《おもちゃ》を下ろせ。そうじゃないと、話にならん」

村上は聖子に目を戻した。

聖子が心外だというようにつぶやき、「これは本物よ、本物のピストルよ」と言った。

「しかし、あんたに本物の拳銃が、どうして……？」

「そんなことはどうだっていいでしょう」

聖子が一瞬村上に視線を当て、唇を引きつらせた。

いまの世の中、本気で手に入れようと思えば、インターネットを通して拳銃でも毒薬でも簡単に買えるらしい。つい一カ月ほど前の新聞にも、昨年日本で押収された拳銃は約八百丁で、そのうち四分の一に当たる二百丁がインターネット取り引きによって売買されたものだ、と出ていた。とはいえ、吉本聖子が自分の意思と判断でそれを手に入れたと見るのはどこか違和感があった。

ということは、やはり柏木が仕組んだものなのだろうか……。

「じゃ、なぜだ？」

村上は聖子に向かって問いかけた。「あんたがなぜ俺にそんなことをするのか、説明してくれ」

聖子は答えない。必死に何かに耐えているような顔をして、震える銃口を村上に向けているだけだった。

「誰かにそうするように言われたのか？」

「玩具……？」

「誰にも言われないわ」

「嘘だ。あんたは脅えている。怖がって震えている。自分の意思でそうしているんなら、そんなに怖がるわけがない」

「怖がってなんていないわ」

「とにかく、理由を話してくれ」

聖子は無言。

「人に銃口を向けておいて……」

「吉本さんは、最初に理由を言ったじゃないか」

柏木が口を挟んだ。「これが、あんたと私の話を聞いた自分の判断だ、と」

「どうして、俺に銃口を向けるのが判断なんだ?」

「そんなことがわからないのか?」

「わからないね」

「十六年前の十一月十八日、N地裁で私に懲役十五年の判決が下されたとき、あんたも傍聴席にいただろう」

「いた」

「だったら、そのとき吉本さんがどう言ったか、覚えているはずだ。たとえ覚えていなかったとしても、私のホームページを見れば思い出したはずだ」

「麗ちゃんを殺した貴様が死刑にならないなら、自分の手で貴様を死刑にする、そう言ったことなら覚えている」

「十六年後、吉本さんはその言葉を実行に移そうとしたんだよ。私が出獄したとわかると、私の住まいを調べ、私を付け狙ってね。人間には、過去の悲しみや怒り、憎しみや悔しさといったものを時の力を借りて何とか鎮めて生きていける人間と、そうでない人間と、二種類ある。私もそうだが、吉本さんも後者だったらしい。そのため、前者であるご主人とは事件の後しばらくしてうまくいかなくなった。それはそうだろう。前を見て生きている人間と、後ろしか見られない人間とでは、水と油のように馴染みようがない。だから、吉本さんは十年以上も前からご主人と別居し、ひたすら私が出所するのを待っていた。そして、私が出所すると私のマンションを監視し、先々月・四月二十八日の夜、私がコンビニへ買い物に出たとき、路上で私を襲い、包丁で刺そうとしたんだよ」

「ということは、連休明けにあんたが俺の前に現われたとき、左手に包帯をしていたのは……？」

「そう、吉本さんの攻撃を防ごうとして怪我をしたからだ。幸い傷が軽かったので、医者に行かずに済ませたが」

「そうか、これでわかった。そのことがあったため、貴様は、言うとおりにしないと事件を表沙汰にすると吉本さんを脅し、自分の思いどおりに動かしたわけか」

「私は吉本さんを脅してなんかいない。それを機に吉本さんと話し合っただけだ。誰が麗ちゃんを殺した真犯人で、誰が事件の真相を隠蔽《いんぺい》しようとしたのかを」

「ええ、私は脅されてなんかいないわ」

聖子が柏木の言葉を受けてつづけた。「そのとき、私は初めて真実を教えていただいただけです」

「脅されたんじゃなかったら、吉本さんは丸め込まれたんだよ」

「いい加減にしてください！」

聖子がヒステリックな声を上げた。「私は脅されても丸め込まれてもいません。私がいま取っている行動は百パーセント私の判断だし、私の意思です」

「ま、それならそれでいい。それより、理由をまだ最後まで聞いていない。俺に拳銃を向ける理由は何だ？」

「あなたが、麗を殺した犯人である堤達夫を殺したからです。堤が生きていたら、私は堤を撃ちました。十八年前、あなたは堤を逃がして事件の真相を隠し、今度また自分の悪事がばれないように堤を殺してしまった。だから、あなたが堤の代わりになるのです。ならなければならないんです。それが、隣りの部屋で話を聞いていた私の判断であり、結論です」

「その結論は、俺と柏木の話を聞く前からあったんじゃないのか？」

一瞬、聖子が返答に詰まったような表情をした。

それを見て、村上は自分の指摘が的を射ていたことを確信した。

「吉本さん、もう一度よく考えるんだ。考えてくれ」

と、説得にかかった。「俺は堤を殺していない。堤を殺したのはこの男、柏木だ。もちろん、十八年前、麗ちゃんを殺したのもこいつだ。それなのに、こいつは、自分の犯した罪を棚に上げ、私だけでなく吉本さんに対しても恨みを抱いているんだ。法廷で死刑にしたいと言われたことで、吉本さんを逆恨みしているんだ。だから、自分で堤を殺し、その罪を私に被せ、吉本さんに私を撃たせようとしているんだ。こいつは、あんたを犯罪者にしようとしているんだよ」

「私は犯罪者になったっていいわ。間接的にではあっても麗の仇《かたき》をとれるなら」

「吉本さん、騙されちゃ駄目だ。この男に騙され……」

「ずっと私たちを騙してきたのはあなたじゃない！」

聖子が金切り声を上げた。

「とにかく、その目障りなものを下に向けてくれ。そして、私の話を聞いてくれ」

「あなたの話ならもう聞いたわ。聞いたうえで私は判断したの。十八年前、あなたは娘を殺した真犯人・堤達夫を逃がした。そして今度、そのことが曝露《ばくろ》されそうになると、堤も殺した」

「違う！　何度も言うが、私は十八年前、証拠の捏造などしていない。堤の退職は麗ちゃんが殺された事件とは無関係だ。この男が、金で堤を偽の真犯人に仕立て上げようとしただけだ。そして、欲を出した堤に脅されると、この男は堤を殺し、その罪を私に被せようとしたんだ」

「もう、そんな話には騙されないわ」

「私は吉本さんを騙してなんか……」

「黙って！　それ以上言ったら、私、引き金を引くわよ」

「やめろ！　弾が私に当たっても当たらなくても音がしたらただじゃすまなくなる」

「ただですむなんて思ってないわ」

「それじゃ、私は失礼するよ」

不意に柏木が立ち上がり、聖子のほうを向いて言った。

「そう」

と、聖子が、銃口と顔は私に向けたままうなずいた。

「待て！　まだ話は終わっていない」

村上は怒鳴った。

「もう終わったよ」

柏木が村上をちらっと見て、答えた。

「俺をどうする気だ？」

「初めに言ったはずだ。あんたが居直るなら、そこから生じる結果に関してはすべてあんたに責任をとってもらう、と」

「結果とは何だ？」

「さあ、それは私にもわからないし、私には関係ない。話し合いが終わったので、私は帰るだけで、あとは吉本さんが判断されることだ」

柏木は言うと、玄関に通じているドアに向かった。

「吉本さん、止《と》めるんだ！」

村上は聖子に向かって言った。

しかし、聖子は無言だった。村上に拳銃を向けたまま動かない。

「あの男はあなたに私を殺させ、あなたも破滅させようとしているんだぞ」

「…………」

「止めろ、止めるんだ！」

柏木の姿が居間から消えた。

「それがわからないのか？」

「わかっているわ」

聖子が答えた。

「わかっていながら……」

「私は、柏木さんにはいくらお詫びしてもお詫びしきれないことをしてしまった。裁判のとき、あんなひどい言葉を浴びせ、その後もずっと憎みつづけ、包丁で怪我までさせてしまった。それだけじゃない。私と元夫の古畑は柏木さんに損害賠償を請求する訴えを起こし、ご両親に一億一千万円も支払わせてしまった。そのショックもあって、ご両親は間もなく相次いで亡くなられた、と聞いたわ。だから、たとえ私たちの目には真実が見えないようにされていたとはいえ、柏木さんが私を憎むのは当然なのよ」

玄関のドアが閉まる音がした。

柏木が出て行ったらしい。

「あなたの気持ちはわかった。それじゃ、もう一度私の話を聞いてくれ」

村上は言った。「二人だけでゆっくりと話そう」

「あなたは、まだ言い逃れをつづける気でいるの?」

聖子が驚いたような顔をした。

「言い逃れじゃない。私は十八年前、証拠の捏造もしていなければ、堤を逃がしてもいない。もちろん今度、堤を殺してもいない。十八年前、麗ちゃんを殺し、先月堤を殺したのは柏木だ。ヤツが堤を殺し……」

「もうやめて!」

「これは事実だ。証拠はないが、間違いないと思う」

「何が事実なの！　堤達夫が殺された日の夜、柏木さんにはアリバイがあるのよ」

「アリバイ？」

「そう。堤が殺された五月九日の夜、柏木さんは私と話をしていたわ。七時に駒込の喫茶店で会い、九時近くまで」

「ほ、本当か？」

「本当に決まっているでしょう。疑うんなら、香西署の根本という刑事に聞いてみたら？　喫茶店の従業員や客に、私たちが口裏を合わせているわけじゃないと確かめたはずだから」

事実らしい、と村上は思った。

そう考えると、大崎や根本が一向に柏木を逮捕しようとしなかった事情も納得できる。

村上は頭が混乱した。

「し、しかし――」

と、半ば自問するように言った。「柏木でないとしたら、誰なんだ？　誰が堤を殺したんだ？　いったい誰が……」

言い終わらないうちに、腹のあたりに鋭い衝撃が電流のように食い込み、村上の身体はソファの上で跳ねた。

聖子が引き金を引いたのだ。

それが聖子の返答らしい。

村上の身体にさらに弾丸が撃ち込まれた。一発、二発……。頭部でないことは確かだが、どこを撃たれたのか定かではない。全身が激しい痛みに取り込まれた。

「なぜだ？　なぜなんだ？　なぜ俺が殺されなければならないんだ？　何もしていない俺が……」

村上は叫んだ。いや、叫んだつもりだが、果たしてそれが声になったかどうかはわからない。

頭の中に靄《もや》がかかったように、意識が次第に朦朧《もうろう》としてくる。目がかすみ、部屋の調度も天井も聖子の姿ももうぼんやりとしか見えない。それでいて、脳の中の硬い核のような疑問だけは消えない。

――柏木が堤を殺していないとしたら、堤は誰に殺されたのか？　誰に、なぜ殺されたのか？

薄れそうになる意識の奥に、一つの答えが閃《ひらめ》いた。

――そうか！

と、村上は思った。

十八年前、古畑麗を殺したのは柏木ではなかった。彼が言ったように犯人は堤だった。

そして当時、香西署には、佐久間那恵の母親から、娘がこれこれこんなことを言っているので念のために調べてほしいという電話を受けた人間がいた。

そう考えると、すべてがすっきりと説明できそうだった。

その人間は、まさかと思いながらも、密かに調べてみた。すると、那恵が見たのは堤らしいと判明した。まだ半信半疑だったものの、堤が古畑麗殺しの犯人だったら、その人間の警察官としての将来はなくなる。その人間は恐怖し、もし堤が犯人なら何としてもそれを隠し通さなければならない、と邪悪な意思を固めた。そして、堤が犯人かどうかを確かめる方法……もしそうだったら同時に彼の容疑を逸らす絶妙の方法を考えた。それが、誰にも気づかれないように堤の車のトランクから集めたゴミを、香西署の証拠品保管倉庫に保管されていた柏木の車・セシリオのトランクに移す、という方法だった。おそらくその二、三日後だろう、村上たちがセシリオのトランクのゴミを集めて調べると（この時間的な符合は偶然かもしれないし、その人間がそれとなく誰かの口を通して仕向けた結果だったのかもしれない）、麗の毛髪と、殺害されたときに着ていたセーターの繊維とジャンパーの袖口の繊維が検出された。それにより、その人間は、堤が麗殺しの犯人であると確信し、同時に柏木を犯人に仕立て上げるための証拠の捏造にも成功した。そこで、村上たちに気づかれないように密かに堤を呼び、「何も言わずに辞表を書くように」と促した——。

そのときその人間は、万一露顕した場合の危険を考えて、堤が麗を殺したと突き止めた点には一切触れず、横領の件が県警本部に漏れてまずい結果になりそうだと暗に匂わせた可能性が高い。

堤がその人間の意図……己れの保身のため、堤が麗殺しの犯人だと知ったうえで彼を逃がそうとした、という真意に気づいていたかどうかは不明である。気づいたかもしれないし、全然気づかなかったかもしれない。いずれにしても、堤にとってその人間の言葉は命令に等しかった。そのため、「郷里へ帰って実家の家業を手伝うため」という理由——この理由もその人間に示唆《しさ》された可能性が高い——を設け、辞表を書いた。

村上は、堤がすぐに郷里の酒田へ帰ったものとばかり思っていたが、さっきの柏木の話によると、堤は一旦東京の民間会社に就職し、酒田へ帰ったのは翌年だったらしい。

翌年でも、堤はまだ二十六、七歳である。その後、彼は酒田で結婚し、子供もできた。家業の酒屋から発展させたスーパーの経営は順調だった。ところが、大手のスーパーに押されて経営が悪化し、昨年の春に倒産。それから間もなく、一年前に仮出獄していた柏木の刑期が満了した。柏木はインターネットに自分の無実を訴えるホームページを開き、それを見た佐久間那恵の話を手掛かりに、探偵をつかって堤の存在を突き止めた。柏木は、堤が借金取りに追われているのを知ると、事件はすでに公訴の時効が成立していることを告げ、犯人だと名乗り出て真相を語ってくれたら相応の礼金を出そうと持ち掛けた。堤にとっては青天の霹靂《へきれき》で、さぞかしびっくりしただろう。が、喉から手が出るほど金がほしかった彼は、柏木の申し出を了承した。つまり、柏木が言ったように、自分が古畑麗を殺した犯人であることをほぼ認めた。

ただ、柏木の話を聞いて、堤はすぐに彼の誤解に気づいただろう。柏木は、彼を犯人に仕立て上げるための証拠を捏造したのは村上だと思い込んでいた。が、堤は、当然それは自分に辞表を書かせた人間にちがいないと、思ったからだ。

といって、柏木の誤解をわざわざ訂正する必要もないので、堤はそのままにした。

それは正解だった。間もなく堤がその人間から金を引き出そうと目論み始めたとき、柏木が誤解していたため、まったく彼に怪しまれずにその人間に接触できた。堤にとっては、失敗しても元々だった。失敗したら、柏木の求めに応じて彼から金を得ればいいのである。一方、成功すれば、柏木との約束を反故《ほご》にできる。時効が成立しているとはいえ、できることなら、女児を殺した真犯人だと名乗り出たくない。マスコミに本名が出ることはなくても、周りの人にはわかってしまうにちがいない。そうなったら、事件が事件なだけに、妻や子が辛い思いをするのは必至だし、自分も今後生きづらくなるだろう。

堤はそう考えると、柏木に対する返事を引き延ばしながら、十八年前自分に辞表を書かせた人間と交渉し始めた。

その人間にとって、堤の出現は恐怖だっただろう。目の前に姿を見せただけでなく、十八年前の真相を公表すると仄《ほの》めかされたときは、文字どおり、顔と頭から血が引いたにちがいない。堤がもし彼の言うような行動に出れば、その人間はそれまで得ていた社会的評価や信用をすべて失う。安穏で恵まれた老後の生活は、一転して世間や友人、知人から非難と悪罵《あくば》を浴びせられる生活に変わり――当然だし、一片の同情の余地もないが――家族もろとも地獄の責め苦を味わうことになる。堤は、口止め料としてたぶん何千万円かを要求したはずだが、たとえそれを払っても、恐喝が一度で終わるという保証はない。というより、一度味をしめた堤は繰り返し脅してくる可能性が高い。つまり、堤が生きているかぎり危険は消えず、平安な生活はない。

そう考えたその人間は、堤を消そうという邪悪な決断をし、金を渡すからと言って、五月九日の晩、春茅沼の土手下へ彼を呼び出した（堤の名を騙って村上を現場近くのファミリーレストランへ誘い出したのもその人間だったにちがいない）。そして、堤をレンタカーから降ろして自分が乗り込み――どういう口実を設けたのかはわからないが、その人間なら堤を思いどおりに動かすのが不可能ではなかっただろう――彼を撥ねて殺害した。

村上は、薄れゆく頭でこう考え、結論した。自分は、上司だったその人間の身代わりに殺されるのか……と。

彼は、何とかして自分の得た結論を吉本聖子に伝えようとしたが、それが言葉になったかどうかはわからなかった。

やがて、何も見えなくなり、聞こえなくなり、考えられなくなった。

4

村上の身体がソファの上で動かなくなった。

聖子も、床に足の裏が貼り付いてしまったかのように動けなかった。拳銃を握った右手をだらりと身体の横に垂らし、瘧《おこり》にかかったように間歇《かんけつ》的に震えつづけていた。

私はピストルを撃った、ピストルで人を撃ち殺した……。

そう思っても、聖子は実感が湧かなかった。自分のしたことがまだ信じられなかった。事実の認識が意識の底まで届かず、途中で浮遊している、そんな感じだった。村上との話し合いに立ち会うように柏木に言われ、彼に教えられた方法で拳銃を手に入れてから、決めていたことなのに。ずっとずっと、そればかり考えていたのに。そしていま、手にはずしりとした拳銃の重みを感じ、目の前には血まみれになった村上の死体とソファがあるというのに……。

それにしても、と聖子は思う。死ぬ間際に村上は何と言ったのだろう。首ががくりと落ちる寸前、彼は全身の力を振り絞るようにして顔を上げ、言葉を口にした。

そのとき彼の言ったこと、言おうとしたことが、聖子の気持ちに引っ掛かっていた。

「俺じゃない。堤を殺したのは……」

そこまでは辛うじて聞き取れた。が、あとの言葉はわからなかった。その後も村上は少しの間——四、五秒だろうか——唇を動かしつづけたが、声になっていたのかどうか……。少なくとも、三メートルほど離れた聖子の耳までは届かなかった。

インターネットを通して四十万円で購入した拳銃には、弾が六個装塡《そうてん》されていた。が、聖子は自分が何回引き金を引いたのか記憶にない。ましてや、自分の撃った弾が何発村上の身体に当たったのかなど、まるでわからない。ただ、彼の身体がソファの上で一度跳ねた後、彼は何度か叫んだ。「なぜだ？　何もしていない俺がなぜ殺されなければならないんだ？」と。そのときの聖子は、この期《ご》に及んでまだ言い逃れをするのか、と怒りを覚えた。だから、つづけて引き金を引くことにためらいを覚えなかった。だが、いま、そのときの村上の叫びも、彼が最期に言おうとしたことに関係があるのかもしれないと思うと気になるのである。

村上の最期の言葉は聞き取れなくても、彼が言おうとしたことは想像がつく。自分は堤を殺していない、と言おうとしたのは間違いない。

もし……もし、それが事実だとしたら、どうなるのだろう？　自分は柏木に騙されたのだろうか。五月九日の晩、柏木は自分をアリバイ工作に利用したのだろうか。自分と会った駒込の近くで堤を殺し、死体を香西市の春茅沼まで運んで、そこで殺されたように見せかけたのだろうか。柏木はこうして警察を欺《あざむ》くと同時に自分をも騙し、「堤を殺したのは村上だ」と言ったのだろうか。

村上が言ったように、柏木が恨み、憎んでいたのは村上だけではない。自分のことも強く憎んでいた。それは確実だ。だから、柏木は拳銃を手に入れる方法を自分に教え、村上を殺させようとしたのだろう。

――麗ちゃんを殺した犯人を本気で死刑にする気があるなら、十八年前その犯人を逃がして真相を隠蔽し、いままたその犯人の口を封じた村上を死刑にしたらどうか。

柏木は自分にそう示唆した。殺人教唆《きょうさ》の罪に問われるのをおそれてだろう、けっして直接的な言い方はしなかったが……。

それはかまわない。自分は、柏木の意図を承知していながら、自分自身の事情から、それに乗ったのだから。

しかし、柏木が自分を欺いたのだとしたら、話は別だった。

――いや、そんなことはありえない。

と、聖子は自分のこだわりを否定した。柏木にはアリバイ工作など無理だった。いや、たとえそれが可能だったとしても、柏木は堤を殺すわけがない。「柏木は金で堤に嘘の証言をさせようとしていた」という村上の主張は間違っている。柏木は本気で、堤こそ麗を殺した犯人だと思っていた。間違いない。他の人間はいざ知らず、自分にだけはわかる。そんな柏木が、己れの無実を証明してくれる唯一の証人をどうして殺すだろうか。

そう思うと、聖子は気持ちが少し楽になった。柏木でなかったら、堤を殺したのは村上以外に考えられないからだ。そして、それは取りも直さず、十八年前に証拠を捏造して事件の真相を隠蔽したのも村上だということを示していたからだ。

つまりは、村上は息を引き取る最期の最期まで言い逃れをしようとしていたらしい。

それなら、死んでも自業自得だった。

十八年前、村上が保身から堤に辞表を書かせ、柏木を犯人に仕立て上げていなければ、遅かれ早かれ事件の真相は明らかになっていたはずである。そうなったら、こんなに長い間自分の中に〝鬼〟が住みつづけることはなかっただろう。数年間はいまの苦しみ以上の苦しみを味わったかもしれない。が、二十年近くも〝鬼〟に脅かされつづけ、アルコールの力を借りなければ眠れない日々がつづくことはなかったはずなのだ。そう考えれば、村上は自分に撃たれて当然だった。

村上を殺した自分は殺人者として逮捕され、裁かれるだろう。有罪の判決が出るのは確実だから、その後は刑務所に入れられ、罪の償いをさせられるだろう。

現実感が戻るにしたがって、そう考えると、聖子はむしろほっとしていた。人を殺してほっとした気持ちになろうとは想像もしなかったが、肩に載っていた荷が少し軽くなったように感じられた。

三カ月前の三月十六日、あの男から突然電話がかかってきた。十八年前、麗が死んだ当時、聖子と不倫関係にあった堤達夫だ。堤は電話で、柏木のホームページを見たと言ったが、本当は、相応の礼を条件に「真犯人だと名乗り出てくれ」と柏木から持ち掛けられていたのだった。聖子は、堤とは十八年間付き合いがなかった。堤がR県警を辞めて東京の民間会社に就職が決まった直後、一度電話をもらったきりである。だから、彼が突然電話してきて、養子にいった妻の実家の工務店を継ぎ、川添市とは川ひとつ隔てた東京都内に住んでいると言ったとき、その言葉を疑わなかった。彼が郷里へ帰り、しかも経営していたスーパーが倒産して借金取りに追われているといった状況など想像しようもなかった。堤は初め懐かしくなって聖子に電話したと言ったが、嘘だった。会いたいという申し出を聖子が断わると、「じゃ、あなたに話そうとしたことを柏木喬に話しますよ」と脅迫者の顔を露わにした。そのときの聖子は知る由もなかったが、堤は、柏木が呈示した礼金に見合う金額、あるいはそれ以上の額の金を、村上と聖子を脅すことによって手に入れようと企んでいたらしい。

聖子は、堤の要求を拒否した後、彼が柏木に接触し、情報を売るのを恐れた。

柏木がホームページに載せた〈古畑聖子さんへ〉という呼びかけの真意は、

《犯人でもない俺を指して死刑にすると言ったのだから、真犯人がわかったら本当にそいつを死刑にしてみろ。おまえの言葉が本気なら、真犯人を捜し出して殺してみろ》

ということであろう。

つまり、これは聖子に向かって発射された怒りと憎しみの弾丸であり、挑戦状だった。このように自分を激しく憎んでいる柏木が、堤の持っている情報を手に入れたら、どうなるか。彼の企みに新たな要素を付け加え、悪意に弾みをつけるかもしれない……。

聖子がそう考えて、恐れているとき、

――柏木を刺そう！

という考えが閃いたのだった。

《私はいまでもあなたが麗を殺した犯人だと思っている。だから、私はあなたを殺そうとした》

そう柏木に印象づけるのが目的である。一種の目眩《めくら》ましだ。だから、実際に柏木を殺す気はない。たとえ殺そうとしても簡単には殺せないだろうし、軽い傷を負わせれば充分だった。そして傷害罪で逮捕されれば……。

柏木を刺そうという考えが閃いたのは四月半ば近く、彼の住んでいる竹早グリーンハイツの前を行ったり来たりしていたときである。聖子はその夜一晩じっくりと考え、翌日の夕方から、N駅前のデパートで買い求めた包丁をバッグにひそませ、竹早グリーンハイツへ通い始めた。そして十数日後の四月二十八日、柏木がコンビニへ買い物に行った帰りを待ち受け、包丁を手に襲いかかった。

殺す気はないといっても、相手に怪しまれないようにする必要がある。そのため、ある程度本気で突きかかったので、柏木の左手に思った以上の怪我を負わせてしまった。

だが、彼は聖子を警察に突き出さず、

――もうじき私が無実だということを証明できる見込みです。そうしたら、あなたにも麗ちゃんを殺した真犯人を教えてあげますから、楽しみに待っていてください。ただ、真犯人がわかっても、包丁では相手を死刑にするのは難しいかもしれませんよ。

唇に皮肉な笑みを浮かべてそう言うと、ハンカチで傷口を押さえ、行ってしまった。

計画どおり、聖子は柏木を襲って怪我をさせた。しかし、思惑どおりにはいかなかった。《自分はいまでもあなたが犯人だと思っている》と柏木に印象づけるどころか、逆にこちらの意図――といっても、すべてではないはずだが――を彼に見抜かれてしまった可能性が高かった。

五月に入り、連休が始まった。世間はゴールデンウィーク、ゴールデンウィークと浮かれ騒いでいたが、聖子は解放された気持ちとは無縁だった。勤めに出ていたほうが気が紛れるので、むしろ休みなどないほうがいいと思った。といって、用もないのにわざわざ外出する気にもなれず、朝から酒を飲んでいると、柏木から電話がかかってきた。麗殺しの真相がほぼわかったので、会って話し合わないか、と言ってきたのである。

聖子は怖かったが、この前の負い目があったし、柏木が何をつかみ、どう考えているのかを知りたかったので、了承した。

会ったのは五月九日の夜七時、駒込駅に近い六義園《りくぎえん》の隣りにある喫茶店である。後から着いた聖子の目に、テーブルに置かれた柏木の白い左手が真っ先に飛び込んできた。

聖子は思わず足を止めそうになったが、柏木の顔を見ないようにして彼の前まで歩いて行き、黙って頭を下げ、掛けた。

――申し訳ありませんでした。

顔を上げずにもう一度頭を下げ、先日の行為を詫びた。

――たいした怪我じゃなかったし、その件はもういいですよ。

柏木がいかにも軽い調子で答えた。

聖子がコーヒーを注文し終わると、柏木はすぐに本題に入り、彼のホームページを見たが、包帯を巻いた左手をこれ見よがしにテーブルに載せていたということは、聖子に自分の言うことを聞かせるための無言の圧力、脅しだったのかもしれない。

石森（佐久間）那恵からメールをもらい、彼女に会ったこと、那恵の話から堤達夫の存在を突き止め、昨年の十一月酒田を訪ねたこと、堤が明言は避けたものの麗殺しをほぼ認め、真犯人だと名乗り出てもよいと約束したこと、十八年前村上が行なったにちがいない真犯人隠蔽工作と証拠捏造の方法、堤がいまになって核心部分の証言を引き延ばしていること……などを話した。

それらは、すべて聖子が想像もしていなかったものだった。

このとき聖子は初めて、堤が自分と別れた一年後には東京を引き払って酒田へ帰っており、養子云々は嘘だったということを知った。ただ、何よりも彼女を驚かせたのは、〈村上が「柏木犯人」の証拠を捏造し、事件の真相を隠蔽した〉という話だった。それは、聖子を驚かせると同時に、十八年間ずっと彼女の中に引っ掛かっていた大きな疑問を氷解させ、〝そういうことだったのか！〟と目からウロコが落ちた思いがしたのだった。

また、スーパーが倒産して堤が借金の取り立てに遭っているという話、柏木の申し出を一度は承知しておきながら核心部分の証言を引き延ばしているという話を聞き、堤が自分を脅してきた裏にあった事情を知った。そして、遅かれ早かれ、堤は持っている情報を柏木に売るだろう、つまり、聖子と不倫関係にあった事実などを話すだろう、と予想できた。

その結果、どうなるか——。

どうなっても、聖子はもう恐れなかった。すでに覚悟ができていた。むしろ、これで十八年間苦しめられてきた〝鬼〟から自由になれるかもしれないという希望さえ抱いた。

ところが、意外な展開が待っていた。

聖子が柏木と会っていた、まさにその晩、堤は殺されてしまったのである。

翌日の夜、テレビのニュースでそれを知った聖子の気持ちは、再び揺らぎ出した。もうどうなってもいいと覚悟を決めていたら、聖子の過去を知っている唯一の証人が消えてしまったからだ。

と、そこへ柏木が電話をかけてきて、堤は村上に殺されたにちがいない、村上に口を封じられたのだ、と言った。

柏木はその後も何度か聖子に電話をかけてきて、次のように強要したり、挑発したり、示唆《しさ》したりした。

〈堤がいなくなってしまったからには、あとは村上の口から聞き出す以外に事件の真相を知る術《すべ》はない。だから、いずれ私は村上と対決するつもりでいる。そのときはあなたにも立ち会ってもらいたい。あなたには、真実を見極める義務があるはずだ〉

〈無実の私を刺し殺そうとしたあなたは、十八年前、私を犯人に仕立て上げて事件の真相を隠蔽した人間を見逃すのか？　今度、真犯人が名乗り出ようとするや、永遠にあなたの手の届かないところへ追いやってしまった男に対しては、何もしないのか？〉

〈相手は私のような柔《やわ》な男ではなく、定年退職者とはいっても屈強な元刑事である。もしあなたが本気でそいつを「死刑」にするつもりなら、拳銃でもつかわないと無理だと思う〉

柏木は、拳銃の話をした後で、インターネットを利用して拳銃を購入する方法について

具体的に説明し、

——ま、いまのは冗談ですから、忘れてください。

と、笑いながら付け加えた。

聖子は、何度か柏木の電話を受けるうちに、再度、心を固めた。堤が殺されたと知って、一度は揺れ動いたが、やはり十八年前の決着をつけよう、と。柏木の狙い、挑発を承知のうえで、そう決断したのだ。

村上を拳銃で撃ち殺し、殺人者として裁かれる——。

これは、本当の意味での十八年前の決着ではありえない。聖子自身、それはよくわかっていた。だが、聖子は、それによって自分の中に住み着いている〝鬼〟を鎮められるかもしれない、他に自分が〝鬼〟から解き放たれて自由になる道はないかもしれない、と考えたのである。

柏木の話したことが事実なら——たぶん事実だろう——村上の行為は死に値する。そうした卑劣な人間を殺しても、聖子に対する世間の批判、非難はそれほど強くないかもしれない。むしろ、彼女の「犯行動機」は同情を集める可能性が高い。

とはいえ、殺人は殺人である。聖子が殺人犯人として逮捕されれば、戸籍上はまだ夫である和重に大きな迷惑が及ぶ。自分の都合と判断で行動を起こすからには彼を巻き込むわけにはいかなかった。

和重は聖子にひどい言葉を投げつけ、聖子を傷つけてきた。別の女と新しい家庭を作り、聖子を捨てた。だから、聖子も反撥《はんぱつ》し、離婚に応じないできた。争ってきた。しかし、元をただせば、和重のそうした行動の原因は聖子にあるのである。和重が家を出たのは麗が死んだからであり、聖子が彼を裏切って堤と関係を結んでいたために、麗は死んだのだから……。

聖子は急いで和重と連絡を取って話し合い、離婚届を市役所に提出するのと同時に川添市のマンションを出た。

聖子は、柏木が座っていたソファに拳銃を置いた。

村上のほうを見たが、彼は動かない。

死んだのは間違いないだろう。

聖子は、警官が駆けつけてきたときに話すべき言葉をもう一度頭の中で反芻《はんすう》してから電話の子機を取り、1・1・0と押した。

電話はすぐにつながり、男の声が応答した。

「人を殺しました、拳銃で撃ちました」

と、聖子は告げた。

第2部

汝《なんじ》ら、われをくぐらんとする者は、一切の望みを棄《す》てよ。
〈ダンテ『神曲』地獄篇第三曲（地獄の門）〉

公　判

1

二〇〇五年二月三日——。

柏木喬は、N地方裁判所第三〇一号法廷にいた。

N地裁三〇一号法廷は、かつて柏木が古畑麗を殺した容疑で裁かれ、十七年前の十一月十八日、懲役十五年の判決を言い渡された因縁の法廷である。

だが、現在、柏木がいるのは被告人席ではない。三人の裁判官が並んでいる正面に向かって右手の被告人席には、二人の刑務官に挟まれて別の男の顔があった。そして柏木は、傍聴人の一人として、時々被告人の様子を窺《うかが》いながら、午後一時から始まった「殺人ならびに殺人未遂事件」の第二回公判の成り行きを見まもっていた。

柏木が座っているのは前から二列目のほぼ中央である。三〇一号法廷はN地裁では二番目に大きな法廷だが、さっき開廷前に後ろを振り返って見ると、六十近くある座席は九割がた埋まっていた。

昨年の暮れ——十二月二十二日——に開かれた初公判のときは整理券が発行され、抽選に外れた柏木は、取材を申し入れてきた『中央日報』が確保した傍聴券で入った。

裁判は今日から実質的な証拠調べに入り、証人尋問が始まった。そしていま、検察側が申請した最初の証人であるR県警刑事部捜査一課の大崎警部に対する弁護人の反対尋問が終わったところだった。

大崎は、昨年五月に香西《かさい》市で起きた堤達夫殺人事件と、同年九月光南市で起きた殺人未遂事件、つまり、ともに本件被告人の犯行と見られる事件の捜査を、中心になって進めた警察官である。

検事による再主尋問はなかったので、それで大崎警部に対する証人尋問は終了した。

大崎が証言台を降りて、弁護人席の後ろのドアから退廷するのと入れ替わりに、次の証人が入ってきた。N地裁には証人控え室はないので、廊下に待機していたのだろう。

やはり検察側が申請した証人だ。殺人未遂事件の被害者、村上宣之である。

村上は、昨年九月十八日、光南市の外れを流れる神香《しんこう》川の河川敷公園で被告人に日本刀で斬りつけられ、腕と肩に軽傷を負った。その三カ月前の六月十九日、村上は吉本聖子に拳銃で撃たれて重傷を負い——聖子はてっきり村上が死んだと思い、人を殺したと一一〇番通報したらしい——、八月二十日過ぎまで東京北区の病院に入院していた。だから、彼は退院して一ヵ月も経たないうちに、新たな事件の被害者になったのだった。

吉本聖子を被告人とする銃刀法違反・殺人未遂事件の裁判は、昨年十月十三日に東京地方裁判所で始まり、先週の金曜日（一月二十八日）、第三回公判が開かれた。

柏木は、そちら、吉本事件の裁判も欠かさずに傍聴している。来月三月二日に開かれる第四回公判では弁護側の証人として出廷する予定にもなっていた。

吉本聖子に拳銃で撃たれた村上宣之が、吉本事件裁判の重要な証人であることは言うまでもない。そのため、彼は、昨年十一月三十日に開かれた第二回公判に検察側の証人として出廷し、彼女に撃たれたときの事情について詳しく陳述した。

村上は、東京田端にある吉本聖子のマンションの部屋で柏木と話し合うに至った経緯と、話し合いの内容については、ほぼ事実どおりに証言した。だが、聖子が拳銃を取り出したのは柏木が部屋を出る前だったか後だったかという点に関しては、「後だった」と虚偽の証言をした。

村上は、救急車で病院へ運ばれて手術を受け、意識を取り戻して最初に刑事に事情を聞かれたときは、

——吉本聖子が拳銃を取り出して自分に銃口を向けたとき、柏木はまだ部屋にいた。そして、吉本聖子が明らかに自分を撃つつもりでいたにもかかわらず、止めようとせずにひ

とりで先に帰った。

と、答えたらしい。要するに、事実を述べたようだ。

ところが、一週間ほどすると、

――よく考えてみると、吉本聖子が拳銃を取り出したのは柏木が帰った後だったかもしれない。意識を失っていたため、記憶が混乱していたらしい。

というように供述を変え、その後は「吉本聖子が拳銃を取り出したのは柏木が帰った後に間違いない」と述べていたのだった。

一方、村上を殺したと一一〇番通報して自首した吉本聖子は、

――自分が拳銃を取り出したのは柏木と村上の話し合いが終わって、柏木が部屋を出て行った後である。

と、初めから刑事に説明した。つまり、自分の犯行に柏木は関わっていない、と述べた。

これは、聖子と柏木の間に、

〈聖子が村上をどうしようと柏木の関知しないことである〉

という暗黙の了解があったからだ。

聖子は、村上が一命を取り留めたと聞かされてからも――戸惑ったにちがいない――一貫して同じように主張しつづけた。

刑事は当然柏木のところへも来た。が、彼も、聖子と同様に答えた。刑事たちは柏木と

聖子の共犯のセンを疑い、その後も執拗《しつよう》に小石川のマンションを訪ねてきた。ところが、しばらくすると ぱたりと来なくなった。後で知ったことだが、その少し前に村上が供述を変えたらしい。

村上がなぜ最初の供述を撤回して嘘をついたのか、また法廷でも同じように嘘の証言をしたのか、理由ははっきりしない。

ただ、柏木は、それについてこう想像していた。

村上は、意識を取り戻したベッドの上でいろいろ考え、柏木の話に出てきた自分を別の人間に置き換えると柏木の推理は正しいようだ、と気づいた。古畑麗を殺したのは堤達夫であり、柏木は犯人ではないかもしれない、と思った。それなら柏木の怒りはもっともであり、彼にすまないことをしてしまった、と少しは反省した。その結果、初めの主張を引っ込め、刑事から聞いていた聖子と柏木の供述に合わせる気になった――。

この想像が当たっていたとしても、柏木としては、自分に嘘の自白を強《し》いて無理やり殺人犯人に仕立て上げた村上を許せないし、許す気もなかったが……。

ところで、柏木の計画では、村上は吉本聖子に撃たれて死んでいるはずだった。さもないと、自分も共犯か殺人幇助《ほうじょ》の容疑を掛けられるおそれが多分にあったからだ。それだけに、訪ねてきた刑事に村上の意識が回復したと聞かされたときは――一命を取り留めたということはテレビのニュースで知っていた――生きた心地がしなかった。

だが、いまは、村上が死ななくてよかった、と柏木は思っていた。村上のためではなく、自分のために、である。

村上は、十九年前、柏木に対する不当な取り調べを強引に押し進めた中心人物ではあっても、証拠を捏造《ねつぞう》した人間ではなかったらしい、また昨年五月、堤達夫を殺した犯人でもなかったらしい――そう判明したからである。もし村上が吉本聖子の銃弾で命が尽きていれば、柏木は死ぬまで、村上が証拠を捏造した張本人であり、堤を殺した犯人でもある、と思い込み、真相を知ることはなかった。そうなれば、卑劣な犯人は己れの罪を村上に被せたまま、おそらく悠々と幸福な生涯を終えていただろう。

ところが、村上が生きていたために真相が明らかになった。正確に言うと、いま柏木の目の前で進められている久留島正道を被告人とする「殺人ならびに殺人未遂事件」の審理によって、明らかになりつつあるのだった。

村上が証言台に立ち、正面の裁判長のほうへ顔を向けた。

法廷へ入ってきてから、村上は一度も被告人の顔を見ようとしなかった。自分を殺そうとした人間であっても、元上司と目を合わせるのが嫌なようだ。村上のように権威や権力を笠に着て威張っていたヤツは、自分より上の権威や権力にはからきし弱いらしい。

一方、前回公判の罪状認否ですべての公訴事実について無罪を主張した久留島のほうは、背筋をぴんと伸ばし、（虚勢かもしれないが）昂然《こうぜん》と顔を上げて、元部下を睨《にら》むように見ていた。

裁判長が、村上に氏名、年齢などを尋ねた。証人が村上宣之に間違いないかどうかを確認する人定尋問だ。

裁判長は、少し甲高《かんだか》い声を出す伊藤《いとう》という五十年配の男だった。

人定尋問に次いで村上が宣誓をすると、伊藤裁判長は偽証の警告と証言拒絶権の告知を行ない、村上を椅子に掛けさせた。

「それでは検察官、尋問を始めてください」

と、検事を促した。

検察官席にいるのは二人。岩峰《いわみね》という四十代半ばの額の禿《は》げ上がった男と、三十を一つ二つ過ぎたかと思われる、目の細い顎《あご》の尖った女だった。もちろん二人ともN地検公判部の検事だろう。

さっき、大崎警部に対する尋問は女性検事が行なったが、今度は岩峰検事が裁判長に黙礼し、立ち上がった。

一方、弁護士は三人おり、主任弁護人は木之本《きのもと》隆一《りゅういち》という初老の男である。木之本はN地検の元検事正だというから、久留島が彼に弁護を依頼した狙いは見え見えだった。ただ、久留島が誰を弁護人にしようと、彼の容疑は殺人と殺人未遂という重大犯罪なので、検察側が追及に手心を加えるわけにはいかないはずだが……。

「証人は無職ということですが、定年退職されたのですか?」

岩峰検事が村上に尋ねた。

「そうです」

と、村上が検事席のほうへ顔を振り向け、答えた。

いま、柏木の席から見えるのは村上の背中だけだが、人一倍がっしりとしていた肩のあたりの肉が落ち、去年の六月に会ったころとは別人のようだった。

「退職されるまでは、どこに勤めていましたか?」

「六十歳から二年間は警備会社に勤めていましたが、その前、四十二年間はR県警に勤務しておりました」

「被告人もR県警の警察官だったわけですが、証人は被告人と同じ職場になったことはありますか?」

「ございます」

「それは、いつ、どこででしょう?」

「一度は私が三十代の半ばですから、およそ三十年前になります。被告人が杉森警察署の警備課長だったとき、私は同課の主任として一年ほど勤務しました。二度目は、それから十年ほどしたころ、私が刑事防犯課長として勤務していた香西警察署に被告人が署長として赴任され、二年間、私は被告人の下で働きました」

「証人と被告人が香西警察署に同時に勤務していたとき、香西市豊町の県営住宅に住む古畑麗ちゃん（当時八歳）が誘拐され、殺される、といった事件が起きましたか？」

「起きました」

「正確に言うと、いつですか？」

「一九八六年……昭和六十一年の二月十二日です」

「ということは、あと一週間と少しでまる十九年ですね？」

「そうです」

「捜査は、どこが中心になって行なったのですか？　県警本部ですか、それとも所轄署ですか？」

「所轄署です。当時、県警本部捜査一課が相次いで起きた殺人事件を抱えて手一杯だったため、署長だった被告人の下、私たち刑事防犯課が中心になって、ほぼ全署を挙げて取り組みました」

「つまり、捜査の実質的な指揮官は刑事防犯課長の証人だった？」

「そうです」

「でしたら、事件の内容や捜査の経過など、証人はよくご存じだと思いますが、簡単に説明していただけますか」

わかりましたと答えて、村上が説明を始めた。古畑麗が行方不明になり、翌朝、香西風土記が丘公園内の林の中で全裸死体になって見つかったこと、死体発見の七日後に柏木を逮捕して追及したが、初め頑強に容疑を否認していたこと、が、柏木の車・セシリオのトランクから、麗の毛髪と、麗が事件の日に着ていたセーターとジャンパーの繊維が検出されるに及び、柏木が犯行を認めたこと……。

村上の説明が終わるのを待って、

「裁判の結果はどうなりましたか」

岩峰検事が質問を継いだ。

「有罪の判決が出ました。被告人・柏木喬は控訴、上告しましたが、いずれも棄却され、懲役十五年の刑が確定しました」

「いま現在、証人は柏木喬が犯人だったと考えていますか?」

柏木は生唾《なまつば》を呑み込んだ。

周りの何人かが彼に視線を向けたようだった。傍聴人の中には、彼が柏木だと知っている者がいるのである。

柏木が刑務所で勉強した刑事訴訟法と刑事訴訟規則の解説書には、

〈証人には、経験した事実に基づいて推測した事項は証言させることができるが、経験した事実に基づかない単なる意見は正当な理由がある場合を除いて述べさせることができな

い〉

と、書かれていた。

だから、もしかしたら木之本弁護士が異議の申し立てをするのではないかと思ったが、彼は何も言わなかった。

村上が「現在は……」と答えかけて一度言葉を切り、

「違うのではないか、と考えています」

と、上擦《うわず》ったような声でつづけた。

十九年前、柏木に嘘の自白を強要した張本人が、自分たちの捜査は間違いだった、柏木の罪は冤罪《えんざい》だと考えている、と裁判官の前で言い切ったのである。

久留島正道が逮捕されて以後の事件報道の中で、村上の考えはすでに明らかにされていた。

それでも、彼の証言を聞き、法廷内にかすかなざわめきが起きた。

やはり、法廷という場における発言は重みが違うからだろう。

「その理由を述べてください」

岩峰が尋問を継いだ。

「『自分の犯行を決定づけた証拠は捏造されたものである』という柏木喬の主張が正しいのではないか、そう判断するに至ったからです」

「どうしてそう判断されたのでしょう?」

「理由はいくつかあるのですが、最大の理由は、本件被告人が私に対して取った行動です。証拠の捏造をしたのが本件被告人ではないかと考えると様々な事柄が明快になったため、私はその話を被告人にし、事実はどうなのかと質《ただ》しました。それに対する被告人の答えが、日本刀で私に斬りかかる、という行為だったのです。そのため、私は、自分の考えたことに間違いなかったらしい、と判断したわけです」

「では、十九年前、古畑麗を殺した犯人が柏木でなかったとしたら、誰が殺した、と証人は考えますか?」

「異議あり!」

今度は木之本弁護士が勢いよく立ち上がった。「裁判長、ただいまの検察官の質問は証人の意見を求めるものであり、証人尋問として不適当です。撤回を求めます」

「検察官、いかがですか?」

伊藤裁判長が岩峰検事の意見を求めた。

「これは、証人がいま述べた、証人自らが経験した事実から推測した事柄を尋ねたものです。したがって、何ら不適当な尋問ではないと考えます」

「弁護人の異議申し立てを却下します。検察官は尋問をつづけてください」

裁判長が裁定を下した。

「それでは、もう一度質問を繰り返します。証人は、古畑麗を殺した犯人は誰だと考えますか?」

岩峰検事が村上に尋ねた。

「本被告人事件のもう一人の被害者、堤達夫ではないかと考えています」

と、村上が答えた。

「証人は堤達夫を知っているのですね?」

「知っています」

「どうして知っているのですか?」

「香西警察署時代の部下だったからです」

「上司と部下の関係でなくなってからの付き合いはありましたか?」

「まったくありません。昨年の一月二十五日、当市のNグリーンパークホテルで開かれた被告人の受勲を祝う会で顔を合わすまで、年賀状のやり取りもしていませんでした」

「同じR県警内にいて、全然付き合いがないというのは変じゃありませんか」

「堤達夫は、十九年前……一九八六年の三月にR県警を辞めたのです」

「一九八六年三月というのは、古畑麗殺しが起きた翌月ですね」

「そうです」

「退職したのは古畑麗殺しに関係があるのですか?」

「現在はあったと考えていますが、当時はそうは考えませんでした」

「では、何か別の不始末をしてクビになったか、自分から辞めたか……？」

「自分から辞めました」

「理由は？」

「郷里の酒田へ帰って家業を手伝うため、という話でした」

「堤達夫はR県警を辞めて、言葉どおりすぐに酒田へ帰りましたか？」

「いいえ。私は去年、堤が殺されてから知ったのですが、東京の民間会社に就職し、酒田へ帰ったのは翌年になってからでした」

「堤達夫は証人たちに嘘をついたわけですか？」

「そうです」

「ということは、堤が退職した裏には別の理由、事情があった？」

「そう考えられます」

「それについては後で伺うことにして、柏木喬の犯行を決定づけたという証拠の捏造《ねつぞう》について伺います」

岩峰検事が質問を変えた。

堤が退職した本当の理由は、堤が死んだいまとなっては、久留島しか知らないことである。つまり、村上が答えたとしても、それは彼の想像にすぎない。だから、岩峰は、取り敢《あ》えずここは弁護人の異議申し立てを回避したのかもしれない。

岩峰検事は、もし証拠が捏造されたのだとしたらどう行なわれたのか、それが可能だったのかどうか、について質した。それに対して村上が、「古畑麗殺しにつかわれた車のトランクから集めてきたゴミを、誰かが柏木のセシリオに入れた場合だけ可能だった」と説明した。また、誰かについては、柏木のセシリオが保管されていた香西署の証拠品保管倉庫に出入りできた者に限られるが、香西署の署員なら誰でも不可能ではなかった、と述べた。

最後の点について岩峰検事が説明を求めた。

当時、証拠品保管倉庫の鍵を持っていたのは証拠物件管理者代行だった原田次長と保管責任者代行の佐々木捜査係長だが、二人以外の署員でも、一時的に鍵を盗み出すことは難しくなかったからだ、と村上が答えた。

これで、当時香西署の署長だった被告人にも証拠の捏造が可能だったことが示された。

とはいえ、村上の証言は「捏造したのが久留島だ」と特定したわけではない。

岩峰検事は、いずれ石森那恵の証人尋問も予定しているらしい。が、那恵の口から彼女を車に誘った男が堤だったらしいという証言を引き出せても、母親の佐久間静香が死亡してしまったため、静香が香西署の誰に電話して娘の話を伝えたのかを明らかにすることはできない。静香の電話した相手が久留島だったと証明することはできない。

石森那恵の話を聞いたとき、柏木は、佐久間静香の電話した相手は村上にちがいないと思った。いまなら、香西署に電話しようとした静香は、村上の名を知らなかったかもしれない――聞いていなかったか聞いていても忘れてしまったかもしれない――と思い、警察署のトップである署長への取り次ぎを頼んだ可能性について考えただろう。が、そのときは、「村上にちがいない」という先入観が柏木の中にあったため、そうした考えは萌《きざ》しもしなかった。だから、静香から話が聞けないとわかっても、少し残念だと思った程度で、さほど痛手には感じなかった。ところが、いまや、〝佐久間静香の証言〟が非常に重大な意味を持つに至ったのだった。

――もし、久留島が柏木を犯人に仕立てるための証拠を捏造した、と証明できなかったら。

と、柏木は思う。〈己れの保身のために麗殺しの真犯人である堤を逃がした久留島が、十八年後、そのことを種に堤に脅され、彼を殺した〉という堤殺しの筋書も崩れかねない。つまり、村上に対する殺人未遂の罪はともかく、肝腎の堤殺しについては無罪の判断が下される可能性があった。

柏木としては、それは絶対に容認できない。

2

「それでは、昨年のことをお尋ねします」

と、岩峰検事が尋問を進めた。「まず、昨年六月十九日についてですが、その日、証人にとって特別の出来事がありましたか？」

「ありました」

と、村上が答えた。

当然、吉本事件にも触れられるだろうとはわかっていたが、柏木は少し緊張した。

「どういう出来事ですか？」

「吉本聖子……古畑麗の母親ですが、東京田端にある彼女のマンションの部屋で柏木喬と話し合いました。また、その後、吉本聖子に拳銃で撃たれ、重傷を負いました」

「吉本聖子の部屋で柏木喬と話し合い、拳銃で撃たれたのは証人ですね？」

「そうです」

「証人を撃った吉本聖子に、殺意はあったんですか？」

「吉本聖子は殺人未遂の容疑で起訴され、現在、東京地裁で裁判がつづいている最中なので、正確なところはわかりません。ただ、罪状認否で彼女は殺意を認めています」

「吉本聖子は、どうして証人を拳銃で撃ち、殺そうとしたんですか？」

「私と柏木喬が話し合うのを隣室で聞いていて、私が古畑麗を殺した犯人と思われる堤達夫を逃がし、今度また堤の口から真相が曝露されそうになるや彼の口を封じた、と考えたからです。このことは、吉本聖子自身が、彼女の裁かれている裁判で認めています」

「だからといって、吉本聖子がなぜ証人を殺そうとしたんでしょう？　理由はわかりますか？」

「わかります」

「どういう理由でしょう？」

「十七年前の十一月、第一審で柏木喬に懲役十五年の判決が下されたとき、吉本聖子は傍聴席で〝娘を殺した犯人を死刑にしてくれ、できないなら自分の手で死刑にする〟と叫んだのです。ところが、私と柏木のやり取りを聞いた吉本聖子は、娘の麗を殺した犯人は柏木ではなく、堤だった、と判断しました。さらには、犯人の堤を殺して永久に自分の手の届かないところへ追い遣《や》ってしまったのは私だ、と。そこで吉本聖子は、私を殺そうとしたのです。これは私の想像ではなく、彼女自身、私を撃つ前にはっきりと告げたことです」

「吉本聖子に拳銃で撃たれる前、そう告げられ、証人はどうしましたか？」

「もちろん否定しました。私は堤を逃がしても殺してもいない、堤を殺したのは柏木だ、柏木に騙《だま》されているのだ、と必死になって説明しようとしました。ですが、吉本聖子は、堤が殺された晩、柏木は自分と一緒に東京にいたのに堤を殺せるわけがないと言い、拳銃の引き金を引いたのです」

「拳銃の弾は当たったわけですね」

「はい。二発が私の腹部に当たり、一発が私の腕をかすめました」

「その結果は？」

「ああ、これで私は死ぬらしいと思いながら意識を失いました」

「しかし、助かった？」

「そうです。弾丸が脳や心臓を逸《そ》れていたため、一命を取り留めました」

「意識を取り戻したのはいつですか？」

「撃たれてから二十時間近く経った翌日、六月二十日の夕方です」

「場所は？」

「救急車で運ばれた滝野川《たきのがわ》セントラル病院のベッドの上です」

「意識を取り戻した後、証人は何か考えましたか？」

「考えました」

「何を考えましたか？」

「いろいろなことを考えましたが、一番多く考えたのは、〈古畑麗を殺したのは堤達夫で、今回堤を殺したのも自分ではない〉という柏木の主張に関連したことでした。堤が殺された晩、柏木が吉本聖子と一緒にいたと言われ、もしかしたら私の考えは間違っていたのではないか、と思ったからです」

「柏木喬と話し合う前、証人はそれらの点についてどう考えていたのですか？」

「古畑麗を殺したのは柏木に間違いなく、堤を殺したのも柏木にちがいない、と考えていました」

「柏木喬が堤を殺した動機については、どのように考えていたのですか？」

「堤を古畑麗殺しの偽の真犯人に仕立て上げようとしたが失敗したからではないか、つまり、スーパーが倒産して金に困っていた堤に、相当額の礼を条件に古畑麗殺しの〝真犯人〟だと名乗り出させようとしたが、逆に堤に脅されて危険になり、殺《け》したのではないか、と考えていました」

「ところが、柏木喬と話した後、吉本聖子に柏木には堤殺しのアリバイがあると言われ、証人は自分の考えが間違っていたのではないか、そう思ったわけですね？」

「そうです」

「そう思った結果、具体的にはどう考えたんでしょう？」

「堤を殺したのが柏木でないとしたら、古畑麗を殺したのが堤だという柏木の話も事実なのではないか、もしそれが事実なら、十八年前……いまから数えれば十九年前、証拠を捏造したのは誰だろう、事件の真相を隠蔽《いんぺい》したのは誰だろう、と考えました。その人間こそ今回堤を殺した犯人にちがいない、とも考えました」

「証人は、堤達夫が暴力団まがいの借金取りに責められていたという事実をご存じですか?」

「知っています」

「しかし、証人は、堤がそうした関係から殺された可能性は考えなかった?」

「その可能性も考えなかったわけではありません。ですが、それなら、R県の香西市で殺されたのは変です。というわけで、十九年前、古畑麗殺しの真相を隠蔽した人間なら、今回堤を殺してもおかしくない、というより、その人間に口を封じられた可能性がもっとも高い、と考えたわけです」

「証人が病院のベッドでそう考えた後、それを警察に話しましたか?」

「いいえ、話していません」

「なぜでしょう?」

「もし自分の考えが見当違いだったら、相手の人間に大きな迷惑をかける、と思ったからです」

「相手の人間というのは?」

「自分が頭に浮かべた人間です」

「ということは、証人はすでに、堤殺しの犯人ではないかと特定の人物を疑っていた？」

「はい」

「それは誰ですか？」

村上が口を開くまで二、三秒の間があった。が、彼は少し早口ながら、

「本件被告人です」

と、はっきりと答えた。

瞬間、村上を見つめていた久留島の目の中を翳《かげ》のようなものがよぎったように感じられたが、顔も身体も微動だにしなかった。

「証人は、どうして被告人を疑ったのですか？」

「十九年前の香西署の状況から見て、堤に退職願を書かせ、古畑麗殺しの真相を隠蔽できたのは、柏木が疑っていた私を除くと、被告人以外には考えられない、と思ったからです」

木之本弁護士がいらいらしたような顔をして上体を揺らしたが、発言はしなかった。岩峰検事は「誰を疑ったのか？」「どうして疑ったのか？」と尋問し、村上はそれに答えただけなので、異議を申し立てても却下されるのが目に見えているからだろう。

「証人が被告人を疑い出した後、被告人は病院へ証人の見舞いに来ましたか？」

検事が尋問を継いだ。

「来てくれました」

と、村上が丁寧な言い方をした。

「証人はどうしましたか？」

「思い切って質してみようかと迷いました。ですが、身体がまだ自由にならないときでしたし、自分の考えたことにいまひとつ確信が持てなかったので、やめました」

「証人は、警察にも、また被告人にも自分の疑惑を話さず、どうしたのですか？」

「病院のベッドで繰り返し検討を加えました。そして、八月二十三日に退院すると……そのころはすでに自分の考えに誤りはないと確信していたのですが、しばらく自宅で養生して体力が回復するのを待ち、九月十一日、N市まで行ってNグリーンパークホテルのロビーで被告人と会いました」

「被告人に会って、どうしたんでしょう？」

「自分の考えていることを、単刀直入に話しました」

「それに対して、被告人は？」

「私が話し出すと、顔からさっと血の気が失《う》せ、怒りとも恐怖とも絶望ともつかない表情をしました。ですが、怒鳴り出すことはなく、嘲笑《あざわら》うような態度も見せず、否定も肯定もせず、最後まで話を聞いてくれました。そして最後に、『それはすべてきみの想像だね？』と言われました」

「証人は、それに対してどのように？」

「そうです、と答えました。そして、『どうされるかのご判断はお任せします』と言って、別れました」

「証人は、被告人がどうすることを望んでいたのですか？」

「自首されることを望んでいました。判断を任せるという言葉に、私は暗にそうした自分の希望を込めたつもりでした」

嘘だ！　と柏木は胸の中で断じた。村上はそのとき、殺人者・久留島が世間の厳しい指弾を受けないように、つまり彼を「救う」ために、暗に自害を促したのだ。間違いない。久留島の自殺は、久留島自身を「救う」ためであると同時に、警察という組織を守るためでもあった——。

なんて卑劣な奴らなんだろう、と柏木ははらわたが煮えくり返る思いだった。久留島は言うまでもないが、村上もである。

久留島は堤を殺しただけではない。その動機の裏には、ある意味では殺人以上に重大な犯罪が隠されていたのだ。殺人事件の捜査を指揮していた警察署長が、己れの保身のために部下だった真犯人を逃がし、無実の人間を犯人に仕立て上げる、という、絶対に許すことのできない卑劣で梟悪《きょうあく》な犯罪である。

村上はそれに気づきながら、なおも久留島とR県警の「名誉」のほうを重く見て、事件の真相を闇に葬り去ろうとしたのだ。女児誘拐殺人の冤罪を背負わされた柏木の名誉など、露ほども考えることなく——。

村上は、柏木と話した後、吉本聖子に拳銃で撃たれ、真相に到達した。だが、柏木に冤罪を被せるうえで自分が果たした役割についてはまったく反省していなかったらしい。柏木にすまないと思う気持ちなど欠けらもなかったようだ。吉本聖子が拳銃を取り出したのは柏木が帰った後だったと供述を変えたのも、要するに自分に対する免罪符がほしかったからにすぎなかったのだ。それを、村上も少しは反省したのだろうと考えたのは、甘かったらしい。

柏木はそう思った。

自分の想像だが、たぶん間違いない。

いずれにしても、事件の真相を闇に葬り去ろうとした村上の意図は、久留島自身によって裏切られたわけだが……。

「被告人は、証人が望んだとおり、自首しましたか?」

と、岩峰検事が質問を進めた。

「いいえ」

と、村上が答えた。

「では、どうしたんですか?」

「翌週、電話をかけてきて、光南市まで出向くのでもう一度会って話をしたいと言われました。そこで、土曜日の夜なら妻が旅行に行っていて留守なので家へ来てもらえば落ちついて話すことができる、と私が答えたところ、それなら十八日の夜八時ごろに行く、と言われました。私が抱いている疑惑については妻を含めて誰にも話していない、と私は前に伝えてありました」

「で、九月十八日の晩、被告人は証人宅へ来ましたか？」

「光南市までは来ましたが、私の家へは来ておりません」

「光南市まで来た被告人から、何か連絡がありましたか？」

「ありました。八時ごろ、神香川の河川敷を整備して造られた運動公園へ来ているので出てこられないか、という電話がかかってきました」

「証人はどうしましたか？」

「私の家から河川敷公園までは二・五キロほどですし、手前の菜園へはしょっちゅう行っているので、自転車で行きました」

「その公園に灯《あか》りはありますか？」

「ありません。公園といっても、野球場とサッカー場が中心なので、夜つかわれることはないからです。ただ、土手上の遊歩道に、飛び飛びですが街灯が立っているので、真っ暗というわけではありません」

「そんなところへ呼び出され、不審を覚えませんでしたか?」

「明るいところで私に顔を見られながら話すのは嫌なのだろうと思ったので、べつに覚えませんでした」

「公園に着いて、どうしましたか?」

「土手を越して反対側に下ったところが駐車場になっているのですが、そこに車が一台駐《と》まっていたので、被告人は車で来たのか……と思い、横に自転車を駐め、指定されたバックネットのそばのベンチへ近づいて行きました」

「被告人はベンチにいましたか?」

「おりました」

「では、そこで話した?」

「いいえ、話していません」

「どうしてでしょう?」

「私が近づいて行くと、被告人は迎えるようにベンチから立ち上がったのですが、私が挨《あい》拶《さつ》の言葉をかけるより早く、何も言わず、いきなり隠し持っていた日本刀で斬りかかってきたからです」

「日本刀で斬りかかられた!」

岩峰検事がいかにも驚いたように繰り返してみせてから、「で、怪我をされたのですか？」と聞いた。

「はい。咄嗟《とっさ》に飛び退《の》いたのですが、あまりにも不意の出来事でしたので、躱《かわ》しきれず、肩のあたりに痛みが走りました」

「日本刀というのは、どうしてそうわかったのですか？」

「鉄棒や木の棒で殴りかかるのとは明らかに違った動きでしたし、かすかにですが白く光ったからです。また、被告人がずっと剣道をやっていて、退職してからも毎朝素振りを欠かさないと聞いていたことも頭にあったからかもしれません」

「その後、どうしましたか？」

「『署長、やめてください！　こんなことをしたら、どうなるか、わかっているのですか？』と私は後ずさりながら叫びました。ですが、被告人は無言で、繰り返し何度も斬りつけてきました。そのうち、私は何かに躓《つまず》き、転びました。そして、ああ、これで一巻の終わりかと思ったとき、いきなり、強い光が私たちを照らしたかと思うと、『久留島、やめろ、やめるんだ！』という拡声器を通した怒鳴り声がしたのです」

「証人たちを照らし、拡声器を通して怒鳴ったのは誰ですか？」

「そのときはわかりませんでしたが、被告人の行動を監視していた警察でした」

「結構です。尋問を終わります」

と、岩峰検事が裁判長に礼をして、腰を下ろした。

久留島が殺人未遂の現行犯で逮捕されたときの経緯はすでに大崎警部に対する証人尋問で明らかになっていたからであろう。

それによると、堤達夫殺人事件の捜査本部は密かに久留島正道をマークし、彼の動きを見張っていたらしい。

久留島はR県警の元警視正だ。相手が元県警幹部なので特別扱いしたとはもちろん大崎は言わなかったが、久留島をマークしていると報道され、もしシロだったら大崎警部らの首が飛ぶおそれがあった。だからだろう、彼の部下たちは細心の注意を払って久留島を監視していたのだった。また、決定的な証拠をつかむまでは、疑っている事実を久留島本人にも気づかれないよう、彼から事情を聞くことも控えていたのだった。

こうした事情は、久留島が逮捕された後、新聞やテレビで何度も報道されたので、大崎警部に対する証人尋問を傍聴するまでもなく柏木は知っていたが……。

そもそも、大崎らが久留島に疑いの目を向けるようになったのはどうしてかというと、堤が契約していた携帯電話の通話記録からだった。堤が殺された現場には彼の携帯電話はなかったから、犯人が奪って行ったものと思われた。が、電話機はなくても、契約者さえはっきりしていれば、通話記録は調べられる。そこで、大崎らはさっそくそれを調べた。すると、昨年一月から堤が死亡した五月九日までの間に、久留島宅の電話に二回、彼の携帯電話に六回（そのうち二回は殺される前日の五月八日）、計八回も電話している事実が判明した。

といっても、それだけなら、堤が一月の祝賀会で再会した元上司と時々電話で話していただけかもしれない。大崎たちは密かにマークなどせず、久留島に会って、どういうことかと直接事情を質していただろう。

ところが、堤が元上司である村上に会いにRへ行ったのではないかという彼の妻の話から、大崎たちが村上に疑いを抱いて調べ始めたとき——堤の携帯電話から村上にかけられていたのはわずか一回だった——、久留島が香西署の署長・渡に、村上に疑いの目を向けた理由を尋ねてきた。初めは村上に頼まれたからのようだったが、二度目、三度目の電話は捜査の内情を探っている節が窺《うかが》われた。

渡が逆に、堤が殺された五月九日の晩どこにいたかをそれとなく尋ねると、久留島は自宅にいたという。が、調べたところ、その晩、彼の妻は次男の家へ泊まりがけで行っていた。つまり、久留島にはアリバイがないことが判明した。

大崎たちは、自ら出頭した村上の話を聞いて、彼に対する疑いを弱めると、そのぶん久留島に対する疑いを強めた。村上に堤名の手紙を送って現場近くのファミリーレストランへ呼び出したのも久留島だった可能性があったし、久留島は警察の元幹部であっても、彼が現役のころと現在とでは電話の仕組み、事情がまるで違う。彼が事件捜査に関わっていたころには、携帯電話など非常に限られた人間のものだった。とすれば、彼が現在の電話の仕組みに疎《うと》く、電話機さえ奪えば通話先はわからないと考えたとしても不思議はない。何の知識もなければどうなのかと調べ、対策を講じたと思われるが、なまじ過去の経験、知識があったために、重大な誤りを犯してしまったのだろう。

そう考えた大崎たちは、依然村上を疑いつづけているように装って村上宅を訪ね、香西署時代の堤と久留島の関係を探った。

村上の話を聞いたかぎりでは、久留島に堤を殺す動機があったとは思えなかった。が、堤の元上司の久留島なら――村上でも同じだが――何らかの理由を設けて堤をレンタカーから降ろし、そこに自分が乗り込んで轢《ひ》き殺すといった犯行が可能だったのではないか、と思われた。というより、久留島のような立場の者でなければ、それは無理ではないか、と。

しかし、いくら久留島を疑っても、動機がはっきりせず、事件の晩に現場近くへ行っていたという事実さえつかめない。携帯電話に関してはミスを犯したものの、久留島は犯罪捜査に長年携わってきた人間である。他の点では抜かりがないようだった。そのため、業《ごう》を煮やした捜査員の中には、任意で呼んで吐かせるしかないのではないかと言う者もいたようだ。が、大崎はそうした強硬派を抑え、内偵と監視の続行を命じた。

大崎たちは柏木についても調べていた。村上が「堤を殺したのは柏木にちがいない」と言っただけでなく、柏木の名は堤の携帯電話の通話先リストにも載っていたからだ。しかし、柏木に当たると、堤が殺された晩、彼は古畑聖子と一緒に駒込の喫茶店にいた、という。この話は、聖子だけでなく喫茶店の従業員などにも当たった結果、事実と確認された。

そうこうしているとき、村上が吉本聖子に拳銃で撃たれて重傷を負う、という事件が起きた。

それは、どこかで堤殺しと結びついている可能性が考えられた。が、警視庁の諒解を得て入院中の村上を訪ねても、柏木と聖子に当たっても、久留島と堤の関わりを窺わせるような話は聞けなかった。そのため、大崎たちとしては、久留島以外の人間が犯人であるセン——堤の携帯電話の通話先リストには全部で四十人近くの名があった——を追求すると同時に、辛抱強く久留島を監視する以外に方法がなかった。

八月の下旬、村上は退院して光南市の自宅へ戻った。しばらくして彼はN市を訪れ、ホテルのロビーで久留島と会った。

そして一週間後の九月十八日——。

夕方薄暗くなり始めたころ、久留島が車で自宅を出た。

彼を見張っていた刑事たちは、これは何かありそうだという予感を覚え、捜査本部の大崎に連絡を入れて、あとを尾《つ》けた。

久留島は国道を通って香西市を抜け、光南市まで行った。

神香川の土手を越して河川敷公園へ下《くだ》り、車を駐めて降りた。トランクから、何やらステッキのような物を取り出し――突かないのでステッキにしては変だった――、それを手に提げて野球場に入り、バックネットのそばのベンチに腰掛けた。

誰かを待っているのか、久留島は十分以上経っても動かなかった。

尾行した刑事たちは、捜査本部から来た刑事たちと合流し、久留島に気づかれないように監視をつづけた。

場所が光南市ということで、もしかしたら村上と会うのでは……と刑事たちは思ったが、たとえそうだったとしても、夜こんなところでどういうわけだろう、と不審と疑問を感じていた。

久留島の到着に十五分ほど遅れて、男が自転車でやってきた。

刑事たちが予想したとおり、男は村上のようだった。

男は久留島の車の横に自転車を駐め、久留島に近づいて行った。

と、久留島がすーっと腰を上げたかと思うと、鞘《さや》を抜き放った日本刀のようなものでいきなり斬りかかったように見えた。

村上と思われる男は、やめろと叫びながら後退するが、久留島はなおも攻撃を繰り返しているようだった。

刑事たちは事態を悟り、草藪《くさやぶ》に隠していた投光器を立てて二人を照らし出すや、制止の言葉を発して飛び出した。

こうして、大崎たちは殺人未遂の現行犯で久留島を逮捕し、それまで村上が話さなかった彼の推理を聞いた。それによって、堤殺しの動機が解明できたため――証拠はなかったが――殺人容疑で久留島を再逮捕。一気に自供に追い込むべく、厳しく追及した。

初め大崎たちは、久留島が落ちるのは時間の問題だと見ていたようだ。

ところが、久留島はしぶといというのか往生際が悪いというのか、全面的な否認で対抗した。

現行犯逮捕された殺人未遂についてさえ容疑を認めようとせず、

――村上を日本刀で襲ったのは、彼が勝手な想像からとんでもないことを言い出したので、さんざん世話になった恩義も忘れてなんだと腹が立ち、脅してやろうと思ったからにすぎない。

そう言い張り、最後は、自分は若いころからずっと剣道をやっているので、もし本気で斬ろうと思ったのなら一刀両断にしていた、とうそぶいたらしい。

肝腎の堤殺しに関しては、

――堤とは去年の一月、勲章受章を祝う会以来会っていない。電話は何度か、かかってきたかもしれないが、取り留めのない話をしただけである。十八年前のことで村上が勝手なことを言っているらしいが、堤がR県警を辞めた事情に自分は一切関与していない。このように、自分には堤を殺す動機はどこにもないし、もちろん殺してもいない。

と、当然のように犯行を否認した。

こうした久留島の全面否認の態度は、起訴された現在もつづいているのだった。

いま、柏木の目の前では、村上に対する弁護側の反対尋問が行なわれていた。

木之本弁護士の尋問の主眼は明らかだった。

それは、以下の①から⑤までの点は柏木あるいは村上の単なる想像にすぎず、事実であると証明するものは何もない、と村上に認めさせることだった。

①　十九年前、古畑麗を殺したのは堤達夫である。
②　久留島は、佐久間那恵の母親から電話を受け、堤が古畑麗を殺した犯人らしいと気づいた。
③　久留島は、堤の車のトランクから採集したゴミを柏木のセシリオのトランクに移し、柏木を犯人に仕立て上げるための証拠を捏造した。
④　久留島は、保身から、堤が古畑麗を殺した事実を隠蔽しようと企み、彼に退職を促した。
⑤　久留島は、殺人罪の公訴時効が成立した堤に金を出さなければ旧悪を曝露《ばくろ》すると脅迫されたため、彼を殺害した。

実際、これらの点には、それが事実であると裏づける物証は何もなかった。そのため、木之本弁護士の鋭い、しかも巧妙な追及に、村上は〈五点とも柏木あるいは自分の想像にすぎない〉と認めざるをえず、木之本の狙いは成功した。

木之本弁護士による尋問の巧みさを目《ま》の当たりにし、柏木は歯噛みした。

しかし、どんなに悔しくても、証拠がないかぎり、どうにもならない。

日本刀で村上に斬りかかった件——殺人未遂の罪——に関しては、たとえ久留島が最後まで殺意を否認し通したとしても、有罪判決は免れないだろう。

が、このままでは、肝腎の堤殺しに関しては無罪判決が出る可能性が低くない。むしろそのほうが高いかもしれない。

そうなった場合、柏木に無実の罪を着せて平然と暮らしてきた久留島が罰せられないだけではない。柏木は自分の冤罪を晴らすことができない。

久留島が逮捕された段階で、マスコミは元警察幹部の〝卑劣な犯罪〟についてさかんに書き立てた。が、常に正義の味方を気取っている彼らのこと、今後、風向き次第では、「古畑麗を殺したのはやはり柏木だったのではないか」と言い出すかもしれない。そして、——信用していた元部下によるあまりにもひどい言いがかり、裏切り行為に遇《あ》ったため、怒りで正常な判断力を失い、日本刀で脅してやろうと思ったとしても、必ずしも責められないのではないか。

そんな言い方をして、久留島を〝村上の妄想〟の被害者に祭《まつ》り上げる可能性だってないではない。

そのときは、もちろん、柏木自身の手で久留島を裁く道が残されるが、吉本聖子に村上を拳銃で撃たせたときのようにはいかないだろう。

柏木は、自分の命など惜しくない。すでに、なくしたも同然なのだから。とはいえ、虫けらにも劣るヤツと〝相討ち〟になるのだけは耐えられなかった。

十一年前の五月、柏木は上告が棄却され、懲役十五年の刑が確定した。そして、それまで勾留されていた東京拘置所からK刑務所に収監され、前途に広がっているのはどこまでもつづく漆黒の闇だけになった。上告審の判決が出るまでは、

――自分は誰も殺していないのだから、このまま有罪になるわけがない。真実が明らかにならないわけがない。

と、信じていた。いや、必死で信じようとし、絶望に押しひしがれそうになる自分を励ましてきた。しかし、最高裁の判決は、そうした希望と生きる気力を柏木から奪った。畜生、このまま殺人者にされてたまるか！　といくら自分を奮い立たせようとしても、力が湧いてこなかった。刑務所への収監後一年半ほどして両親が相次いで病死したことが、それに拍車をかけた。心の底から自分の無実を信じ、無条件に、ひたすら自分の帰りを待ち

望んでくれていた者はもういない、それなら、これ以上苦しまずに楽になってもいいか、彼はそう思い、何度も死のうとした。

しかし、死ねなかった。死に対する恐怖もこの世への未練もなかったが、悔しくて死ねなかった。やってもいない殺人の罪を着せられたまま死ぬのは、ただただ無念で、死んでも死にきれなかった。だから、その後の彼は、冤罪を晴らすことと、証拠を捏造して自分に無実の罪を被せた人間――村上宣之にちがいないと思った――に復讐することだけを考えて、生きてきた。それだけを生きる支えにして、長く辛い獄中生活に耐えた。

仮出獄したのは三年前――二〇〇二年――の七月である。そのとき、柏木は、自分の残りの生と両親が残してくれた財産のすべてをつかってでも獄中で考えていた二つの件を実行に移そう、とあらためて決意した。

柏木には、この二つ以外にやりたいことは何もなかった。

親戚や古い友人たちは、まだ四十歳なのだから事件のことは忘れてこれからの生活を考えたほうがいい、と勧めた。余命はこれまで生きてきたのと同じぐらいあるのだから、きちんとした仕事に就き、結婚して子供を育て、普通に暮らしたほうがいい、少なくとも俺たちはおまえの無実を信じているのだから、と言った。

こうした、彼らの親切ごかしの忠告を聞くと、柏木は胸がむかむかし、反吐《へど》が出そうになった。

——俺の無実を信じているんなら、俺が冷たい牢獄に繋《つな》がれて、もっとも他人の励ましの言葉がほしかったとき、どうして「信じている、頑張れ」と書いた年賀状一枚くれなかったのか？　俺の無実を訴えつづけた父や母をどうして遠ざけたのか？

彼はそう言い返したかった。

だが、怒りをぐっと呑み込み、

——わかった、考えてみる。

とだけ答え、早々に話を打ち切った。「まだ四十歳」「普通に暮らす」そんな言葉を平気で口にできる人間の顔を見ているだけで腹立たしく、怒鳴り出しそうだったからだ。宮沢弁護士であれ、「柏木喬さんを守る会」の会員であれ、所詮他人には自分の気持ちは理解できないだろう、と柏木は思う。ましてや、こうした連中にどんなに言葉を尽くして説明したところで、自分の心の内がわかるわけがない。二十三歳のとき、突然、女児を誘拐して殺害した卑劣な犯人として獄に繋がれ、再び自由な空気が吸えるようになったときには四十歳の中年男になっていた人間……自由の身になったといっても、このままなら死ぬまで殺人者の烙印《らくいん》を押され、いや、死んでもそのレッテルを貼られたまま永遠に眠りつづけなければならない人間……そうした人間の心の内を想像できるわけがない。

柏木は、一九九六年の一月、N地方裁判所に対して再審請求を行なった。獄中で勉強していたので、再審の扉を開くのは駱駝《らくだ》が針の孔《あな》を通るのに等しいぐらい難しいのを知っていたが、正式に冤罪を晴らす道はそれしかなかったからだ。案の定、請求は棄却され、次いで東京高裁に行なった即時抗告も棄却された。が、三年前に仮出獄したときは、まだ最高裁の特別抗告審が残っていた。それも九十九・九パーセントは駄目だろうと思っていたが、柏木の中には、もしかしたら……という期待が〇・一パーセント程度ないではなかった。そのため、出獄したとき、〈自分に許された時間と財産のすべてをかけて冤罪を晴らし、自分を無実の罪に追いやった人間に復讐してやる〉とあらためて決意したといっても、前者に関しては具体的な方法が思い浮かばないこともあって、特別抗告審の結果待ちという気持ちが多分にあった。

その特別抗告審の結果が〝棄却〟と知らされたのは、一昨年（二〇〇三年）の十月二日——九月五日に刑期が満了した約一カ月後である。

それによって、柏木の決意は百パーセント固まった。宮沢弁護士はまた準備して第二次再審請求をしようと言ってくれたが、「しばらく考えさせてくれ」と婉曲《えんきょく》に断わり、これからは誰の力も借りず、自分だけの力でやろう、と考えた。

自分は神に見放された。あれほど真実を明らかにしてくれと必死になって祈ったのに、神は自分を救ってくれなかった。自分だけでなく、父と母も見殺しにした。それなのに、自分に冤罪を着せた者たちに神の審判が下る日まで、どうして待つことができるだろうか。「おまえたち人間は自分で復讐するな。復讐は私のすることだから」という神の言葉に、どうして従うことなどできようか。私は自ら審判を下す！　この手で自ら復讐する！　神ならぬ人間によって誤った裁きを受けた私には、すべてが許されているはずだ。私に誤った裁きを行なった者たちに対して復讐する権利は、神にではなく、私にこそあるはずである。

一昨年の十月、柏木はそう考えた。

そして、具体的な方策はまだ見つからなかったものの、光南市まで行って村上の住まいを確かめることから行動を開始したのだった。

久留島に対していかなる裁き、復讐を行なうかは自分の自由だ、と柏木は思う。が、そのために警察に捕まるような方法だけは採りたくない。命が惜しいからではなく、自分がそうした犠牲を払えば、相手にそれだけの価値を認めたことになるからだ。

では、どうしたらいいか？

やはり、久留島が何とか逃げ切ろうとしているこの裁判で追いつめるしかない、と柏木は結論した。

この裁判で、殺人に関して有罪の判決が下されれば、久留島はおそらく死以上の打撃を受けるにちがいない。そしてその判決は、柏木が無実であると公に宣言されることでもあるのだ。

ただ、問題は、久留島の犯行を立証するための証拠をどうしたら手に入れられるか、だった。

柏木は結局、もう一度石森那恵に連絡を取ってみよう、と考えた。

那恵の母親・佐久間静香には、日記を書く習慣はなかったという。が、静香が久留島に電話したときのことがどこかに記されていないともかぎらない。だから、那恵に話し、そうした可能性のあるところを調べてもらうのである。

久留島は、後にも先にも佐久間静香から電話を受けたことはないと言っている。覚えがないではなく、「受けていない」と言い切っている。

だから、静香が確かに香西署に電話していて、その相手が久留島だった、と証明できれば、久留島の供述の信用性を大きく減退させることができる。同時に、彼の堤殺しの構図がけっして柏木と村上の想像ではない、と裁判官に印象づけることもできるだろう。

柏木が今夜にも石森那恵にメールしてみようと考えているうちに、村上に対する木之本弁護士の反対尋問は終わった。

3

誰かが何か言っていた。怒っているような声だ。

「一三七×番、静かにしなさい！」

ようやく、その言葉が聞き取れた。

同時に吉本聖子は、それが自分の監房を覗《のぞ》き込んでいる女性看守の声だとわかった。

聖子は「はい」と答え、反射的にベッドの上で身体を起こした。

「『ごめんなさい、ごめんなさい、助けて！』って何度も叫んでいたけど、またいつものように魘《うな》されたのね」

看守が言った。

「はい」

「とにかく、他の人の迷惑になるので静かに寝なさい」

「すみませんでした」

看守が聖子の監房の前を離れ、廊下を去って行った。

聖子は全身にびっしょりと汗をかいていた。それが冷たい空気に触れ、すでに身体から熱を奪い始めている。

聖子は手で額と首筋の汗を拭い、急いで薄い布団にくるまった。

しかし、もう眠れなかった。

こうして目が覚めてしまったときはいつだってそうだ。がたがたと寒さに震えながら、窓の外に覗いている小さな空が次第に白んできて明るくなるのをひたすら待つ以外にない。

こういうときの聖子は、自分の内に住み着いている〝鬼〟を鎮め、〝鬼〟から自由になるにはどうしたらいいか、を考えた。そのために自分に何ができるか、を考えつづけた。常に暴れ出そうと狙っている〝鬼〟にそのきっかけを与えないためにも。

昨年の六月十九日、聖子は「十八年前の決着」をつけようと村上宣之を拳銃で撃った。村上を殺し、殺人犯として裁かれることによって、内なる〝鬼〟を鎮め、〝鬼〟から解放されるかもしれない、と考えたのだった。

しかし、てっきり死んだと思っていた村上が死ななかっただけではない。証拠を捏造して柏木を麗殺しの犯人に仕立てたのも、堤達夫を殺したのも、村上ではなかった可能性が高くなった。

そのため、聖子の中の〝鬼〟は依然として活発に活動しているのだった。

明日――すでに午前零時を過ぎていると思うので正確には今日――は三月二十七日、三月最後の日曜日だ。聖子が殺人未遂と銃刀法違反の罪で起訴され、田端南署の留置場からここ小菅にある東京拘置所に身柄を移されたのが去年の七月二日だから、間もなくまる九カ月になる。

この間、聖子は一週間に一、二度は今夜のように魘され、目が覚めた。〝鬼〟は様々に姿、かたちを変えて夢の中で聖子を責め、さらには目が覚めてからも朝まで彼女を脅《おび》えさせた。

聖子が魘されて叫ぶと、初めのうちは看守が何事かと駆けつけ、監房の錠を開けて入ってきた。が、いまはもう慣れてしまったらしく、廊下から静かにするようにと注意するだけだった。

しかし、聖子はけっして慣れることがない。麗の死からすでに十九年以上経つというのに、苦痛と恐怖は常に新鮮だった。

昨年の十月十三日に東京地方裁判所で始まった聖子を裁くための裁判は、すでに四回の公判を数えていた。今月二日に開かれた第四回公判には柏木が弁護側の証人として出廷したし、九日後の四月五日に開かれる次回・第五回公判では、聖子自身の陳述（被告人質問）が予定されている。証拠調べはたぶんそれで終わりになり、検事の論告・求刑、弁護士の最終弁論を経て結審――となる可能性が高い。

だが、聖子は、自分の裁判の成り行きにはほとんど関心がなかった。有罪判決が出ることは間違いないのだし、懲役の量刑が二、三年多くなろうと少なくなろうと、どうでもよかった。獄中で暮らそうが、娑婆《しゃば》に出て暮らそうが、心の内に巣くっている〝鬼〟を鎮められないかぎりは、聖子にとってはたいした変わりはない。

聖子がいま強い関心を持ち、気にしているのは、別の裁判である。〝鬼〟を鎮める方法を見出《みいだ》せるかもしれない、N地方裁判所で行なわれている久留島正道を被告人とする裁判の成り行きだった。

香西警察署元署長の久留島は、現在、堤達夫を殺した罪（殺人罪）と村上を殺そうとした罪（殺人未遂罪）で裁かれている。

村上は、聖子に拳銃で撃たれて重傷を負った三カ月後、久留島に日本刀で斬りつけられ、殺されそうになった。

その事件によって明らかになった事柄は、聖子にとって、死んだものと思っていた村上が一命を取り留めたと知らされたとき以上にショックだった。

久留島が否認しているので、それはまだ事実と確定したわけではない。だが、村上を殺そうとした久留島の行動から推《お》して、事実と見て間違いないと思われた。

十九年前、柏木有罪の決め手となった証拠の捏造をしたのは久留島だった、去年、堤を殺したのも久留島だった――。

これが事実なら、それらをしたのが村上だと考えた柏木の推理は誤っていたわけである。聖子が村上を殺そうとした根拠は虚妄だったことになる。

つまり、聖子は誤解、誤認から一人の人間を殺そうとしたのだった。

久留島が逮捕されるまでの聖子は、村上を殺せなかったことで悔やんでいた。生死を確認して、とどめの一発を撃たなかったために、自分の内なる〝鬼〟も生き残ってしまい、自分は生涯苦しめられつづけなければならなくなったのだ、と思っていた。

そこに起きたのが、久留島が日本刀で村上を襲うという事件であった。

聖子は事件を報じた新聞を読み、さらには接見に来た弁護士の田淵恭子《たぶちきょうこ》から事情を聞き、村上が死ななくてよかった、と思った。同時に、村上にはすまないことをした、とそれまでとは別の後悔をすることになった。

久留島の事件が起きるまでの聖子は、村上にとどめを刺さなかった点は悔やんでも、彼を撃った行為を後悔したことはなかった。彼に詫びる気持ちはなかった。刑事や検事の取り調べにも、村上は殺されて当然だったのだ、と言い張ってきた。

だが、久留島の事件が起き、聖子の行動の根拠は崩れた。そのため、大きなショックを受けたのだった。

聖子は当然、刑事と検事に対する供述を変え、自分が誤っていたらしいと認めた。村上にすまないことをしてしまった、と詫びの気持ちを表明した。

久留島の事件から三週間余りして聖子の裁判が始まり、それに二カ月半近く遅れて、昨年の暮れ、久留島の裁判も始まった。

その後、聖子は、自分の裁判以上の関心を持って久留島裁判の進行を見まもってきた。

久留島は容疑事実を全面的に否認するという態度を貫いていた。田淵弁護士によると、このまいった場合、堤殺しに関しては無罪の判決が出る可能性が低くない、という。

そうなった場合を考えると、聖子は久留島が許せなかった。

村上ではなく、久留島こそ自分に撃たれていなければならない人間である。そして死んでいなければならない人間だった。それなのに、囚《とら》われの身とはいえ、ぴんぴんしてシラを切りつづけている。

聖子は、いつしか、久留島に大きな罰を加えなければならない、と思い始めた。村上を殺そうとしたように、この手で久留島を殺し、殺人の罪で裁かれる――。そうしないかぎり、自分は死ぬまで〝鬼〟から自由になることはできないかもしれない、と考えるようになった。

しかし、久留島だけでなく、聖子自身も囚われの身である。久留島を殺すことはできない。

では、どうしたらいいのか？　どうしたら自分は〝鬼〟から自由になれるのか？

眠れないときの聖子は、ひたすらその方法を考えることによって、〝鬼〟に暴れ出すきっかけを与えないようにしていたのだった。

鉄格子の嵌《は》まった小さな窓が次第に明るくなってきた。が、気温はこれから日の出前までの小一時間が一番低くなる。春分の日が過ぎ、桜も咲いたらしいのに、一昨日の朝八王子では氷が張ったと報道されていた。

聖子は薄い毛布と布団を搔《か》き寄せ、これ以上は縮められないぐらい小さく、丸くなった。それでも全身が震え、歯がガチガチ鳴った。

寒さから逃れるためにも、「どうしたらいいのか？　どうしたら……」と聖子は呪文のようにぶつぶつとつぶやきながら考えつづける。

そのとき、脳裏に一つの考えが閃《ひらめ》いた。

殺人者になる代わりに、別の大きな犠牲を引き受ける方法である。もしかしたら、それによって〃鬼〃を鎮めることができるかもしれない、と聖子は思った。

もちろん、やってみないことにはわからない。やっても、〃鬼〃はそのまま聖子の中に居座りつづけ、聖子を苦しめつづけるかもしれない。が、それならそれでやむをえない。いくら考えても、それ以上に巧《うま》い方法は浮かびそうになかったし……。

聖子はそう結論すると、田淵弁護士が接見に来たら自分の考えを話して――真の動機はもちろん明かさず――協力を求めよう、と思った。

田淵弁護士は驚くだろう。とんでもない、絶対にやめろ、と顔色を変えて止めるにちがいない。しかし、聖子としては、田淵弁護士に認めさせ、彼女の力を借りなければならなかった。もし、どうしても拒否するなら、そのときは弁護士を解任する以外にない。

そう思い、方法の詳細についてあれこれ考えていると、昂奮のためか身体が少し温まってきた。

告白

1

五月九日（月曜日）——。

奇《く》しくも、一年前堤達夫が殺された日、村上は、久留島事件の第五回公判が開かれることになっているN地方裁判所へ行った。

村上が、N駅からバスで県庁前まで行き、N市の官庁街の一角に建っているN地方裁判所に着いたのは午前九時十四、五分である。開廷は十時からだったが、すでに定員以上の傍聴希望者が詰めかけたのか（それともその予測の基にか）、初公判以来二度目の整理券が発行されていた。

今日は、前回の公判の終わりに検事が名前を挙げるまではたぶん誰も予想していなかったと思われる意外な人物が、証人として登場することになっていた。だから、もしかしたら大勢の傍聴希望者が押し掛けるかもしれない——村上はそう考え、整理券の配布が締め切られないうちにと前回より三十分近く早く出てきた。また、N市内に住む長女を呼んでおいた。

村上の手当は正解だった。間もなく行なわれた抽選に自分は外れたが、娘が当たったので、彼は法廷へ入ることができた。

村上は、正面に向かって右手の被告人席がよく見えるように——久留島はまだ出廷していなかったが——奥の検事席に近い、前から二列目の席を選んだ。自分が証言台に立った第二回公判のときは、相手の気持ちを思いやったのと元上司に対する気後れから、久留島と目を合わせるのを避けていた。が、いまは違う。木之本弁護士の厳しい反対尋問に遇い、それが久留島の意思だとはっきりと知ったため、彼に対する畏《おそ》れや遠慮は吹っ飛び、強い怒りだけを覚えていた。

村上が腰を下ろしたとき、被告人席の後ろの弁護人席にはすでに木之本ら三人の弁護士の姿があった。が、柵を挟んだすぐ前の検事席はまだ無人だった。

右側と背後の傍聴席に目を移した。

村上と同じ前から二列目、ほぼ中央の席に柏木が腰を下ろすところだった。

柏木も村上に気づき、ちらっと彼のほうを見た。が、それだけである。お互い挨拶《あいさつ》はしない。

村上は、「柏木を有罪にした証拠を捏造《ねつぞう》したのも堤を殺したのも村上である」という柏木の誤った推理を信じた吉本聖子に拳銃で撃たれ、重傷を負った。死の一歩手前まで行って、引き返してきた。聖子は村上の話に耳を貸そうとせず、拳銃の引き金を引いたのだった。そうするように柏木に唆《そそのか》されていたのだろう。二人とも否認しているが、間違いないと思う。

それなら、柏木は殺人未遂の共犯（教唆《きょうさ》犯）として、正犯である吉本聖子と一緒に裁かれていなければならない。

だが、村上は、田端南署の刑事に事情を聞かれたとき、自分の考えを話さなかった。吉本聖子が否認しているかぎり立証が難しいという事情もあったが、それだけではない。柏木が自分を憎み、報復を意図したのはけっして逆恨みではなかったらしい、とわかったからだ。

村上は、吉本聖子に拳銃で撃たれる直前まで、古畑麗を殺したのは柏木に間違いない、柏木を自白に追い込んだ自分たちの捜査に誤りはなかった、そして今度、堤を殺したのも柏木にちがいない、そう考えていた。

ところが、吉本聖子は引き金を引く前、「堤が殺された晩、柏木は自分と一緒にいた」と言った。では、堤は誰に殺されたのか？　村上は、聖子に撃たれて朦朧《もうろう》としていく意識の中でそう自問し、柏木の推理の中に登場する自分を久留島に置き換えればすっきりと説明がつくことに気づいた。

彼は、九死に一生を得て病院のベッドで意識を回復してから、その考えについて検討を加え、間違いないと確信した。

となれば、柏木の推理には大きな誤りがあったものの、彼が自分を恨み、憎んでいたのにはそれなりに理由があったわけである。つまり、自分も柏木もともに久留島の犯罪の被害者だったのだ。

村上はそう考えると、柏木が自分に対して行なった報復行為は不問に付すことにした。そして、刑事たちの二度目の事情聴取に際し、「吉本聖子が拳銃を取り出したとき柏木も室内にいたと前に言ったが、それは自分の記憶違いだったらしい」と、最初の供述を翻《ひるがえ》した。前言のほうが自然だし辻褄が合っていたからだろう、刑事たちは村上が嘘をついているのではないか、と怪しんだようだ。どういう事情があるのかわからないが本当のことを話してほしい、と繰り返した。が、村上が、事情なんて何もない、こちらが事実だと言い張ると、やがて彼らも諦めた。

そのときの村上は、自分が到達した結論について公にするつもりはなかった。久留島の行為はあまりにも黒く汚れていたからだ。久留島の名誉のためというより、R県警ひいては警察全体の名誉のためにも秘さなければならない、と思った。

といって、久留島に、このまま恵まれた生活を送らせて〝穏やかな死〟を遂げさせたのでは、理不尽である。彼に殺された堤は浮かばれないだろうし、冤罪《えんざい》を着せられた柏木も納得できまい。

村上はそう考えて、柏木と自分の推理を久留島に突きつけ、どうするかは久留島自身の判断に任せた。久留島ならきっと自分の意を汲んでくれるにちがいない、潔《いさぎよ》く自裁するにちがいない、と読んだからである。

しかし、村上の予想と期待は裏切られた。

久留島は、潔さとは対極にある選択をしたのだ。

彼が日本刀を振りかざして襲いかかってきたときは、惚《ぼ》けて正常な判断力を失ったのか、と村上は思った。が、そうではなかった。村上に真相を突きつけられて、焦りはあっただろうが、いまのうちに村上の口さえ封じてしまえば安全だ、村上を殺しても自分が疑われるおそれはあるまい、という読みのうえに取られた行動だった。そう考えて間違いない。

久留島の思惑は外れ、彼は……本人がそう思っているかどうかはわからないが、生き恥をさらす結果になった。それにとどまらず、R県警の権威と信用を失墜《しっつい》させた。

村上は、刑事として大勢の犯罪者や犯罪被害者に接してきたので、人を見る目だけは他人よりある、と密かに自負していた。それだけに、自分の目は節穴だったのか、とショックだった。もちろん久留島が自分の考えていたような人間ではなかったからだ。村上は久留島を、指揮官として高く評価してきた。昨年の夏、〈古畑麗殺しの真相を隠蔽し、堤を殺したのは久留島にちがいない〉と見抜いた後も、村上の中には久留島に対する幻想があった。よもやR県警の評判を落とすような行動だけは取らないだろう、と思っていた。ところが、久留島は、〝それほど先の長くない己れの命を第一に置いて、それにしがみつく〟という村上の予想外の道を選んだのだった。戦争中、お国のために死ねと部下に命じながら、戦争が終わるや、真っ先に金や食料などをかすめ取って逃げた幹部将校たちの話を、村上は聞いたことがある。そうやって大勢の部下や民間人を捨てて自分だけ生き残った卑劣な男たち……彼らの像と久留島が、村上の中で重なった。

岩峰検事と狐のような顔をした女性検事が入ってきて、柵のすぐ向こうの席に腰を下ろした。

それにわずかに遅れて、検事席の後ろのドアが開き、二人の刑務官に伴われた久留島が入ってきた。

拘置所に勾留《こうりゅう》されている被告人は、裁判のある日は早めに裁判所へ連れてこられ、一旦、所内の監房（仮監）に収容される。そして、時間がくると、手錠・腰縄を付けられ、刑務官に伴われて特別通路――傍聴人などと顔を合わせないように仮監から各法廷に通じている――を通って法廷まで来る。

だから、久留島が入ってきたのは、村上たち傍聴人や弁護士、検事が入ってきた廊下側のドアではなく、反対側のドアだったのだ。

前後を刑務官に挟まれた久留島は、村上から二メートルと離れていない柵際を通って被告人席へ向かった。打ちひしがれているといった感じではないが、心持ち顔を俯《うつむ》け、傍聴席を見ようとはしなかった。

村上は、ずっと恩義を感じ、小柄ながら肝のすわった人間だと尊敬もしていた元上司の姿に複雑な思いだった。あくまでもシラを切り通そうとしている久留島に怒りと嫌悪を覚えると同時に、どこか悲しいような、やりきれなさを感じた。こうした場面を見ることになろうとは想像もしなかったし、できることなら見たくなかった。

前回、四月十一日に開かれた第四回公判に検察側の証人として出廷した石森（旧姓佐久間）那恵の証言により、柏木の推理を基にした村上の推理は信憑《しんぴょう》性が増した。

第二回公判で村上が証言台に立ったときは、木之本弁護士の反対尋問により、〈堤が古畑麗を殺した〉〈それを知った久留島が堤を逃がし、柏木を犯人に仕立て上げる証拠を捏造した〉〈久留島は殺人罪の公訴時効が成立した堤に脅され、彼を殺した〉という〝堤殺しの構図〟は、柏木と村上の単なる想像にすぎない、と印象づけられた。

それが、石森那恵の証言によって、那恵の母親・佐久間静香が久留島に電話していた事実が裏づけられ、久留島が虚偽を述べていたことが明らかになったのだ。

岩峰検事の尋問に答えて、石森那恵が説明したところによると――

昨年の春、母静香の法事で長崎の実家へ帰ったとき、家計簿を詰めた段ボール箱を捜したが、なぜか一九八五年と八六年の家計簿だけがなかった。父親に聞いても、わからないという。母がその二冊だけ処分したとも思えないし、変だなとちょっと気になったものの、そのまま京都の家へ帰り、半ば忘れて暮らしていた。

去年の秋、久留島の事件を捜査しているR県警の刑事が訪ねてきて、一九八六年当時のことをいろいろ聞かれたが、見つからなかった家計簿を捜してみようとは思わなかった。

ところが、先々月、「十九年前、お母さんが香西署の誰に電話したのかを明らかにできるものはないだろうか？」と柏木喬がメールしてきた。そして、もし一九八六年の家計簿が見つかればそこに書き込みがしてあるかもしれないと那恵が返事をすると、ぜひ捜し出してほしいという依頼のメールが折り返し届いた。

それからしばらくして、今度は岩峰検事が久留島裁判の証人になってほしいと言ってきた。那恵が刑事に話したことを記した調書は証拠として採用されていたが、岩峰としては久留島の供述の欺瞞《ぎまん》性を明らかにするために彼女の証言が必要だと判断したらしい。

そこで那恵は、二冊の家計簿が紛れ込んでいそうな場所をあれこれ考えながら、また巡ってきた母の命日に長崎の実家へ行った。

実は、そのときの那恵の頭にはすでに目当ての場所があった。

父の古い資料などが詰められているらしい段ボール箱だ。

那恵は去年の春、実家へ行ったときから、

——一九八四年以前の家計簿も一九八七年以後の家計簿もあるのに、一九八五年と八六年の家計簿だけが抜けているということは、一九八七年三月の引っ越しに関係しているにちがいない。

とだけは考えていた。

今回、それを基に、那恵は次のように想像したのである。

一九八四年以前の家計簿は、豊町団地に住んでいたころから段ボール箱に詰められ、押し入れに入れられていた。一九八七年の引っ越しのとき、一九八五年と八六年の家計簿はすでに使用されていなかったものの、まだ整理されずに両親の部屋のどこかに置かれていた。一九八七年の家計簿だけは使用中だったので、食堂か居間の棚にでも置かれていた。

それらは、引っ越しのときひとまとめにされることなく、別々に長崎まで運ばれた。段ボール箱に詰められていた一九八四年以前の家計簿はそのまま、一九八七年の家計簿は母の日用品と一緒にバッグにでも入れられて、そして一九八五年と八六年の家計簿は父の本か書類と一緒に別の段ボール箱に詰められて。長崎へ運ばれた後、これらの梱包《こんぽう》がすべて解かれていれば、問題がなかった。一九八五年と八六年の家計簿も、一九八四年以前の家計簿が入っていた箱に移されるか、一九八七年以後の家計簿と一緒にされ、母の死後、父の手で同じ段ボール箱に詰められていただろう。ところが、その二冊だけがなかったということは、それらはまだ梱包の解かれていない段ボール箱に入ったままなのではないか――。

その後、那恵が実家の父親に電話して尋ねると、引っ越しのとき本を詰めてきた箱は全部開いたが、古い資料や書類を詰めた箱は二つか三つ、開けずに物置に置いたままになっている、という。

それを聞いて、那恵は、二冊の家計簿はそこに紛れ込んでいるにちがいないと思ったのだった。

――証人は長崎の実家へ行き、どうしましたか?

と、岩峰検事が尋問を継いだ。

――着くとすぐに物置へ行き、父に聞いていた段ボール箱を開けて中を調べました。

と、石森那恵が答えた。

――お母さんがつかっていた一九八五年と八六年の家計簿は見つかりましたか?

――見つかりました。

――そのうちの八六年の家計簿はこれですか?

岩峰検事が自分の机の上に置いてあった家計簿を取り、表紙を裁判官と那恵、そして弁護士のほうに向けて、聞いた。

――はい、そうです。

――この家計簿には、先ほど証人が言われた件……香西署の廊下で擦れ違った男に関してお母さんが警察に問い合わせてみると言ったという件ですが、それに関係した記述はありますか？

――ございます。

――どこに、あるのですか？

――二月二十四日のメモ欄と、二十七日のメモ欄です。

――では、そこに書かれているメモを読んでいただけますか。

岩峰が家計簿を持って証言台に近づき、二月のページを開いて那恵に渡した。

――二十四日の欄には《那恵の件、署長さんに電話。すぐに調べて返事をくれるとのこと》と書かれております。そして三日後の二十七日の欄には《署長さんから電話。那恵の件、調べても該当する人がいなかったそうなので、那恵の人違いだったらしい》と書かれています。

那恵が家計簿を見ながら証言した。

――二十四日のメモ欄には「署長さんに電話」、二十七日のメモ欄には「署長さんから電話」と書かれているのですね？

――はい。

柏木の面通しを行なうため、村上たちが佐久間那恵と母の静香を香西署へ喚《よ》んだのは、一九八六年の二月二十二日（土曜日）である。だから、二十四日はその翌々日の月曜日だ。

これで、佐久間静香が署長の久留島に電話をかけたことはほぼ証明されたのだった。

那恵の証言の後、岩峰検事は家計簿を証拠申請すると同時に筆跡鑑定を求めた。那恵の読み上げた書き込みは、筆跡、ボールペンの色、他の書き込みとの位置関係などから、静香の書いたものであることは間違いないようだ。が、岩峰は証拠として盤石《ばんじゃく》なものにしようとしたのだろう。

こうして、久留島が虚偽の供述をしていたことが明らかにされ、村上は胸が少しすーっとした。「久留島が堤を殺した」というのが村上の単なる想像ではない、と裁判官に印象づけられたはずだからだ。

とはいえ、殺人の罪で久留島に有罪の判決を下させるには、まだ充分ではなかった。有罪判決の出る可能性のほうが多少高くなったとは思うが、逆の判決が出る可能性もけっして低くはない。

それだけに、村上としては、今日の証人の口から何が語られるのかと強い好奇心を覚えると同時に期待もしていたのだった。

開廷五、六分前になったとき、（廊下側のドアではなく）さっき久留島が入ってきた検事席の後ろのドアが開き、証人が入ってきた。

2

岩峰検事が立ち上がり、証人を迎えた。

証人は吉本聖子である。

聖子は手錠と腰縄を付けられ、二人の女性刑務官に伴われていた。彼女は今日の裁判の証人ではあっても、村上を拳銃で撃って殺そうとした事件の被告人として勾留中の身である。そのため、久留島と同様、地下の仮監から法廷へ連れてこられたのだった。

岩峰が聖子に小声で何やら話しかけた。聖子が「はい」とうなずくのがわかった。そして最後に、わかりましたとでも答えるように小さく頭を下げ、村上たちのいる傍聴席のほうに身体を向けた。

ただ、特徴のあるガラス玉のような大きな目は上げず、柵際を通って証言台の後ろまで進んだ。

相変わらず痩《や》せていた。顔は薄く煤《すす》を塗ったようにくすみ、皺《しわ》が目立つ。村上は聖子の裁判も欠かさずに傍聴していた——昨年十一月末の第二回公判では証人として出廷した——ので、もう慣れたが、初めて見る人は、五十前だと聞けば驚くにちがいない。

証人用の席は、証言台の後ろ、仕切り柵の前に設けられていた。聖子は、その長椅子の前で腰縄と手錠を解かれ、傍聴席に背を向けて座った。

吉本聖子は、十九年前、堤達夫に殺された古畑麗の母親ではあっても、久留島の事件にどう関わっているのかは不明だった。というより、直接的な関わりは何もないように思われた。

ところが、前回公判の最後に彼女の証人申請をした岩峰検事は、

――検察官は、その証人によって何を立証するつもりですか？

と、裁判長に立証趣旨を問われ、

――十九年前、被告人が堤達夫に辞表を書かせた事実と、被告人が堤達夫の車のトランクから集めたゴミを柏木喬の車・セシリオのトランクへ移した事実を立証できる見込みです。

と、答えた。

そのため、

〈古畑麗の母親が、麗の殺された事件に、いったいどのような関わりを持っていたのか？〉

という大きな謎が生まれたのだった。

吉本聖子が証人カードに記入し終わるのを待っていたように、正面法壇《ほうだん》の背後の扉が左右に開き、三人の判事が登場した。

いよいよ開廷である。

廷吏の「起立」の号令で立ち上がった村上たちが全員腰を下ろすのを待って、

「審理を始めますが、証人は来ていますね」

伊藤裁判長が検事席に顔を向けて形式的な確認をした。

「はい、参っております」

と、岩峰検事が答えた。

「それでは、証人は前へ出てください」

裁判長が吉本聖子に命じた。

聖子が立ち上がり、一メートルばかり前の証言台へ進んだ。

人定尋問、証人宣誓とつづき、裁判長は、吉本聖子が別の事件の被告人であることを考慮したのだろう、〈証人は証人自身が有罪判決を受けるおそれのある証言は拒むことができる〉という証言拒絶権について比較的丁寧に説明した。

――ただし、偽証をした場合は罰せられることがあるので注意するように。

と、偽証の警告をした後で、検事に尋問を始めるように促した。

尋問は岩峰検事だった。

彼が立ち上がり、

「十九年前、香西市で誘拐殺害された古畑麗ちゃんと証人の関係を教えてください」

と、最初の質問を発した。

「麗は私の一人娘です」

と、吉本聖子が答えた。

「ということは、当時、証人は香西市に住んでおられたのですか？」

「はい。香西市豊町の県営住宅に住んでおりました」

「当時の家族は？」

「私と夫と麗の三人ですが、事件が起きる前の年の夏から夫は宝塚に単身赴任しておりました」

「ということは、事件が起きたときは、証人は豊町の県営住宅に麗ちゃんと二人で暮らしていた？」

「そうです」

「正確に言うと、事件が起きたのは何年の何月何日ですか？」

「一九八六年……昭和六十一年の二月十二日、建国記念の日の翌日です」

「証人は、麗ちゃんの事件が起きる前、つまり一九八六年二月十二日より前、当時香西署の少年係刑事だった堤達夫を知っていましたか？」

「知っていました」

えっ、何だって！　と村上は思わず声を上げそうになった。

事件の前であれ後であれ、聖子が当時から堤を知っていた――。

初耳である。

「それは、どうしてでしょう？」

「お付き合いをしていたからです」

吉本聖子がさらりと答えた。

被告人席の久留島がびくっとしたように目を上げ、聖子の顔を見た。

傍聴席に低くざわめきが広がった。まったく予想外の返答だったからだろう。

村上ももちろん驚いた。同時に彼は、聖子の意図に強い疑問を感じた。聖子が、なぜいまになってそうした事実――彼女の裁判にけっして好ましい影響を与えるとは思えない事実――を明かす気になったのか、不可解だったからだ。

「お付き合いをしていたとは、男と女の関係があったという意味ですか？」

岩峰検事が確認した。

「そうです」

と、聖子が肯定した。

話すために証人になったのだろうから、当然と言えば当然だが、彼女はためらったり渋ったりする様子を見せなかった。

「堤達夫と知り合ったのはいつ、どういう事情からですか？」

「知り合ったのは一九八五年の秋でした。私がパートで勤めていた給食会社にアルバイトで来ていた女の子が仲間とカツアゲをして捕まり、私がその子と一番親しかったので事情を聞かれたのがきっかけです」

「男女の特別の関係になったのはいつからでしょう?」

「翌年、八六年の一月からです。暮れに、非番だった堤と街で偶然会ってカラオケに行き、その後、二、三度一緒にお酒を飲んだりカラオケに行ったりしていたんです」

殺された娘の母親は、娘を殺したと思われる男と不倫の関係を結んでいた——。

十九年の時を経て初めて明らかにされた、仰天すべき事実だった。

この後、吉本聖子の口からいかなる事実が飛び出してくるのか——。そう思うと、村上は全身がぞくぞくするような昂奮《こうふん》と緊張を覚えた。

「証人が堤達夫と親しくしていたことを、証人の夫は知っていましたか?」

「いいえ、知りません」

「では、娘さんの麗ちゃんはいかがでしょう?」

意外な質問に、村上は再び面食らった。

「まだ八歳でしたので、はっきりした関係まではわかっていなかったと思いますが、薄々は感づいていました」

吉本聖子が答えた。

「証人と堤達夫、二人の関係を麗ちゃんはどうして感づいたんでしょう?」

「夜、団地の外に出て私の帰りを待っていたとき、私が堤の車で送られてきたのを見たからです。私は娘がいるのに気づかず、堤の車を見送って歩き出したのですが……そうしたら、麗が不意に暗がりから現われたのです」

「そのとき、証人はどうしましたか？」

「ぎょっとしたというか、ひやっとしたというか、内心慌てました。でも、そうした動揺の色を押し隠し、『なーんだ、麗、そんなところにいたの。ああ、びっくりしたぁ！』と殊更《ことさら》軽い調子で言いました」

「その後、麗ちゃんとどのようなやり取りをしたか、覚えていますか？」

「はい」

「では、それを話してください」

「麗が、硬い冷ややかな声で『いまの人、誰？』と聞いたので、『会社の人よ。お仕事で遅くなったから送ってくれたの』と私は答えました。そうしたら、麗が、『でも、お母さん、車から降りる前にキスしてたでしょう？』と言ったんです。もちろん、私は、『キスなんてしてないわ。するわけがないでしょう。あの人の髪の毛にゴミがついてたから取ってあげたのよ。それを麗は見間違えたんだわ。嫌ぁね、麗ったら、お母さんがキスしていたなんて……』そんなふうに言って誤魔化しました」

「証人の説明に、麗ちゃんは納得しましたか？」

「いいえ。口に出してはもう何も言いませんでしたが、納得していないことは表情と態度でわかりました。私が何とかして麗に取り入ろうとしても、その晩、麗はずっと硬い顔をして冷ややかだったのです」

「それでは、麗ちゃんが殺された二月十二日、事件当日のことを伺います」

岩峰検事が尋問を進めた。

廷内はしわぶきひとつなく、水を打ったように静まりかえっていた。

「その日、証人はパート勤務に出ていましたか？」

岩峰が聞いた。

「はい」

と、聖子が答えた。

「帰宅したのは何時ですか？」

「夕方、五時ごろです」

「パートの仕事に出た日はいつもその時間に帰るのですか？」

「いいえ。勤務の終わるのが三時なので、用事がないときは遅くとも四時までには帰りました」

「その日はどうして遅かったのですか？」

「駅前のスーパーが冬物衣料半額大バーゲンの売り出しをしていたので、そこに寄って買い物をしてきたため、いつもより一時間ほど遅かったのです」

「証人が五時ごろに帰宅したとき、麗ちゃんは家にいなかったんですね」

「はい」

「いつもはどうなんでしょう？」

「家でテレビを見ているときと、おやつを食べた後、団地内の広場で遊んだり仲の良い友達の家へ遊びに行ったり……というのが半々ぐらいでした」

「では、証人は、麗ちゃんが家にいなくても心配しなかった？」

「はい。遠くへ行くことはありませんし、遅くなってもたいがい暗くなる前には帰りましたから」

「心配になり出したのはいつからですか？」

「五時半を過ぎたころから気になってはいましたが……そうですね、六時を過ぎて窓の外がだいぶ暗くなってからです。ただ、そのときもまだ、遊びに夢中になって時間を忘れているのだろうとしか考えられないため、少しきつく注意しなければと半分は腹を立てていたのですが……。ですから、本気で心配し出したのは六時を二十分ほど回ったころでした。変だな、どうしたのだろう、と急に強い不安に襲われ、もっと早く友達の家に電話してみればよかったと後悔し始めたのです」

久留島が逮捕された後、村上は麗殺し事件について大崎警部らに詳しく説明した。だから、当夜の聖子の状況は岩峰検事だって知っているはずである。それなのに、ここで彼女自身の口からわざわざ言わせる岩峰の意図はどこにあるのだろうか。

村上がそう思い、内心首をかしげていると、

「証人が、麗ちゃんはまだどこかで元気に遊んでいると思っていたころ、すでに麗ちゃんが殺されていた、と知ったのはいつですか？」

岩峰検事が急に質問を変えた。

それも妙な質問だった。

麗の死体は翌朝発見され、解剖の結果、死亡時刻は二月十二日午後四時から六時ごろまでの間と推定された。とはいえ、何時に殺されたかはわからない。それを知っているのは麗を殺した犯人の堤だけのはずである。

「事件から一カ月と少し経った三月十五日でした」

と、聖子がはっきりと日にちを口にした。

その答えは、岩峰検事の質問以上に村上を戸惑わせた。

が、村上はその後すぐに、

――もしかしたら……！

と、思った。口の中が渇き、胸が激しく騒ぎ出した。

「どうして知ったのですか？」

「堤に会って聞いたからです」

　聖子が、村上が想像したとおりの事情を口にした。

「堤達夫とは、どこで会ったのですか？」

「N中央公園の噴水前です」

「ということは、香西市からN市まで出てきた？」

「はい」

「昼ですか、夜ですか？」

「夜です」

「そのころ、証人の夫はどこにいたんでしょう？」

「宝塚の職場へ戻っていました」

「一九八六年三月十五日の夜、証人がN中央公園で堤達夫に会ったとき、堤は証人に何と言ったのですか？」

「麗ちゃんを殺したのは自分だと言い、すまない……と泣き出しました」

　聖子が答えるや、

「異議あり！」

　と叫んで、木之本弁護士が勢いよく立ち上がった。

「堤達夫が古畑麗ちゃんを殺したというのは伝聞であり、刑事訴訟法第三百二十条第一項の規定に違反し、証拠とすることはできません。記録から削除を願います」

「その必要はないと思量します」

岩峰検事がすぐに反論した。「堤達夫はすでに死亡しており、証人として当法廷に喚ぶことはできません。また、堤は事件直後とも言うべきとき、自発的に被害者の母親である証人に犯罪事実を告白したものであり、信用できる情況のもとで供述した、と判断されます。よって、ただいまの証人の証言は、刑事訴訟法第三百二十四条第二項、同法第三百二十一条第一項第三号の〝伝聞例外〟の規定に該当しており、何ら違法ではありません」

「異議を却下します」

と、伊藤裁判長が裁定を下し、岩峰に尋問をつづけるように言った。

裁判では、口頭、文書を問わず、原則として、反対尋問できないような伝聞の供述は証拠にできない——という規定がある。いわゆる「伝聞証拠の禁止」だ。が、そこにはいくつかの例外が設けられており、岩峰検事が述べたのもその一つだった。

それにしても、聖子の証言は驚きだった。彼女は、娘を殺した真犯人を知っていた、柏木が犯人でないことを知っていた、というのだ。三月十五日なら柏木が「自白」して起訴された後だが、真相を話すのにまだけっして遅くはなかった。いや、いつだって遅いことなどなかったのだ。

だが、彼女は口を噤《つぐ》み通した。そして、無実の人間が殺人者として裁かれるのを、被害者の母親として（少なくとも表面から見るかぎりは）平然と見まもっていた。

それだけではない。二年後……いまから十七年前の十一月十八日、ここN地裁のこの法廷で、柏木に懲役十五年の有罪判決が下されるや、

――麗を殺した犯人を死刑にしてください！　もし法律が死刑にできないのなら、私が死刑にします。

と、泣き叫んで見せた。その迫真の演技に村上たちはみな騙《だま》されてしまい、一人娘を失った彼女に深く同情するとともに柏木への怒りと憎しみを新たにしたのだった。

それにしても、いま明らかにされた事実を、柏木はどういう思いで聞いているのだろうか。

村上は興味を覚え、首を回して柏木のほうを窺った。

手前の人の頭に隠れて横顔の一部が覗いているだけだが、血の気が失せ、冷たく硬い石像のように見えた。

「そのとき……証人が堤達夫とN中央公園で会った一九八六年三月十五日の夜、堤は、どうして麗ちゃんを殺したのか、話しましたか？」

岩峰検事が質問を継いだ。

「話しました」

と、聖子が答えた。

「悪戯《いたずら》をするためですか？」

「いいえ、違います」

聖子が声を高めて否定した。「堤は、そうじゃないとはっきり言いました」

無駄だと判断したのだろう、もう木之本弁護士は異議の申し立てをしなかった。腕を組み、怒ったような、苦虫を嚙みつぶしたような顔を聖子のほうへ向けていた。

その前の被告人席に掛けた久留島はというと、握り締めた両手を膝の上に置き、塑像《そぞう》と化してしまったかのようだ。聖子の腰のあたりに向けられた視線は、起こされることがない。前回の公判までの久留島は……もちろん不安はあっただろうが、殺人未遂はともかく殺人の罪に関しては逃げ切れると踏んでいたのではないか。ところが、吉本聖子という思ってもみなかった伏兵が飛び出し、彼女の証言によりそれが危うくなった。だから、彼はいま、自分の胸に生まれた恐怖、絶望感と闘いながら、新たな希望を見出すための方策を必死になって探っているのではないか、村上はそんな気がした。

「では、どうしてだと……。いや、順に伺います。堤は、麗ちゃんとどこで何時ごろ会った、と言ったんですか？」

「四時十五分ごろ、豊町団地の東側を通っている市道……正確に言うと、一号棟の東側で会った、と言いました」

「堤達夫は、どうしてそんなところにいたんですか？」

「私が五時ごろ帰ると言ってあったので、非番だった堤は私が帰ったら電話しようと、歩道際に車を駐め、時間を潰《つぶ》していたのだそうです。そうしたら、麗が三号棟の北側の通路から市道へ出て、歩いてきたのだそうです」

「堤の車は、西側の歩道際に北向きに駐まっていたんですか？」

「そうです」

「で、堤は、近づいてきた麗ちゃんに声をかけた？」

「いいえ、違います。前から歩いてきた麗のほうが足を止め、助手席の窓から堤の顔をじろじろと見たのだそうです」

「その後、堤がどうしたか、また麗ちゃんがどうしたか、証人はご存じですか？」

「はい」

「堤に聞いたわけですね？」

「そうです」

「では、それをできるだけ詳しく説明してください」

わかりました、と聖子が答えて、説明を始めた。

それによると、堤は聖子に次のように話したらしい。

堤が、自分の顔を見ている麗に「俺に何か用か？」と聞くと、麗は「べつに」と答えて歩き出した。

堤は、子供にからかわれたようでちょっと頭にきたため、上体を助手席のほうへ乗り出させ、「おい、待てよ」と呼んだ。人の顔をどうしてじろじろ見たのか、理由を質《ただ》そうとしたのだという。

麗が足を止めて振り向いた。

堤は取り敢えず、「どこへ行くんだい？」と聞いた。

――小学校の前の公園。

と、麗が答えた。

――だったら、乗せて行ってやろうか。

と、堤は言った。どうせ断わられるだろうから、そうしたら、どうして自分を見ていたのかと質すつもりだった。

と、案に相違して、麗が「うん」とうなずいた。

――そうか。じゃ、乗りなよ。

堤は助手席のドアを開けてやった。

麗が躊躇《ちゅうちょ》する様子もなく乗り込んでくると、ちょこんと座り、自分でシートベルトを締めた。

堤が言うには、麗を車に誘ったのは不純な下心があったわけではない。可愛い女の子と話すのが好きなので、これまでも女の子が公園で遊んでいたりすると近寄って行って話しかけたりしていた。といって、そうした女の子に性的な欲望を覚えたことはないし、性的行為の対象者として考えたこともない――。

もしこの話が事実なら、堤が佐久間那恵を車に誘ったのも性的な悪戯をしようとしたわけではなかったらしい。が、堤が聖子に自分に都合の悪いことを隠していた可能性もあるので、彼がロリコンでなかったと言い切るわけにはいかない。

そういう意味では、この伝聞証言は信用できる状況のもとで為された堤の供述とは言えなかった。それなのに、木之本弁護士は異議を差し挟まなかったし、伊藤裁判長も検事に注意を与えなかった。その理由は、本裁判の公訴事実に関係しているのは堤が麗を殺したかどうか――それを久留島が隠蔽したかどうか――であり、堤が麗を殺した動機は直接の関係がないからであろうか。

それはさておき、堤は麗を乗せると助手席に顔を向けて微笑みかけ、「何て名前？」とまず聞いたらしい。

――レイ。

と、麗が顔を前に向けたままぶっきらぼうに答えた。

緊張して硬くなっているというより、怒っているような感じだ。

――レイちゃんか。どんな字だろう？

堤は言いながら車を発進させた。

――麗《うるわ》しいの麗……。

――麗しいか、良い名前だな。

――おじさんの名前は？

麗が初めて堤に顔を向けた。

――おじさんか……。できればお兄さんと呼んでほしいけど、ま、いいか。おじさんはツツミって言うんだ。

――ふーん。

――ところで、さっきはどうして僕の顔をじろじろ見ていたの？

堤は車をUターンさせて南に向けてから、気になっていた質問をした。

――前に見た人と似ていたから。

――そういうことか。で、僕は麗ちゃんが前に見た人と同じ人だった？

――同じ人だった。

――いつ、どこで見たのかな。僕は覚えていないけど。

丁字路で左折した。

――夜、三号棟の横。お母さんとキスしていた。

ハンドルを握る手に思わず力が入り、車が小さく横揺れした。

すぐにピンときた。夜、三号棟の横でキス……と言われて思い当たることは一つしかなかったからだ。

ということは、この子は古畑聖子の娘か。小学二年生の娘が一人いるとは聞いていたが……。

いずれにせよ、麗の言ったことを認めるわけにはいかない。

——ぼ、僕が？　まさか！

堤は、驚き呆《あき》れたといった顔をして否定した。

——そりゃ、麗ちゃんの見間違いだよ。僕は麗ちゃんのお母さんを知らないし、三号棟の横で誰ともキスしたことなんかないから。

——あたし、見間違えてなんかいない。

麗が怒ったように言った。

——でも、夜で暗かったんだろう。

ちょうど信号が青に変わったので、県道との交差点を突っ切った。

——街灯が点《つ》いてた。だから、お母さんが車から降りたとき、おじさんの顔がよく見えた。

——それは絶対に僕じゃないけど……だいたい、お母さんがキスしてたっていうのが、麗ちゃんの見間違いじゃないの？　いくら街灯が点いていたからって、車の中は暗かったはずなのに、キスしているかどうかなんてわからないと思うけどな。

——ううん、あたしにはわかったの。

麗が頑強に首を横に振ってから、「公園だから停めて」と言った。

堤はそのつもりだったので、ブレーキを踏んで車を左へ寄せ、

——でも、このままじゃ、僕は無実の罪を着せられたみたいで嫌だな。向こう側の公園の入口まで送ってくるから、もう五分だけ僕と話さないか。

と、誘った。

公園は道路の右側なので、こちらで降りると横断歩道を渡らなければならない。

——じゃ、五分だけ。

と、麗が応じた。

——それなら走りながら話そう。

堤はブレーキから足を離し、軽くアクセルを踏みながら、

——僕は、麗ちゃんのお母さんが誰かとキスしていたというのは麗ちゃんの見間違いだと思うよ、絶対に。

と、強調した。

しかし、麗は、

——見間違いじゃない！

と、怒った声を出した。

――でもさ、何度も言うけど、車の中は暗くて……。
――あたし、ちゃんと見た。
麗が堤の言葉を遮った。
――じゃ、麗ちゃんはお母さんに聞いてみたのかい？
――聞いてみた。
――で？
――お母さんも、おじさんみたいに言ったけど、嘘をついたんだと思う。
――麗ちゃんはお母さんまで疑うわけ！
堤はいかにも呆れたといった声を出した。
――だって、そのときのお母さん、いつものお母さんみたいじゃなかったし。
――どんなふうに？
――わかんない。
――わかんないって、麗ちゃんが言ったんだよ。
――わかんないけど、いつものお母さんみたいじゃなかった。
――そのこと、麗ちゃんは誰かに話したの？
堤は気になっていた点を確かめた。
――まだ話してない。

——まだ？

——お父さん、帰ってないから。

堤はうっかり「宝塚から？」と聞きそうになって、内心ちょっと慌てた。

——帰ってないって？

——お父さん、単身赴任しているの。

そう言われているのだろう、小学二年生にしては難しい言葉をつかった。

——じゃ、お父さんが帰ったら？

——お母さんがツツミさんとキスしていたって教える。

——そりゃ、やめたほうがいいな。

堤は思わず強い声を出した。

——麗ちゃんが間違った話をして、もしお父さんが本気にしたら……。

——間違ってない！　それにあたし、お父さんに頼まれているんだから。

——お父さんに頼まれている？

——そう。

——何て言って？

——お母さんは男の人にすぐに騙されるから、同じ男の人から何度も電話がかかってきたり、男の人と外で会ったりしているみたいだったら、お父さんが家へ帰ったときそっと教えてって……。

――いつ、頼まれたの？

――お正月の後で帰ったとき。

――じゃ、成人の日のころ？

――その後の日曜日かな。

それなら、十九日だ。年が明けて堤と聖子が急速に親しくなり、初めて肉体関係を結んだ直後だった。ということは、聖子の夫は妻の様子にどこかそれまでと違ったものを感じ、浮気を疑ったらしい。

――もう五分でしょう。公園のほうへ戻って。

麗が堤に顔を向けた。

――まだ五分も経ってないよ。でも、じゃ、そこを入って回ってくるから。

堤は言って、少し先の十字路で左へ入った。どうしたら麗が父親に話すのをやめさせられるか、と懸命に考えながら。

――お母さんは外で僕となんか会ってないし、もちろんキスもしていない。だから、麗ちゃんはそんないい加減な話、お父さんにしないほうがいいよ。

堤は車を停めて、言った。とにかく説得する以外ない。

しかし、麗は何も答えず、硬い表情をして前を向いていた。拒否しているのだ。

——もし麗ちゃんが、お父さんとお母さんが喧嘩したほうがいいんなら別だけど。

——…………。

——麗ちゃんだって、お父さんとお母さんが喧嘩しないで仲良くしていたほうがいいだろう？

——…………。

——お父さんはお母さんを殴るかもしれないよ。それでもいいのかい？

——お母さんが悪いんだから、仕方ないわ。

八歳の娘が冷たく言い放った。

——悪いって、お母さんは誰ともキスなんかしていないのに……。

——ツツミさんとしてた。

——僕はしてないよ。

——してた！

麗が、怒ったような顔を堤のほうへ振り向けた。

——そんなふうに勝手に思い込まれたんじゃ困るな。

麗の頑《かたくな》さに堤は実際に困り果てていた。

——麗ちゃんはお母さんが嫌いなの？

——好きだけど、ツツミさんとキスしていたお母さんは嫌い。大嫌い！

——僕はそんなことしていないって何度も言っているだろう。
——お友達が待っているから、公園へ戻って。
——でも、麗ちゃんに誤解されたままじゃ……。
——戻って！
——もちろん戻るけど、もう少し話さないか。
——話さない。戻らないんなら、あたし、ここから歩いて行く。
麗がシートベルトを外した。
——待てよ。
堤は咄嗟《とっさ》に麗の腕をつかんだ。
——放して！
麗が身体をよじって堤の手を外そうとした。
が、麗の細い二の腕をがっしりつかんでいる堤の大きな手は外れない。
堤は手の力は緩めずに、話を聞いてくれと説得を繰り返す。
——放してよ！　あたし、降りるんだから……。
麗が暴れた。放さなければ大声を出すから、と脅した。
——あと五分……いや、三分でいいから……。
——助けて！　誰か助けてぇー！

麗が大声で叫び出した。

幸い、通りには人も車もなかったが、このままでは近くの家から誰かが顔を覗かせないともかぎらない。

堤は上半身を助手席のほうへ乗り出させ、空いていた右手で麗の口を押さえた。

麗がもがき、堤の指に嚙みついた。

——痛ぇ！

堤は思わず麗の口から右手を離した。

——助けてぇ、助けてぇ！

堤はカッとし、「黙れ！　黙れ！」と怒鳴りながら、今度は麗の細い首に手を当て、頭を背もたれに押しつけた。

殺す気など、もとよりなかった。

しかし、麗はじきにぐったりして動かなくなった。

堤は慌てて、

——麗ちゃん、麗ちゃん！

と、麗の名を呼びながら、頰を軽くぴたぴたと叩いた。が、麗はピクリとも動かなかった。

指を嘗《な》め、麗の鼻先に持っていった。

すーともしない。

麗は死んでしまったのだ。

堤は気が動転し、どうしたらいいのか、わからなかった。

自分は人を殺してしまった、警察官である自分が人を殺してしまった、それも、よりによって不倫相手の娘を……。どうしたらいいのか、いったいどうしたらいいのか……。

おろおろしているとき、乗用車が一台、横をすり抜けて行った。

それで、堤はハッとした。とにかく死体を隠さなければならない、と思った。誰かに麗の死体を見られたら、破滅しかない。一方、誰にも気づかれずに死体さえ遺棄してしまえば、逃れられるかもしれない。自分と麗の間には何の関わりもないし、麗を車に乗せたときも誰も見ていなかった。問題はここまで来る間だが、擦《す》れ違った車の助手席に子供が乗っていたかどうかなどいちいち記憶している者はいないだろう。

堤はそう考えると、車を発進させ、倉庫に沿った道へ入った。前後に人も車もいないのを見て停止し、トランクルームの錠を解いて降りた。助手席から麗の身体を抱き上げ、もう一度前後を確認してから、素早くそれをトランクに移した。

あとは、半ば上の空であちこち車を走らせ、薄暗くなってから、市の南の郊外にある香西風土記が丘公園へ行った。公園内の地理をよく知っていたからだ。

北の縁《へり》に近い林の中へ行き、車を駐めてトランクから死体を出し、道から隠れた斜面の下まで運んだ。

車を走らせている間に、幼女性愛者の犯行に見せかけられればより安全になるにちがいない、と考えていた。その偽装のために、可哀想だと思ったが、衣類を全部脱がせた。しかし、裸では夜さぞ寒いだろうと思うと、そのまま現場を離れることができない。下着さえ持ち去れば偽装の目的は達せられるだろうと考えなおし――セーターを持ち去ったことに深い意味はなく、何となく下着と一緒に手にしていた――、ジャンパーとズボンは身体に掛けてやった。幼女性愛者の犯行に見せかけるといっても、死体はできるだけ大事に、丁寧に扱い、淫《みだ》らな行為はけっしてしていない――。

堤は泣きながら、以上のように聖子に告白した。隠し通すつもりでいたが、聖子に対する申し訳なさからそれができなかった、いまさらどんなに詫びてもどうにもならないが、すまない、本当にすまなかった、と深々と頭を下げた。そして、いまの話を警察に知らせるかどうかは聖子に任せるので、気がすむようにしてほしい、と言った。

「しかし、証人は、それを警察に知らせなかったわけですね？」

と、岩峰検事が尋問をつづけた。

「はい」

と、吉本聖子が答えた。

「証人は堤達夫を許したのですか？」

「いいえ、けっして許したわけではありません。許せるわけがありません」

と、聖子が語調を強めた。

「それなのに、警察に通報しなかった理由は何ですか？」

「堤が麗を殺してしまった咎《とが》の半分は私にあったからです。私が夫を裏切って堤と深い関係にならなければ、麗は殺されることはなかったわけですから」

「そうした罪の意識を感じたのなら、証人は事実を明らかにし、自身も相応の責めを負うべきではなかったのですか？」

「はい、そのとおりです」

と、聖子が素直に認めた。傍聴席の村上からははっきりとはわからないが、心持ち項垂《うなだ》れ、目を伏せたようだ。

村上の中にまた初めの疑問が浮かんだ。

聖子は、なぜいまになって、道義的に責められる、しかも自分の裁判にけっしてプラスにならない事実を、敢えて明かす気になったのだろうか。

「わかっていながら、証人はどうして警察に話さなかったんでしょう？」

岩峰検事の質問は、さながら証人の落ち度を追及する反対尋問のようだった。

「一番の理由は、堤との関係を知られるのが怖かったからです」

と、聖子が答えた。「麗を目に入れても痛くないほど可愛がっていた夫に知られたら、殴られるぐらいではすまず、殺されるかもしれません。また世間に知られたら、なんてふしだらな女だ、ひどい母親だ、と激しく非難されるのは目に見えています。そのどちらも怖くて、話せなかったのです。もちろん、そんな自分を責めました。どうなろうと自業自得ではないかと思いました。それでも最後の決断がつきませんでした。それからもう一つの理由は、警察に話しても、刑事さんは私の話なんか取り上げてくれないのではないかと思ったからです。そのため、何度か香西署の前までは行ったのですが、どうしても玄関の中へ入る勇気が出なかったのです」

後《あと》の理由は責任を他人に転嫁する言い逃れだ、と村上は反撥《はんぱつ》を覚えた。聖子からそうした話を聞いたら、確かに村上たちは多少困惑したかもしれない。といって、取り上げなかったということはない……たぶん、なかったと思う。

「警察が取り上げてくれないのではないかと思った——というのは、すでに柏木喬が容疑者として逮捕され、起訴されていたからですか?」

「それもありますが、警察の中に、堤のしたことに気づきながら隠そうとしている人がいる、と聞いていたからです」

村上は息を呑んだ。

緊張して聖子の次の証言を待った。

だが、岩峰検事は、

「それは非常に重大な件なので、後であらためて伺うことにします」

と言い、尋問を別の方向へ進めた。

「その後、柏木喬の裁判が始まり、まず一審で有罪の判決が出ましたね。そのとき、証人はどう思いましたか？」

「柏木さんにすまないと思いました。心の内でお詫びしていました」

と、聖子が答えた。

柏木にすまないと詫びていた？

村上は呆れる思いで聖子の証言を聞いた。この法廷で柏木に懲役十五年の判決が言い渡されたとき、聖子は、被害者の母親のやり場のない怒りと悲しみを演じて見せた。それは、柏木に対する詫びの気持ちとは対極にある行動だった。

あのときの聖子の姿、叫び声は、いまでも村上の脳の奥に焼きついて残っている。それを思い浮かべると、彼は吉本聖子という女に底知れないものを感じ、恐ろしくなった。久留島のエゴ、自己愛の強さにも呆れるが、彼についてはは想像できないわけではない。が、聖子のそれは……異性ということもあってか、村上の想像力をはるかに超えていた。

村上は、もう一つ思い出した。聖子が夫の古畑和重と連名で柏木に損害賠償を請求する民事訴訟を起こし、柏木の両親から一億一千万円の金を受け取った、という事実である。

これは、夫に真相を隠しているかぎりはそうせざるをえなかった、という事情もあろうが、やはり呆れた。

村上は、また柏木の顔を見てみたい誘惑に駆られた。柏木はいま、どんな思いで聖子の証言を聞いているだろうか、と思った。自分でさえ彼女の身勝手さに強い怒りを覚えているのだから、柏木は黙って座っているのが辛いにちがいない。

「質問を変えます」

と、岩峰検事が言った。この証人尋問は、聖子と柏木の関わりを明らかにするのが目的ではないからだろう。

「証人は、一九八六年の三月十五日、N中央公園で堤達夫に自分が麗ちゃんを殺したと打ち明けられた後、堤と会いましたか？」

「会っておりません」

と、聖子が答えた。

「電話で話したことは？」

「一度だけ話しました」

「いつですか？」

「同じ年の三月三十日です」

「電話はどちらからかけたのですか？」

「堤からかかってきました」

「どういう用件だったのでしょう？」

「就職先が決まったからと、その会社名と新しい住所を知らせてきたのです。十五日に会ったとき、もう二度と連絡を取り合わない約束だったのですが……」

「新しい就職先ということは、堤はR県警を辞めたわけですね？」

「はい。三月初めに退職願を出し、私と会った十五日に受理されました。そのため、東京へ出て、民間会社に再就職したのです」

「証人は、堤がR県警を辞めた理由を聞いていますか？」

「聞いています」

「堤は証人にどのように話したんですか？」

「表向きは、郷里の酒田へ帰って家業の酒屋を手伝うために自分から辞めたことになっているが、署長に辞表を書かされたのだ、と話しました」

当然のように、弁護人席から「異議あり！」の声が挙がった。

木之本弁護士が立ち上がり、さっきと同じように伝聞証言の違法性を主張し、記録から削除するように求めた。

しかし、伊藤裁判長は、この場合も伝聞例外に当たると述べ、岩峰検事の意見を聞くことなく異議を却下した。

木之本弁護士は、一応異議の申し立てをしたものの結果を予想していたのだろう、黙って腰を下ろした。

「堤達夫は『署長に辞表を書かされた』そう言ったのですね?」

岩峰検事が、「署長に」の部分を強調して聖子に確認した。

「はい」

と、聖子もきっぱりと答えた。

この聖子の証言は、予想されたことではあったが、それでいて村上を面食らわせた。

――聖子は、堤に辞表を書かせたのが久留島だと知っていて、俺を拳銃で撃ち、殺そうとしたというのか!

もしそうだとしたら、これまでの彼女の主張はどうなるのだろう、と村上は思った。田端のマンションの部屋で自分を撃つ前に言った、「あなたは堤を逃がして事件の真相を隠し、今度また自分の悪事がばれないように堤を殺してしまった。だから――」という動機は虚偽だったのか。

聖子は自首した後も同じ主張をつづけた。三カ月後、村上を襲った久留島が殺人未遂の現行犯で逮捕され、堤を殺したのも久留島だったらしいと一般に知られるまで。

彼女は、その話を田端南署の刑事に教えられて初めて、

――自分は間違っていたらしい。村上には本当に申し訳ないことをしてしまった。

と、供述を変えた。

しかし、いまの証言が事実なら、彼女は十九年前から、〈堤を逃がし、事件の真相を隠蔽したのは久留島だ〉と、知っていたことになる。知っていながら、無実の村上を撃ち殺そうとしたことになる。

これはどういうわけだろう？

去年の六月の時点では、聖子は堤との関係を誰にも知られたくなかった。堤が麗を殺した事実はもとより、それを自分が知っているということを柏木に絶対に知られてはならない、と思っていた。そのため、〈麗殺しの真相を隠蔽し、堤を殺したのは村上である〉という柏木の推理を信じたように見せかけ、村上を撃ったのだろうか。

そうも考えられないではない。

だが、村上は違うような気がする。事は殺人なのだ。軽く怪我をさせるのとはわけが違う。いくら柏木に真相を悟られまいとしたからといって、それだけの理由で聖子が無実の村上を殺そうとしたとは思えない。

では、どう考えたらいいのか？

聖子が村上を拳銃で撃った時点では、彼女は柏木の推理を本気で信じていたのではないか。〈村上が麗殺しの真相を隠蔽し、堤を殺した〉と本気で思っていたのではないか。

そう考えるのが妥当だった。

つまり、いまここでしている証言のほうが虚偽だ、というわけだ。

しかし、この考えにも大きな疑問が存在する。

聖子の証言の裏にある意味は、〈村上が無実であると知りながら、自分は村上を殺そうとした〉ということだから、聖子自身の裁判で彼女を不利にするのは明白である。それなのに、聖子はなぜ嘘をついてまで自分に不利になる証言をしたのか——。証言内容がたとえ事実であっても彼女の行動は解せないのに、虚偽だとなるといっそう不可解になる。

「堤達夫は、どうして署長に辞表を書かされたのか、その理由を話しましたか？」

村上が考えている間にも岩峰検事の尋問は進んだ。

「話しました」

と、聖子が答えた。

「どのように？」

「署長は、堤が麗を殺した犯人だとわかったらしい、それで、堤のためというよりは署長自身のために急ぎ堤を退職させ、R県警から追い払おうとしているらしい、という話でした」

どうやら、さっき後回しにされた件に戻ったようだ。

確かに、これは重大だった。

この証言が事実だと認められれば、久留島には堤を殺す動機があったことになる。

「念のために確認しますが、堤の言った『署長』というのは被告人のことですね？」

「堤は名前を言ったわけではありませんが、香西警察署の警官だった堤が署長と呼ぶ人は被告人の他にはいないと思います」

「なるほど。で、久留島署長は、どうして麗ちゃんを殺した犯人が堤だとわかったんでしょう？　その点、堤は証人に説明しましたか？」

「はい」

「その内容を話してください」

「堤は独身寮の近くに駐車場を借りていたのですが、そこに駐められていた堤の車のトランクからゴミを集め、柏木さんの車のトランクに移した結果だろう、という話でした。柏木さんの車のトランクから採集したゴミを警察が検査したところ、そこに麗の髪の毛、麗が事件の日に着ていたセーターとジャンパーの繊維《せんい》が交じっていたのです」

聖子はそこまで知っていたのか！　それでいて何も知らないふりをしてきたのか！　久留島といい、聖子といい、人間をどこまで信じたらいいのか……。

いや、聖子は偽証しているのかもしれないのだ。彼女は後になってわかったこと……この一年の間に知ったことを、あたかも十九年前から知っていたかのように言っている可能性もあるのだ。

いずれにしても、聖子の意図が、聖子という人間が、村上はますますわからなくなった。

「つまり、犯人ではない柏木の車のトランクに麗ちゃんの髪の毛やセーターの繊維などあるはずがないのに、そこからそれらが検出されたということは、誰かが堤の車のトランクのゴミを移したとしか考えられない、そういうわけですね？」

「はい。堤の話では、車のドアロックは針金一本あれば簡単に外れるということでしたし」

「堤の車のトランクから柏木の車のトランクへのゴミの移し替えは、署長でなくても、香西署の別の署員にも可能だったはずです。それなのに、堤は、それをしたのが署長だとどうして考えたんでしょう？」

「それは、堤に退職を迫ったのが署長だったからです」

「署長は、堤に退職を迫ったとき、おまえが麗ちゃんを殺したのだと知っていると言ったのですか？」

「いいえ」

「では、どう言ったんでしょう？」

「突然、署長室へ呼ばれ、私は何も聞かない、だからきみも何も言わずに辞表を書け、と言われたんだそうです」

「それで、ぴんときた？」

「いいえ、初めは別の理由を考えたと言っていました」

「別の理由とは？」

「麗の事件が起きる直前、堤は、恐喝事件を起こした少年から五千円なにがしかの金を預かって忘れていたため、横領の疑いで署長や村上刑事防犯課長に事情を聞かれていたんです。表沙汰にはならず、厳重注意ということで済んでいたんだそうですが……。署長に呼ばれていきなり辞表を書けと言われたときは、そのことが真っ先に頭に浮かび、県警幹部の耳にでも入り、まずいことになったのかな、と思ったのだそうです」

「しかし、堤は、そうじゃないと気づいたわけですね？」

「はい」

「どうしてでしょう？」

「横領の件なら理由を説明するはずなのに何も言わなかったことと、退職を促される前々日、柏木さんの車のトランクから犯行の証拠が見つかったと聞いていたからだそうです。柏木さんの車からどうして……と不思議に思っていたので、そうか、証拠は自分の車から移されたのか！　と突然謎が氷解し、顔から血の気が引くのを覚えたのだそうです。そうしたら、署長は、堤が呑み込んだと思ったらしく、『わかったな？　郷里へ帰って家業を手伝うためという理由で依願退職すれば誰も怪しまない』と言ったのだそうです。それにより、堤も、すべて諒解したのだそうです」

「なるほど、よくわかりました」

と、岩峰検事が大袈裟にうなずいて見せてから、最後にもう一点だけ伺います、と言った。

「久留島署長が堤の車のトランクからゴミを集めて柏木の車のトランクへ移したのが事実なら、その前に署長は、麗ちゃんを殺したのは堤ではないかと疑っていたはずですね。疑っていなければ、そんなことをするはずがないですから。その理由、つまり署長が堤に疑いの目を向けたそもそもの因《もと》は何だったんですか？」

「わかりません」

「それについて、堤は証人に説明しなかったんですか？」

「いいえ、しました。ですが、堤にも、自分がなぜ怪しまれたのかはさっぱりわからない、という話だったのです」

久留島は、佐久間那恵の母親から電話を受けた件は堤に話さなかったのだろう。そのため、堤には、香西署の廊下で自分と擦れ違った那恵――堤には以前自分が声をかけた少女と擦れ違ったという記憶さえなかった可能性が高い――の話から自分が疑われたとは想像がつかなかったらしい。

「わかりました。これで尋問を終わりますが、証人の勇気ある証言に感謝します」

岩峰検事が言って、聖子に頭を下げた。

その後、木之本弁護士と久留島自身が反対尋問に立ち、聖子の証言の曖昧《あいまい》な点、矛盾点などを鋭く衝いた。木之本は、聖子の伝聞証言は信用できないと判事たちに印象づけようとし、久留島は、〈堤に聞いたという話は聖子の作り話だ。事実でもないことを堤が話すわけがない。嘘をつくな！　嘘だろう?〉と声を荒らげて追及した。が、そうした反対尋問が成功し、聖子の証言の威力を大幅に減殺できた、とは村上には思えなかった。

最後に、伊藤裁判長と左陪席判事が二点ずつ確認の質問をし、聖子に対する証人尋問は終わった。

村上の中には、

《聖子は、なぜ自分の裁判で不利になる証言をしたのか?》

という疑問が最後まで残った。

というより、その疑問は初めに感じたときよりいっそう大きくふくらんでいた。

それから、聖子の証言はどこまでが事実なのか、という疑問もあった。

彼女の証言のうち、

①　堤と不倫関係にあった。

②　麗を殺した犯人は自分だ、と堤に打ち明けられた。

――以上の二点は、事実と見てたぶん間違いないだろう。②は、柏木から聞いた話を利用して虚偽を述べた可能性もないではないが、堤が麗を車に乗せてから犯行に至るまでの二人のやり取りが非常に具体的に述べられていた点から、そう思われる。

だが、

③　久留島が、麗殺しの真相を知っていると仄《ほの》めかして堤に退職するように迫った。
④　久留島が柏木を犯人に仕立てるための証拠を捏造し、事件の真相を隠蔽したらしい、と堤は知っていた。
——以上の二点を「堤から聞いていた」と述べた点は、事実かどうかかなり怪しい。村上には虚偽である可能性のほうが高いように思われた。

聖子の証言は、検察側が久留島の嘘の供述を崩す大きな力になるはずである。久留島が今後も犯行を否認しつづけたとしても、裁判官が聖子の証言を採れば、殺人未遂だけでなく殺人の罪に関しても有罪判決が出る可能性が高い。

聖子がそれを狙って証言したのは間違いない。つまり、彼女は久留島を断罪するために証人になったのであろう。

そう考えても、聖子がなぜ敢えてそうしたのか、がわからなかった。たとえシラを切りつづけている久留島に強い怒りを覚えたとしても、なぜ自分を不利な立場に追い込んでまで証言台に立ったのか、その動機、理由の説明がつかない。

今日の証言によって、聖子は、〈十九年前の証拠の捏造と真相隠蔽に村上が無関係だと知りながら、村上を殺そうとした〉と認めたことになる。だから、聖子自身が裁かれている裁判において、彼女が村上を撃った動機に同情の余地がなくなり、量刑がかなり違ってくる。聖子とてそれぐらい知らないわけはないだろうし、田淵弁護士に説明され、忠告もされたはずである。それなのに、彼女は敢えて久留島裁判の証人になり、証言した。それがどうにも不可解なのだ。

村上が首をひねっている間に、聖子は刑務官に腰縄と手錠を付けられた。

村上に横顔を見せて歩き出したが、けっして傍聴席のほうを見ようとはしなかった。検事席の横を通るとき、岩峰の短い（たぶん慰労の）言葉を受け、入ってきたときのドアへ向かった。

柏木はと見やると、彼は聖子の後ろ姿にじっと視線を注いでいるようだが、表情まではわからない。

――そうか……！。

聖子の言動の謎にばかり注意を奪われていたが、村上は、はたと気づいた。

――このままでは終わらないいな。

と、胸の内でつぶやいた。

柏木は、聖子をつかって村上を撃ち殺そうとした人間である。堤が犯人だと知りながら口を噤《つぐ》みつづけてきた聖子を……自分が無実であることを知っていながら、自分に懲役十五年の判決が下されるや「死刑にしろ！」と叫んだ聖子を、このまま許すとは思えない。今後、柏木がどのような行動に出るかは想像がつかないが、いずれ、聖子は何らかのかたちで自分の行為の償いをさせられるのではないか……。

村上はそんな気がした。

たとえ柏木の行動が予測できたとしても、と村上は思う。自分はそれを止める気はない。その結果、聖子が殺されても、自業自得というものだろう。

裁判長と検事と弁護士の間で予定が調整され、次回第六回公判の日時が決められた。

伊藤裁判長が閉廷を宣言し、「起立！」の声が廷内に響いた。

3

吉本聖子が久留島裁判の証言台に立って二カ月が過ぎた七月十四日、東京地裁の聖子の裁判は結審となった。そして、さらに四カ月後の十一月十七日、久留島正道の裁判も検事の論告・求刑、弁護士の最終弁論が行なわれ、結審した。

判決の言い渡しが行なわれたのは、吉本裁判は十月二十日、久留島裁判は翌二〇〇六年の三月五日である。

村上はそれらの裁判をすべて傍聴したし、東京地裁、N地裁の傍聴席には柏木の姿も常に見られた。

判決は、吉本聖子の場合も久留島正道の場合も、起訴されたすべての罪で有罪であった。

ただ、同じ有罪判決とはいっても――罪が違うのだから量刑が違うのは当たり前として

——そのニュアンスは大きく違っていたし、二人の対応の仕方も異なっていた。

聖子の場合、検察官は犯行動機に情状酌量の余地なしとして懲役七年を求刑したが、自首した点、自分に不利になる事実を進んで明らかにした点、彼女も一人娘を殺された被害者であった点、初犯であり、しかも自分の犯した罪を深く悔いている点などが考慮され、懲役三年の刑が言い渡された。

執行猶予は付かず、実刑だったが、判決を聞くと、聖子は三人の裁判官に向かって深々と頭を下げた。そして、控訴できる期間（判決の翌日から数えて十四日間）の最終日になっても控訴の手続きを取らなかった。

一方、久留島の場合は、犯行が自分本位で極めて悪質であり、しかも反省、悔悛《かいしゅん》の色がまったく窺えないとして、検察官が有期刑の最高である懲役二十年——併合罪のため加重された——を求刑し、言い渡された刑も非常に重い懲役十六年だった。

久留島は、判決後ただちに控訴した。そのため、今後は舞台を東京高等裁判所に移して争われることになった。

久留島に対する有罪判決は高裁でも覆《くつがえ》る可能性は非常に低いし、その後、最高裁に上告しても結果は同じだろう。だから、七十七歳の久留島が生きて再び自由な空気を吸うことはないと思われた。

そう考えると、村上は複雑な気持ちだったが、同情は覚えなかった。自分が暗に自裁を促したとき、なぜその意を汲んでくれなかったのか、とむしろ恨めしく、やりきれなさを感じた。

というのも、久留島の犯罪はひとり彼だけが世間に指弾されるだけではすまなかったからだ。彼の往生際の悪さは警察という組織に対する批判、非難を呼び起こし――久留島のような人間は例外なのに――、無実の柏木に嘘の自白を強いたという理由で村上にもそれは向かってきた。

ただ、村上はいまでも、間違ったことをしたとは思っていない。自分は正当な捜査、被疑者に対する当然の対応をしたが、結果として柏木には申し訳ない事態になってしまった、と考えているだけである。

当時、柏木には、彼の犯行を裏づける決定的な証拠があった。〈彼のセシリオのトランクから麗の毛髪と、セーターとジャンパーの繊維が出た〉という事実だ。それを、自分の上司である署長が捏造した証拠かもしれないなどと誰が想像できるだろうか。容疑者が嘘をついていると考えるのが自然だし、妥当だろう。村上たちは、柏木の場合も当然そのように考え、こいつが犯人にちがいないと確信した。そこで、女児を誘拐して殺害した凶悪犯をこのまま許すことはできないという正義感と使命感から――凶悪な殺人犯を野放しにしたら危険な目に遭うのは誰か、いま自分を批判、非難している者たちは考えてみたらいい――彼を自白に追い込んだのである。

弁護士や一部の法律学者、人権擁護を叫ぶ連中は、密室における刑事の無理な取り調べが冤罪を生み出していると批判する。が、それは犯罪者の狡《ずる》さ、したたかさを知らない者の脳天気な言にすぎない。犯罪者たちの多くは、目の前に動かぬ証拠を突きつけられてさえ、「そんなものは知らない」と平気でうそぶき、「俺はやっていない」とシラを切るのである。村上たちは、そうした悪人どもを嫌になるほど見てきた。だから、あれだけ決定的な証拠が出てきた柏木に対して多少厳しく対処したからといって、責められる謂《い》われはない。

柏木が冤罪を着せられた責任は、真犯人である堤と、それを知りながら黙っていた聖子と久留島に帰すべきなのだ。特に、捜査の責任者でありながら、証拠を捏造して真相の隠蔽を謀《はか》った久留島にこそ――。

それが、村上までとんだとばっちりを受けて、生活がしづらくなった。彼を久留島の同類だと思っている者が少なくないからである。自分は安全なところにいて、いかにも正義面をして人を批判する輩《やから》がなんと多いことか。もちろん、みんながみんなそうではないが、友人や知人、近所の人の中にも村上を避けるようになった者がいるし、地域や学校で防犯講習会が開かれても講師の口がかからなくなった。

せっかく充実した第二の人生が始まっていたのに、これは村上にとって大きな誤算であった。

そのそもそもの因はといえば、久留島が佐久間那恵の母親からかかってきた電話を握りつぶしたことである。それさえなかったら、たとえ聖子が口を噤んでいても、村上たちは堤を取り調べ、事件は二十年前に終わっていた。

しかし、今更そう思ったところで、どうにもならない。村上としては、久留島が死んで裁判が打ち切られ、一日も早く事件が風化してしまうことを願うしかなかった。

久留島の妻や子がどう思っているかは、わからない。が、妻と現在ニューヨークにいる娘――去年アメリカ人と結婚したらしい――はともかく、息子たちは、自分と自分の家族が平穏な生活を取り戻すには父親の死による事件の風化しかないと考えているような気がする。

久留島が東京高裁へ控訴して間もなく、村上は人伝《ひとづて》に、聖子が模範囚として元気にやっているらしいと聞いた。

昨年秋の判決後、控訴しなかった聖子が群馬県のM女子刑務所に収監されたことだけは知っていたが、その後の消息を耳にしたのは初めてであった。

聖子の場合、未決勾留されていた約一年四カ月のうち三百五十日が刑期に算入されたので、あと一年もすれば仮釈放され、娑婆に出てくるだろうと思われた。

聖子は村上を殺そうとして重傷を負わせただけではない。彼に激しい死の恐怖も与えた。それなのに、わずか二年半前後で自由になるのである。彼女の受ける罰はそんなに軽いのか、そう思うと村上は腹立たしいが、裁判の結果なので仕方がない。

ただ、村上はいまでは、聖子が彼を拳銃で撃って殺そうとしたのは、

《「麗殺しの真相を隠蔽し、堤を殺したのは村上である」という柏木の推理を信じていたからだ》

と確信していた。つまり、久留島裁判で聖子が行なった証言のうち、

◎久留島が、麗殺しの真相を知っていると仄めかして堤に退職するように迫った。

◎久留島が柏木を犯人に仕立てるための証拠を捏造し、事件の真相を隠蔽したらしい、と堤は知っていた。

以上の点を「堤から聞いていた」と彼女が述べたのは虚偽にちがいない、と。

村上はさんざん検討したうえで、そう結論した。どう考えても、聖子が無実だとわかっている村上に向かって拳銃を発射できたとは思えない。自分が麗殺しの真相を知っていると柏木に感づかれないため、という理由があったとしても——。

ただ、この結論を採った場合、聖子の証言を聞いたときに感じた〝なぜ自分に不利になる嘘をついたのか〟という疑問は、依然として疑問のまま残ったが……。

あの後、吉本裁判の公判で田淵弁護士が明らかにしたところによると、村上が想像していたとおりだった。聖子は田淵弁護士の反対を押し切って久留島裁判の証人になることを決めたらしい。

田淵弁護士は裁判官に情状酌量を求めるのが目的だから、聖子が正義感からそうしたと言ったが、事実は違うと思う。

では、聖子はなぜ、弁護士の反対を押し切ってまで久留島裁判の証言台に立とうとし、実際に立ったのか。そこに、すでにそもそもの疑問が存在する。久留島を追い詰める虚偽の証言をするためには、その前に聖子は、

◎　堤と不倫関係にあった。

◎　堤が麗を殺したと知っていた。

という、事実と考えられる重大な証言をせざるをえなかった。これらは、自身の裁判で直接彼女に不利益をもたらすものではないものの、世間の批判、非難を浴びるだろうことは容易に想像できる。柏木の強い怒りと憎しみを呼び起こすだろうことも予測できる。それなのに、彼女はなぜそうした事実を明らかにしたのか。

村上はいまでも時々それらの疑問——疑問というよりは謎と呼んだほうが適切かもしれない——について考えているが、納得できる答えは見つかっていない。

聖子が出所したら、彼女に会って質《ただ》してみたい気がするが、たとえそうしたとしても、彼女が答える可能性は薄いだろう。

ということは、この謎は永久に謎のままで終わるのだろうか。

そんなふうに考えていた四月のある日、村上はふと、

——柏木はどう考えているだろうか？

と、思った。

これまで村上は、

——柏木は聖子をけっして許さないだろう。聖子が出所したら、何らかのかたちで償いをさせるつもりでいるのではないか。

とは考えても、柏木が聖子の行動と証言についてどう見ているのか、という点については想像したことがなかった。

聖子の証言を聞いた者のほとんどは、彼女が偽証したとは考えなかったはずである。自分に不利益をもたらすのが明らかな嘘を彼女がわざわざつくとは思わないからだ。〝聖子の証言は偽証の疑いがある〟と判事たちに印象づけようとした木之本弁護士でさえ、本当にそう考えていたかどうかは疑問だし、判事たちは聖子の証言を採用して久留島に有罪の判決を下したのだから、事実と見たのは間違いない。

だが、柏木は違うのではないか。彼は、聖子を教唆し、村上を撃つように仕向けた張本人である。柏木自身はもとより聖子も否定しているが、間違いない。その柏木なら、村上と同様、聖子が一部偽証していると見破った可能性が低くない。

この想像が当たっていれば、柏木も村上と同じように、

——聖子はなぜ……？

と自問し、その答えを求めていろいろ推理したはずである。その結果どうなったかはわからないが、聖子に関する情報を村上より多く持っていると思われる柏木なら、納得でき

る答えに到達している可能性がある。

村上はそう考えると、とにかく柏木に自分の疑問をぶつけてみようと思った。柏木と話せば、彼が聖子に対してどう考えているのか、今後どうするつもりでいるのか、といったことも探り出せるかもしれなかった。

妻の昌江が外出しているとき、村上が柏木のマンションに電話すると、二分近く呼び出し音が鳴ったところで柏木が出た。

村上が名乗るや、迷惑そうな声で用件を手短かに話せと言う。

村上は自分の疑問を説明し、意見を求めた。

「あんたの用件はそれだけか？」

柏木が冷ややかに聞いた。

「ま、そうだが……」

「それなら、私には話すことは何もない」

「話を聞いたんなら、一言ぐらい感想を聞かせてくれたっていいだろう」

村上が促しても、柏木は何も答えない。

「おい、あんたはまだ俺のことを恨んでいるのか？」

「まだ、恨んでいるのか！」

柏木が、信じられない言葉を聞いたかのように問い返した。

「吉本聖子の証言の真偽はともかく、堤を逃がしたのも証拠を捏造したのも俺じゃない、とわかったはずだ。それなのに……」

「あんたも久留島の片割れだ」

柏木が村上の言葉を遮り、断定した。

「無茶を言うな！　俺は何も知らなかったんだぞ」

「そんなことは言い訳にならない。だいたい、知っていたとしても同じだ。あんたは久留島のやったことに頬被りして、私を犯人に仕立てたにちがいない」

「ひどい言い掛かりだな」

「言い掛かりじゃない。それがあんたら警察の遣《や》り口だ。証拠は、あんたが久留島のやった堤殺しを見逃し、真相を闇に葬ろうとしたことだ。その一事を見れば、あんたがどういう選択をしたかは容易に想像がつく」

「俺は久留島さんの殺人を見逃そうとなんかしていない。自首させようとしたんだ」

「そんな嘘は私には通用しない。私には、あんたの狙ったことはわかっている。あんたに秘密を握られた久留島が、日本刀であんたに襲いかからなかったら、真相は永久に闇の中だったはずだ」

確かに、自首させようとしたというのは嘘である。が、村上は、けっして久留島を見逃そうとしたわけではない。彼を無罪放免にしようとしたわけではない。犯した罪の責任だけはきちんと取らせるつもりだった……。

「違うか？」

「もちろん違う」

「やはり、あんたと話しても時間の無駄のようだな……」

柏木が電話を切りそうになったので、

「おい、あんたは、自分一人だけが被害者だと思っているのか」

と、村上は急いで呼びかけた。「俺はあんたの間違った推理のせいで危うく吉本聖子に殺されそうになったんだぞ。それでも俺は、吉本聖子が拳銃を取り出したとき、あんたが部屋にいた事実を隠してやったじゃないか」

「ほう、あんたは、あれで帳消しにしたつもりだったのか」

柏木が、揶揄《やゆ》と皮肉の奥にかすかに怒りの感じられる調子で言った。

「当たり前だろう。俺が事実を話していたら、あんたは殺人の共犯で、いまごろ刑務所の中だったんだから」

「あんなのは、あんたが自分で自分に免罪符を発行しただけの話だ。私とは何の関係もない」

「何の関係もない？　助けられた恩も忘れて……」

「恩人面するとは片腹痛い。あんたは、一度しかない私の人生を奪ったのを忘れたのか！」

柏木が村上の言葉を断ち切った。声は強い怒りを帯びていた。

「それだけじゃない。あんたらは私の父親と母親を不幸のどん底に突き落とし、殺した」

「俺たちが殺したとは、聞き捨てならない言い方だな」

「事実だろう。私があんたらに無実の罪を着せられなかったら、二人とも死ぬことはなかったんだから」

「事件とあんたの両親の死との因果関係は知らない。が、たとえ関係があったとしても、俺を恨むなんてお門違《かどちが》いもはなはだしい。恨むんなら、久留島さんと吉本聖子を恨んだらいいじゃないか」

「彼らは彼ら、あんたはあんただ。あんたは、私に嘘の自白を強いて強引に犯人に仕立て上げた張本人だ。私を犯人とするには多くの矛盾点があったにもかかわらず、それには目をつぶり、麗ちゃんの死体の傍らで私にマスターベーションまでさせて……。あんたは、それを忘れたのか」

「………」

「加害者のあんたは忘れても、被害者の私は忘れない。私は死ぬまであんたを許さない。もしあんたが、私を二十三歳の大学生だったときに、親父もお袋も元気だった二十年前に戻せるのなら、話は別だが。それ以外には、あんたが何をしようと……死のうと生きようと、許すわけにいかない」

「そ、それじゃ、貴様はまだ俺に付きまとい、何かするつもりなのか？」

村上は、怒りとともに恐怖を感じた。

「どうかね」

柏木がうそぶいた。

「もし……もしそんなことをしたら、今度は俺だって許さんぞ」

村上は、自分の声がかすかに震えているのがわかった。

「もちろん、私は、あんたに許してもらおうなんてこれっぽっちも思っていない」

「貴様はいったい何を企んでいるんだ？　俺に何をしようというんだ？」

「自分で考えてみるんだな」

「復讐《ふくしゅう》するんなら、堤が犯人だと知りながらあんたや俺を騙してきた吉本聖子にしたらいいじゃないか。彼女に俺を撃ち殺させようとしたように、誰かに彼女を殺させたらいいじゃないか」

「あんたが私に殺人を教唆したことはよく覚えておこう」

「殺人教唆なんかしていない。俺は、あんたが俺に付きまとうのはお門違いだと……」

柏木が電話を切った。

村上は電話の子機を握り締めたまま、しばらく動けなかった。

――柏木は、いったい何を企んでいるのか？　これ以上、自分にどういう復讐をしよう

った。

としているのか？

村上はあらためて自問した。

しかし――柏木は自分で考えてみろと言ったが――いくら考えても、答えは出てこなかった。

月日がめぐり、春から夏へ、夏から秋へと季節がうつった。

その間、柏木は村上の前に一度も姿を見せなかった。

だが、村上の胸から不安の核が消え去ることはなかった。また、彼の内にわだかまっている聖子の言動に関する疑問も解けず、そのままだった。

やがて冬がきて、年が替わった。

柏木はその後も村上の家の近くに現われなかったが、それはかえって不気味に感じられた。

再び春が近づき、吉本聖子の仮釈放の日が近いらしいという話が村上の耳にも届いた。

それを聞いたとき、村上は激しい胸騒ぎを覚えた。もしかしたら……と思った。

――もしかしたら、柏木は吉本聖子を殺して、その罪を俺に被せようと目論んでいるのではないだろうか。この一年間の沈黙は、その策謀をめぐらしながら、聖子が出所してくるのを待っていたからではないだろうか。

贖《しょく》罪《ざい》

1

二〇〇七年四月二日、吉本聖子は刑期を半年ほど残して仮出獄した。

聖子は、両親がすでに亡く、身内は神奈川県の大船で小さな鉄工所をやっている六歳違いの兄一人だった。ただ、兄とは、聖子が柏木の両親から賠償金を得たときに借金の申し込みを断わって以来、ほとんど付き合いがなかった。そのため、兄は聖子の身許引受人にはなってくれたものの、出獄の朝、迎えに来てくれることはなく——聖子も期待していなかったが——早朝六時、鉄の扉の外で出迎えてくれたのは保護司の松村昭夫《まつむらあきお》だけだった。

聖子は松村の車で東京へ直行すると、まず保護観察所へ行って保護観察官に出所の報告を行ない、そのあと尾久の松村の家に寄ってお茶をご馳走になり、田端の我が家《マンション》へ帰った。

マンションの近くのスーパーで寿司のパックを買うとき、少し迷ったが、ビールも買った。今日は特別なのだから、と自分に言い訳しつつ……。
二年と九カ月と十四日ぶりに足を踏み入れた我が家——村上を拳銃で撃って逮捕された一LDKの部屋——は、兄の妻が掃除をして風を通し、電気、ガス、水道などをすぐにつかえるようにしておいてくれた。

聖子は、兄と兄嫁に礼の電話をかけると、まずは浴槽にたっぷりと湯を張って、ゆっくりと浸《つ》かった。

いくら長く入っていても、どこからも号令や怒声が飛んでくることはなく、聖子はようやく自分が自由になったのだと実感することができた。

しかし、聖子にはこれからどうやって生きていったらいいのかという展望はまったくなかった。働かなくても数年は食いつなぐことができるので、経済的な意味ではない。自分の内に巣くっている〝鬼〟との関わりだ。村上の殺害に失敗して殺人者になれなかった聖子は、刑務所でも内なる〝鬼〟に苦しめられつづけた。そのため、殺人者になる代わりに別の大きな犠牲を引き受ければ〝鬼〟を鎮め、〝鬼〟から自由になれるかもしれない、と考えた。久留島裁判の証人になって、堤と不倫関係にあった事実を明かし、さらには偽証した。が、結果は否——。〝鬼〟はいまもなお彼女の内に巣くったままなのである。そのため、聖子の肉体は刑務所から出て自由になっても、心は依然として解き放たれずにいるのだった。

風呂から上がり、聖子は買ってきた寿司を食べ、ビールを飲んだ。美味《おい》しかった。

が、アルコールを口にしてしまったことで、苦い思いが胃のほうから胸にのぼってきた。

――ビールは今日だけで、明日からは飲まないのだから。

そう自分に言い訳してみるものの、飲まないでいられる自信はない。これからまた、不眠と〝鬼〟から逃れようとして心をアルコール漬けにする日々が始まりそうな……暗い予感があった。

聖子が自分の意志の弱さを呪いながら、三本目の缶ビールのプルトップを引き開けたとき、電話が鳴った。

誰だろう、と思いながら出ると、

「俺だが、今日出所だと聞いたんでね。とにかく、おめでとう」

と、元夫の古畑和重が言った。

その言い方と硬い声が引っ掛かったが、聖子はともかく「ありがとう」と答えた。誰から聞いたのだろう、と訝《いぶか》りながら。

聖子が近々出所するという予定ぐらいは聞いていたとしても不思議はない。が、今日出所すると知っていた人間は非常にかぎられている。

〈誰から？〉という疑問だけは、和重の次の言葉で解消した。今朝、柏木から電話があった、と言ったからだ。

しかし、疑問は、柏木がどうして聖子の出所の予定を知っていたのかという別の疑問にかたちを変えて残った。

聖子がそれを問うと、

「そんなことは知らん」

と、和重が怒ったような口調で答え、「それより、柏木が通告してきた」と言った。

どうやら、元夫は出所の祝いを述べるために電話してきたわけではないらしい。

「通告？」

聖子は不安を覚えながら問い返した。

「彼の両親が俺とおまえに損害賠償金として支払った一億一千万を返せ、というんだ。もし拒否するなら返還を求める訴訟を起こす、というんだよ」

聖子にとって寝耳に水の話だった。久留島裁判の証人になろうとしたときはむろんのこと、その後もそうしたおそれがあるとは想像さえしたことがなかった。

「こんなことになったのは、みんなおまえのせいだからな」

聖子が黙っていると、和重が責める口調でつづけた。「おまえが、麗を殺したのは堤達夫だ、それを知っていた、などと証言したため、それなら俺とおまえに支払った金を返してもらう権利がある、と柏木は言い出したわけだ」

「あれは一九八九年だから、もう十八年も経っているのに、時効にならないの?」

「俺にもそのへんのことはよくわからん。これから、会社の顧問弁護士に聞いてみるつもりでいるが……。ただ、柏木がおまえの証言を聞いてからだと、まだ二年しか経っていないからな」

「五千五百万円なんて、とても用意できないわ。半分以上つかってしまったんだもの」

「俺だって同じだ。家を売って、預金を全部叩《はた》いたって、そんな金は出てこない。だいたい、おまえは、どうしてあんな証言をしたんだ? 麗を殺したのはおまえの不倫相手だった堤という男だ、なんて。俺が外に子供を作ったことへの腹癒《はらい》せか?」

「違う、それは違うわ」

「じゃ、なぜだ?」

「隠しているのが苦しくなったのよ」

完全に嘘というわけではない。

「ふざけるな!」

「ふざけてなんかいない」

「おまえという女は、どこまで勝手で浅はかなんだ? おまえはそれで気がすんだかもしれないが、俺はどうなる? 女房の不倫相手に一人娘を殺され、しかも真相を知っていた女房に、ずっと別の男が犯人だと信じ込まされてきた俺は……」

「…………」

「おまえは、二十年近くも世間と俺を騙しつづけてきたわけだろう。だったら、墓場に入るまで口を噤《つぐ》んでいてもらいたかったよ。それが、なんだ！　隠しているのが苦しくなっただと？　だから、告白しただと？　ふざけやがって！　はらわたが煮えくり返る思いだよ。おかげで、俺は、なんて馬鹿な亭主なんだと同僚や世間の物笑いになっただけじゃない、明日にも裸で路頭に放り出されるかもしれなくなったんだからな」

「すみません」

「いまさら謝っても遅い。とにかく、柏木が訴訟を起こしたら、俺も、おまえの嘘によって生じた損害賠償をおまえに求める訴訟を起こすからな」

和重が言うだけ言って、電話を切った。

法律的にはどうあれ、おまえらが不当に得た金を返せと柏木に迫られたら、聖子には反論の余地がない。

和重にも言われたように、自分はなんて浅はかなのだろう、と聖子は思った。一つのことを思い詰めると、他に注意がいかなくなるらしい。久留島裁判の証人になろうと考えたときもそうだったようだ。どうしたら〝鬼〟から自由になれるかという問題で頭がいっぱいになり、自分の証言を聞いて柏木がどう思うか、いかなる行動に出るか、といった点にはまったく想像が及ばなかったのだった。

聖子は、自分が出口なしの袋小路に追いつめられているのを思い知らされた。心はともかく身だけは自由になったと思っていたが、とんでもない誤解だったらしい。働こうにも、仮出獄中の五十女においそれと職が見つかるわけがなく、明日にも路頭に迷うのは和重ではなく彼女だった。

聖子はいっぺんに酔いが醒めてしまい、もうビールを飲む気も起こらなかった。

絶望、絶望、絶望。

彼女の前途にはもうその二文字しかなかった。

頭の奥で、

――自業自得よ。

と冷たく突き放す声がしたが、聖子は一方で理不尽な気もした。自分は殺人罪で服役する以上に長く、二十一年間も苦しみつづけてきたのに、まだ免罪されないなんて。

聖子は、柏木がいつ連絡してくるかとびくびくしながら暮らし始めた。電話が鳴るたびに心臓がびくんとはね上がり、生きた心地がしなかった。

ところが不思議なもので、現実の不安、困難が意識の大半を占め出すと、〝鬼〟があまり暴れ出さなくなった。そのため、夜や明け方、魘《うな》されて目が覚めるということは少なくなった。

十日経ち、二週間が過ぎても、柏木からの電話はない。聖子の胸では安堵《あんど》よりも不安が募った。柏木は聖子の出所する日まで突き止め、その日、わざわざ和重に通告の電話をかけているのである。このまま何も言ってこないのでは……そう思いたいが、それはありえなかった。どう考えたって、彼が一億円からの金を放棄するわけがない。

案の定、聖子が出所して三週間余り経った四月二十四日、柏木が電話をかけてきた。

しかし、彼は、和重から聞いていたのとはまるで違った感じで、

「私は、あなたに感謝しています」

と、言った。

聖子は面食らい、警戒した。

「二十一年前に本当のことを言ってくれたら、と思うと、感謝といっても、もちろん無条件にというわけにはいきませんが……」

柏木がつづけた。「ただ、あなたは死ぬまで黙っていることもできた。それなのに、自分の裁判で不利になるのがわかっていながら、証拠を捏造《ねつぞう》して真相を隠蔽したのは久留島だと堤に聞いていた、と証言された。本当に勇気ある行為だと思います。私にとってさらに有り難かったのは、その前の証言です。あなたは、非難されるのを承知のうえで、堤との関係を明かし、堤が麗ちゃんを殺したと彼から聞いていた、と告白してくれた。あの告白がなかったら、私はずっと灰色のままだった。堤が犯人らしいといっても、私にはそれ

を証明する手段がなかった。ですから、私は、過ぎた昔のことは措《お》いて、あなたに感謝することにしたんです」

聖子は、柏木の言葉に少し気持ちが楽になった。といって、彼の真意が言葉どおりのものとは思えないため、不安と緊張は依然としてつづいていたが。

「というわけで、古畑和重氏から聞いていると思いますが、賠償金の返還の件、あなたに関しては請求しないで不問に付してもいい、と考えているんです」

本当だろうか！

もし事実なら、再び生活の不安だけは消えることになる……。

「もしもし、聞いていますか？」

「は、はい、ありがとうございます」

聖子は慌てて答えた。

「ただし、無条件で、というわけにはいきません」

やはり、何か難しい条件を付けるわけか。

聖子は、糠喜《ぬかよろこ》びだったかとがっかりした。考えてみれば当然だった。自分を憎んでいるにちがいない柏木が、何の要求もせずに五千五百万円もの大金を放棄するわけがない。

「といっても、べつに難しい条件じゃありません」

柏木が言葉を継いだ。「というより、非常に簡単なことです。明日の夕方五時に香西市まで来てもらいたいんです。そして、私に二、三時間付き合ってほしいんです」

「ど、どういうことでしょうか?」

聖子は強い戸惑いを感じた。同時に、胸に不安がひろがった。夕方、香西市へ来て自分に付き合えとは……。柏木はいったい何を意図しているのか。

「付き合うといっても変な意味じゃないですから、安心してください。私と一緒にあるところへ行ってもらいたいんです」

「あるところというのは?」

「いまは言えませんが、けっして危険な場所ではありません」

麗の事件に関係しているらしいとまでは想像がつく。が、柏木は自分をどこへ伴い、何をしようというのだろう。また、五時という時刻に何か意味があるのだろうか。

「もし私があなたに危害を加えるのではないかと恐れているのなら、どうぞ誰にでも私と会う予定だと話してきてください」

「べつにそういうわけではないのですが、どこへ行って何をするのか、全然わからないのでは……」

「不安ですか?」

「え、ええ」

「ある場所へ行って、あなたに私の話を聞いてもらいたいだけです。どうしてもあなたが嫌だというのなら、この話はなかったことにしてもかまいませんよ」

柏木が硬い声を出した。

「いえ、お願いします」

聖子は慌てて言った。あるところへ行って柏木の話を聞くだけという言葉は信じられないが、ここで断われば、彼が損害賠償金の返還を求めてくるのは間違いない。

「明日、必ず香西市へ参ります」

「それが賢明でしょう」

柏木が事務的な調子で応じた。聖子が承諾するのを予測していたのだろう。

「それじゃ、明日午後五時、香西駅の南口で待っています」

聖子の迷いを断ち切るように電話が切られた。

聖子は怖かった。香西市に足を踏み入れるだけでも強い抵抗感があるのに、柏木が何を考えているのか想像がつかなかったからだ。だいたい、彼が自分に何の危害も加えないなどということがあるだろうか。

電話の子機を充電器に戻し、テーブルから離れようとして、聖子は息を呑んだ。同時に身体が硬直し、顔から血が引いていくのがわかった。

柏木の意図に気づいたのである。

自分はなんて鈍いのだろう。そんなことは、ちょっと考えればわかることなのに……。

い。

——柏木は私を殺そうとしているのだ。

と、聖子は思った。香西市で二人だけで会いたいと言ってくる理由は他には考えられない。

しかし、私を殺すつもりなら、柏木はなぜ自分に会う予定を誰かに話してきてもよい、などと言ったのか。そう言わなければ私が承諾しないと思ったからだろうが、それだけでは説明がつかない。彼は、本当に私がそうしてもかまわないと考えた……つまり、警察に捕まるのを覚悟のうえで私を殺そうとしているのだろうか……。

——いえ、違うわね。

と、聖子は頭に浮かんだ可能性を否定した。断定はできないが、違うと思った。柏木は、聖子に村上を拳銃で撃ち殺させ、自分は巧妙に罪から逃れようとした人間である。自分を犠牲にするとは思えない。しかも、彼には、聖子が刑務所に入っていた間、考える時間がたっぷりとあった。村上を殺そうとしたときと同様に、自分の手を汚さずに聖子を殺す方法を練り上げたとしても不思議はない。というより、練り上げたと見るのが自然だろう。

——いずれにしても、私は殺される可能性が高いわけか。

と、聖子は胸の内でつぶやいた。妙に冷めた気持ちになっていた。

柏木の奸計《かんけい》から逃れるためには、香西市へ行くのを取りやめるしかない。

しかし、そうすれば、別の難問が待ち受けている。柏木は損害賠償金の返還を求め、過酷に取り立てるだろう。

聖子は心を決めた。

どうせ生きていたって、この先、ろくなことはない。死ぬまで柏木に責め立てられ、〝鬼〟に苦しめられつづけるだけなのだ。それなら、彼に殺されたってかまわない。運を天に任せ、明日は香西市へ行こう。

2

翌二十五日――。

吉本聖子の乗った電車は、午後四時二十二分に香西駅に着いた。事故で遅れた場合を考えて早めに田端の家を出たため、N駅で浜浦線に乗り換えるとき、予定したのより二本早い電車に乗れたのだ。

聖子は乗降口まで行き、足が竦《すく》みそうになった。自分が降りる前にドアが閉まり、発車してくれればいいのに……という思いが、一瞬頭をよぎった。が、迷いを振り切るように小さく息を吸って吐き、ホームに降りた。

階段を上り、橋上のコンコースに設けられた改札口を出た。

改札口は一つだけだが、駅の出入口は北と南に分かれている。国道に近い北口が旧市街地だ。

聖子は、胸の鼓動が速くなり、口の中がカラカラに渇くのを感じた。

何も考えないようにして南口の階段へ向かい、広場に降りた。

二十年半ぶりに見る駅前広場は、まわりに中低層のビルがぎっしりと建ち並び、大きく様変わりしていた。かつて、N市へ買い物に出かけたときは、ここでバスに乗って豊町団地の我が家へ帰ったのだった。そうしたとき、たいがいは麗も一緒に……。

麗の顔が浮かび、聖子は悲しみと懐かしさが入り交じった思いに胸を締めつけられた。同時に、鋭利な刃物を突き立てられたような鋭い痛みを感じた。

あのころに帰れたら……。麗が死んで二十一年、この間に何十ぺん……いや、何百ぺんそう思ったことだろう。

幸せだった。いつもそばには麗の笑顔と楽しいお喋りがあって、夫がいて……。その幸せを壊したのは、他ならぬ自分だった。自分が夫を裏切って堤と関係を持ったのがそもそもの因である。その結果、麗を死なせてしまったのだ。誰よりも、何よりも大事に思っていた麗を。後悔しても後悔しきれるものではなかった。どんなに自分を責めても、責めきれるものではない……。

聖子が立っている三メートルほど先、歩道の縁石すれすれに白い乗用車——四ドアのセダン——が停まった。

運転席から助手席のほうへ身を乗り出してこちらに顔を向けているのは柏木だった。

聖子はハッとした。柏木が車で来ると想像していなかったこともあって、彼の接近に気づかなかったのだ。

腕時計に目をやると、四時五十八分。ここに立ってからすでに三十分も経っていた。

「乗ってください」

柏木が助手席のドアを押し開け、言った。

聖子の胸に強い恐怖が湧いた。歩き出そうとしたものの、足が動かない。

——殺されたってかまわない、運を天に任せよう。

昨日、そう覚悟を決めてからも、恐怖は間歇《かんけつ》的に聖子を襲いつづけていた。

柏木が聖子の表情を読んだらしく、

「昨日も言ったとおり、私はあなたに危害を加えるつもりはありません。ですが、ここで帰りたいというのなら、どうぞ。どうするかはあなたの自由です」

と、突き放すように言った。

「いえ……」

聖子は意を決して答えた。縁石まで進み、車のドアを引き開け、助手席に乗り込んだ。

「それじゃ、行きます。シートベルトを締めてください」

「どこへ……どこへ行くんでしょうか？」

「着けばわかります」

柏木が聖子の問いに答えるのを拒否し、車を発進させた。

車は駅前広場を出てすぐに右に折れ、三、四百メートル行った交差点で左折して、南に進路を変えた。かつて何度もバスで行き来した県道だ。県営住宅入口のバス停はこの道を四、五分行ったところである。

——豊町団地へ行くのだろうか。しかし、団地へ行って、どうするのだろう?

聖子はそう思ったが、どうせ尋ねても柏木は答えないだろうと、黙っていた。

聖子にとって、豊町団地は二度と訪れたくない地である。実際、事件から半年ほどして川添市へ引っ越した後は一度も来ていない。

しかし、こうなったら、じたばたしても仕方がない。なるようにしかならないのだから……。

聖子は腹をくくった。

と、不安と恐怖が少し薄れたように感じられた。

少なくとも行き先に関しては聖子の予想したとおりだったようだ。柏木がバス停の手前の十字路で右折し、三百メートルほど走って今度は左に折れた。

徐行し始めた車の右(西)側には、四階建ての建物が二棟ずつ南を向いて横に並び、全部で十二棟建っていた。聖子たちが住んでいたころ、すでに築十年以上経っていたのだから、相当古いはずである。が、壁を塗り替えたらしく、外から見たかぎりでは前とさほど変わった感じはなかった。

柏木が三号棟の横でいっそうスピードを落とし、

「あなたが住んでいたのは、この三号棟でしたね？」

と、聞いた。

不意の問いかけだったので、自分の世界にいた聖子はびっくりし、

「えっ？　は、はい」

と、答えた。

柏木が四、五十メートル行って車をUターンさせ、少し戻って左の歩道際に停めた。

一号棟の東側だ。

「いま、五時十五分です。ですから、二十一年前の二月十二日、いまの時刻よりちょうど一時間前、堤達夫はここで前から歩いてきた麗ちゃんを乗せたわけですね？」

柏木が聖子に目を向け、質問を継いだ。

聖子は、柏木の意図を探ろうと、彼の顔を見返した。

しかし、柏木は法廷の判事のような目で聖子を見ているだけで、その表情からは何も読み取れない。

「違いますか？　堤にそう聞いたと、久留島裁判であなたは証言しませんでしたか？」

証言した、と聖子は認めた。

「では、これが堤の車だとすると、麗ちゃんはいまあなたが座っている助手席に腰掛け、友達の有沢美紀と待ち合わせた市立公園へ行くつもりだった。そして、当然そこで車から降りるつもりでいた。そうですね？」

「はい」

聖子は答えたものの、柏木の狙いがわからず、困惑していた。

柏木が車を発進させた。

三号棟の先まで行ってもう一度Uターンし、進行方向を南へ戻した。

「しかし、麗ちゃんは公園の前で降りなかった――」

柏木が前方に顔を向けたまま言った。

丁字路にぶつかり、左折した。

「あなたの証言によると」

と、柏木が言葉を継いだ。「堤は麗ちゃんに、おじさんは三号棟の横でお母さんとキスしていた人だと言われ、驚き、狼狽《ろうばい》した。そうした心の内を隠し、お母さんは誰ともキスなんかしていないと思う、暗いから麗ちゃんが見間違えたにちがいない、そう言って懸命に麗ちゃんを説得しようとした。だが、麗ちゃんは、絶対に見間違いなんかしていないと言って譲らなかった。そうでしたね？」

聖子は「はい」と肯定した。柏木の意図していることはわからないが、他に答えようがない。ただ、一度は薄れた不安と恐怖が再び強まるのを感じた。

車は、県道との交差点まで走って停止した。信号が青に変わるのを待って直進した。百メートルほど行った左が麗の通っていた豊小学校、右が市立公園だ。

柏木が車を左の歩道際に寄せ、徐行させながら言った。

「あなたの証言によると、堤は麗ちゃんを説得するため、公園まで送ってくるからあと五分だけ話そうと持ちかけ、麗ちゃんもそれを了承した。そこで堤は、麗ちゃんをここで降ろさず、再びスピードを上げて……」

柏木もアクセルを踏んで速度を上げ、小学校の前を離れた。

「こうして走りつづけ、麗ちゃんの見たのはお母さんが誰かとキスしているところではなかったと思い込ませようとした」

柏木は何を考えているのか。彼はどうして自分の証言をたどっているのか……。

「だが、それは失敗に終わった」

彼がつづけた。「それだけならまだしも、堤はさらにショッキングなことを麗ちゃんの口から聞かされた。単身赴任しているお父さんは、お母さんを疑って、麗ちゃんにお母さんの行動を監視するように頼んだこと、だから麗ちゃんは、お父さんが今度帰ってきたら、お母さんがツツミさんとキスしていたと話すつもりであること、と。そうでしたね？」

「……はい」

「あなたの証言によると、堤は焦った。麗ちゃんは、もう五分経ったから公園へ戻って、と言うし……。そこで堤は、まだ五分も経っていないけど、そこを入って回ってくるからと言い――」

柏木が途中で言葉を切った。さらにアクセルを踏み込んで二、三百メートル走り、赤信号に変わる寸前の十字路を左へ折れた。

「この、あまり人通りのない道へ入った。そうでしたね？」

彼がつづけた。

聖子はうなずいた。

いまや彼女の胸には、昨日から感じていた恐怖とは別の、正体のはっきりしない恐怖がふくらみ始めていた。

柏木は、なぜ聖子が法廷でした証言に沿って車を走らせているのか。なぜ、「あなたの証言によると」といちいちことわり、「そうでしたね？」と念を押すのか。

その理由、狙いはわからないが、彼が明確な意図のもとにそうしているのだけは間違いなかった。

柏木が車を左に寄せて停めた。

かつては畑の中に疎《まば》らに家が建っているだけだったが、いまは家と家の間に畑が多少残っているという風景に変わっていた。

「あなたの証言によると、堤はこのあたりに車を停め、麗ちゃんに対する最後の説得を試みた」

柏木が、聖子の表情を窺うように彼女の顔に視線を当てた。「お母さんは僕と会ってないし、もちろんキスもしていない、だから、そんないい加減な話をお父さんにしないほうがいい、もし麗ちゃんがそんな話をしたら、お父さんはお母さんを殴るかもしれないよ、それでもいいの？　と半ば脅すように言った――」

聖子は、柏木に気づかれないように空唾を呑み込んだ。口がカラカラに渇いていた。

「だが、麗ちゃんから返ってきたのは、お母さんが悪いんだから殴られたって仕方がない、という予想外の言葉だった。麗ちゃんはお母さんが嫌いなのか、と堤は聞く。好きだけど、ツツミさんとキスしていたお母さんは嫌い、大嫌い！　と麗ちゃんは叫ぶように言った。堤は困り果て、自分はそんなことしていないと何度も言っているだろうと繰り返すが、麗ちゃんはもう聞く耳を持たない。友達が待っているから市立公園へ戻ってと言い、堤がさらに説得をつづけようとすると、戻らないんならここから歩いて行く、とシートベルトを外した。そうでしたね？」

聖子は舌が口蓋《こうがい》に張りつき、すぐには答えられなかった。

「違いますか？」

「い、いいえ、そうです」

と、聖子はやっと答えた。胸が激しく動悸を打ち、声が震えそうだった。

柏木の狙いについて、

――もしかしたら……。

という想像が生まれていた。

いや、それはないだろう、と一方では思う。それは、ありえない。そんなことは……。

しかし、聖子はまたすぐに、

――だが……。

と、思う。もしその想像のとおりなら、柏木が聖子を香西市まで呼び寄せた理由がより納得できるような気もする。

「あなたの証言によると、堤は『待てよ』と言って、咄嗟《とっさ》に麗ちゃんの腕をつかんだ」

柏木がつづけた。「それに対して麗ちゃんは『放して!』と言って身をよじり、堤の手を外そうとした。しかし、堤が力を緩めないため、いくら踠《もが》いても外れない。それで麗ちゃんは、『助けて! 誰か助けてぇー!』と遂に叫び出した。いまのように、通りには幸い人も車もいなかったが、麗ちゃんの声を聞きつけて誰かが顔を覗かせないともかぎらない。堤はそう思い、上半身を助手席のほうへ乗り出させ、空いていた右手で麗ちゃんの口を押さえた――。そうでしたね?」

そのときの麗の顔が、姿が、聖子の目の前に浮かんできた。同時に聖子は、柏木の狙いについての自分の想像は当たっているかもしれない、という思いを強めた。

「そうでしたね？」

柏木が細い刃のような目で聖子を見つめ、繰り返した。

聖子は無言でうなずいた。恐怖で声が出なかったのだ。

「あなたの証言によると、麗ちゃんはさらに跪き、堤の指に嚙みついた。そのため、堤が思わず麗ちゃんの口から右手を離すと、麗ちゃんは『助けてぇ！』と再び大声で助けを求め始めた。堤はカッとした。『黙れ！　黙れ！』と怒鳴りながら、麗ちゃんの細い首に手を当て、頭を背もたれに押しつけた――」

聖子は叫び出しそうになった。もうやめてくれ、と。

しかし、聖子は叫ばなかったし、柏木もやめなかった。

「すると、殺す気など全然なかったのに、麗ちゃんはぐったりとして動かなくなった。堤は慌てて、『麗ちゃん、麗ちゃん！』と名を呼びながら頰をぴたぴたと打ったが、麗ちゃんはピクリとも動かない。嘗《な》めた指を鼻先に持っていって確かめたが、呼吸していなかった。ああ、自分は麗ちゃんを殺してしまった！　堤はそう思うと、気が動転し、ただおろおろするばかり……。が、乗用車が一台横をすり抜けて行ったのにハッとし、一刻も早く死体を隠さなければならない、と気づいた。いま誰かに麗ちゃんの死体を見られたら破滅しかないが、死体さえ遺棄してしまえば逃れられるかもしれない、堤はそう思ったのだった――」

柏木がそこで言葉を切って車を発進させ、四、五百メートル先で右折した。

左側が倉庫の塀、右側が草ぼうぼうの空き地という道だ。このあたりは二十一年前とほとんど変わっていなかった。

「あなたの証言によると、堤はこの道へ入り、前後に人も車も見えないのを確かめて車を停めた」

柏木が言葉とともに車を停止させた。

いまも、前後に人の姿、車の影はない。

「そして、あなたの証言によると――」

と、柏木が同じ言葉を繰り返し、再び聖子の顔に冷たい視線を止めた。「堤は車を降り、助手席から麗ちゃんの身体を抱き上げ、素早く後ろのトランクに移した。そういうことでしたね？」

聖子はもう柏木と目を合わせられなかった。彼の目を見ないようにして、「はい」とうなずいた。

いまや、柏木の狙いは自分の想像したとおりに間違いない、と思った。柏木がどうして……という疑問はあるが、他に考えようがない。

柏木が空き地をつかって車の方向を変えた。

「あなたの証言によると、その後、堤は適当にあちこち車を走らせて、薄暗くなってから香西風土記が丘公園へ行った。そうでしたね？」

聖子はうなずいた。

「でしたら、私たちもこれからしばらく適当にドライブし、薄暗くなったころ、香西風土記が丘公園へ行きます」

柏木が一方的に通告した。

3

柏木が車を停めた。

香西風土記が丘公園の北の端を半円状にかすめている園内道路だ。

ダッシュボードのデジタル時計を見ると、六時四十七分。林の中には早くも夜が訪れようとしていた。言葉どおり、柏木は一時間以上車を走らせ――その間ほとんど口をきかなかった――、行き交うライトがかなり明るさを増してからここへ来たのである。

南の正門を入って博物館横を通り、公園のほぼ中央を東西に貫いている道路を一旦東へ四、五百メートル行ってからこの北側の道へ入ってきた。その間、二台の車と擦《す》れ違っただけで、歩いている人はまったく見かけなかった。

聖子には、二十一年ぶりに訪れた香西風土記が丘公園である。が、園内の造りも、日が沈んだ後はほとんど訪れる者がいないらしいという点も、以前と変わっていないようだ。

柏木が車のエンジンを切り、聖子に降りるように言った。

予想された行動とはいえ、聖子は全身が強張り、ドアを開けると足が竦んだ。

「怖いですか？」

柏木が聞いた。

「い、いいえ」

「そうですよね。あなたがこれぐらいで怖がるはずがない」

柏木が、皮肉な調子で「あなたが」という部分をわずかに強めた。

聖子は、足がもつれて転ばないように、慎重に降り立った。

木々の間には夕闇が濃く漂い始めていた。

柏木には怖くないと言ったが、もちろん嘘だ。膝ががくがくし、できることなら逃げ出したかった。

これから何が起こるのか――。

具体的にはわからない。が、最悪の結果は……。

「あなたの証言によると、堤はここでトランクから麗ちゃんの死体を出し、抱いて運んだんでしたね?」

柏木も車から降りて、言った。

予想していた言葉だったのに、聖子はすぐには答えられなかった。

「違いますか?」

「はい……あ、いえ、そうです」

「現在の時刻は六時五十分なので、あなたの証言よりだいたい一時間遅くなっています。ですが、二月十二日と四月二十五日では、日没、日暮《にちぼ》ともに約一時間違っています。二月十二日の日没が五時二十分、日暮が五時五十分、今日四月二十五日のそれらは一時間後です。ですから、二十一年前の二月十二日、堤が麗ちゃんの死体を棄《す》てにここへ来たときの明るさ・暗さは、現在とほぼ同じだったはずです」

柏木の説明に、聖子はそうかと思った。五時に香西駅を指定し、その後自分の証言に合わせて動いてきたのはそういうわけだったのか、と合点した。同時に、柏木はなぜそれほど二十一年前との符合にこだわるのだろう、と気になった。偏執的とも言えるそのこだわりは不気味であり、聖子の内に新たな恐怖の種を植えつけた。

「では、私が堤の代わりをします」

柏木が車の後ろへ回った。

トランクを開けて、中から麗の死体を抱き上げる仕種《しぐさ》をし、

「麗ちゃんの死体があった場所まで行きましょう。先に行ってください」

と、聖子を促した。

聖子はあらためて覚悟を決めた。林の中へ足を踏み入れた。

七、八十メートル進み、滑り落ちないように注意して斜面を下った。

斜面の下……鬱蒼《うっそう》とした藪との間の狭い空間には、夕闇がいっそう濃く立ち込めていた。

たとえ明るい昼でも、ここからは道も車も見えない。

「麗ちゃんの死体を棄てたのはこのあたりですか？」

柏木が足を止めて、聞いた。

斜面と藪のほぼ中間、ひときわ太い松の木の根本だった。

「そうだと思います」

と、聖子は答えた。「堤に正確な場所を聞いたわけじゃありませんが、翌日、知らせを受けて私が駆けつけたとき麗が寝かされていたのはこのあたりでした」

「堤に聞いたところで、彼は知らなかったはずですけどね」

「………？」

「私は、あなたが麗ちゃんの死体を棄てたのはこのあたりか、と尋ねたんです」

柏木の視線は聖子の目をとらえて離さない。

「ど、どういう意味ですか？」

聖子は自分の顔から血が引くのがわかった。

もしかしたら……と考え、恐れていたとはいえ、こういうかたちでいきなりぶつけてくるとは予想していなかったからだ。

「言葉どおりの意味です。二十一年前の二月十二日、あなたは麗ちゃんを殺し、その死体を棄てたはずだ。それがこのあたりか、と尋ねたんです」

「冗談を言わないでください！」

「冗談？　こんなことを冗談で言えるわけがない。あの日……一九八六年二月十二日、あなたは、堤に借りた車で買い物をし、帰ってきた。あなたが言った五時ごろではなく、それより四、五十分早い四時十五分ごろだ。たぶん、買った品物を家に置いたら、堤が借りていた駐車場へ車を返しに行くつもりでいた。ところが、そのとき、団地の東側の道で麗ちゃんに出会った。そして、市立公園へ行くなら送って行くと言い、乗せた――」

「そんな！　な、何を根拠にそんなことを言うんですか？」

「根拠については後で説明するとして、いままで私は、あなたの証言に沿って、堤達夫の行動を逐一たどってきた。しかし、それは堤の行動ではなく、実は、ほとんどあなた自身の行動だった。違いますか？」

「違います！　違うに決まっているじゃありませんか」

「もちろん、母親であるあなたと麗ちゃんが交わした言葉は、堤と麗ちゃんの会話とは違っていただろう。だが、その内容に関しては、あなたの嘘の証言はかなりの部分、真実を映していたはずだ」

「いい加減なことを言わないでください！」

「いい加減じゃない」

「いい加減じゃなかったら出鱈目《でたらめ》です。あなたの勝手な想像です」

「いや、違う。麗ちゃんが、あなたと堤のキスの場面を目撃して、父親に話すと言ったこと、父親にあなたの監視を頼まれていたと言ったこと、それであなたは仰天し、何とかして麗ちゃんに誤解だと思わせ、父親に話さないように説得しようとしたが、麗ちゃんが聞き入れなかったこと、麗ちゃんが、お母さんは好きだが、堤とキスしているお母さんは大嫌いだと言ったこと、麗ちゃんが車から降りようとして大声を出したので麗ちゃんの口を塞いだこと、さらには、麗ちゃんに噛みつかれ、思わず首を圧迫してしまったこと、もとより殺す気などさらさらなかったこと、麗ちゃんが死んだのを知って気が動転したこと、動転しながらも、どうしても自分の犯罪を隠さなければならないと考えたこと、そのため、薄暗くなるまで半ば上の空であちこち車を乗り回したこと、麗ちゃんの死体を大事に、丁寧に扱ったこと……。こうしたことは、すべてあなた自身の経験だった。だから、あなたはあれほどリアルに証言できたんだ」

「…………」

「ただ、あなたの場合、麗ちゃんの死体をここに棄てた後、急いで家へ帰らなければならなかった。実際……車を団地近くの空き地にでも駐めて、そうしたはずだが、それでも帰り着いたのは六時半近くになっていた。そのため、暗くなって三十分以上も経ってから有沢美紀や他の子供の家に電話をかける、という不自然な行動を取らざるをえなかった。あなたは、その不自然さを糊塗《こと》するため、麗ちゃんが遊びに夢中になって時間を忘れているのだろうと思い、心配しながらも半分は腹を立てていたとか……もっともらしい言い訳を並べて見せた。だが、八歳の娘が本当に暗くなっても帰らなかったら、何もしないでじっとしていられるわけがない。また、それとは関係がないが、六時半ごろ帰宅したのを誰かに見られていたらいっぺんで嘘がばれるため、警察で事情を聞かれたときは生きた心地がしなかったはずだ。違いますか？」

「違います。もちろん違います。あの日、私は五時ごろ家へ帰りました。そして麗のことは本当に、いまに帰ってくるだろう、いまに帰るにちがいない、と思っていただけです。だいたい、母親の私が我が子を殺すわけがありません！」

「最近は平気で我が子を虐待して殺す母親もいる。といって、あなたの場合は、そうした例とは違う。あなたは麗ちゃんを虐待していたわけではないし、もとより殺すつもりはなかった。いわば、弾みだった。だが、弾みであれ何であれ、不倫の事実を夫に告げられそうになったあなたが自分の娘に手を掛け、殺したことに変わりはない」

「ひどい！　人を殺人犯人……よりによって自分の娘を殺した犯人にするなんて」

「ひどい？　ひどいのはあんたでしょう。私が冤罪《えんざい》であるのを誰よりもよく承知していながら被害者の母親を演じつづけ、私を死刑にしろ、と言ったんですから。それだけじゃない。私の両親から一億一千万円もの賠償金を奪い取り、さらには、死んで口なしになった堤に自分の罪を被せ、逃げ切ろうとした――」

「私は娘を殺していません。麗を殺したのは堤です。久留島裁判の法廷で証言したとおりです」

「あのときあんたがした証言の中で虚偽でないのは、あんたが堤と不倫関係にあったという事実だけだ。堤から聞いたと言って供述したことはすべて……堤が麗ちゃんを殺したという話をはじめとして、すべて私の推理と村上の推理を基にした作り話にすぎない。三年前の五月、私と駒込の喫茶店で会ったとき、あんたは証拠捏造に関する私の推理〈警察が堤の車のトランクから集めたゴミを私の車のトランクへ移したにちがいない〉という話を聞いて、腑《ふ》に落ちた思いがしたはずだ。なぜなら、それまでのあんたは、自分が犯人なのになぜ私の車のトランクから麗ちゃんの髪の毛や衣服の繊維が検出されたのか、わけがわからなかっただろうからだ」

　そのとおりだった。柏木は、証拠の捏造をしたのは村上だと言ったのだが、とにかくその方法を聞き、聖子の中で十八年間ずっと引っ掛かっていた大きな疑問が氷解し、〃そういうことだったのか！〟と目からウロコが落ちた思いがしたのだった。

「堤はたぶん、横領の件がまずくなってR県警を辞めざるをえなくなった、とあんたに話した」

柏木がつづけた。「あんたと別れる前に堤が話したのはそれだけだったはずだ。麗ちゃん殺しの犯人じゃない堤は、自分の車のトランクに麗ちゃんの髪の毛や衣類の繊維が落ちていようとは想像さえできなかった。それなのに、私を犯人に仕立てるための証拠が捏造されたかもしれないなんて考えるわけがない」

「聞きました。私は堤から聞いたんです。麗を殺してしまったと打ち明けられたんです」

聖子は言い張った。

もし堤が麗を殺した犯人だったら、十八年後、彼が聖子に脅迫的な電話をかけてくることなど絶対にありえないだろう。が、堤の電話の件は柏木にかぎらず誰も知らないことなので、聖子が偽証したという証拠はどこにもないはずだった。

「あなたは、そんなに自分が可愛いんですか？」

柏木が半ば呆《あき》れ、半ば憐《あわ》れむような調子で言った。が、その声の底には強い怒りが、いつ地表に噴き出すかわからないマグマのように潜んでいるのが感じられた。

「自分さえよければ、他人なんてどうなろうとかまわないんですか？」

そんなことはない。そんなことはないが、こうなったら、何と言われようと最後まで否認し通すしかない……否認し通そう。

「もし……もし私が麗を殺したと言うんなら、証拠を見せてください」

「証拠ですか」

「証拠もなしに……」

「証拠ならある」

「どこにあるんですか？」

「あんたの心の中にある」

柏木の返答に聖子は少し安堵した。それは、ないということを意味していたからだ。

「そんなもの、私の心の中のどこにもありません。もちろん、あるわけがないのですが」

「いや、ある」

「じゃ、見せてください」

「直接見ることはできないが、あなたの行動がその存在を示している」

「……………？」

「一つは、あなたが村上を拳銃で撃ち、殺人者になろうとしたこと。そしてもう一つは、堤と不倫関係にあった事実を明かし、久留島に関して偽証したことだ」

「私は偽証なんてしていません」

「じゃ、自分の裁判に不利になるのがわかっているのに、どうして麗ちゃん殺しの真相を隠蔽したのは久留島だと堤から聞いていた、などと言ったんです？　なぜ、堤と不倫関係にあった事実を明かしたんです？」

「それは、久留島がシラを切り通そうとしていたからです。自分の刑が重くなっても、また世間の人に非難されても、久留島をあのまま許すことはできない、そう思ったんです」

「あんたがそれほど正義感の強い人だったとはいまのいままで知らなかった」

柏木が皮肉な調子で言ったが、聖子は取り合わず、「本当です」と語調を強めた。

「ただ、そうなると、矛盾しませんか？」

「矛盾……？」

「他人の不正を許せない正義の人であるあんたは、二十一年前に事件の真相を隠蔽したのが村上ではないと知りながら、彼を撃ち殺そうとした――」

「…………」

「そうなりますよ」

「ええ、そうです、そのとおりです。でも、矛盾なんかしてません」

「では、何のためにそんなことをしたんです？」

「村上は、柏木さんに嘘の自白を強いた人間だから……」

「笑わしちゃいけない！」

柏木の怒りのマグマが小さく噴き出した。「そんなことは、あんたには何の関係もなかったはずだ」

聖子は反論しようとした。

が、うまい〝理由〟は見つからない。

「あのときのあんたは、殺人者になりたかった。これは間違いない。が、だからといって、あんたに、自分と何の関係もない人間を殺せるはずはない」

「………」

「となると、答えは一つしかない。あの時点のあんたは、私の推理……あんたは堤が麗ちゃんを殺した犯人ではないと知っていたわけだから、私の推理の半分だが……それが正しいと信じていた。村上が証拠を捏造し、事件の真相を隠蔽した張本人だ、と思っていた。だから、あんたは村上を殺し、殺人者になるつもりだったんだ」

そのとおりだった。

「では、なぜか？　あんたはなぜ、よりによって自分から進んで殺人犯人になろうとしたのか？」

柏木がつづけた。「堤が麗ちゃんを殺した犯人だと信じている私に怪しまれまいとした、つまり私に真相を見抜かれまいとした、それも理由の一つだろう。が、それだけじゃない。それだけなら、あんたは殺人者にまでなる必要はなかった。では、なぜ、敢えてそこまで大きな犠牲を払おうとしたのか？　あんたにそれをさせたのは、あんたの中にある罪の意識、良心の呵責《かしゃく》だった。麗ちゃんを殺したあんたは、あんたなりに罪の意識に苦しんでいた。あんたなりに良心の呵責にさいなまれていた。しかし、あんたは、麗ちゃんを殺したのは自分だと明らかにすることはできなかった。あんたには、そうするだけの誠実さも勇気も潔さもなかった。そこで、あんたは、そうする代わりに自分に罰を与え、罪の意識、良心の呵責から逃れようとした。同じ殺人の罪で罰せられることによって、苦しみから逃れようとした。そう考える以外、あんたがあのとき本気で村上を撃ち殺そうとしていた事実を説明することはできない」

柏木の言う「罪の意識、良心の呵責」が〝鬼〟なら、彼の指摘は当たっていた。聖子の行為は、ひとえに麗を殺したことを責めつづける〝鬼〟から自由になるためのものだったのだから。

村上を撃ったときの聖子は、事件の真相を隠蔽したのは村上だと信じていた。そして、村上が証拠を捏造して柏木に無実の罪を被せなければ、真相が明らかになり、自分はこれほど苦しまずにすんだのだ、と思った。真相が明らかになれば、自分はもちろん逮捕され、娘を殺した母親として厳しく糾弾され、罰せられただろう。だが、いまごろは身も心も自由になっていたはずなのだ――。

聖子はそう考え、村上を殺して殺人犯として裁かれ、罰せられることによって、〝鬼〟から逃れようとしたのだった。

だが、聖子はそれを認めるわけにはいかない。

「そんなのは柏木さんの勝手な想像です」と、反論した。「あのとき、どうして村上さんを撃とうとしたのか、自分にもよく説明できません。でも、罪の意識、良心の呵責から逃れようとして撃ったなどということだけは絶対にありません」

しかし、柏木は聖子の言葉を無視した。聞いていなかったかのように言った。

「もう一つ、あんたを久留島裁判の証言台に立たせたのも、あんたの罪の意識、あるいは良心の呵責だったはずだ」

「…………」

「あんたに撃たれた村上は死なず……結果としてあんたにとっても私にとっても良かったわけだが……あんたは内なる罪の意識、良心の呵責から逃れることができなかった。殺人未遂の罪に問われ、拘置所に勾留されても、あんたの心はちっとも解放されなかった。そこで、あんたは、また自分本位な方法を考えた。それは、あんたが麗ちゃんを殺したという核心の事実を除き、虚実取り混ぜて証言するという方法だった。それには堤に麗ちゃん殺しの罪を被せなければならないが、そのことではあんたは何ら良心の咎《とが》めを覚えなかった。私に冤罪を着せて平気でいたように」

違う、と聖子は胸の中で反駁《はんばく》した。柏木の場合と堤の場合とでは違う。

確かに、堤に罪を被せることに自分は良心の咎めを覚えなかった。だが、それは堤が自分を脅迫してきたからである。

一方、柏木の場合は複雑だった。柏木に無実の罪を被せたのは自分ではない。が、彼が犯人にされ、真相が闇の奥に隠されたことで自分は安堵した。しかし、柏木が犯人として裁かれるのを見て、けっして平静でも平気でもなかった。だから……だから、「死刑にしてください！　法律が死刑にできないのなら、私が……」などと叫んだのだ。あのときは、なぜあんな行動を取ったのか自分でもはっきりしなかった。だが、いまなら少しはわかる。あれは、被害者の母親という悲劇の主人公を演じ、真相に到達されないようにしたわけでは断じてない。自分には、そうした演技をするといった意識はまったくなかったし、そんなことをする余裕もなかった。説明したところで誰も信じてくれないかもしれないが、あれは麗を殺した自分自身を断罪する言葉だったのだ。裁判長の読み上げる判決文を聞いていたら、麗が……掛け替えのない麗の命がたった十五年という年数に置き換えられたような気がして、耐えられなくなったのだ。麗に申し訳なくて、すまなくて、麗の命を奪った人間……自分は死刑になるべきだ、そう思ったのだ。だから、はっきりと意識していたわけではないものの、柏木を死刑にしてくれ、死刑にする、とは言わなかったはずである。「麗を殺した犯人を――」と言ったはずである。そんなことは言い訳だ、後で付けた理屈だろう、と言われるかもしれない。それだけ自分を責めていたのなら、なぜ事実を話さなかったのか、なぜ自分が犯人だと名乗り出なかったのか、と非難されるかもしれない。だが——これも言い逃れと取られるかもしれないが——そうした判断と、あの法廷での感情の昂《たかぶ》りとは別だった。あのとき、判決が言い渡された瞬間は、心底、麗を殺した犯人である自分が憎かった。本当に殺してやりたいほど憎かった。その怒りと憎しみの大きなうねりがあのように自分に叫ばせたのだ。ただ、それでいて自分が犯人だと口走らなかったのは、たぶん、本能的とも言うべき自衛機能が働いたのだろう。狡《ずる》いと言われようと何と言われようと、そうとしか考えられない。その後も口を噤《つぐ》み通し、柏木が犯人とされるのを黙って見ていたのは、恐ろしかったからである。どんなに卑劣だ、自分勝手だと責められようと、娘を殺した犯人として断罪されるのが怖かったのだ。無実の柏木に対する罪の意識よりも恐怖のほうが勝《まさ》っていたのである。

「この方法を採った場合、あんた自身も大きな犠牲、代償を払わざるをえない。堤との不倫の事実を明らかにしなければならないからだ。それと同時に、〈堤が犯人だと知っていた、堤を退職させて真相を隠蔽したのは自分が殺そうとした村上ではなく、久留島だと堤から聞いていた〉と偽証しなければならないからだ」

柏木がつづけた。無理に感情を殺して話しているのか、淡々とした調子だった。

闇がさらに濃くなり、すぐそばに立っている彼の表情はもうはっきりしなかった。

「だが、あんたにとっては、その大きな代償こそが必要欠くべからざる要件だった。つまり、村上殺しの殺人者になれなかったあんたは、今度はその大きな犠牲、代償を支払うことによって免罪符を手に入れようと図った……そういうことだからだ」

図星だった。柏木がどうしてそこまで精確に自分の心の内を読み取れたのか、と聖子は戸惑い、驚いていた。

が、彼女はそうした動揺を押し隠し、

「そんなのは柏木さんの想像です、作り話です！」

と、抗議するように言った。

「そうかね」

と、柏木が軽くいなした。

「事実ではないんですから、そうです」

「村上を殺して、敢えて殺人の罪で裁かれようとしたこと、大きな犠牲を払って堤との不倫の事実を明かし、あんたにとっては必要のない偽証をしたこと——これらは、あんたにとっては代償行為だった。罪の意識あるいは良心の呵責にさいなまれながらも、あんたには真実を明らかにする勇気がなかった。それであんたは、別の犠牲を払うことによって罪を贖《あがな》い、自分を苦しみから解き放とうとした。不可解とも思えるあんたの二つの行為は、そう考えればすっきりするし、そう考える以外に説明のしようがない」

「柏木さんの勝手な解釈です。私に対する悪意から出た独断です。さっきも言ったように、どうして村上さんを撃とうとしたのかはうまく説明できませんが、久留島裁判の証人になったのは……」

「もういい」

柏木が聖子の言葉を遮った。

「ですが……」

「もういい！　そんな繰り返しを聞いても何にもならない。私は、あんたが久留島裁判の証言台に立ったことによって果たして免罪符を手に入れたのかどうか、それを聞きたかったのだが……」

聖子は黙っていた。

「それについて話さないのなら、私にはもうこれ以上あんたに言うべきことはない」

――では、これで解放されるのか！

一瞬、前方に光明が射したかに見えた。

が、すぐに、いや、そんなはずはない、と思った。

そう聖子が思うのと同時に、案の定、柏木が言葉を継いだ。

「ただ、一つだけまだやり残していることがある。だから、それを片付けてしまわないことには帰れない」

聖子は、背中に氷の塊《かたまり》を押しつけられたようにぞくりとした。話している間は薄れていた恐怖が再び胸に迫《せ》り上がってきた。

一つだけやり残していること――。

私を殺すことにちがいない！　と聖子は思った。それも、たぶん柏木自身の手は汚さずに――。つまり、柏木は、〝麗を殺した犯人は私が死刑にする〟と言った私の言葉を実行に移させるつもりでいるのではないか……。

「麗ちゃんの死体の処理だよ」

柏木が言葉を投げ出すように言った。

予想が外れ、一瞬、聖子の頭に空白が生じた。

柏木がやり残したというのは私を殺すことではなかったのか……。

聖子がそう思い、安堵しかけた次の瞬間、麗の死体の処理という言葉が鋭い錐《きり》のように心臓を刺した。

柏木はそれを計算して、「……処理」という言葉をつかったのかもしれない。

「ここで、もう一度あんたの証言に戻ろう」

と、柏木が言葉を継いだ。

聖子の耳の奥で、空の唾を呑み込む音が響いた。

「あんたの証言によると、堤は麗ちゃんの死体を車のトランクから下ろし、ここまで運んできた。だが、死体はまだ堤の腕に抱かれたままの状態だ。このままでは、麗ちゃん殺しは完結しない。ここまでは私が堤の代わりを演じてきたが、この先はあんたに代わってもらう。麗ちゃんの死体をどうやって枯れ草の上に棄てたのか、その後どうしたのか——堤の話を聞いたというあんたにそれを再現してもらいたい」

　聖子は全身が強張り、言葉を発することも動くこともできなかった。

「どうしたんですか？　麗ちゃんの死体はあなたの腕の中にあるんですよ。早く棄てて処理し、車に戻らないと、危険ですよ」

　柏木の真意はどこにあるのか？　聖子は忙《せわ》しく思考の歯車を回転させるが、わからない。麗を棄てる行為を私に再現させ、彼は何を狙っているのか……。

「早く棄ててください」

「……できません」

　と、聖子はやっと言葉を唇から押し出した。

「できない？　堤の話を聞いているあんたなら簡単でしょう。それとも、他にできない理由があるんですか？」

「たとえかたちだけでも、我が子の遺体を棄てるなんて、できません」

　二十一年前は、自分が助かるためには他に方法がなかった。死んでしまった麗を棄てる以外に、どうしようもなかった。だが、たとえ演技でも、二度も……二度も麗を棄てるなんて、できるわけがない。

「ほう、それじゃ仕方ありませんね」

柏木があっさりと引いた。

「では、私が代わりに棄ててあげます」

彼がつづけ、麗の死体を聖子の腕から抱き取って地面に下ろす仕種をした。

「はい、棄てました。この後はあんたがしてください」

言われても、聖子は動けなかった。

「風土記が丘公園へ来るまでの間に、あんたは、幼女性愛者の犯行に見せかけられれば安全になるにちがいないと考え、可哀想だと思いながらも、麗ちゃんの死体から衣類を全部剝《は》ぎ取ったんでしょう」

「わ、私じゃありません」

「あなたの証言によると、堤でしたね。それじゃ、堤に聞いたとおりにしてください」

言葉遣いは穏やかでも、そこには相手に有無を言わせぬ強い意志が籠《こ》もっていた。

「さあ」

立ったままの聖子を、柏木が少し強い調子で促した。

聖子は自分を励まし、のろのろとした動作でしゃがんだ。

「ジャンパー、ズボン、セーター……そして下着も脱がしてください」

手だけで、麗の身体から衣類を脱がせる仕種をした。

「衣類を全部剝ぎ取り、麗ちゃんを全裸にした後はどうしたんですか?」

柏木の容赦ない言葉が頭の上から降ってきた。

聖子の目の前に、二十一年前の光景が甦《よみがえ》った。いまより短く刈られた枯れた草の上には、麗が横たわっていた。母親の手で命を奪われ、母親の手で裸に剝《む》かれた麗の死体が——。暗いのに、その白い姿がはっきりと見えた。

麗、麗……。

悲しみとも後悔ともつかない思いが聖子の胸に湧き起こり、溢《あふ》れ出した。

「次は……裸にした後は、どうしたんですか?」

柏木が聖子を急《せ》き立てた。

だが、聖子は立ち上がることができない。両手で顔を覆った。

麗、ごめんなさい。ごめんなさい、ごめんなさい、ごめんなさい……。

泣きながら麗に謝った。

ああ、麗、麗、麗……。

悲しみが潮のように聖子を呑み込んだ。

麗、ごめんなさい。こんなところに棄てられ、どんなにか寂しかっただろうね。寒かっただろうね。あなたをこんな目に遭わせた私は、なんてひどいお母さんだったんだろうね……。

「あんたは、麗ちゃんを裸にしたものの、どうしてもそのままにしてここを離れることはできなかった。そうですね？」

　そのとおり、そのとおりよ、と聖子は胸の内で柏木の言葉を認めた。もう否定する気はなかった。涙が止めどなく溢れてきて、指の間から零《こぼ》れた。それだけは……麗を裸にしたまま立ち去ることだけは、どうしてもできなかった。我が子を殺して棄てたひどい母親でも、それだけはできなかった。

「そこで、あんたは、一度行きかけた足を戻し、麗ちゃんの裸の身体にジャンパーとズボンを掛けてやった。それから、この場を離れた。そうですね？」

　違う！　違うわ！　麗、信じて。お母さんは、すぐになんてとても離れられなかった。お母さんは、ジャンパーを掛けてやってから、ずっとあなたを抱き締めていた。ずっと、ずーっと抱き締めていた。こうやって抱き締めていたら、あなたに体温が戻り、息を吹き返すかもしれないと思って。でも、あなたは生き返らなかった。二度と「お母さん」と呼んではくれなかった。だから……だから、お母さんは、仕方なく、下半身にズボンを掛け、ここを離れたの。ごめん、ごめん、て麗に謝りながら……泣きながら、車のところへ戻ったの。でも、でも、ひどいお母さんだったわね。麗を殺してしまっただけでなく、こんなところに裸にして棄てるなんて。鬼ね、鬼だったのね。自分が鬼になったから、鬼が身体の中に住み着いて、ずっと苦しめられてきたのね……。

「あんたが犯人だという真相に私が到達できたのは、その話……堤が麗ちゃんの身体にジャンパーとズボンを掛けてやったというあんたの証言を聞いたからだった」

柏木が言葉を継いだ。「それまでは、疑問点や、うまく説明できない点があっても、あんたが自分の娘を殺したという想像には結びつかなかった。その想像の前には高いハードルがあり、私はそれを跳び越えることができなかった。ところが、あんたの証言を聞いた後、もしかしたら……と思い、私はそのハードルを越した。そして堤をあんたに置き換えてみると、麗ちゃんの死体が大事に、丁寧に扱われていた事情――二十一年前、村上たちが私を逮捕したときにこじつけの理由をでっち上げた件――が、これ以上なくすっきりと説明がついた。それだけじゃない。ずっと疑問に感じていた点、不可解だった点を明快に解き明かすことができた――」

聖子は肯定も否定もしなかった。

柏木がつづけた。

「その最たる例は、あんたが本気で村上を撃ち殺そうとしたこと、わざわざ久留島裁判の証人になって堤と不倫関係にあった事実を明かしたこと、そして、〝証拠を捏造して事件の真相を隠蔽したのは久留島だと堤から聞いていた〟と偽証したことだ。が、私が疑問に感じていたのはそれにとどまらない。麗ちゃんがあんたとキスした堤の顔を覚えていた、というのもその一つだった。あんたの証言を聞いていて、いくら街灯が点いていたといっても、夜、一度ちょっと見ただけの男の顔を麗ちゃんが覚えているだろうか、と思ったのだ。また私は、堤が幼女性愛者の犯行に見せかけるために麗ちゃんを裸にしたという話にも首をかしげた。どういう意図からであれ、堤は前に豊町団地の近くで佐久間那恵さんに声をかけ、車に乗らないかと誘っている。堤だって刑事の端くれだ。幼女性愛者の犯行ではないかとなれば、そのときの男の特定が捜査の重要方針の一つになるだろうということぐらい容易に想像がつく。それなのに、わざわざ麗ちゃんを裸にし、そうした犯人の仕業に見せかけたりするだろうか、と思ったのだ。ただ、では、どうして麗ちゃんは裸にされていたのだろうと考えても、そのときは答えが浮かばなかった。ところが、その後であんたは、裸の麗ちゃんがさぞ寒いだろうと思い、堤はジャンパーとズボンを掛けてやった、堤からそう聞いた、と証言した」

柏木が、聖子の反応を見るかのように言葉を切った。

しかし、聖子は彼の足下にしゃがんだまま顔を上げなかった。上げられなかった。

柏木が再び話し出した。「裸の死体にジャンパーとズボンを掛けてやったことは、堤の行為だったとしても必ずしも不自然ではない。だが、堤が幼女性愛者の犯行に見せかけるために麗ちゃんを裸にしたというあんたの話が事実なら、堤はジャンパーとズボンだけでなく、当然、暖かいセーターも掛けてやったはずだ、そう思った。同時に、麗ちゃんを裸にした一番の目的は幼女性愛者の仕業に見せかけるためなんかではなく、セーターを持ち去るためではなかったか、そしてそれをしたのは堤ではなくあんたではなかったか、と思い至った。もし堤が同じ目的でそうしたのなら、殺人を告白した彼には隠す理由がないので、あんたに話していたはずだからだ。だが、あんたは、〝何となく下着と一緒にセーターも手にしていたと堤が言った〟と証言した。そこから出てくるのは、あんたが嘘をついた、という結論しかない。さらには、あんたが別の目的で麗ちゃんを裸にしたのではないか、という想像だ。もし幼女性愛者の犯行に見せかけるためだけだったら、あんたには麗ちゃんを裸にすることができなかったのではないか、と思う」

では、あんたは、なぜ我が子を裸にしたのか――?

柏木がつづけた。

「それは、麗ちゃんのセーターにあんたの血が付いてしまったからだ。車の中で麗ちゃんの口を塞いだとき、あんたは麗ちゃんに指を嚙まれ、出血した。流れるほどではなく、たぶん滲《にじ》み出た程度だったと思うが、その手をハイネックのセーターの上から麗ちゃんの首に押しつけたため、セーターにあんたの血が付着してしまったのだ。あんたの場合、髪の毛ぐらいなら、麗ちゃんの衣類に付いていても、怪しまれることはないだろう。だが、血……それも首の部分に付いた血では、いくら母親のものでも疑われる。それを逃れるためには、どうしても麗ちゃんのセーターを脱がせ、持ち去る必要があった。そう思ったとき、あんたの頭に、全裸にして衣類を全部持ち去れば、セーターだけ持ち去る不自然さを隠蔽し、幼女性愛者の犯行に見せかけられて、より安全になるかもしれない、という考えが閃《ひらめ》いた。そして、あんたは麗ちゃんの衣類を脱がせた。しかし、寒さを感じない死体とはいえ、全裸の我が子を置いて立ち去ることはできなかった。そこで、あんたはセーターと一緒に下着だけ持ち去ることにし、麗ちゃんの身体にジャンパーとズボンを掛けてやった。つまり、下着を持ち去るとき、何となくセーターも手にしたのではなく、セーターを持ち去る目的に感づかれないように下着も持ち去ったのだ」

柏木の推理は的確だった。彼の言うとおりだった。

「一度ハードルを越すと、これまで見えなかった様々なものが見えてきた」

柏木が説明を継いだ。「私は、それまで疑問に感じていた点、わからなかった点を、あらためて検討しなおしてみた。すると、あんたの行動に関する疑問が解けただけじゃない。いまひとつすっきりしなかった堤の態度についても、そうか、そういうことだったのか！と納得がいった」

柏木はなおも話しつづけた。

頭の上から降ってくる彼の声を聞きながら、聖子は、柏木は自分をどうするつもりなのだろうと考えていた。殺す気でいるのだけは確実だと思うが……。やはり、麗を殺した犯人とわかった私を、私自身の手によって「死刑」にしようとしているのだろうか。

「私は、石森那恵さんの話から堤達夫の存在を突き止めたとき、彼こそ麗ちゃんを殺した犯人にちがいない、と思った。そこで、酒田に堤を訪ね、事件の真犯人を捜しているので力を貸してほしいと持ち掛けた。堤は、戸惑ったような、警戒しているような顔をして、自分はあの事件とは何の関係もないので力になれないと言った。が、そう言いながらも、〝もし真犯人が名乗り出てくれたら相当額の礼をするつもりでいる〟と私が話すと、大いに興味をそそられたようだった。私は、すでに公訴の時効が成立しているので真犯人は名乗り出ても罪を問われることはない、と強調した。また、民事訴訟の時効……不法行為による損害賠償請求権の時効期間は事件から二十年、損害の発生を知ったときから三年だが、もし麗ちゃんの両親から損害賠償を請求された場合は、私の両親が支払った金を取り戻して充てるので心配は要らない、と説明した。こうした布石を打っておき、つまり『真犯人だと名乗り出てほしい』と暗に仄《ほの》めかしておき、二度目に酒田を訪ねたときは、もし名乗り出てくれたら三千万円の礼をすると単刀直入に切り出した。堤は、自分は犯人じゃない、とんでもない話だ、と憤《いきどお》って見せたものの、もう一度会いたいという私の申し出を断らなかった。そして、次に会ったときは私の推理を否定せず、『あなたの希望どおりにしたいが、もうしばらく考えさせてくれ』と言った。そして、私の求めに応じて……これは別に五十万円の礼をしたのだが、久留島の受勲を祝う会に出席し、村上の前に姿を見せた。ところが、次に東京で会ったころから堤の態度が変わり始めた。すぐにもＩＣ《アイシー》レコーダーかテープレコーダーを前に私の言うとおりに証言し、内容を箇条書きにした書類にも署名捺印するはずだったのに、『そう簡単には決断できない、もう少し待ってくれ』とか、『実は自分は犯人ではないが真相を知っている、それを話せば三千万円くれるか？』とか言い出した。堤のその変化に、私は、一度は金のために決断したが、時効が成立しているとはいえ、幼い女の子を殺した犯人だと名乗り出るのは抵抗があるのだろう、それで迷っているのだろう、と思った。また、何とか真相を公にしないで金だけ手に入れられないかと狡い計算をし始めたのだろう、と……」

柏木がそこで言葉を切って一呼吸おき、

「こうした堤の態度――。それも、あんたが麗ちゃんを殺した犯人ならすっきりと説明がつくことに気づいたんだよ」

と、話を元に戻した。「つまり、借金取りに追われて喉から手が出るほど金のほしかった堤が、決断をつけられずにぐずぐずしていた最大の理由は、彼は犯人ではなかったからだったんだ。いま言ったように、たとえ犯人だったとしても、逡巡《しゅんじゅん》しても不思議はない。だが、堤は犯人でなかっただけでなく、あんたが犯人らしいと気づいた。私が犯人でなく、堤も犯人でないとしたら、事件の日に堤が車を貸したあんたしかいないからだ。そこで堤は、『自分は犯人ではないが真相を知っている、それを話せば三千万円くれるか？』などと言って私の反応を窺いながら、できれば別口……久留島を脅して、同額あるいはそれ以上の金を彼から引き出そうと画策していた――。そういうことだと思う」

別口は久留島だけではないわ、と聖子は胸の内でつぶやいた。堤は私からも金を脅し取ろうとしていたのだ。たぶんそのために、堤は自分の持っている情報を柏木に話さずにいたのだ……。

「堤が犯人でないと考えると得心できることは他にもある」

柏木が言葉を継いだ。

闇がどんどん濃くなっていく。

「その一つは、私が酒田まで行って堤に初めて会ったときの印象だ。いま思い返すと、堤には、私に会うまで麗ちゃんの事件を忘れていたのではないかと思われる節があった。不倫相手の女性の子供を殺し、しかも上司だった警察署長の計らいで罪を逃れた男――私がそう考えていた元警察官は、私の話を聞いても、しばしぽかんとしていた。すぐには私の意図が、話の意味が呑み込めないように見えた。そのときの私は、惚《とぼ》けているのだろうと思ったのだが……。だが、あれは本当にわからなかったのだ。そう考えるとすっきりする。堤は、まさかあんたが我が子を殺したなんて思わないから、あんたに貸した自分の車のトランクに麗ちゃんの毛髪や衣類の繊維が落ちていたなんて想像さえしなかった。当然、久留島がそれらを私の車のトランクに移して証拠を捏造したことなど、知る由もない。だから、堤は、久留島が自分に辞職を促したのは本当に五千何百円かの横領の件が因《もと》だと思っていた。そこへ私が、時効になった事件の真犯人を捜している、あなたなら知っているはずだ、力を貸してほしい、などととんでもない話を持って行った。話を聞いてみると、相手つまり私は、どうやら自分つまり堤を真犯人だと思っているらしい。堤は内心、大いに戸惑っただろう。だが、借金の厳しい取り立てに遭っていた彼は、〝相当額の礼金〟という魅力に勝てず、私を追い返すことができなかった。その後……年が替わってしばらくしたころだと思うが、堤は麗ちゃん事件について調べ、あんたが犯人らしいという真相に到達した――」

そのとおりだったのだろう、と聖子も思う。ただ、堤は、聖子が犯人ではないかと考えても、まだ確信には至らず、〝七信三疑〟ぐらいだった。そこで聖子の反応を見るという目的も兼ねて、会いたいと電話してきたのではないか。そのときの聖子はというと、堤がすでに柏木と会って彼の話を聞いていたとは想像もしなかったのだが……。

「いまにして思えば――」

と、柏木の語調に後悔しているような響きが交じった。「堤の車のトランクに麗ちゃんの毛髪や衣類の繊維が残っていたと考えた時点で、私は彼を犯人とする見方を疑うべきだった。もし堤が犯人なら、自分が殺した少女の死体を積んだトランクを何日も掃除しないで放置しておいたなんておかしい、と気づくべきだった。大胆というか、間抜けというか、なんて不用心なことをする警官なんだろう、と思うことは思ったのだが……。それでも、石森那恵さんを車に誘った男が堤だったらしいという符合もあり、まさか堤から車を借りた人間がいて、その人間が麗ちゃんを殺した犯人だとまでは想像が及ばなかった」

柏木がようやく口を噤んだ。

聖子には言うべき言葉がなかった。柏木の前にしゃがみ込んだまま、どこか他人事《ひとごと》のように、自分はこれからどうなるのだろう、と考えていた。

「そうだ、あんたが犯人だと考えると、すっきりする事柄がもう一点あった」

柏木が思い出したように言った。「あんたが私を包丁で襲ったことだ。あのときのあんたには、私を殺すつもりなど毛頭なかった。違うかね？」

聖子が答えないでいると、彼はつづけた。

「あんたは、私のホームページを見ると、私に真相を見抜かれるのではないかと脅え始めた。恐怖のため、じっとしていられなくなった。そこで私を見張り、さらには私を襲って見せるというデモンストレーションを思いついた。〈自分は本気であなたを犯人だと思っている、ほら、このとおり〉と私に示すために。思慮に欠けるなんともお粗末な発想だが、こうして真相がわかってみると、あんたがああした行動を取った事情……取らずにいられなかった不安と焦りも理解できないではない」

聖子は肯定こそしなかったが、否定もしなかった。否定しようとしまいと、結果は同じだろうからだ。もう何をしても死は逃れられないのだという諦念《ていねん》、あるいは覚悟のようなものが彼女の中に生まれつつあった。

「さっきも言ったように、久留島裁判におけるあんたの証言を聞いた後、私はそれまで疑問に思っていた点、よくわからなかった点、どこか変だと感じていた点を逐一検討しなおし、あんたが麗ちゃんを殺した犯人だと考えればそれらが明快に説明できることを知った。その後私はさらに検討を重ね、あんた以外の誰が犯人であっても一連の事実を矛盾なく説明することは不可能だ、と結論した。それからの私は、あんたが刑務所から出てくるのを一日千秋の思いで待っていたのだ」

聖子は背中に悪寒《おかん》と緊張が走るのを感じた。覚悟し始めていたとはいえ、やはり「死刑の判決」を受けるのは怖かった。

「あんたは麗ちゃんを殺しただけではない。何人もの人を不幸にし、その人生を狂わせた。あんたの夫、久留島、堤と。久留島と堤は自業自得だが……。殺された麗ちゃんを除けば、最大の被害者は私だった。あんたは私の人生をめちゃめちゃにした。時間的に見れば半生だが、実質は私の一生を奪った。私だけじゃない。私の両親を不幸のどん底に突き落とし、苦悩と失意と悲嘆のうちに死なせた。確かに、私に無実の罪を着せた張本人は久留島だし、その共犯者は、私の話を聞こうとせず、私を絶望の淵に追いつめて嘘の自白を強要した村上たちだ。だが、あんたは、私が冤罪を着せられて塗炭《とたん》の苦しみにのたうち回っているとき、私を死刑にしろと叫び、私の両親から一億一千万円もの賠償金をかすめ取った。そして、私が牢獄に繋がれている間、あんたはその金でのうのうと暮らしてきた。あんたは、とてものうのうとなど暮らせなかったと言うかもしれない。自分も苦しんだのだ、と。それは、おそらくそのとおりだろう。もしそうでなかったら、あんたは人間じゃない。しかし、あんたが苦しんだのは、わずか八歳で母親に命を奪われた麗ちゃんを思ってのことだろうか。麗ちゃんにあったはずの長い一生を想像してのことだろうか。さらには、あんたの代わりに麗ちゃん殺しの罪を着せられた私を思いやってのことだろうか。あんたがどう抗弁しようと、私は違うと思う。あんたを苦しめた良心の呵責、罪の意識といったものは、麗ちゃんと私の失われた生を想像してのものではなく、あくまでもあんた自身の問題にすぎなかった。あんたは、娘を殺してしまった自分自身に脅え、苦しんでいたにすぎなかった。だから、さっきも言ったように、あんたは、その苦しみから逃れるために、麗ちゃんや私のことなどまるで念頭にない方法……村上を撃ち殺して殺人者として裁かれようとしたり、久留島裁判の証言台に立って偽証したり、という方法を採ったのだ。それらはいずれもあんたに大きな犠牲を課した。それでいて、けっして決定的なダメージだけは蒙《こうむ》らないように狡く計算されていた。あんたは、その自分本位な方法によって免罪符を手に入れようと図ったのだ」

柏木が言葉を切った。

もしかしたら、と聖子は思う。柏木の言ったように、私を苦しめている〝鬼〟は最愛の娘、麗を殺してしまった私自身なのかもしれない。私は、私自身の心に脅えつづけてきたのかもしれない。

といって、柏木の分析、指摘を全面的に受け容れるわけにはいかない、と聖子は反撥《はんぱつ》も感じた。私は麗のことを思って苦しんだ。私に殺されなければつづいていた麗の人生を想像し、どれほど自分を責めたことだろう。柏木にもすまないと思った。だから、麗が死んだ後で子供を産まなかったのだし、柏木に示唆されたとおりに村上を拳銃で撃っても、それを刑事には話さなかったのだ。

「そろそろ、あんたに約束した三時間が過ぎる」

柏木が少し語調を変えた。「だから、今度はあんたの考えを聞かせてもらおう」

私の考え……？

意外な言葉に、聖子は戸惑った。柏木の意図が読めなかった。彼は、「死刑の判決」を下してそれを「執行」する前に、私に最後の弁明の機会を与えようというのだろうか。

「とにかく立ってくれないか」

促されて、聖子は立ち上がった。
四、五十センチしか離れていないところに柏木の顔があった。目鼻がやっと識別できる程度だが、厳しく険しい表情をしているのは全身から感じ取れた。
「あんたにも言いたいことがあるんじゃないのか」

「さっきまではありましたが、いまはもうありません」

聖子は答えた。柏木がどう考えているのかはわからないが、今更何を言ったところで無駄だろう。

「じゃ、私の言ったことは事実だと認めるんだな」

「全部ではありませんが、私が麗を殺したというのは事実です」

聖子は殺人を認めた。

「それでも言いたいことはない？」

「ありません。ですから、どうぞ、柏木さんの気がすむようにしてください。もし麗を殺した犯人である自分を死刑にしてみろと言われたら、ここで死んでもかまいません」

聖子は覚悟のほどを示した。

ところが、柏木からは、

「あんたは、何にもわかっていないようだな」

という予想外の返事がかえってきた。

声には怒気が含まれていた。

聖子は面食らった。自分は死んでもいいと言っているのに、彼がなぜ怒っているのか、理解できなかった。

「私の気がすむように？　あんたが死んだからといって私の気がすむと、あんたは本気で思っているのか?」

「⋯⋯?」

「そんなことをしても、あんた自身の気がすむだけだ。死を覚悟すれば、あんた自身の気持ちは楽になり、あんた自身は解放されるだろう。だが、私とは何の関係もない」

柏木は何を言おうとしているのか。

「四年前の秋、《私は殺していない!》というホームページを開いたころは、私も、村上やあんたに復讐して恨みを晴らせば、少しは気持ちが楽になるかと思っていた。しかし、いまは、そんなことをしても何にもならないとわかった。なぜなら、あんたらに復讐したところで、私の失われた時間は戻らないからだ」

「それでは、私にどうしろと柏木さんは言われるんですか?」

「私はあんたに何も言う気はない」

「でも、それじゃ、私はどうしたらいいんでしょうか?」

「そんなことは自分で考えたらいいだろう」

「教えてください。私はどうしたらいいのか、何をしたらいいのか。麗を殺した、と警察に名乗り出ることですか? テレビや新聞に真相を明らかにすることですか?」

「あんたは、まだ何にもわかっていないようだな」

柏木が同じ言葉を繰り返した。

「あんたは、自分が何かすれば、麗ちゃんに対する償いができる、私に対する償いができる、そう思っているのか？」

彼が問い返した。

必ずしもそう思っているわけではないが、他に方法がないではないか。

「人がひとたび犯した罪は、被害者……ここで言う被害者は麗ちゃんや私のように何の咎もない者の場合だが……被害者が許さないかぎり、けっして償うことはできない」

柏木が言い切った。「罪を犯した人間は、何をしようと、いかなる罰を受けようと、それだけでは償うことができない。罪は、被害者が許したとき、そのとき初めて償われたことになるのだ」

乱暴な論だった。それでは、法の裁きによって刑に服した者はどうなるのか、と聖子は思った。

「法律は、加害者が規定の刑罰に服すれば罪を償ったものと定めている」

柏木が聖子の心の内を読んだように言った。「私に冤罪を着せて一生を台無しにした久留島や村上やあんたは、法律によってさえ罰せられていないが……。それはさておき、法律というのは人間社会を成り立たせるために作られた便法にすぎない。人は誰でも加害者にも被害者にもなる可能性があるわけだが、犯罪と刑罰の関係を定めた刑法には、国家と加害者の約束事が書かれているだけで、被害者との約束事はわずか親告罪の項があるのみだ。法律学者たちは、やれ罪刑法定主義だ、やれ応報刑論だ教育刑論だ、と言っていても、そこには被害者の視点はまるでない。犯罪には必ず加害者と被害者が存在するのに、これまで、一方の当事者である被害者は完全に無視されてきた。最近になってやっと〝そうか、犯罪には被害者もいたのだ〟と気がついたらしく、多少議論が起きるようになったが（注・二〇〇八年十二月から刑事裁判の被害者参加制度が始まった）、それでもほとんどは法理論の問題として論じられているわけではない。だから、被害者になった者と被害者を愛する者、愛した者は、そうした一方的な法律、約束事をとうてい受け容れることはできない。あんただって、麗ちゃんを本当に他人に殺されていたら、同じだったはずだ。といって、われわれ被害者にも時間を逆戻りさせることはできない。死んだ人間を生き返らせ、失った時間を取り戻すことはできない。だから、唇を嚙み、歯を食いしばって我慢しているのだ」

「…………」

「それなのに、少なからぬ加害者と、自分は何の痛みも味わったことのない傲慢な第三者は、被害者のそうした怒りと悔しさと絶望が理解できない。理解できないだけでなく、想像さえできない。被害者も自分たちと同じだと思っている。罪は償えるもの、贖《あがな》えるもの、と勘違いしている。法に定められた刑罰を受ければ罪は消える、帳消しになる、と考えている。私も大学で法律を勉強していたときはそう考えていた。だが、ひとたび被害者になってみて、わかった。罪はそう簡単に償えるものではない、と。そして、罪が償われたかどうかを決めるのは被害者であるべきだ、という結論に達したのだ。つまり、これだけ謝っているのにとか、こんなに苦しんだのだからとか、十何年も刑務所に入っていたのだからとか……いうのは、加害者の論理、第三者の論理であって、被害者とは無縁だ。愛する者や時間を失い、けっしてそれを取り戻せない被害者には何の関係もない。加害者がたとえ死んで詫びようと、死刑になっても同じだ」

聖子は、柏木の考えに納得できなかった。それでは、被害者が許さないかぎり、一度犯した過ちは永遠に償えないことになってしまう。いくら苦しんでも、どんなに自分を責めても、麗を殺した罪は生涯贖えないことになってしまう。

「さあ、ここで、あんたと私の話に戻ろう」

聖子が黙っていると、柏木がつづけた。「私は、久留島はもとより村上もあんたも許せない。といって、あんたらが何をしようと、どうなろうと、二十代の大学生には戻れない。父と母の笑顔を見、元気な声を聴くこともできない。あんたをここで殺したところで、その結果は私が刑務所へ入るだけだ。そんな馬鹿馬鹿しいことはしない。だからあんたは、生きるなり死ぬなり、自分で勝手に決めたらいい」

彼が一度言葉を切り、ただし——と語調を強めた。

「ただし、私には、あんたらに審判を下す権利がある。あんたらに復讐する権利がある。

その権利は神にでも国家にでもなく、私自身にある。そして、私は、その権利を放棄したわけではない。そのことをあんたはしっかりと肝に銘じておくことだ。私はあんたらをけっして許さない。私の呼吸が止まる瞬間まで——。だから、いまはあんたや村上の前から消えるが、これは、復讐の権利と意思の放棄を意味しない。一時、保留するだけだ」

「………」

「それじゃ、私は帰る」

柏木が言うなり、身体を回した。聖子を残して歩き出した。

聖子は面食らい、

——待ってください……。

と、思わず呼びかけようとした。

が、慌ててその言葉を呑み込んだ。柏木を呼び止めて、どうするのか。何と言うのか。こんなところに置いて行かないでくれと頼むのか。それとも、やはり、自分はどうしたらいいのか、どうすべきなのか教えてくれ、と言うのか……。

柏木が斜面を登り始めた。

姿はかすかに識別できる程度だが、草を踏み分ける音が聞こえた。

斜面の上に黒い人影が現われた。

その影は足を止めず、振り向く様子もない。すぐに見えなくなった。

少しして、斜面の向こうから車のエンジンの音がかすかに響いてきた。音は一度わずかに高くなったが、それから闇の奥に吸い込まれるように次第に小さくなっていき、消えた。

あとは、時々思い出したように梢を揺らす風の音だけ。他に何の物音もしない。

考えなければならない、と聖子は思った。考えて決めなければならない。これからどうしたらいいのか、何をしたらいいのか、を。

聖子は考えた……懸命に考えようとした。

しかし、うまく考えられなかった。頭と気持ちがばらばらで整理がつかなかった。

やがて、聖子は、この暗い林の中から抜け出すのが先だ、と気づいた。とにかく公園を出てバスかタクシーに乗り香西駅へ戻ろう、と思った。考えるのはそれからでもできる。駅に着いてからだって――。いや、田端のマンションへ帰ってから考えたって、遅くはない。死を免れた自分には、時間が充分にあるのだから。

「そうだ、そうしよう」

と、聖子は声に出して言った。家へ帰ってから考えよう。明るい居間で、落ちついてゆっくりと。ビールを飲みながら……。

解　説

郷原　宏

書評や解説を業とする者にとって、大抵の本は退屈である。半分を過ぎたあたりで眠気がさし、残りの厚さがうらめしくなることが多い。ところが、たまに、ごくたまに、読み終わるのが惜しい、このままいつまでも読んでいたいという本にぶつかることがある。そういう僥倖《ぎょうこう》があるので、この仕事はなかなかやめられないのかもしれない。

本書『審判』は、私にとって、その例外的な本の一冊である。これを読みながら、私はしばしば本読みの至福を味わった。そして、読み終わるとすぐ、また最初から読み直したくなった。こういう本ばかりなら、この世に書評家ほど幸せな職業はない。

私がこの作品を読んだのは、実は今度が初めてではない。二〇〇五年四月に徳間書店から単行本として刊行されたとき、著者に恵送されて読んだ。そして「新刊展望」の同年七月号に次のような感想を書いた。

《いいミステリーを読んだあとに、言葉は要《い》らない。静かに本を閉じて眼をつぶり、選ばれた読者の至福にしみじみと身を浸すのがいい。近くに同好の士がいれば、黙ってそれを差し出すのがいい。もし彼が真に君の友情に値する人物であれば、彼もまた「おもしろかったよ」と短く答えるだろう。それがいい作品に対する読者の礼儀であり、センスある読者同士の仁義というものだ。それを承知でなお、あれこれ贅言《ぜいげん》を費やさなければならない書評家とは、なんという因果な商売だろう。

深谷忠記の『審判』は、できれば黙って読者に差し出したいミステリーである。ひとくちにいえば、冤罪《えんざい》事件の刑期を終えて出所した男が、十八年前の事件の真相を解き明かすというリーガル・サスペンスなのだが、この作品のプロットやストーリーをどんなに詳しく紹介してみても、そのおもしろさを十分に伝えることはできないと思われるからだ。

ひとつだけはっきりしているのは、この作品が従来の本格派、社会派の枠を超えて、幾重にも絡《から》まり合った事件の謎を不可解な人間の謎として描き出すことに成功しているということだ。その意味で、この作品の最大の読みどころは、人間に対する作者の洞察力の深さだといえるかもしれない。贅言不要、文句なしの秀作である》

それから四年たった今も、この感想に付け加えることはない。私は今でも、これは黙って読者に差し出すべき秀作であり、この作品の最大の読みどころは、人間という摩訶《まか》不思議な存在に対する作者の並々ならぬ洞察力の深さだと考えている。それを承知でまたしても贅言を費やさなければならない解説者とは、まったくなんという因果な商売だろう。
深谷ミステリーの最もわかりやすい特長のひとつは、プロットが緊密で、ストーリーに乱れがないということである。「推理小説は建築の美学である」といった佐野洋にならっていえば、この建物は土台がしっかりしていて安定感があり、釘一本にまで神経が行き届いている。おかげで私たちは、さまざまな人間の情念が幾重にも絡まり合って作り出す迷宮にも似たこの物語を、まるで隣町で起きたありふれた事件の話のような感覚で読み進めることができる。

物語は、大きく分けて二つの事件から成り立っている。一つは一九八六年二月、東京に隣接するR県の香西市で起きた少女誘拐殺人死体遺棄事件である。同市豊町の県営住宅に住む小学二年生、古畑麗（八歳）が夕方から行方不明になり、翌日、同市の郊外にある香西風土記が丘公園で全裸死体となって発見された。一週間後に県庁所在地N市に住む大学生、柏木喬（当時二十三歳）が逮捕され、一審で懲役十五年の判決を受けた。そのとき傍聴席にいた被害者の母、古畑聖子（当時三十歳）は「死刑にしてください！　麗を殺した犯人を死刑にしてください！」と叫んで泣き崩れた。

柏木は無罪を訴えて控訴、上告したが、いずれも棄却されて刑が確定した。そして事件から十六年後の二〇〇二年七月に仮釈放で出獄し、インターネットのホームページで《私は殺していない！》という呼びかけを始めた。また古畑聖子は事件後夫と別居し、団地の清掃人として働いているが、事件以来彼女の心に住みついて眠りを奪った「鬼」をなだめるために夜ごと酒に溺れている。この「鬼」の正体は何かということが、作者が本書に仕掛けた最大の、そして最後の謎である。

当時、香西署の捜査本部で柏木を取り調べたのは、刑事防犯課長だった村上宣之である。柏木は頑強《がんきょう》に容疑を否認したが、彼の車のトランクから被害者の毛髪と着衣の繊維が発見されるに及んでついに犯行を自供した。柏木は公判では一転して取調官の強要による自白だったと供述を翻《ひるがえ》したが、村上は自分の捜査に自信を持っていた。柏木の主張する証拠品の捏造《ねつぞう》は絶対にありえないと確信していたからである。

この作品の読みどころのひとつは、この場面に象徴される冤罪発生のメカニズムである。無実の容疑者がなぜウソの自白をしてしまうのか。本書にも名前の出てくる法心理学者、浜田寿美男氏の『取調室の心理学』(平凡社新書)によれば、それは外から見えない取調室というブラックボックスの構造と、こいつがやったに違いないという取調官の「証拠なき確信」によるものだという。村上の場合は一応「証拠のある確信」ではあったのだが、その証拠が捏造された可能性については疑ってもみなかったのである。

事件から二十年近くたった今になって、警察を退職した村上の周辺に、出所した柏木の影がちらつくようになった。柏木は何かをたくらんでいるらしいが、道路に立っているだけで何をするわけでもないので、ストーカー規制法違反で訴えるわけにもいかない。柏木は、事件当時香西署長だった久留島正道の受勲祝賀会場にも姿を現した。そこにはまた、事件の最中にケチな不祥事で退職した少年係刑事、堤達夫も山形県酒田市からやってきた。こうして事件の関係者が勢揃いし、物語はいよいよ佳境に入る。

第二の事件は、上京した堤達夫が香西市の春茅沼の土手下で殺されたことである。柏木の犯行とみて彼に会いに出かけた村上は、そこに同席していた古畑聖子に拳銃で撃たれて瀕死《ひんし》の重傷を負い、入院中に第一の事件の真相に気づく。そこから事件は急展開して当事者でさえ思いも寄らなかった意外な結末へとなだれ込んでいくのだが、ここでこれ以上物語の内容に立ち入るのは、ミステリー読者の「知らされない権利」への侵害となるだろう。

物語の結末近くで、柏木が聖子に向かって《人がひとたび犯した犯罪は、被害者が許さないかぎり、けっして償うことはできない》と語る場面がある。法律は加害者が所定の刑罰に服すれば罪を償ったものと定めているが、加害者がたとえ死刑になろうとも、死んだ人間を生き返らせ、被害者の失った時間を取り戻すことはできない。被害者はただ黙って悲しみに耐えるしかないのかというこの訴えには、凡百の罪刑論議を超える圧倒的な説得力がある。

二〇〇九年五月から、いよいよ裁判員制度がスタートする。神に代わって人を裁くことの恐ろしさに身が縮む思いをしているすべての読者に、私は黙ってこの本を差し出したい。

二〇〇九年四月

本書は2009年5月徳間文庫として刊行されたものの新装版です。

なお、ストーカー規制法は2013年、2016年に改正されていますが、本書では執筆時のままとしました。

本作品はフィクションであり実在の個人・団体などとは一切関係がありません。

徳間文庫

審《しん》判《ぱん》

〈新装版〉

2019年6月15日 初刷

著者 深《ふか》谷《や》忠《ただ》記《き》

発行者 平野健一

発行所 株式会社徳間書店
〒141-8202 東京都品川区上大崎三-一-一
目黒セントラルスクエア

電話 編集〇三(五四〇三)四三四九
販売〇四九(二九三)五五二一

振替 〇〇一四〇-〇-四四三九二

印刷
製本 大日本印刷株式会社

ISBN978-4-19-894477-3 (乱丁、落丁本はお取りかえいたします)